나라
없는
나라

나라 없는 나라

이광재 장편소설

제5회
혼불문학상
수상작

다산
책방

차례

먼동

1

농묵 같던 어둠이 묽어지자 창호지도 날카로운 빛을 잃었다. 먼동이다. 노안당(老安堂)의 방 안을 채운 것은 박명과 묵향이다. 묵향은 언제나 까닭을 알 수 없는 시원을 떠올리게 하니 그를 저 웅숭깊은 그리움의 심연으로 내모는 건 매양 한가지로 스승 추사(秋史)뿐이다. 예서를 동무하되 기품을 팔지 않았으며, 오로지 몸가짐만을 따라 배우라 눈으로 일러주던 스승. 난은 인품이 고고하여 특별히 빼어나지 않으면 손댈 수 없는 것임을 몸소 일깨워준 사람. 이 늘그막에 그 늘그막의 꼿꼿함이 대원군은 새삼스럽다. 그래서 스승이 내려준 노안당의 편액을 볼 때마다 옷깃을 여미게 되는 경건함과 말없이 건네던 깨우침이 골을 따라 정수리로 스며든다.

붓을 들어 옥판선지를 응시하던 그는 시원하게 난엽을 뻗어나갔다.

어두(魚頭)는 젊은 날의 버릇대로 여전히 촘촘하였으나 삼전(三轉)을 버려두어도 당두(螳肚)는 절로 뚜렷해지고, 서미(鼠尾)는 곧은 듯 휘어져 호쾌한 기풍을 자아냈다. 새로 솟구친 난엽이 기왕의 난엽과 교차하며 어느새 봉안(鳳眼)을 마련하고 마무리된다. 다시 솟은 난엽 하나는 길게 찢어진 봉안 귀퉁이를 가르고 대나무 곁가지처럼 뻗어나갈 차례였다. 그러나 담장 너머에서 들려온 소리에 그만 주저앉아버리니 어떤 무지한 손끝에 분질러지고야 만 형상이었다. 꾸악꾸악꾸악 꾹!

— 막동이 게 있느냐?

벽력같은 소리가 가래와 더불어 끓어올랐다.

— 막동이 이놈!

마루로 뛰쳐나가 지르는 소리는 정문을 넘어 수직사(守直舍)에 이르렀겠으나 다디단 새벽잠에 군사들의 귓구멍이 그새 트였을 리 없다. 기침을 하였더라도 실세한 뒷방 노인네임을 아는 터이라 항용 모르쇠를 치는 자들의 처세를 나서서 탓할 일도 아니다. 그렇다고 행랑채를 돌아 내닫는 떠꺼머리 녀석에게 몽나나 부릴 노릇도 아님을 어찌하랴. 어느새 콧마루 아래로 수염자리가 터를 잡은 아이에게 그저 막되게 굴 일은 아니되 녀석 또한 대원군을 두려워하는 기색이 아니어서 둘은 친구라도 돼버린 형국이었다. 더욱이 민씨 일파가 보낸 자객이 침소에 들었을 때 소년의 몸으로 칼을 막아낸 후로 대원군은 더욱 막동이를 믿음직하게 여겼다.

— 당장 저눔의 까치를 잡아오렷다!

막동이의 얼굴이 더벅머리에 파묻히는데도 빙글거리는 입매가 눈에 선하다. 이쯤에서 돌아서면 하루가 시작되는 일이려니 하겠지만 오늘은 왠지 대원군의 심사도 어제와 같지 않았다.

— 허허 이놈이!

거듭되는 대원군의 요구에 어찌할 바를 몰라 막동이가 눈을 멀뚱거리는데,

— 소인이 잡아오겠나이다.

여태껏 눈에 띈 바 없는 사내 하나가 쇳소리를 내며 노안당 옆구리를 돌아 나왔다. 여느 사내에 비해 체수는 다소 모자라 보이더라도 몸을 지탱하는 근골만은 통뼈가 여실한 자였다. 삭신에 느껴지는 동통은 아무래도 정체 있는 그의 눈빛에 찔린 탓인 게지 싶었다.

— 그렇다면 잡아오라.

그러나 까치들이 극성을 부리는 담장 밖 느티나무야 당초 안중에 없었던지 담 안에 서서 훠어이 훠이 소리를 질러대고 사내는 의기양양하게 돌아선다. 일견 우스우련만 징이라도 박는 듯한 걸음걸이며 무언가 낚아채듯 헤적거리는 팔짓까지가 실은 하나하나 방자하기 이를 데 없었다. 이윽고 토방 아래 버티고 선 궐자의 모습에서는 흑하의 깊이로도 모자람 없는 기백이 엿보였다.

— 나라에서 철통같이 에워쌌거늘 무슨 재주로 들어왔던가?

초목을 떨게 하기로야 대원군 또한 빠질 인물은 아니었다. 막동이의 목에서 마른침이 꿀꺽 넘어갔다.

— 뜻을 두고서야 이르지 못할 데가 어디이며, 정성이 지극하면 닿지 못할 바 무엇이겠나이까? 썩은 나무로는 물을 가두기 어렵고, 버석거리는 흙으로는 낙수를 모으지 못하는 이치입니다.

조선은 버석거리고 썩어 문드러진다는 뜻이니 어느덧 대원군의 입에

서 나오는 소리는 신음이라 해도 빈말이 아니었다.

— 실로 그러하다. 안으로 들라.

대원군은 저고리에 마고자를 덧입고 정자관을 얹은 모양이니 고금에 없던 차림이다. 그러나 날이 차워지면 으레 차리던 의관인데 뉘 눈에 들라고 예법을 따지랴. 세상을 지울 양 퍼붓던 빗줄기 속을 흔들리는 가마에 실려 제물포에 이르고, 오르내리던 산천 한 자락 보지 못한 채 화륜선에 얹혀 멀미 끝에 부려지던 임오년 이래로 보정부(保定府)에서 하냥 끼고 산 것이 마고자였다. 그날로부터 권력에서 내려와 아주 추웠고, 장안당의 아들 내외와 갈라섰으니 사무쳐서 추웠고, 추워서 또 추웠다. 동지사로 왔다 돌아가던 어느 신료의 공허한 문안 인사가 몸을 덥혀주었으랴. 마고자를 빌려 추위와 싸우고 난을 소일 삼아 마음과 싸웠다.

사내는 말이 없으나 도저한 몸가짐으로 의중을 밝히고 있다. 다문 입술은 검고 두툼하여 얼핏 보매 상스럽지만 한세상 삼킬 배짱을 드러내고 있었으며, 탱자 가시 한가지인 수염은 몸을 함부로 움직일 위인이 아님을 강변하고 있었다. 무슨 일로 왔으며 보았으면 어찌 말이 없느냐, 그대의 소회가 과관(科官)인가 소송인가. 그렇게 일러서야 비로소 상대를 보는데 오라를 풀어 사람을 포박할 양 눈빛이 실로 등등하였다. 한번 미치면 찻잔의 물이 끓고, 식은 화로의 숯이 절로 붉어질 성부른 눈길이었다. 마침내 그가 입을 열어 말하기를 사람이 어찌 소회가 없으리오만 대감의 생각을 몰라 말하지 못하였노라, 하니 분명 하명을 기다린다는 말이었다. 그리하여 어떤 말도 개의치 말라 이르자 이윽고 흉중을 열어보이는데 그 지껄이는 소리가 하 장쾌하였다.

— 백성을 위하여 한번 죽고자 하나이다.

무거운 말이 아닐 수 없었다.

— 하면 그대가 꿈꾸는 부국강병책이 따로 있단 말인가?

대원군의 음성이 절로 떨었다. 힐난하듯 사내가 되물었다.

— 부국강병이라 하셨나이까?

— 그러하다.

— 백성이 가난한 부국이 무슨 소용이며, 이역만리 약소국을 치는 전장에 제 나라 백성을 내모는 강병이 무슨 소용이겠나이까?

한번 말이 트이자 거리낌이 없었다.

— 그렇다면 그대는 정치를 할 생각인가?

— 바르게 세상 이치를 펴는 일이라면 여항의 백성보다 적합한 이들이 없나이다. 때가 오면 흙을 갈고 비가 오면 물을 대니 그들이 어찌 순리를 모른다 하며, 함께 누리는 즐거움을 낙으로 아는 자들인데 그것을 다만 무지라 하겠습니까. 사대부들이 있다 하나 그들의 일이 노(老)니 소(少)니 벽(僻)이니 시(時)니 풀뿌리 하나 나고 자라는 이치에 맞지 않으므로 노상 의리(義理)를 이야기한들 어찌 그것을 정치라 하오리까?

— 하면 상(常)이 반(班)이 되고 반이 상이 되면 그것이 그대의 원인가?

— 그것은 진실로 바라는 바가 아니올시다. 반상이 뒤집히기로 세월이 흘러 다시 오늘이 되고 말진대 이는 또 하나의 폐단입니다. 반도 없고 상도 없이 두루 공평한 세상은 모두가 주인인 까닭에 망하지 않을 것이며, 모두에게 소중하여 누구도 손대지 못하게 할 것이니 이것이 강병한 나라 아니옵니까? 비록 양이(洋夷)라 하나 그들은 민회(民會)를 만들어 다스리는 법을 정하고, 임금을 백성이 뽑는 나라도 있다 들었습니다. 그들은 강한 나라입니까, 약한 나라입니까?

무심히 듣는 척하였지만 염주를 놀리는 대원군의 손길은 아까부터 몹시 분주하였다.

　—오호라, 그대는 아예 나라를 없앨 작정이로구나.

　—아니올시다. 이 나라는 민씨의 것도 아니고, 개화당의 것도 아니고, 고을 수령의 것도 아니고, 오직 살아 있는 모든 생령의 것이라 드리는 말씀입니다. 합하께서 치세하시던 날에는 관아로 돌진하는 백성이 없더니 민요(民擾) 없는 날이 하루도 없으매 작금의 사태를 옳다 하시렵니까? 변방이 세상을 구원할 것입니다.

　사내는 이름을 김봉집이라 하였다. 김봉집이라면 지난봄 광화문 앞에 꿇어앉아 백성의 소리를 들어달라 소란 떨던 무리의 우두머리 격이 아닌가. 군병의 힘으로도 당치 못할 만큼 기세가 사나웠으며, 기포드 학당과 왜국의 영사관에 물러가라는 방을 게재한 자들이었다. 도성에서는 그들의 활동을 대원군이 사주하였다 말들이 시끄러웠고, 나라 밖에서 건너온 사절들도 대개는 생각이 그러하다고 수군거렸다. 그들이 해산한 후 호서의 보은과 호남의 금구에서 또 한 차례 같은 무리의 취회(聚會)가 이루어질 때 어윤중이 말하기를 호남에 모인 자들의 수괴가 바로 김봉집이라 하였다. 그보다 먼저 작년에는 금영(錦營)이 있던 공주와 완영(完營) 인근의 삼례에서 무리를 이루어 소리를 지르더니 이제는 수괴라는 자가 목전에 이르러 부릅뜬 눈으로 정치를 하겠노라 이르고 있었다. 양호순무사로 파견된 어윤중은 금구에 모인 취당의 기세가 특히 날카로워 예사롭지 않더라고 낯빛을 흐렸는데 도당의 수괴를 보매 과연 두려울 만하였다.

　—그것이 진정 그대의 이름인가?

대원군의 물음에,

— 쓰고 있는 이름은 한둘이 아니요, 형편에 따라 골라 쓰므로 어찌 성명이 따로 있다 하오리까.

사내는 쉽사리 궁금한 것을 일러주지 않았다.

— 알고 싶구나. 정녕 그대의 이름은 무엇인고?

어쩐지 사내는 빚 받을 사람처럼 당당하였지만 대원군은 점점 매달리는 모양새가 되었다.

— 어려서는 철로라 하였고, 병호라고도 하였습니다. 전봉준이라 쓰기도 하고, 김봉집이며 김봉균이 모두 이름이요, 자는 명숙이라 하며 동무들은 녹두라 부르기도 합니다. 탈 없는 세상이라면 무에 그 많은 이름이 필요하오리까? 항차 백성의 가슴에 새겨지고 그네들이 불러주는 이름이 참 이름이 될 것입니다.

등골로 흘러내리는 얼음처럼 사람을 선득하게 하는 소리였다. 백성의 가슴에 이름이 박힌다 함은 무엇을 뜻한단 말인가. 공주며 삼례, 광화문과 보은이나 금구에서 도당이 모인 일은 모두 예행연습에 지나지 않는다는 말이었다.

— 누워야겠다. 닷새 후에 다시 오라.

고뿔이나 몸살로 앓아눕기 전에는 동트고 자리에 눕는 법이 없었으나 사내가 물러난 후 대원군은 보료에 드러누워 끙끙 앓았다. 그때도 임오년이었다. 한성의 병사와 백성이 포도청과 의금부를 부수고도 갈피를 잡지 못하여 우왕좌왕하다가 급기야 장두들은 운현궁을 찾아왔었다. 대원군은 심복 허엽을 투입하여 난민을 지휘하고 실세한 지 십여 년 만에 궁에 들었지만 난민들은 궁궐을 떨어뜨리고도 어안이 벙벙하여 예제로 몰려다니기 분주하였다. 그런데 그로부터 십여 년이 흘러 제힘을 감당하지 못해 읍소하던 저들이 이번에는 먼저 뛰어들어 손잡지 않겠느냐 묻는 중이었다. 밥이나 먹으면 되겠다던 무리가 반상을 허물고 정치를 하겠다는 것이 아닌가. 대원군은 혼곤하고 사지가 늘어져 몸을 지탱하는 일마저 제대로 이루지 못하였다.

— 막동아.

나이 든 청지기 같으면 알아듣지 못할 쇠한 목소리였다.

— 승정원 우부승지를 왔다 가라 하여라.

— 알겠습니다.

이런 심부름에 막동이는 이미 이골이 난 아이였다.

날은 부옇게 밝았다.

2

한번 다녀갔으면 한다는 전갈을 식전에 받아든 김교진은 대원군의 근황을 파악하려한다는 말을 민영익이나 민영준 누구의 귀에든 도달할 자리에 떨어뜨려놓고 퇴청하는 도중 운현궁에 들었다. 대원군은 초췌하였으나 위엄에 찬 눈빛만은 정채를 띠고 있었고 수염도 가지런하였다. 언제부터인가 노상 쥐고 있던 염주는 어느 한 날 손에서 놓지 않았던 듯 얼굴이 비치도록 반질거린다. 안석에 등을 대고 있지만 기댄 것은 아니며, 장침에 손을 놓았달 뿐 의지한 게 아니어서 그는 꼿꼿하다. 그가 마시라 하며 내오게 한 것은 술도 아니요, 차도 아닌 쌍화탕이었다.

— 안색이 좋지 않으십니다.

김교진은 대원군을 살피며 그런 말로 문안을 대신하였다.

— 따뜻할 때 드시고 고뿔 조심하시게. 행여 고뿔로 고생하더란 말일
랑 주상께는 알리지 말게나. 효성이 지극하시니 번다해지실 게야.

두 사람은 쌍화탕을 들어 입김을 불며 조금씩 마셨다. 대원군이 말하
였다.

— 그대를 보매 매번 선친의 모습이 떠오른다네. 다부진 얼굴이며 수
염 한 올까지 영락없는 선친의 모습이라 벗을 만난 듯 흥겨워지곤 하지.
청렴결백하고 엄숙하며 충군일념뿐 사사로움이 없으셨지. 선친을 믿고
개성유수로 나아가게 하였더니 소란스럽던 고을이 요순치세로 변하였
네. 서원을 금할 적에는 입에 문 고깃덩이를 빼앗길까 사대부들이 부르
짖는데도 조용히 갈 바를 가셨지.

— 황송하옵니다.

— 그런 선친을 닮아 그대 또한 성정이 극진하고 사심이 없으니 그대
가 안동부사로 있을 적에는 그곳 백성이 부모처럼 여겼다는 말을 들었
네. 범이 괭이를 낳는 법이 어디 있겠느냐 하면서 쾌재를 부르고 박장을
하였지.

김교진은 다시 몸을 낮추었다.

— 몸 둘 바를 모르겠나이다.

— 외직에 나가면 그러하더니 어찌하여 내직에 머물러 이토록 기세를
잃고 쇠잔해지셨는가? 어찌하여 민씨 일족의 뒤꿈치를 핥고 있는가?

장죽으로 놋재떨이 치는 소리에 노안당이 쩌렁쩌렁 울렸다. 앞마당을
쓸고 지나는 낙엽은 바삭거리는 소리를 내고, 어둠이 내리면서 차츰 거
칠어지는지 문풍지는 달달거리는데 대원군은 불을 지필 마음이 없는 모

양이다. 여염 같으면 흩어진 닭을 부르느라 여인네들의 교음이 담을 넘을 시각이었다.

— 연전에 왜국으로 피신한 박영효에게 통기를 한 일이 있었는데 우부승지께서도 아시는가?

갑신년에 일본으로 망명한 개화당 인사들과 김교진의 친분이 두터웠음을 알고 하는 질문이었다. 어디 친분뿐이랴. 대원군이 김옥균이나 박영효 등과 몰래 서신을 주고받으며 민씨 척족 세력을 전복하려 할 제 주일조선공사관에서 판사대신으로 일하던 김교진 또한 논의에 깊이 가담하였던 것을. 금기라 할 만한 일과 인물들을 입에 올리는 일인지라 김교진 또한 절로 목소리가 낮아졌다.

— 어렴풋하게나마 아옵나이다.

— 백성은 눈을 뜨면 관아를 들이치고 그들의 장두를 베느라 회자수의 칼은 녹슬 날이 없으니 어서 와 저 무리를 쓸어버리라 하였거늘 말만 있지 실행은 없었네. 왜국이 근동의 영국이라면 조선은 동방의 불란서가 되어야 한다며 기개 높은 말들로 소란스럽더니 왜국의 식객이 되어 무엇을 한단 말인가. 그대들은 무슨 힘으로 민씨당을 몰아내고 실세가 되려는가. 비책이 있는가?

대원군의 갑작스러운 질문에 김교진은 답변 대신 의견을 청하였다.

— 대감께오서 마련하신 비책이 있으면 듣고자 하옵니다.

— 저 갑신년을 떠올려보시게. 김옥균이니 박영효니 그 명민하던 자들의 일이란 게 왜병의 힘을 빌려 주상을 에워싸고 세를 잡았노라 소리친 게 전부였지. 믿고 의지한 왜국과 주상이 등을 돌리자 어찌 되었는가? 홍영식은 백성의 돌에 죽고 나머지는 왜국으로 도망하지 않았던가.

어찌 호락호락하게 권세를 잡는단 말인가?

— 하오면 대감의 손을 잡으오리까? 염두에 두신 비책을 말씀하소서.

— 갑신년은 그러하였고 임오년에는 어찌 되었던가?

김교진이 고개를 들어 대원군을 보았다. 대거리 놓을 처지가 아니건만 추궁하는 낯빛이 역연하였다.

— 역도들과 손잡고 역적이 되라 하십니까?

분노와 불쾌감이 한데 섞여 김교진의 목소리는 기묘하게 떨렸다. 대원군의 등이 굽어지면서 장침 위의 손이 서안으로 이동하였다.

— 참으로 해괴하구나. 굶주린 백성이 궁궐의 담을 넘으면 역도라 하고, 녹을 먹는 주제에 외방의 군병을 끌어와 궁을 점령한 자들은 충의라 하니, 그것은 공맹의 말씀인가 그대들 개화당끼리 하는 소리인가? 나를 일러 완고한 수구가라 한단 말은 그른 말이 아닐진대 수구가인 내가 어찌 왕조를 멸하며 나와 조상을 부정하겠는가? 백성을 등에 업지 못하거든 왕조 부흥을 논할 수 없기에 하는 말이네. 그대들은 말하고 싶은가? 제도를 바꾸어 항차 백성도 뜻을 펴도록 하겠노라고. 민씨당의 눈치나 보면서 머리에 쓴 관이 떨어질까 전전긍긍해서야 어찌 제도를 바꾸며 백성은 어느 세월에 덕을 보리오. 평생 안으로는 기댈 곳이 없어 외방의 힘을 끌어와서야 뜻을 펴고자 하니 분노한 백성이 돌팔매인들 주저하겠는가. 나는 얼마 살지 못할 것이매 실로 백성의 돌에 맞아죽는 일이 다시는 없기를 바라노라.

대원군의 변설이 끝나고도 담배 한 죽 태울 쯤이 지나도록 말이 없던 김교진이 이윽고 입을 열었다.

— 백성의 돌에 맞아죽기로 부끄럽지 않기를 빌고 또 빌며 살겠나이

다. 나라가 무너질 때 목숨은 의미가 없나이다.

　―그대의 그런 청렴과 충직이 진실로 걱정이구나. 순진한 열정 하나로 어찌 나라를 경장하려는가? 실세가 되려거든 그 힘이 어디에서 나올지 생각하시게. 그것이 외방의 군병을 끌어들이는 일이라면 나는 마침내 그대들의 우군이 아닌 게야.

　김교진은 쌍화탕 한 그릇을 비우고 돌아갔다. 대원군은 막동이를 불러 차후 손님이 오거든 백숙이 필요할 터이니 씨암탉을 준비하란다고 전하였다. 차가워진 쌍화탕을 들이켜고 불도 밝히지 않은 채 보료에 드러누워 그는 다시 앓았다. 세상은 교교하고 뜻을 나눌 벗이 없어 하루하루가 막막하였다. 손자 준용이 문안 인사를 왔다.

3

　대원군이 고뿔을 심히 앓는다 하여 임금이 어의를 보냈으나 한사코 진료를 받지 않겠다 하자 어의는 들지도 못하고 물러가지도 못한 채 자리를 지켰다. 진맥이라도 하게 해달라는 청에 한 다경(茶頃)이나 말이 없던 대원군은 다시 돌아가라고 일렀다. 어의도 꿈쩍 않고 서 있자 마침내 의원에게 보이려거든 안련(安連)에게 보이겠다며 끝내 들일 의향이 없음을 알려왔다. 그 뜻이 워낙 완고하여 어의는 그러고도 한참을 서 있다가 돌아갔다. 그랬는데 이튿날 과연 안련이 미국에서 가져왔다는 술을 들고 운현궁에 나타났다. 대원군은 그가 좋아한다는 백숙을 대접하고 식후에는 작설차를 내게 하였다.

　―가배를 준비하고자 하였으나 마련할 방도가 없었소.

대원군의 말에 푸른 눈의 이방인이 웃는다.

ㅡ 조선의 차는 다 좋습니다.

ㅡ 하긴 백숙을 좋아하신다니 조선 사람인 게요.

대원군은 고개를 끄덕이며 지을 줄 모르는 미소를 그려 보인다.

ㅡ 미국은 태어난 조국이고 조선은 살고 있는 조국입니다.

안련의 본래 이름은 알렌이다. 갑신년에 제물포를 통하여 조선에 들어온 선교사인데 그의 활약상은 조선에 들어오던 해 우정국에서 두드러졌다. 김옥균 등이 거사를 벌일 제 우정국 축하연에 모인 신료 가운데 표적이 된 사람은 민씨 세력의 중추나 다름없는 민영익이었다. 밖에서 불이 났다는 소리가 들려오자 위기를 감지한 민영익은 급히 줄행랑을 놓았고, 미리 대기하던 일본과 조선의 자객들이 그를 덮쳐 몸 곳곳에 칼집을 냈다. 비틀거리며 다시 행사장에 나타난 그는 몸을 일곱 군데나 찔리고 동맥은 절단되었으며 칼에 베인 턱에서는 살점이 덜렁거렸다. 그러나 미국의 북장로교 의료선교사였던 알렌이 치료를 담당하게 되므로 목숨을 건졌다. 조선의 임금과 신료를 떡 주무르듯 하는 왕비가 가장 총애하는 혈족을 살려낸 후 조선에서 알렌의 활동은 거칠 것이 없게 되었다. 왕실에서 준 돈으로 제중원의 전신인 광혜원을 설립하는가 하면 술독에 빠진 포크 공사가 조선을 떠난 후에는 대리공사가 되어 외교관으로 활동하는 중이었다.

ㅡ 미국은 크고 강한 나라라 들었는데 그런 나라들이 항용 노리는 조선에는 뜻이 없는 듯하니 항상 고맙게 여긴다오.

안련이 조용히 웃었다.

ㅡ 미국도 다른 나라의 지배를 받아 시달린 나라입니다.

─그런데 어찌하여 구라파의 강병한 영국은 청국을 치며 불란서는 안남을 치고, 또 왜국을 포함하여 저들은 조선을 삼키지 못하여 안달하는 것이오? 부국강병하다면서 왜 경계를 넘어와 약한 나라를 굴복시키는 것이오? 외교관이 아니라 학자의 입장으로 말해보오.

안경 너머 안련의 푸른 눈동자가 흔들거린다. 길가의 둑새풀처럼 무성하게 턱을 덮은 수염이 대머리의 허전함을 상쇄해 그의 얼굴은 도리어 균형 잡힌 모습이었다. 그 균형 속에서 안련은 돌멩이처럼 가라앉아 생각을 길어 올렸다.

─저들의 방적기는 끝도 없이 직물을 뽑아내 어디든 팔지 않으면 망하게 되므로 어찌 타국을 넘보지 않겠습니까? 아울러 변방의 값싼 원료가 어찌 탐나지 않겠습니까? 끊임없이 먹어야 하고 만들어 팔지 않으면 망하게 되니 이는 탐욕입니다.

─탐욕이라.

대원군이 신음처럼 뇌까렸다.

─빼앗고 빼앗아 살찌기 위함입니다. 배가 개량되어 어디든 가게 되자 탐욕은 걷잡을 수 없게 되었지요. 저 구라파에 마르크스라는 학자가 그런 나라의 특징을 분석하였답니다. 매우 어려운 책이지만 그 역시 같은 말을 하였다 들었습니다.

─저 민씨 무리를 보매 내 그 말을 알아듣겠소.

─특히 서양의 저들이 욕심내는 것은 청국입니다. 그만큼 빼앗을 게 많은 나라지요. 안남은 청국의 항문이요, 조선은 목구멍입니다.

염주를 쥔 대원군이 손끝을 떨었다.

─그렇다면 다음 차례는 조선이구료.

─ 저도 걱정하고 있습니다.

대원군의 우려가 가슴에 닿은 것인지 안련의 푸른 눈빛이 조용히 어두워졌다. 그런 안련의 얼굴을 미동도 없이 바라보던 대원군이 입을 열었다.

─ 공사께서 조선에 들어오던 해에 큰 풍파가 있었지만 요즘엔 조용합니다. 그러나 조선은 지금 끓는 물이나 다름없소. 언젠가 솥뚜껑은 솟구칠 게니 안에서는 백성이 쏟아져 나오겠지요. 갑신년에 몇몇 인사들이 벌인 일보다 크고 무서운 일이 벌어질 겝니다. 하면 조정에서는 어찌 대응하겠소?

안련은 조용히 웃으며 답을 내놓았다.

─ 청국에 도움을 청할 겝니다.

─ 과연 그럴 테지요. 그리하면 왜국은 어찌 나오겠소?

─ 청국이 출병하면 일본도 톈진조약이나 제물포조약을 근거로 출병할 것입니다. 말씀드렸다시피 조선은 청국의 목구멍이니 대륙 진출을 위해 기회를 엿보는 일본도 가만있지 않을 것입니다.

─ 혹여…….

말을 끊고 대원군은 차를 한 모금 마셨다.

─ 두 나라가 싸우면 누가 이기겠소?

안련은 잠시 사이를 두었다.

─ 당연히 청국이 이깁니다.

─ 정녕 그리 생각하시오?

안련의 판단이 그른 게 아님을 대원군은 확인하고 싶은 모양이었다.

─ 일본이 유구를 손에 넣고 대만을 정벌하였다 하나 청국의 해군은

당치 못할 것입니다. 북양함대의 군함에 맞설 동방의 나라는 없습니다. 이건 저만의 생각이 아니라 이 나라에 와 있는 모든 외교관의 판단입니다. 대감, 제가 이곳에 온 것은 다른 나라의 동향을 논하자는 게 아니라 대감의 건강을 살피기 위해서입니다.

대원군은 눈을 들어 허공을 본다. 어디서 무슨 소리가 들려오는지 귀라도 기울이는 모습이다. 안련의 눈에 낯선 동방의 이 늙은 왕족은 바위처럼 무겁고 고독해 보인다. 마침내 시선을 안련의 얼굴에 고정시킨 대원군이 질문과 탄식을 동시에 쏟아놓았다.

— 미국은 진정 그 탐욕이 없단 말이오? 내가 아픈 곳은 여기요.

대원군은 손을 가슴에 댔다.

4

안련이 진료를 하러 왔을 때 선물로 가져온 미국 술로 대원군은 손님을 맞았다. 술의 색깔은 선지보다 연하였고 보리차보다 진하였다. 술이 담긴 각진 유리병 한쪽에는 풀칠을 하여 종이를 붙였고, 지렁이 같은 그쪽 나라의 글자가 인쇄되어 있었다. 상에는 떡으로 두텁떡, 각색편, 삼색단자가 접시와 찬합에 담겨 놓았고, 고기로는 너비아니와 내장전과 사태찜이 먹음직하였다. 어채와 삼합장과 또한 군침을 돌게 하였다.

— 한잔 들라.

대원군의 청에 김봉집은 한 잔을 들이켜고 호박선을 입에 넣었다.

— 서양의 술이라는데 맛이 어떠한고?

— 알 수 없는 향이 코를 찌르고 안으로 들어가서는 갈퀴로 긁듯 하는

지라 다른 향과 자극을 물리쳐 맛들이면 헤어나기 어렵겠습니다.

사내의 말에 대원군은 보일 듯 말 듯 고개를 끄덕였다. 처음 대면할 때는 싸움을 하려고 살얼음판에 선 것마냥 혼신의 힘으로 균형을 잡고 탐색하였으나 어느덧 부드러워져 눈에는 호의가 깃들어 있었다. 다시 손을 들어 잔을 권하며 대원군은 미리 준비해둔 시전지(詩箋紙)를 앞으로 밀었다. 난초 그림에 낙관까지 목판으로 찍어 만든 전용 시전지였다. 율시가 적혀 있는데 행서에 가깝되 흘림과 자형이 생략되어 행초로 분류됨이 그럴듯하였다.

月白夢初覺　달 밝을 제 잠 못 이루고

花開酒幾呼　꽃은 피매 얼마나 술을 찾았던가

鬢髮車明鏡　귀밑머리는 거울을 부끄러워하고

光陰歎隙駒　세월이 빨리 지나감을 탄식하노라

愧我智謀少　나의 지모가 부족함을 괴로워하고

憐君才德俱　그대의 재덕을 어여삐 여기노라

書從一船米　글씨는 배 한 척의 쌀에 버금가고

詩做兩家蘇　시는 두 집 가득한 술에 비하겠구나

간찰은 아닐망정 투식(套式)에는 운노인(雲老人)이라 적혀 있었다.
—읽어내겠는가?
시전지를 내려다보던 김봉집이 고개를 끄덕였다.
—그러하오이다.
—앞으로 그대에게 보내는 간찰은 같은 시전지에 같은 글씨, 투식에

서도 같은 양식을 취하겠네. 구미리라 하였던가?

— 전주 구미리의 송희옥에게 보내면 되나이다.

— 이것은 노자로 쓰고 남거든 힘을 모으는 데 보태게. 속히 군사를 끌고 동작강으로 오라.

그가 이번에는 복주머니 하나를 내밀었다.

— 틀림없이 그리할 터이나 버릇대로 조정에서는 청국에 원병을 청할 것인즉 또한 구약(舊約)에 따라 왜병이 출병하지 않겠나이까?

— 그리하겠지.

어두운 낯으로 앉아 있던 대원군이 잔을 입으로 가져갔다. 입에 술이 맞지 않는지 이마를 찡그린 채 그는 삼합장과의 전복을 우물거렸다.

— 청국은 조선 조정을 수상쩍게 여긴다네. 연해주를 빼앗긴 후 그들이 그토록 싫어하는 아라사에 추파를 던지지 않았던가. 그러다 덕국의 목인덕(穆麟德)이 쫓겨나고 김윤식은 유배를 갔지. 아라사에 붙었다 덕국에 붙었다 도무지 저 민씨는 무엇을 하겠다는 것인가. 패가탕산하는 백성을 안돈할 방책이 없어 다만 군사가 필요하면 청국에 손을 내민다네. 이홍장이 어찌하여 나의 귀국을 주선하였을꼬? 조정에 들이대는 칼끝으로 쓰려는 게야. 이홍장이나 원세개는 나와 밀통할 터이니 저들의 군사가 오면 임오년과 달리 협상을 하게 될 테지. 내 기꺼이 저들의 칼끝이 되고 아울러 저들을 방패로 쓰려네.

그새 많은 궁리를 해두었는지 대원군의 말에는 거침이 없었다.

— 하오나 청국과 왜가 전쟁을 하면 어찌하오리까?

— 그런 일은 막아야겠지. 하나 싸움을 하더라도 청국이 승리할 터이니 같은 결과가 아닌가.

24

김봉집은 술잔을 비웠다. 먼 데 소리처럼 대원군의 목소리가 들려왔다.

—나라의 명운이 그대들의 손에 달렸음을 명심하라. 조선의 마지막 기회니라.

술을 털어 마신 전봉준은 뜨거운 숨을 훅 불었다.

5

전주 동접의 집에서 아침을 먹고 패서문 지나 성벽을 따라 남쪽으로 걷다보니 자연 개천 저편의 푸르스름한 초록바위에 눈이 갔었다. 초록바위 앞은 살인 같은 큰 죄를 짓거나 서학에 들었던 옛적 사람의 목을 베던 곳이라 바위의 서늘한 색깔이 눈에 뜨이면 목이 먼저 시려와 손으로 쓸어보곤 하였다. 거두어들인 시선에 방각본을 출판하고 판매하는 책방거리가 붙잡힐 즈음 부리나케 서천교를 건너 용머리고개를 넘었다. 효자마을을 지나면서야 걸음을 늦추어 산천경개를 구경도 하고 어디선가 듣고 배운 〈사철가〉 한 가락도 흥얼거리며 금구 지나 원평장터에서 점심을 먹었다.

전주에 들기 전까지는 논과 갈대밭 사이로 온통 까맣게 까마귀가 득실거렸지만 솥튼재에 오르고부터 그런 모습은 눈에 띄지 않는다. 대신 나무 위에 앉아 잡아온 쥐를 찢어 먹는 황조롱이가 보이고, 겨울을 나기 위해 찾아온 멧새나 지빠귀도 둥지를 짓느라 산중이지만 한가롭지가 않았다. 남쪽으로 날아가는 철새 무리가 심심찮게 눈에 띄더니 독수리 한 마리가 호를 긋고 지나간 후로 아까부터 하늘은 조용하기만 하였다.

재의 꼭대기에 이르러 다리쉼도 하고 땀도 식힐 겸 소나무 아래 앉아 바침술집에서 사온 술을 꿀꺽대고 마셨다. 공주 남쪽 우금티에서 그랬던 것처럼 아득한 재를 내려다보던 그는 크게 한숨을 쉬었다. 우금티나 솥튼재나 반드시 넘어야 할 고개였다. 완영과 금영을 털고 천안삼거리 지나면 다음으로 한강을 만나게 되는데 그러면 삼개나루에 닿거나 대원군의 말대로 동작강에 이르게 된다. 하지만 먼저는 솥튼재를 넘어야 하매 넘지 못하면 이 여름에서 죽을 것이요, 우금티를 넘지 못하면 그때는 초록바위 아래에서 끝나게 되리라.

솥튼재를 반나마 내려와 모퉁이를 돌아설 무렵 시든 풀숲의 희끗한 것에 눈길을 빼앗겼다. 아무리 몸이 급한 남녀라도 예까지 올라와 방사를 할 리는 없고, 초군 또한 낮잠을 잘 곳은 아니었다. 한참을 망설이다 내키지 않는 걸음으로 풀섶을 헤쳐나가자 파리 떼가 윙윙거리고 상한 냄새가 코끝에 올라앉았다. 이윽고 희끗거리던 것의 모양을 확인한 그가 하늘을 보더니 호리병을 입에 가져갔다. 아직은 젊은 여인네였다. 젖먹이 어린것이 절명한 것도 모르고 저고리 섶을 들춰 빈 젖꼭지를 빨았던지 늘어진 여인네의 젖가슴이 덜렁 드러나 있었다. 어린것의 짓무른 눈자위와 차마 감지 못한 어미의 퀭한 눈 가장자리로 구더기를 스느라 파리 떼가 극성스러웠다. 누구 알아줄 사람도 없는 고적한 유이민(流移民)의 주검이었다.

삽도 쇠스랑도 없고 그렇다고 나뭇가지로 땅을 팔 수도 없어 우두커니 서서 두리번거리는데 누군가 화전을 일구고 살던 집터가 보인다. 부서진 흙담의 흙덩이며 돌덩이를 주워 모자의 시신에 하나씩 내려놓는다. 집터가 가깝다 해도 흙덩이를 날라 시신을 덮는 일은 놉 없이 혼자

하는 다랑논의 피사리 같아 좀처럼 끝날 기미를 보이지 않는다. 그러다 땀을 식히고 다시 돌을 나르기 시작할 즈음 장삼을 입은 스님이 나타나 하는 일을 거들었다. 집터에서 헌 가마니까지 찾아 합심하여 들어내자 어느덧 이력이 붙어 잠깐 새에 돌무덤 하나가 놓였다. 나무 그늘에 앉아 한 모금을 마신 그가 스님에게 술병을 내밀었다.

— 나무관세음보살. 세상이 상중입니다.

아침나절에 배코를 쳤는지 푸르스름한 스님의 머리가 풋사과처럼 싱 그러웠다. 아낙네처럼 안색은 불그레하고 도로록한 입술도 딸깃빛 한가 지여서 사내치고는 자태가 고왔다.

— 극락왕생을 빌어주시오. 그래도 모자가 함께 가는 길이라…….

— 세상을 어찌해야 합니까?

섬약한 청년 같다가도 눈썹이 굵고 광대뼈가 툽상스러워 스님은 고 집깨나 있어 보였다. 세상일에 시름겨워하는 그늘이 눈 밑에 내려앉아 있었다.

— 열심히 공부하고 중생을 위하여 기도하십시오. 다른 스님들과 이야 기를 나누다보면 할 바를 얻지 않겠소.

— 함자를 알려주십시오.

— 알아 무엇하려오?

— 불자는 연을 중히 여깁니다. 알고 싶습니다.

— 고부 사는 전봉준이오.

— 마이산 불명암(佛明庵)의 탄묵(灘黙)입니다.

이윽고 말이 끊어져 한참을 앉아 있다가 한 사람은 재를 오르고 한 사 람은 아래로 내려갔다.

6

무장에 도소를 차리고 포덕에 열중하는 손화중의 사랑에는 담배 연기가 자욱하였다. 등가(燈架)에 올라앉은 등잔 불빛마저 연기가 먹어치워 사람들은 쌀뜨물 속에 잠긴 듯하였다. 전봉준은 방에 들면서 지청구부터 놓았다.

─ 퍽이나 태웠구료. 문 좀 엽시다.

그러자 기중 연장자인 김덕명이 우스개를 던졌다.

─ 역적모의에 문을 열다니 될 말이오?

─ 숨 막혀서 역적질도 못 하고 죽겠소. 김 접주, 그것 좀 끄자니까.

김기범이 재떨이에 깡깡 재를 털며 투덜거렸다.

─ 한양 가더니 분내만 맡고 오셨나? 우리가 일을 하랬지 계집이나 지분거리라고 돈 퍼주며 원행을 시켰겠소?

─ 그참, 앉아서 천 릴세. 아닌 게 아니라 한양의 아낙들이 곱긴 곱습디다.

전봉준이 웃는 낯으로 고개를 주억거리자,

─ 허허, 정녕 여인네를 보셨구랴. 홀아비 십오년 만에 회포 좀 푸셨겠소.

촌수로는 죽은 아내의 칠촌뻘인 송희옥이 말을 보탰다. 두 딸을 남겨놓고 먼저 떠난 아내의 모습이 옅게나마 얼굴에 남아 있어 전봉준은 송희옥을 보면 가끔씩 흠칫거리게 되곤 하였다.

─ 내야 이 체모에 어디 대기나 하겠소? 손 접주만은 해야 붙이든 말든 염을 내지.

―쭈그러져도 사내들이라고 만나자마자 음담패설이오그려.

수염이 짙고 윤기가 나는 손화중이었다. 그 말을 받아 눈이 부리부리한 최경선이 농을 쳤다.

―사내들이 모이면 역적모의와 계집질밖에 할 말이 더 있겠소?

―아주 오입쟁이에 역적들만 모였구려.

둘러앉은 사람은 여섯이었다. 원래는 다섯이 해 떨어지기 전에 나타나 방담을 하던 차에 전봉준이 합세하여 그리 된 것이었다. 그렇게 한자리에 모인 사람은 모두가 전봉준을 가운데에 두고서야 그물코가 촘촘해지는 연원 관계였다. 김덕명은 전봉준이 아버지를 따라 태인 황새마을 살 무렵 원평에서 연을 맺었고, 김기범은 태인 동곡리 살 때의 동무였으며, 송희옥은 전봉준이 송씨와 혼인하면서 맺어진 인연이었다. 무자대흉 당시 전봉준은 최경선과 친교하고, 손화중은 본가가 있는 정읍 음생이로 뻔질나게 왕래하여 교류를 튼 인물이었다. 아무리 다른 누구를 가운데 놓아도 코가 빠지고 성글어 볼품없던 그물이 전봉준을 거기 세우면 비로소 맹수 사냥에 당할 물건이 되었다. 김덕명이 연상임에도 중요한 사업을 전봉준에게 일임하게 된 이치가 실은 거기에 있었다. 김덕명이 농을 걷어낸 소리로 물었다.

―원로에 고생이 많았소. 그래, 운변은 만나셨소?

그 말에 사람들의 시선이 일제히 전봉준을 향하였다.

―그 양반 그 연세에도 하 형형하여 오줌을 지릴 뻔하였소.

―전녹두가 오줌을 지렸으면 그 영감태긴 고자가 되었겠는걸.

김기범의 말에, 과연 그렇겠소, 그런 소리와 낮은 웃음이 피었다.

―어디 들어봅시다.

— 거 칼칼한데 탁주 한잔이 없단 말이오?

전봉준이 말하자 손화중이 미닫이를 열어 토방에 댓가지 여섯 개를 놓고 기침 소리를 냈다. 이윽고 마당을 질러오는 소리가 총총 들리자 손화중이 문을 열었고, 탕과 밑반찬이 놓인 교자상에 호리병과 잔이 딸려 들어왔다. 무를 듬뿍 채 썰어 넣은 꿩탕에 말린 푸성귀를 무쳐놓은 밑반찬까지 임금님 수라상 부럽지 않은 안줏거리였다. 소주가 한 순배 돌자 전봉준이 입을 열었다.

— 대원위께서는 우리와 뜻을 모으기로 약조하였소. 동작강까지만 이르라 합디다. 일단 중요한 일이 터지거나 통기할 일이 있으면 송희옥 접주에게 연락을 하기로 했소. 송희옥 접주는 이 간찰을 기억했다가 구별하는 데 쓰시오.

전봉준이 품에서 꺼낸 간찰을 송희옥에게 넘기자 사람들이 대원군의 글씨나 좀 보자면서 시전지 위로 머리를 모았다. 신기하다면 신기한 물건을 본 김기범이 한 마디 보태지 않을 리 없었다.

— 글씨 한번 창끝 같구려. 에 독한 양반.

송희옥이 시전지를 챙겨 넣었다. 사람들의 시선이 자연스레 전봉준을 향하였다.

— 대원위의 동향을 먼저 말씀드리자면, 그이께선 예전에 연을 맺은 심복들과 아직도 짬을 보아 연락을 한다 하고 곁에서는 손자가 보필하는 눈치였습니다. 어쨌거나 세상의 소리에 촉각을 곤두세우며 암중모색을 하는 듯하였지요. 다음으로는 개화당 인사들인데 그들을 만나 담론하고 싶었으나 끈을 대지 못하였습니다. 갑신년 이래로 쇠할 대로 쇠하여 임자를 찾기 여의치 않다고들 합디다. 하나 갑신년에 그들이 주장한

이정책(釐整策)과 우리의 생각이 적잖이 상통하였던 터라 때에 이르면 손잡게 될 여지는 충분하다 하겠지요. 그 밖에 한성의 백성들도 합세는 하겠지만 임오년에 워낙 많은 수가 죽고 상하여 아직도 두려움이 큰 듯하였습니다. 포덕도 이루어지는 모양이나 역시 호서나 호남만은 못하고 해월선사의 그늘 아래라 또한 두고 봐야 할 듯싶었소. 어쨌거나 조정은 여전히 민씨 일족의 수중에 있소.

— 외방은 어떻다 합디까?

김덕명이 부연을 촉구했다.

— 영국은 청국에 신경 쓰느라 정신이 없고 불란서는 안남에, 미국은 왜국 아래 비율빈과 섬나라를 챙기느라 조선에 눈 둘 여유가 없다 합디다. 임오년과 갑신년 이래로 청국이 조선에 가혹하게 하므로 민씨 도당이 아라사와 손을 잡으려 하였으나 번번이 들통나고, 청국에 가까운 자들이 고해바쳐 아무것도 되는 일은 없었습니다. 내가 만난 역관의 말로는 곰 같은 자들이라 아라사가 어찌 나올지 의중을 모르겠다 하나 연해주까지 철로가 놓이지 않아 내려오는 일이 수월치는 않을 거라 하더이다. 문제는 왜국이올시다. 임오 갑신 이래로 절치부심하는데 약진이 눈에 띄어 강성하다고들 합디다.

진지한 얼굴로 듣던 최경선이 제법 놀라는 기색을 드러내며 물었다.

— 강성하다면 청국을 당할 정도란 말이오?

— 그럴 리가 있겠소? 다들 게까지는 아니라 여기더이다. 그러니 역시 청국이 문제인데 대원위께서 이홍장이나 원세개하고는 통하는 바가 있어 길을 열겠다 하였소.

송희옥도 신중하게 의견을 밝혔다.

─양이들이 각자의 사정으로 조선을 손대지 못한다 해서 그들을 선한 살쾡이랄 수는 없지 않습니까? 양이들과 왜국이 멋대로 약정하여 조선을 찢어발기려 들면 어찌합니까? 지난날 거문도를 침략한 영국은 조선을 네 등분하자 했다지 않소?

그의 지적에 좌중은 말을 잃었다. 방책을 마련할 수 없어 쉬쉬하며 함부로 꺼내지 못하던 말이었기 때문이다. 김덕명이 서둘러 무거움을 수습하였다.

─게야 즈이들끼리 하는 일인데 우리가 어쩌겠소? 그런 일이 없기를 바랄 뿐이며, 혹여 닥치더라도 만백성이 나서서 풀어야지요. 그 때문에라도 운변과는 손을 잡으려는 게 아니겠소. 그런데 운변은 과연 믿을 만하였소?

─사람 속을 뉘 알겠습니까? 다만 우리와 얼마나 같은 목마름을 가졌는지가 중요하겠지요. 대원위는 외방에 나라를 팔 사람이 아니요, 민씨 무리를 심히 증오하는 인물이요, 권력을 취하려 하며 백성이 안돈하기를 원하는 사람이오. 여기까지가 우리와 같소.

한양의 동향에 촉각을 곤두세운 사람들이라 서당에 나온 동몽처럼 둘러앉은 이들의 눈빛이 다들 진지하였다. 김덕명이 재차 물었다.

─하면 다른 점은 무엇이오?

─그는 구래의 선치로 돌아가려는 사람입니다. 우리와는 나아갈 궁극이 다를 수 있지요.

김덕명이 머리를 주억거렸다.

─그거야 민씨 도당을 쓸어낸 뒤의 일이니 그 전에야 무슨 문제가 있겠소. 같음에 주목하여 손을 잡고 차후 경쟁이든 다툼이든 하겠지요.

─제 생각도 그렇습니다.

김기범이 곰방대에 부시를 치면서 물었다.

─그럼 언제 올라오라 합디까?

─그노무 담배는 또 태우시나?

투덜거려놓고 전봉준이 답하였다.

─빨리 오랍디다. 아주 절박해 보였소. 이리 말합디다. 나라의 명운이 그대들 손에 달렸음을 명심하라. 조선의 마지막 기회니라.

대원군의 목소리를 흉내 내는 것으로 전봉준이 말을 맺자 침묵이 흐르고 그 사이를 자귀 울음이 파고들었다. 곰방대를 빠는 김기범의 메마른 입술 소리와 최경선의 목구멍으로 소주 넘어가는 소리가 정적을 찢었다. 먼 데서 짖는 수캐의 워렁워렁한 소리가 바다의 짠 내를 묻혀 귓구멍에 눌어붙었다. 뒤란 대숲에서는 댓잎 서걱대는 소리가 민인들의 숙덕거림처럼 음험하게 들려왔다. 숨넘어가는 소리로 연기를 들이마시던 김기범이 놋재떨이를 두드렸다.

─올라가야지. 까짓것 쓸어버립시다.

당장이라도 밖으로 나설 기세였다. 전봉준이 좌중을 둘러보았다.

─올라간다면 지금이 적기요. 추수가 끝나 부호의 창고에 쌀이 그득하니 군량 걱정이 없고, 동접의 백성들도 농한기라 주저치 않을 게요. 더 추워지면 애로가 많을 테니 지금 기포해야 합니다. 말미가 얼마면 되겠소?

─도원결의는 끝났소. 열흘이면 가하오.

김기범의 말에 고개를 주억거리던 김덕명이 말하였다.

─열흘이면 가하지요.

그러자 진중하게 듣고 앉았던 손화중이 나섰다.

―열흘이면 삼천을 모을 수 있소. 하나 호서 쪽의 동패가 나서지 않으면 순성하지 못할까 염려되니 당장은 불가합니다. 북접대도주의 응낙이 필요하오. 아시다시피 해월선사는 경주에서 도당이 무너지는 변을 겪은 어른이요, 당여를 묶어 틀을 잡으매 영해에서 이필제를 만나 다시 깨먹은 분입니다. 쉽게 응할 리 없으니 당장은 불가하오.

김기범이 술잔을 소리 나게 놓았다. 그의 청이 다소 높았다.

―여기 전녹두와 나는 이양선이 출몰할 때 뜻을 모았소. 김덕명 형님과 전녹두는 그 훨씬 전에 뜻을 품었소. 대체 동학이 호남에 내려온 지 몇 해나 되었다고 매번 그 규약을 따른단 말이오?

―말인즉 그럴듯하나 일어나되 성사시켜야 합니다. 호서의 방대한 힘을 얻으면 가능성은 그만큼 높아질 것입니다. 평안도와 함경도에 이제 사람 몇을 심은 정도에 불과하오. 아직 우리는 협소하고 빈약하오.

제법 앞뒤가 들어맞는 말이었지만 김기범이 쉽게 물러날 사람도 아니었다.

―하지만 우리가 대적해야 할 무리 또한 시일을 끌면 강성해질 게 아니오. 왜국에 더 시간을 벌어줄 수는 없소. 양이들도 각자의 임무를 마치면 이쪽에 눈을 돌릴 것이오. 지금도 늦었소. 십 년, 이십 년 먼저 일어났어야 하오. 홍경래가 일어날 제 우리가 세상에 없었던 게 한이오. 그때 왜 따위야 범접이나 하였겠소?

―그럴 바엔 궁예와 함께했으면 좋았겠소그려.

그 말에 배알이 틀어진 김기범이 곰방대로 연이어 재떨이를 두드렸다. 담뱃재가 술상 너머로 날렸다.

— 허허 뭐가 그리 두려운 게요? 그깟 모가지는 붙어 있어야만 한답디까?

손화중도 지지 않고 핏대가 오른 목을 쳐들며 소리쳤다.

— 이게 지금 목이 아까워서 하는 말이오?

— 그만, 그만!

연배가 높은 김덕명이 술상을 두드렸다. 모인 사람보다 십 년 이상 연상인 그의 말에는 김기범이나 손화중이나 머리 내밀 처지가 아니었다. 전봉준이 중재를 하고 나섰다.

— 한잔씩 비우고 소피나 본 후 다시 의논합시다. 양이들이 마신다는 양주에 관하여 들어보지 않겠소?

그러나 김기범은 전봉준의 말이 끝나기도 전에 술잔을 놓고 뛰쳐나갔다. 누구 하나 나서지 못하고 꿀 먹은 벙어리로 잔을 기울이는데 전봉준이 따라나섰다. 마당 귀퉁이의 빈 채마밭에 김기범은 등을 보이고 소피를 보는 중이었다. 고의춤을 까며 전봉준도 나란히 섰다.

— 오줌발 좋네그려.

— 네야말로 어찌 이리 실하누? 써먹을 데 없는 홀아비 분해서 못 살겠구나야.

전봉준은 피식거리며 뱉었다.

— 호서는 포기해도 손화중은 포기할 수 없어.

— 걸 왜 몰라? 의논을 하다보니 시끄러워진 게지.

몸을 흐드득 떨며 고의춤을 추키는 김기범을 향해 전봉준이 동곡리 살 때 부르던 별호를 불렀다.

— 개똥아.

—왜 그러니 이눔아.

—너 나랑 한날 죽을 게지?

그윽하게 쳐다보던 김기범이 어둠 속에서 허연 이를 드러냈다.

—그렇다마다.

김기범이 손화중의 사랑에서 흘러나오는 불빛 속에 거무스름한 그림자로 스며들었다. 몸을 떨면서 허리춤을 추킨 전봉준이 자리에서 돌아설 때 사랑의 문이 열리며 이번에는 김덕명이 내려섰다. 그 또한 허리춤을 풀며 물었다.

—준비에는 본래 끝이란 게 없소. 그러니 미진하더라도 언젠가는 움직여야 하는데 오늘도 의견을 모으긴 틀린 성싶소. 어쩌시려오?

채마밭에 쏟아지는 김덕명의 오줌발 소리가 나이에 걸맞지 않게 거세었다.

—손화중 접주의 말도 이치에 그르지 않습니다. 하지만 시기가 늦어진다고 순성하는 건 아니지요. 그러니 김기범 접주의 말도 옳소. 만일 조정에서 동학의 포덕을 서학처럼 인정해버리면 어찌합니까? 그리되지 않으리라 믿고 또 믿지만 만에 하나 게서 안주하지 않는다 어떻게 장담하겠습니까? 호서에서 나서지 않더라도 우리가 나서면 궁극에 가서는 호서를 얻을 것이요, 우리가 나서지 못하면 끝내 호서는 얻지 못할 것입니다. 그러니 손화중 접주를 설득해야지요. 청주 서장옥 접주를 만나 해월 선생을 설득해달라 청하고 손화중을 다시 만나겠습니다.

—그러십시다. 허나 그 전에 대매마을 송두호 영감을 먼저 만나시게나.

—그러지요.

두 사람은 손화중의 사랑으로 천천히 들어갔다.

7

　배들을 넘어온 해가 천태산 너머로 모습을 감추면서 서편 하늘은 홍
싯빛이 되었다. 갑례는 보리가 찰 때까지 함지박의 물 위로 조리를 빙글
빙글 돌리다 곁에 둔 바가지에 걸러진 보리를 털었다. 다시 조리를 함지
박에 넣어 돌리는데 손이 야물어 물살을 따라 일어난 보리 알갱이가 금
세 차오른다. 이윽고 보리를 다 일은 갑례는 기다리는 이가 있는 것도
아니면서 노을 든 서편 하늘을 바라보며 하르르 한숨을 쉰다. 그래도 추
수 끝이라고 마을 안쪽의 집집에서는 실고추 같은 연기가 피어오르고,
무언가 지지는 냄새도 어룽거린다. 함지박의 보리 일은 물을 쏟아버린
그녀는 두레박을 우물에 던졌다. 댕기머리가 흔들거려 그녀가 혼전의
처자임을 말해주었으나 펑퍼짐한 엉덩이는 도리어 혼사가 늦었음을 일
러주고 있었다.
　—선생님은 오늘도 안 오시니?
　등 뒤에서 들려온 난데없는 목소리에,
　—에그머니나!
　갑례가 놀라 돌아본다. 등에 걸린 질빵을 풀어 작대기 끝을 땅에 박고
서 몸을 틀며 지게를 받치는 을개의 종아리에서 오리 알 같은 근육이 꿈
틀거렸다. 지게 위 발채에는 나무가 한 짐이었다.
　—너 죄지었니? 왜 사람한테 놀라니?
　—등 뒤에서 멱따는 소리가 들리면 안 놀라니?

갑례의 쏘는 소리에 을개의 얼굴에서 장난기가 피었다.

— 언제 먹따는 소릴 했게? 귓밥 좀 파야겠구나.

— 그게 그럼 속삭인 게란 말이니? 곰 같아서는.

을개도 을개려니와 갑례 또한 한 마디도 지는 법이 없었다.

— 우리 엄닌 인물만 훤하다든데. 물이나 한 바가지 다우.

— 손은 뒀다 돼지 잡을 때나 쓰겠구나.

그러면서도 갑례는 동이 속의 물을 바가지 가득 퍼서 내민다. 을개가 바가지를 입에 대고 벌컥거릴 제 보니 목울대가 꿈틀거리면서 오뉴월 개구리 우는 소리까지 울려나온다. 감물 들인 무명으로 떠꺼머리를 동이고 홑적삼에 가슴도 풀어헤친 모습이었다. 이윽고 빈 바가지를 건넨 그가 몇 번이고 두레박을 건져 동이가 찰 때까지 물을 부어주고는 지게 꼭대기 새고자리에서 장끼를 내려 떨궈준다.

— 옛다, 물값이다. 등에 물 좀 끼얹었다구.

— 숭하긴. 아버지 오시면 이를 테야.

— 오며가며 널 보살펴달라고 말씀하신 분이 선생님이셔.

갑례가 빽 소리를 질렀다.

— 가져가버려. 누가 꿩을 먹는대니?

— 널 생각해서 잡아온 거다. 몇 번이나 헛손질을 했게.

그제야 갑례의 목소리에서 날이 무디어졌다.

— 뭘루? 도치로?

— 그럼 작대기로 잡았을까?

을개는 두레박을 끌어올려 손에 물을 뿌려가며 가슴과 겨드랑이를 쓸어내린다.

— 날이 춥다. 너 그러다 고뿔 들어.

을개가 큰 입을 벌쭉거리며 웃었다.

— 그 말 참 듣기 좋다.

— 어서 가지 못하니?

나이는 을개가 세 살이나 많건만 갑례는 꼬박꼬박 반말에 말대꾸였다. 그런데도 을개는 싫은 내색이 없었다.

— 나무 끝냈거든 어미 봉양을 할 일이지 우물가에서 웬 수작이냐?

뒤에서 들려온 소리에 을개가 놀라 돌아섰고, 갑례는 주섬주섬 기명을 단속하며 치맛말기에 손을 닦았다. 수작을 나누느라 기척을 느끼지 못하였는데 전봉준이 뒷짐을 지고 서 있었다. 무장에서 회합을 마친 그는 큰딸이 출가한 후 노상 혼자 집을 지키는 둘째의 얼굴을 보기 위해 귀가하는 길이었다.

— 선생님 오십니까?

을개가 허리를 숙여 인사하는 사이 갑례는 함지박 등속을 수습하여 허겁지겁 집 안으로 들어갔다.

— 어머니는 좀 어떠시냐?

전봉준의 물음에 을개의 얼굴이 시무룩해졌다.

— 차도 없이 누워 계십니다.

— 걱정이구나. 어서 미음이라도 드시게 하거라.

작대기에 몸을 의지한 을개가 으랏차차 용을 썼다. 지게를 진 그의 모습이 고샅을 빠져나간 후 집에 돌아온 전봉준은 방에 누워 이 생각 저 생각 뒤척이다 잠이 들었다. 그러다 갑례가 가만가만 몸을 흔들어 눈을 떴을 적에는 어둠이 몰려와 창호지마저 숯가루를 뿌린 듯 거무스름하였다. 얼굴이나 알아보게 피어오르는 콩기름불 사이로 구수한 냄새가 코끝에 닿자 배가 꾸룩거리며 회가 동하였다. 코를 벌쭉거리던 전봉준이 물었다.

—꿩탕이구나. 을개가 주더냐?

—예.

—꿩이 풍년이구나. 도치로 잡았다더냐?

—예.

—그놈 도치에 눈이 달렸구나. 먹자.

그들 부녀가 저를 들어 막 한 술을 떴을 때였다. 을개의 다급한 목소리가 문틈을 뚫고 들어왔다.

—선생님, 어머니가 글쎄…… 어머니가……!

꿩고기를 입에 넣으려던 전봉준은 고리짝 속의 침통을 챙겨 문을 차고 나섰다. 풀잎의 이슬을 털며 고샅에 이르러 물었다.

—어찌 됐단 말이냐?

—미음을 드시더니 정신이 맑아졌으나 혼미해졌습니다.

을개는 벌써 반쯤 울음을 물고 있었다. 버젓한 기와집을 빼앗긴 이래로 을개 모자는 남이 살다 버린 야산 중턱의 기울어가는 초가를 손봐 쓰고 있었다. 기둥만 세우고 이엉을 얹은 헛간에는 땔감 하기 좋게 쪼갠 나무가 가지런히 쌓여 있었다. 방으로 뚫린 미닫이 창호지에 불빛은 부옇게 비치고 있건만 인기척은 들려오지 않았다. 문을 열고 들어가 이불에 쌓인 여인의 맥을 짚어보았으나 침통도 소용없게 된 일이었다. 미처 감지 못한 여인의 눈은 정기가 빠져나가 흐릿하였고, 관자놀이에는 흘러내린 눈물이 말라가는 중이었다.

―가서 친한 동무 몇을 불러오너라.

―어머니는 어떻게…… 어머니는……?

울음이 을개의 입에서 부서졌다.

―어서 불러오지 못할까?

추상같은 호통에 을개가 물러난 후 전봉준은 우두커니 앉아 망자를 지켰다. 세상 어느 천지에 기구하지 않은 삶이 있을까마는 필설로 감당키 어려운 한살이를 여인은 마침내 마감한 것이었다. 여인의 남편은 고부의 토성을 쓰던 사람으로 선대에는 양반에 적을 두었으나 후대로 오면서 벼슬이 끊겨 평민이나 다름없는 처지로 이웃 마을에 터를 이루어 살았었다. 하지만 선대로부터 물려받은 전답이 있는 데다 수완도 있고 근실하여 밥술깨나 먹게 되었다고 인근에서는 칭송이 자자하였다. 그 무렵 전봉준을 찾아와 글을 익히던 을개는 『동몽선습』을 떼기까지 갑례와 앉아 읽고 쓰는 일에 매양 열중이었다. 을개의 아비로서야 아들이 하나뿐인 것을 빼고는 인심 잃지 않으면서 살 기반을 미리감치 마련했던 셈이었다.

그러나 호남에 대흉이 들던 무자년에 조병갑이 부임하면서 사달이 났다. 조병갑은 군수로 부임하던 이튿날부터 호방과 한통속이 되어 만만한 사람 골라내기를 가장 서둘러 할 일인 양 재촉하였다. 호방이 양안 (量案)을 놓고 부요한 농민을 골라내면 조병갑은 불효와 불목, 음행이며 잡기 등의 죄목으로 사람들의 재산을 늑탈하였다. 그런 그에게 을개의 아비가 걸려들지 않았다면 그 또한 객적은 노릇이었을 것이다. 그렇게 이웃집 과부와 통정했다는 죄목으로 관아에 끌려간 을개의 아비는 죄를 토설하라며 치고 틀어대는 매를 몸으로 당할 만큼 강건한 사람이 아니었다. 전답과 집을 팔아 인정을 쓰고서야 관의 서슬에서 벗어났지만 뱃속의 장독만은 끝내 다스리지 못하여 세상마저 떨치고 말았던 것이다.

남편이 이웃집 과부와 정을 통하였다는 말을 곧이곧대로 믿은 것은 아니었으나 어떤 때는 긴가민가하다가 남편이 죽자 아내는 그 길로 드러누웠다. 글이 무엇이며 성과 이름이 당기나 하겠냐고 전봉준은 아이에게 을개(乙介)라는 이름을 지어주고 초군 패에 들어 목숨을 부지하도록 주선하였다. 천년만년 눌어붙어 고을을 들어낼 듯 야단스럽던 조병갑은 그로부터 얼마 뒤 모상(母喪)을 당하여 사직분상하였으나 삼 개월만의 수령 노릇으로 그가 토색질한 것이 그새 몇천 냥인지 내막을 아는 자 드물었다. 그렇게 씌워진 횡액이 불씨로 남아 있다가 이날에 이르러 마침내 모든 것을 태워버린 셈이었다.

─을개는 들어오고 너희는 삽과 곡괭이를 찾아 은밀한 자리에 혈을 파거라.

을개가 데려온 이들은 더팔이를 포함하여 대개가 초군이었다. 청년들이 농구를 들고 두런대며 떠난 후 전봉준이 물었다.

─수의를 준비하라 하였거늘 마련하였더냐?

을개는 말없이 시렁에 놓인 보따리를 꺼내 풀었다.

─물을 떠오너라.

아이에게 어미의 눈을 감기게 하고 망자의 몸을 물 묻은 무명으로 닦았다. 시늉뿐인 염을 하고 수의를 입힐 적부터 소리는 내지 않았으나 을개의 눈에서는 몇 줄기고 눈물이 흘러내렸다.

─우지 마라 아가. 조선 천지에 너뿐이겠느냐?

그 말 탓인지 을개의 입에서 황소울음이 터지는데 산에 갔던 동무들이 나타나 일을 마쳤노라 일렀다. 을개가 실컷 울도록 짬을 두고서야 멍석에 싸맨 시신을 동무 중 하나에게 메도록 지시하였다. 몇 번이나 돌아가며 지게를 바꿔 멘 끝에 묘혈에 당도한 그들은 시신을 묻고 남들이 알아보지 못하게 봉분 없는 무덤을 만들었다. 그런 다음 훗날 찾을 일에 대비하여 표지석을 얹고 낙엽을 그러모아 무덤을 위장하였다. 무덤가에서 한동안 솔밭을 흔드는 바람 소리를 듣다가 부엉이 울음이 잦아들 즈음에야 그들은 산을 내려왔다.

— 너만 당하는 일이 아님을 명심하고 절대 준동하지 말라.

산길이 끝나고 평지로 접어들 무렵 전봉준은 준엄하게 다짐을 두었다.

— 하면 부모 원도 풀지 못하고 천치로 살아가오리까?

— 더 크게 설분할 날이 올 것이다. 눈 붙이고 일어나는 대로 찾아오너라.

전봉준은 못 믿는 마음이 생겨 옆집 더팔이로 하여금 을개와 밤을 지키도록 이르고 집에 돌아왔다. 배가 고팠으나 밥보다는 술이 간절하였다. 찬물을 들이켠 그가 중얼거렸다.

— 결핍이 세상을 이룰 것이다.

8

이튿날 집으로 찾아온 을개와 조촐한 아침을 먹고 전봉준은 술과 어포를 마련하여 암장한 무덤을 찾았다. 술을 올리고 엎드려 절을 하던 을개는 한동안 어깨를 떠느라 일어설 줄을 몰랐다. 무엇에 끌리듯 자꾸 돌아보는 그를 재촉하여 점심나절에야 관아 뒤편 대매마을에 들었다. 김덕명의 말을 좇아 우선 송두호 영감을 만나보기 위해서였다.

송두호 영감과 아들 송대화는 조반 후 출타했다는 것이지만 평소 자주 내왕하던 전봉준을 송 영감의 며느리가 알아보고 사랑에 들였다. 밥을 먹고 잠깐 눈을 붙였으나 을개의 코 고는 소리가 장히나 요란스럽고, 어미를 불러대는 잠꼬대마저 흉흉하여 전봉준은 깊은 잠을 이루기 어려웠다. 비몽사몽 가운데 다시 밥상이 들어와 체면 차릴 것 없이 뚝딱 해치운 뒤에야 송 영감 부자는 어둠을 밟고 귀가하여 안채에서 저녁을 먹었다. 종일 원행을 한 송 영감은 곤하다 하여 먼저 자리에 들고 전봉준과 송대화가 술상을 마주하여 앉았다.

─ 웬 장정입니까?

을개를 행랑으로 내보내자 뒷모습을 살피던 송대화가 물었다.

─ 서당에 나오던 아이인데 길동무 삼아 데려왔네.

─ 태산이라도 짊어지겠습니다.

─ 쌀 한 섬이야 못 멜라구. 연로하신 춘부장님과는 어딜 다니셨는가?

송대화는 돌아다닌 마을을 손으로 꼽아가면서 말하였다.

─ 만석보의 물을 쓴 배들 안쪽의 마을을 돌았지요. 창전리, 황전리, 마항리, 하송리, 예동을 돌며 빼앗긴 수세를 확인하고 여론도 들었습니다. 집강들을 만나 의견도 물었지요.

전봉준은 고개를 주억거리며 잔을 들었다. 집에서 담근 송엽주인데 안주로는 저민 비둘기 가슴살에 고추장이 나왔다.

─ 고생이 자심하셨네. 사정은 어떠한가?

─ 다들 거칠어져 있었지요.

팔 척 거구에 털북숭이인 송대화는 생김으로만 봐서는 영락없는 산

포수였다. 실제로 겨울이면 내장산과 회문산 등지로 사냥을 다니기도 하였는데 좋은 시절이면 문자를 갖춘 호반으로 살 위인이었다. 전봉준이 물었다.

— 도인들은 어떠한가?

— 접에 속한 자나 아닌 자나 한뜻이올시다. 끓기 시작하는 여물이라 시원찮은 돌로는 눌러두지 못할 듯하였소. 이참에 결단을 하시지요.

송대화의 말은 애소라도 하듯 간곡하였다. 머뭇거리던 전봉준이 다시 물었다.

— 더 기다리자 하면 어찌 되겠던가?

— 접에 속한 도인이야 명을 거절하겠습니까? 하지만 그 밖의 사람들은 참지 못할 것입니다.

전봉준은 조용히 한숨을 쉬었다.

— 그럴 테지. 하지만 지난번 회합에선 견해가 갈렸네. 아직은 순성할 때가 아니니 포와 접을 더욱 튼실하게 꾸리자는 의견도 완강하였지.

전봉준의 말에 고개를 끄덕이면서도 송대화의 눈빛은 어느덧 서늘해져 있었다.

— 준비할 동안에는 준비를 하는 게 이치에 맞지요. 허나 어디까지가 준비요, 어디서부터가 결행입니까? 백성의 팔 할이 도인이 되면 그때를 순성할 시기라 하시렵니까? 그리되면 양이의 나라에서 모슬총이라도 사올 방도가 생긴답디까? 우리가 공주며 삼례에서 모였던 것은 준비에 모자람이 없었기 때문이 아니라 뜻이 차오른 데 있었지요. 어찌 이것을 다만 때가 아니라 하겠습니까? 백성의 마음이 지극하면 곧 천시겠지요.

청은 낮았으나 송대화의 한마디 한마디가 전봉준의 폐부에 닿았다.

그렇다고 지난번 회합의 결과를 손바닥처럼 뒤집을 수도 없는 노릇이니 송대화의 의견에 손뼉 치며 추임새 날릴 일도 아니었다. 뜻을 모아 무리를 이루고 계통에 따라 일을 실행하는 과정에서 이것은 매번 고뇌하게 될 문제였다. 무엇보다 무리의 수장으로서 전봉준이 짊어지지 않으면 안될 독한 고독의 무게였다.

— 그대의 말은 그르지 않으나 결사한 사람들의 뜻을 모으는 일도 중요하네.

— 고을의 백성이 민요를 일으키고 안핵사가 장두들을 목 벨 제 접주께선 어찌하시렵니까? 그 참괴한 마음을요.

전봉준은 대답 없이 술잔을 기울였다. 술상을 넘어오는 송대화의 목소리에서 돌기가 느껴졌다.

— 백성은 준비가 되었으나 접주들만 안 된 것은 아니오?

전봉준은 말을 잃고 잔을 기울였다. 송대화의 얼굴을 바로 보지 못하고 눈길은 자꾸 술상을 배회하였다. 등불이 흔들리며 밤이 소리 없이 깊어갔다.

9

며칠 새에 날이 차워져 길에는 부쩍 내왕객이 줄었다. 마을이라도 가로지를라치면 양지바른 처마 밑에 쭈그려 앉아 사람들은 곰방대를 빨거나 황달기가 있는 눈으로 행인을 바라보았다. 전봉준은 핫저고리를 입고 두루마기를 걸쳤으며 을개는 동저고리 차림에 창옷을 입고 머리에는 무명을 두른 모습이었다. 행전을 치고 미투리를 신은 그들의 모습이 설익은 눈에는 부자간으로 보일지 몰라도 눈썹 한 올 닮은 데가 없었다.

　산길로 접어들자 금방 숨이 턱에 걸리고 등골로는 땀이 흘렀지만 앞서가는 전봉준은 걸음을 늦추지 않았다. 성황산과 항가산 밑을 돌아 비봉산과 물래봉 자락을 비껴 그들은 상두산의 한 갈래인 지금재로 올라서는 중이었다. 태인장터에서 사 들고온 술병에 손이 묶인 을개는 감발을 하고도 얼음을 지치는 심정으로 자주 종종거렸다.

　―배 속에 넣고 가면 손도 가볍고 해갈도 되니 좀 좋겠습니까.

　숨을 몰아쉬며 을개가 하소연하자,

　―네놈 마실 물건이 아니니 잘 품고 오너라.

　전봉준이 대꾸하였다.

　―원평엘 가십니까?

　―솔튼재 놔두고 험로로 원평을 갈까?

　―그럼 예 있을 테니 혼자 다녀오시면 되겠네요.

　―그런 강단으로 어찌 나무는 해 먹고살았더냐.

　―강단이고 뭐고 행선지도 일러주지 않고 따라만 오라니 하는 말이지요.

　―오갈 데 없는 녀석이 말은 많구나. 다 왔으니 잔말 말고 따라오너라.

　눈빛부터가 끓는 물 같아 다른 사람은 말도 함부로 붙이지 못하건만 을개만큼은 예전부터도 임의롭게 그를 대하였다. 그런 을개를 만나면 전봉준도 마음이 풀어져 좋았다.

　―오갈 데 없는 놈이라 끌고 다니는 거라면 그만 돌아갈랍니다요.

　―허허 이눔이!

　조도마저 끊어져 길이라고 할 것도 없는 곳을 평소 알던 길인지 전봉준은 잘도 헤쳐나간다.

　ㅡ 그런데 어찌 이런 길을 다 아십니까?

　ㅡ 너만 할 때는 지금실에 살았느니라.

　키 낮은 나뭇가지를 뚝뚝 분질러가며 길도 없는 곳을 얼마나 올라가
자 경사가 완만해지면서 비탈 아래로 작은 초막이 나타났다. 전봉준은
싸리 울타리에 시늉으로 매달린 삽짝을 들추고 성큼 안으로 들어섰다.
방 한 칸에 부엌과 헛간을 겸하여 따로 한 칸을 들인 집으로 지붕에는
풀을 얹었다 하나 비바람을 막지 못할 형국이었다. 방으로 난 문짝 밑
댓돌에는 뒤축이 닳은 짚신 두 켤레와 낫이며 도끼 등속을 담은 망태가
놓여 있었다. 인기척을 들었을 터인데도 안에서는 숨소리조차 흘러나오
지 않았다.

　ㅡ 고부 사는 전봉준이 뵈이러 왔습니다.

　마당에 서서 전봉준이 고하자 그제야 방문이 열리면서 키 작은 아낙
이 신을 꿰며 내려섰다. 눈썹이 치켜지고 광대뼈가 두툼하였으나 콧대
가 오뚝하여 명민해 보였고, 행동거지가 가볍지 않아 정숙해 뵈는 여인
네였다. 삿자리가 깔린 방에서 맨상투 머리의 사내가 전봉준 못지않은
안광을 쏘아대므로 눈길이 마주치는 처마 밑에서는 도깨비불이 피는 듯
하였다.

　ㅡ 들어오시우.

　마당에 을개를 세워둔 전봉준이 술병을 받아 들어갔다. 사람을 부르
는 소리였을망정 사는 곳과 이름을 미리감치 밝히고서도 그가 한 번 더
자기를 소개하자 사내의 걸걸한 소리가 새어나왔다.

　ㅡ 장팔이라 하오.

그러고서 더는 들려오는 말이 없었다. 아낙이 접시에 담긴 묵과 짐승의 살을 떠 말린 육포를 소반에 얹어 넣어주고 을개에게도 도토리묵을 내왔다. 술을 따르는지 잔에 호리병 부딪는 소리가 들렸다.

— 칡이나 캐 먹는 사람에게 달리 볼일이란 없을 터인데…….

장팔이라는 사내의 음성은 시종 나지막하였다. 빈 그릇을 들고 부엌으로 들어서는데도 방 안의 소리에 신경 쓰느라 아낙은 을개가 출현한 것도 알아채지 못하였다. 한참 후에야 얼른 그릇을 받아드는데 흑단 같은 머리에 섞인 몇 가닥 새치가 유독 반짝거렸고 그보다 선명한 두려움이 눈에는 가득하였다.

— 존함은 들은 바 있소만…… 돌아가시오. 감자 갈고 풀이나 캐며 살겠소.

장팔의 목소리가 다시 들려왔으나 자기를 소개하느라 입을 연 이래로 전봉준의 목소리는 도통 들리지 않았다. 묵묵히 잔을 기울이거나 삿자리를 내려다보면서도 말은 꺼내지 못하는 모양이니 망설임만 깊어가는 눈치였다. 그런 방문객의 의중을 헤아려 주인 사내는 혼자서 말문을 트는 것으로 무언가에 저항하고 있었다.

— 어디서 들었는지 모르나 과연 그런 일이 있기는 하였소. 이십 년이나 지난 일이오. 공금을 횡령하더니 그것을 벌충하려고 결세(結稅)를 과중하게 하자 참지 못한 부민들이 나섰소. 아전이 효수되고 울산부사 또한 의금부로 압송되었지만 부내의 사람 중에도 수장자 세 사람이 효수되고 유배에 오른 자가 많았소. 부내엔 잠시 숨구멍이 틔었다 하나 없던 일이 되어 곧 아무것도 이룩된 건 없었소. 그로부터 이십 년, 내게 무엇이 남았다고 댁네를 돕는단 말이오?

그제야 전봉준의 목소리가 문틈을 빠져나왔다.

─겨음이 스승이올시다.

그때,

─날 봐!

사내의 날카로운 목소리가 문지방을 넘어왔다. 초조한 기색으로 안방의 소리에 귀를 기울이던 여인이 그 말을 좇아 부엌에서 나왔다. 아무래도 사내의 그 소리는 아낙을 부르는 호칭이었던 모양이다.

─들어와 인사드리게.

아낙이 스며들듯 사라진 방에서 잠시 후 떨리는 음성이 들려왔다.

─이름은 손녀이옵고 그저 손네라구 합니다.

─전봉준입니다.

수인사에 이어 아퀴를 지으려는 듯한 장팔의 목소리가 끌려나왔다.

─해배되어 유배지에서 십오 년 만에 돌아갔더니 서로 약조하였건만 이 사람은 밥술이나 먹는 늙은이의 첩실로 살고 있었소. 그걸 어찌 이 사람 탓이라 하겠소. 멀리 도망하자 하였을 때 두말없이 따라나선 사람이오. 댁네 같은 사람들은 보잘것없다 하겠으나 저편 바다 끝에서 예까지 넘어와 이십 년 만에 몸을 모아 이렇게 살고 있는 것이오. 큰 것도 중하지만 내겐 이렇게 사는 일이 중요하오.

어디서 날아왔는지 되새 한 쌍이 허공을 질러간 후 댓돌에 걸쳐 있던 처마 그림자가 마당 가운데에 땅금을 그었다. 무료하게 토방에 앉아 있던 을개는 늘어지게 기지개를 켜면서도 귀만큼은 안을 향해 쫑긋 열어 두었다. 세 사람이나 무릎을 맞대고 있건만 기침 소리 한 토막 흘러나오지 않아 안팎 공기가 모두 팽팽하였다. 마침내 무거운 침묵을 끌며 방을 나선 전봉준이 느린 동작으로 미투리를 꿰었다. 곰방대에 부시를 치는 사내를 뒤로하고 아낙이 삽짝까지 나와 두 사람을 배웅하였다. 왔던 길을 앞장서 내려갈 뿐 전봉준은 말이 없었다.

— 일이 잘 안되신 게지요?

을개가 묻자,

— 일은 이놈아 무슨 일. 역모라도 꾸민다더냐?

전봉준이 언성을 높였다. 말을 찾지 못하여 걸음을 따를 뿐인데 스승의 목소리가 다시 들려왔다.

— 원평으로 가자.

— 아깐 안 가시겠다더니.

— 마음이 바뀌었다. 이젠 가야겠다.

어금니를 깨무는 듯한 목소리였다.

10

일주문 넘어 금강문과 천왕문을 지나 돌층계를 밟고 올라가자 금산사의 전경이 한눈에 들어왔다. 아침부터 잔이나 기울이는 것은 면구스럽기도 하고, 사람들의 고단한 삶을 생각하매 할 짓도 아닌 듯하여 슬슬 눈치를 보던 참에 김덕명이 눈이나 씻자 하므로 나선 길이었다. 미륵전의 부처님께 합장을 한 전봉준과 김덕명이 경내의 마당으로 내려섰다.

— 대매마을 송두호 영감은 만나보셨소?

아득해지는 모악산 골짜기에 눈을 주며 김덕명이 묻는다.

— 만났지요. 그런 다음 지금재에 올라 장팔이란 사람도 만났습니다.

─내가 아는 인물이오?

─저도 처음 보았습니다. 어찌 알았는지 김기범 접주가 한번 찾아보라 하여 만났지요. 그이를 만나 이야기를 나누면서 청주로 올라가려는 뜻을 접었습니다.

─알아듣게 말해주오.

연배로 보아 김덕명은 전봉준보다 십 년이나 위였다. 아버지를 따라 황새마을 살 적에 낯을 익혔으니 전봉준이 이웃 마을로 서당을 다닐 무렵 김덕명은 이미 가정을 이루어 문중회의에 참여할 만큼 세사에 깊이 관여하고 있었다. 김덕명은 외가 쪽으로 먼 친척뻘이 되는 사람이라 그들의 만남은 자연스러운 데가 있었으나 범상치는 않았다. 그때 벌써 재산을 바쳐 벼슬을 사려는 문중의 인사에게 재떨이를 던지는 것으로 세상에 관한 식견을 드러낸 김덕명이었다. 그러니 솜털 같은 수염이 이제 막 돋아나던 전봉준에게 그는 세상에 응하는 마음가짐을 능히 일러줄 만한 사람이었다. 그로부터 정분이 도타워져 달빛 아래를 걷는 사람과 그림자가 항용 그렇듯 어느덧 한 몸과 진배없이 둘은 함께 도모하는 일이 많았다. 두 사람은 팔도를 유랑하고 몸소 풍설을 확인하고자 임오년의 백성이 어육이 되었던 한성의 왕십리며 이태원 거리를 헤매고 다녔다. 함께 관아에 들어 한성순보를 찾아 읽고 탁자를 치며 술잔을 기울였다. 그러는 동안 전봉준이 뜻을 모은 사람들의 복판에 서게 되자 김덕명은 흔쾌히 용인하고 필요한 도움을 베풀면서도 함부로 친척뻘의 동생 다루듯 대하는 법이 없었다.

─고부의 백성들은 눌러둘 수 없는 지경이 되어 도소까지 정하여 회합을 하고 있습니다. 그들은 저에게 짐을 져달라 하였지요. 어찌해야

하겠습니까? 한양에 가서 대원위를 만나 약조하고, 며칠 전에는 팔도를 아우르는 그림을 그리고자 하였으나 뜻을 모으지 못하였습니다. 저는 한 고을의 문제가 아니라 더 큰 싸움을 성사시키는 일에 골몰하였지요. 그래 지금재에 올랐던 것입니다. 울산부중의 민요에 가담한 경력이 있다 하여 그러한 경험으로 자리가 채워질까, 그런 어두운 마음이 있었던 것입니다.

이야기를 나누며 경내를 한 바퀴 돈 그들은 천천히 일주문을 나섰다. 을개는 두 사람의 목소리가 들릴 듯 말 듯 한 거리를 두고 영문도 모른 채 따라다녔다.

— 지금재의 그이는 단칼에 제 청을 베었습니다. 사익이 아니라 공무를 보고 있다는 자부심은 굳고 크나 그게 지나쳐 작은 것을 하찮게 여긴 제 오만을 채찍질하였습니다. 그런 옹졸함으로 어찌 대사를 이루겠습니까? 비로소 송두호 영감을 만나라 하신 형님의 뜻을 깨달았지요. 고부로 가거든 그들과 결합하렵니다. 민요가 일어나겠지요. 하지만 이제 와서 한 고을의 작은 소란으로 끝낼 수는 없습니다. 그게 제 노릇입니다. 서장옥 접장과 김기범 접장께 하시라도 일어서도록 준비하라 해주시고 형님도 만반의 채비를 갖추었으면 합니다. 손화중 접주의 일은 궁리해보지요.

전봉준의 이야기와 더불어 사하촌으로 내려가는 길이 끝났다. 김덕명이 숙연해진 얼굴로 그를 보았다.

— 전 대장의 뜻을 따르고 직분을 충실히 수행하겠소. 이제 그대는 우리의 대장이며 머리요. 세상의 온 생령이 어깨에 얹힐 터인즉 고독에 치를 떨게 될 거요. 전 대장의 몸과 마음을 받아줄 여인네는 있소? 위안이

될 것을.

전봉준은 김덕명의 눈을 외면하며 동문서답하였다.

─조소리의 딸아이가 숨어 지낼 초막을 알아봐주십시오.

─태인 동곡리가 좋겠소. 게에 큰아이도 있지 않소? 원평에서도 가까우니 내가 살피기도 용이하겠소.

─뜻대로 하소서.

원평에서 길을 나누어 김덕명은 그곳에 남고 전봉준과 을개는 솥튼 재에 올랐다. 재를 오르도록 말이 없는 전봉준에게 농지거리나 지껄여서는 안 되겠다는 생각인지 을개도 시종 잠잠하였다. 재를 내려와서야 전봉준이 한마디를 하였다.

─초군들과 관계를 긴밀히 하도록 해라.

어쩐지 가슴이 먹먹하고 핏대가 솟구쳐 을개는 몸이 활활 타오르는 듯하였다. 피를 보고 난 사람처럼 떨렸고 추웠다.

그해 정월

1

먼바다로부터 하늘이 어둡게 가라앉더니 바람까지 거칠어져 줄포만의 바다가 하얗게 뒤집어졌다. 산더미만 한 파도와 포말은 부안곶의 모래언덕과 갯바위를 차례로 넘나들었다. 뿌옇게 하늘을 덮은 것들이 폭풍을 따라 침범하여 곰소만에 이르자 세상은 지척을 분간하기 어렵게 되었다. 줄포에서 바람과 눈보라는 들판의 짚동을 허물어 검불을 날리고, 토담에 얹힌 이엉을 남의 집 토방에 쉴 새 없이 내던졌다. 마침내 폭풍에 떠밀린 눈발이 내륙의 여염까지 날아들자 솟아오른 돌부리며 담장 아래는 어디나 켜가 두터웠다. 풍설은 고부 건너 태인과 금구를 쓸고 가파른 산줄기를 따라 더욱 갈기를 세웠다.

고부 대매마을 송두호가의 사랑에는 열댓 명의 사내가 침묵 속에 앉아 있었다. 먹을 듬뿍 갈아 묵향이 들숨을 따라 후각을 자극하였으나 누구도 코를 훌쩍이지 않았다. 대숲과 솔수평을 흔드는 폭풍도 감히 범접을 못 하여 사람들의 열기와 더불어 방 안은 후끈하였다. 방 가운데에는 각 마을의 집강 앞으로 보낼 통문이 놓여 있었다. 간신과 탐관오리를 격징하고 양이와 왜를 구축할 터이니 이십 일을 기하여 말목장터로 모이라는 무시무시한 내용이었다. 고을 단위의 민막(民瘼)을 단지 타파하자는 게 아니라 나라를 통째 개조하자는 뜻이었다.

수장두로 선출된 전봉준은 통문 귀퉁이의 사발 옆에 이름을 적었다. 뒤를 이어 송두호 영감과 이장두 정종혁, 삼장두 김도삼, 참모 송대화, 중군 황홍모, 화포장 김응칠과 전봉준의 부름에 응하여 태인에서 달려온 최경선도 이름을 적었다. 마침내 밤이 깊어 각 마을로 보낼 통문이 완성되매 눈보라를 뚫고 사람들은 열아홉 면의 집강에게 이것을 전하였다. 그러나 말목장터에 모여 고부성을 깨뜨리기로 한 일은 곧 없던 것처럼 되고 말았는데 뜻을 함께하던 이방이 달려와 조병갑 군수가 익산군수로 전임되었음을 알려왔기 때문이었다.

이때를 당하여 익산군수로 발령된 조병갑은 그런 줄도 모르고 이조판서 심상훈과 전라감사 김문현을 앞세워 고부에 눌어붙기 위해 으등거리며 관아를 지켰었다. 십일월 중동에는 익산에서 백성이 들고일어나 군청을 습격한 일도 있었다 하므로 먹잘것 많은 고부를 두고 뒤숭숭한 임지로 떠날 마음이 그에게는 애초부터 없었다. 만일 조병갑의 이러한 노력이 성공하여 군수에 잉임(仍任)된다면 모상을 당하여 떠났다가 임진년에 부임한 이래 그는 세 번째 고부군수에 임명되는 것이었다.

관아에 일이 있을 때마다 소식을 물어오던 이방이 정월대보름을 앞둔 어느 날 송두호가에 나타나 조병갑이 잉임되었음을 알렸다. 송두호가에서는 즉시 사람을 놓아 장두들을 모이게 하니 긴급하게 마련된 회합에서는 그 밤으로 끝을 내자 결정을 내렸다. 때마침 각 마을의 두레패에서는 정월대보름에 쓰려고 징이며 북을 꺼내 먼지를 쓸다 말고 풍장을 치며 때가 왔음을 알렸다. 바짝 약이 올라 소식이 당도하기를 손꼽아 기다리던 읍면의 군민들은 저녁을 차려 먹고 해거름녘부터 하나둘 예동 마을로 집결하였다.

— 아녀와 노약 외에 이곳을 탈출하려는 자는 규율로 다스리리라!

모여든 사람들의 열기로 마을 앞 공터가 달아오르자 전봉준은 평소 다짐을 두었던 약조를 상기시켰다. 말로는 대궐이라도 부술 듯 호기롭다가도 사태가 나면 궁둥이를 빼는 자가 나오게 마련이므로 흐트러짐 없이 일을 성사시키자는 뜻이었다. 한번 입을 연 전봉준이 조병갑의 학정을 일일이 들어 발고하고 제폭구민(除暴救民)을 역설하자 원에 사무친 군중들은 발을 구르며 함성을 질러 소리가 배들을 넘어갔다. 특히나 초군들은 머리를 흰 무명으로 동이고 저마다 나무할 때 쓰는 도끼며 낫, 몽둥이를 들고 나와 가뜩이나 기세가 사나웠다.

코를 벨 듯 유난스럽던 추위가 밤이 되자 한층 날카로워져 바늘 끝 같은 한기가 소매를 파고들었다. 하늘에는 잔별이 떨어질 것처럼 매달리고, 대보름이 얼마 남지 않아 달마저 휘영청 밝았다. 뭐라도 들고 나오라는 초군 패의 말에 곡괭이를 빼 던지고 물푸레나무 자루를 들고 나온 을개는 모든 것이 놀랍고 그저 어리둥절할 따름이었다. 점잖아 보이던 전봉준이 장두로 나선 것도 그렇고, 더팔이를 포함해 농지거리나 주고받던 초군 패의 사람들이 이골 난 봉기꾼처럼 일사불란하게 움직이는 모습도 눈이 휘둥그레질 노릇이었다. 어쨌거나 스승 전봉준은 어머니를 묻고 돌아오던 저녁에 크게 설분할 날이 올 것이라 하였는데 이것은 바야흐로 조병갑이나 호방을 만나게 되는 일이었다.

— 뭐 해? 움직이지 않고.

더팔이가 을개의 옆구리를 툭 치고 지나갔다. 전봉준의 연설이 끝났는지 대오를 나누어 군중들은 뒷모실 방면으로 우르르 몰려가는 중이었다. 아직 손에 들 것을 마련하지 못한 사람들은 도중에 대나무 숲에 들어 각기 죽창을 만들어 들었던 터라 뒷모실에 이르렀을 때 장정들은 어느덧 빈손이 아니었다. 마침내 진격하라는 명이 떨어지자 일시에 소리를 지르며 군중들은 관아의 정문과 서문을 향해 노도처럼 밀려들었다. 그런데도 관아를 지키려는 움직임이 나타나지 않자 도리어 관문 앞에 이르러 사람들은 주춤주춤 서고 말았다.

— 담을 넘으라!

앞장선 전봉준이 소리를 질렀다. 그 말을 좇아 허우대 좋은 을개가 무등을 태워 날랜 더팔이를 담장 안으로 넘겼다. 마침내 더팔이에 의해 관아의 문이 열리자 난민들은 터진 둑처럼 안으로 쏟아져 들어갔다. 맡은 임무에 따라 사람들이 내아로 동헌으로 흩어질 무렵 그제야 사령청에서 몇몇 나장이 덜 깬 눈으로 창대를 들고 나왔다. 그러나 그마저 거꾸로 든 자가 많았고 인근 면리의 주민과는 저마다 아는 사이인지라 얼마 안 가 고분고분 물러서고 말았다.

―조병갑은 없다! 도망갔다!

조병갑을 잡으러 내아로 달려간 군중 가운데서 외침이 들렸다. 이부자리도 펴지 않은 것으로 보아 풍장 소리에 고을이 들썩일 즈음 이미 줄행랑을 놓은 눈치였다. 고부군수 포박하기를 포기한 전봉준은 군중들을 향해 큰 소리로 외쳤다.

―장두들과 각 마을의 집강은 동헌에 모이시오.

그의 말을 따라 장두들과 각 면리의 집강들이 속속 동헌에 모였다. 전봉준은 혹여 있을지 몰라 규율의 흐트러짐을 엄히 단속하라 일렀다. 날이 밝는 대로 고부삼거리 건너편의 옥을 부숴 갇힌 사람을 방면하기로 하고, 마을별로 차출하게 되어 있는 장정들이 관아에 집결하도록 즉각 사람을 파견하였다.

―장두 어른!

그렇게 앞으로 당할 일을 처결하는 와중에 동헌 밖에서 급한 소리가 들렸다. 논의를 하던 사람들이 몰려 나가자 웅성거리던 초군 중 하나가 외쳤다.

―을개가 군수와 호방을 찾아 온 건물을 들쑤시고 다닙니다.

드세기로 이름 높은 초군이지만 뜻밖의 일을 당하고서는 낯빛이 저마다 평온치들을 않았다.

―지금은 어디 있는가?

―아까는 객사에 있었으나 명륜당으로 옮기는 것을 보았습니다.

―가서 보잔다 이르고 듣지 않거든 몽둥이로 다스리게.

명을 받든 초군이 몰려간 얼마 후 이청 어름에서 와지끈뚝딱 부서지는 소리가 났다. 비록 여럿이라도 몽둥이까지 든 을개를 당치 못하는지

애고대고 소리와 투덕대는 소리가 연방 들려왔다. 전봉준은 신도 꿰지
못한 채 이청을 향해 달려갔다. 횃불에 둘러싸인 을개는 이청을 등지고
토방에 버티고 섰는데 피가 얼굴로 흘러내려 그런 악귀가 없었다.

— 그 몽둥이 치우지 못할까?

예동에서보다 갑절이나 큰 소리가 전봉준의 입에서 나왔다. 그제야
을개의 번들거리던 눈동자에서 흰자위가 거두어졌다.

— 따라오너라!

엄히 이른 전봉준이 동헌으로 돌아와 얼마를 기다리자 터진 머리를
감싼 을개가 쿵쾅거리며 나타났다. 그가 앉기를 기다려 입을 열었다.

— 이게 사사로운 원한을 갚으려는 일로 보이느냐?

을개가 울먹이며 외쳤다.

— 부모 원한도 갚지 못한다면 뭣 때문에 이런 일을 한답니까요?

— 조선 팔도에 뉘 원한이 가볍단 말이냐? 손톱 밑의 가시는 아프다
하면서 백성의 아픔에 무심하면 태산을 뽑을지라도 사내의 일은 아니다.

— 그럼 훈장 할아버지의 원도 풀지 못할 바에야 왜 일을 벌인답니까
요?

전봉준이 집을 비울 때 대신 글을 가르치던 아버지를 일러 을개는 훈
장 할아버지라 하였었다.

— 못난 사람들이 그런 고됨을 겪지 않게 되거든 그것이 설분이다. 네
놈이 속 썩이지 않아도 당키 어려워 두렵고 고단한 사람이다. 다만 어리
다고 그를 모르느냐?

그 말이 있고서야 을개의 얼굴에 비로소 공순한 빛이 돌았다. 그런 을
개에게 전봉준이 보자기를 내밀었다. 보자기를 풀자 쥐기 맞춤한 도끼

두 자루가 나왔다.

— 지금부터는 내 곁에서 삼 보 이상 떨어지지 말거라. 내가 잠든 뒤 눈을 감을 것이며 언제든 먼저 깨어 있어야 한다. 내가 죽으면 그때 일은 끝난다.

을개의 눈동자가 물기로 번득거리더니 어깨가 들썩였다.

— 날이 밝거든 곤장을 칠 것이다. 달게 받도록 하라.

을개는 답변을 못 하고 오래도록 울었다.

3

우선 급한 일을 처결한 장두들은 난군의 본진을 고부 관아에서 말목 장터로 옮겼다. 관아가 다소 외져 외부에서 들어오는 병력을 막는 데 한계가 있었기 때문이다. 말목장터는 장이 서는 곳인 만큼 난장을 벌이기 용이할 뿐 아니라 줄포와 전주에서 들어오는 길목이라 주변을 살피기도 편리하였다.

말목장터의 기와집을 장두청으로 정하여 두령들이 든 지 사흘째 되던 날 을개가 갑례를 데리고 나타났다. 각 고을의 동접에게 보낼 문서를 검토하던 전봉준은 을개를 뺀 나머지 사람들을 물러가게 한 다음 갑례를 들였다. 고개 숙인 딸을 묵연히 바라보던 전봉준의 얼굴로 슬픔과 연민의 빛이 차례로 넘나들었다.

— 집에 별 탈은 없는 게로구나.

딸의 입성을 확인한 전봉준이 나직하게 말하였다.

— 네.

기어드는 답변 끝에 갑례가 손에 쥔 물건을 머뭇머뭇 내밀었다. 회양목에 들기름을 먹인 도장으로 끝에 뚫린 구멍에는 붉은 수술이 달려 있었다. 도장의 반반한 면에는 '準'이라 새겨져 있었다.

— 내 너에게 몹쓸 짓을 시키는구나. 집에 가거든 행장을 꾸려 동곡리 형에게 가거라. 있을 곳을 일러줄 것이다. 네가 동행토록 해라.

마지막 말은 을개에게 하는 소리였다. 그길로 큰절을 올리는 갑례를 전봉준은 어느새 외면하는 것이었으나 태인까지 그녀와 동행할 생각에 을개는 입이 귀에 걸렸다.

— 내게 줄 건 없니?

보따리를 든 갑례와 조소리 집을 나서며 을개가 물었다.

— 퍽이나 장하여 선물을 주겠구나.

얼굴이 탱글탱글한 갑례는 신 포도처럼 톡 쏘며 앵돌아졌지만 상관없었다. 다만 이 길이 끝나지 않고 신선들이 바둑을 둔다는 산골로 접어들기를 을개는 몇 번이고 빌었다. 귀로가 끊기고 기억마저 끊겨져 어디에서 났는지, 혹은 누구의 자식인 것도 모른 채 그렇게 살게 되기를 빌었다. 얼어붙은 동진강을 건널 때 막힌 데 없는 들판을 질러오는 북풍에 갑례가 휘청거리자 업어주고도 싶었다. 그러나 보퉁이를 안은 갑례의 손이 강바람에 발갛게 얼었건만 을개는 들어준단 말을 건네지도 못하였다.

태인 읍내를 지나 칠보에 이르자 배에서 꾸르륵 소리가 난다. 다시 벌판으로 접어들자 햇빛마저 비스듬해지며 바람이 더욱 갈기를 세운다. 바람이 불어오는 북서쪽을 골라 몸으로 갑례를 가려주고자 하였으나 그녀의 입술은 벌써 푸르둥둥하다. 보퉁이를 품지 않은 손이 치맛자락을 말아쥐고 있는데도 치맛단은 자주 펄렁거리고, 치맛단 아래로 드러나는 버선 속의 발도 필경은 얼음 한가지려니 싶어 입김을 불어주고 싶었다. 들을 질러 운암강 아래에 이르자 동곡리가 지척이다.

— 옛다, 너도 가져라.

동곡리에 이르러 갑례는 파란 수술이 달린 도장을 내밀었다. 도장을 받아들며 무심결인 듯 손을 움켜쥐자 온기로 다스워진 도장만 남긴 채 고사리 같은 것이 쑥 빠져나갔다. 파란 술이 달린 도장에는 '乙'이라 새겨져 있었다.

— 이건 어디에 쓰는 물건이야?

— 으이구, 곰탱이. 늬가 쓸 물건이 아니라 내가 쓰려는 게야. 아나, 이것도 가져가라.

갑례가 이번에는 찐 고구마를 내밀었다. 시집간 언니의 집 삽짝을 밀치던 갑례가 을개를 향해 돌아섰다.

— 아버질 돌아가시게 두면 다신 안 볼 테야.

말과 함께 그녀의 모습이 안으로 사라졌다. 식은 고구마를 삼키며 동곡리를 빠져나와 들길을 걷던 을개는 그제야 도장이 시신을 찾을 때 쓸 물건임을 알아차렸다. 몹쓸 짓 운운할 때 전봉준의 목소리가 어찌하여 축축하였는지 뒤늦게 찾아온 자각이 야속하였다. 전봉준의 훈김 아래 있어 제대로 느끼지 못하였으나 도리어 연약한 갑례는 두 사람이 죽을 구덩이로 나선 길임을 새기고 있었던 모양이다. 고구마가 목에 마쳐 껵껵대면서도 걱정 말라는 한마디를 보태지 못한 것이 후회스러웠다. 자신 또한 살아 돌아오겠다는 말을 건네지 못한 것도 마찬가지였다. 눈을 한 줌 입에 넣었다. 혼자 돌아오는 길은 고적하고 멀었다.

4

　전라감사 김문현은 말목장터로 이진한 민요군이 해산할 기미를 보이지 않는다는 보고를 받고도 조정에 사실을 알리지 않았다. 민요를 불러온 장본인은 여럿이 있었지만 본인이 비호해온 조병갑은 그중에서도 으뜸이었고, 이런 일이란 시일을 끌다보면 흐지부지되어 책임을 모면할 방도가 뚫릴 것이라 믿었기 때문이다. 그러나 장터에 장막까지 친 난군이 쇠락할 기미를 보이지 않는다 하므로 마냥 손 놓고 있을 수만은 없게 되었다. 하는 수 없이 감영의 수교 정석희에게 효유문(曉喩文)을 들려주면서 그는 민요의 수괴에게 전하도록 명을 내렸다.

　휘하의 군졸 셋을 대동하여 이튿날 말목장터에 나타난 정석희는 장터의 활기 넘치는 모습에 눈이 화등잔만 해졌다. 민요가 일어나 기세가 사납더라도 무지한 난민의 어설픈 서슬쯤으로나 여겼던 것인데 인자한 수령 아래에서 배를 두드리는 성대의 백성들처럼 사람들은 여유가 넘치고 평화로워 보였다. 장막이 그득한 장터에서는 온갖 물건이 거래되고 있었으며, 뜨내기 잡상인까지 몰려들어 웃음이 끊이지 않았다. 대목을 만난 것처럼 길길이 뛰는 아이들의 괴성도 여느 고장에서는 일찍이 사라진 소리들이었다. 잿빛 초가지붕과 찡그리고 퀭한 몰골로 매양 우중충하던 모습이 사람 사는 모양이려니 했었지만 이곳은 전혀 다른 세상 같았다.

　병장기를 손에 든 데다 정석희는 구군복이요, 따르는 자들은 동달이 차림이라 그들은 단연 사람들의 이목을 끌었다. 특히나 전병을 파는 상인에게 장두청의 위치를 묻기까지 하자 자연 사람들은 하나둘 그들 곁에 몰려들었다. 그리하여 상인이 장두청이라고 일러준 기와집을 향해 몇 걸음 떼지도 못하여 그들은 움치고 뛸 여지도 없이 군중에게 에워싸인 꼴만 되었다. 사람들은 말없이 그들을 따라왔으나 경계를 하되 눈매와 표정이 저마다 예사롭지 않았다.

— 감사의 명을 받아 왔다. 장두에게 안내하라.

시장 뒤편의 제법 실팍한 기와집 대문간에는 창대까지 든 장정이 번을 서고 있었다.

— 감사가 뉘슈?

대문 앞에 선 자 가운데 퉁방울눈을 한 자의 말이었다.

— 목이 달아나야 정신을 차리겠느냐?

— 온 제길, 어느 물찌똥의 보리알이라구 보자마자 막말이우?

정석희는 칼자루에 손을 얹었다.

— 네놈이 정녕 죽을 작정이로구나.

그때 안에서 사람이 나타나 바깥 소리를 들었는지 손님을 들이란다고 전하였다. 마당으로 들어서자 전갈을 한 사내가 사랑인 듯한 건물로 일행을 안내한 후 병장기를 놓고 들어가라 일렀다. 정석희는 아니꼬운 눈초리로 연신 흘겨보다가 부하에게 칼을 맡겼다. 방에는 네 사람이 앉았는데 눈빛을 통해 누가 수장두인지 어림짐작할 수밖에 없었다. 다들 목자가 불량하였지만 광대뼈가 툭 불거진 자의 눈빛이 유독 후비고 들어와 몸이 뜨거웠다.

— 감영의 수교 정석희라 하오. 감사의 효유문을 가져왔소.

고개를 숙이며 말을 건네자 작달막한 사내가 손을 저었다.

— 전봉준이오. 효유문은 꺼낼 것 없소.

─어찌 관장을 능멸하려 하시오?

정석희가 언성을 높이는데도 사내는 웃는 낯이었다.

─ 감영의 수교께서 호걸이란 말은 진즉부터 들었습니다. 하거늘 군민의 얼굴을 보지 못하였단 말이오? 규율의 엄격함을 느끼지 못하였단 말이오? 우리가 감사의 영을 받아 봄바람 앞에 사그라지는 잔설로 보이시오?

나지막하였으나 자신 있는 목소리였다. 어쩐지 그의 허물 수 없는 자세에 정석희는 피로를 느꼈다. 그럴수록 말이 강건해졌다.

─ 하면 어쩌자는 것인가?

─수교께서는 조선의 미래를 어찌 보시오?

갑자기 되묻는 바람에 정석희는 말을 잃었다.

─ 밖으로는 이리와 살쾡이가 시시각각 달려들고 안으로는 범보다 무서운 관장들의 기세에 백성이 허물어지고 있소. 임진년에 임금과 조정의 신하들이 밤 봇짐을 싸자 백성은 목숨을 잇고자 낫을 들고 싸웠소. 그것을 일러 의병이라 했던 모양인데 그런 경험을 얻고도 교훈을 삼지 못하니 임금과 신하가 남한산성에 들었을 제 더는 나서는 백성이 없었소. 지금 이 나라의 임금과 신하가 나라 밖 이리와 살쾡이를 막을 능력이 있다 보시오? 의지가 있기는 한 거요? 수교께서는 어쩌자는 것인가 물었습니다. 내가 묻고 싶소. 과연 어찌해야 하겠소?

정석희는 온몸이 굳어 손끝 하나 까딱할 수가 없었다. 전봉준이 입을 열어 논설을 펴매 함께 있던 자들의 눈매가 잡아먹을 듯 번득거리니 이들은 빼앗긴 세곡이나 되찾자는 단순한 무리가 아니었다. 알지 못할 신념에 들려 벌써 춤추는 칼에 반쯤 목을 걸친 자들, 서적(鼠賊)의 무리가 아니라 오랜 시간 공들여 준비하고 확고한 뜻을 세운 자들이었다. 정석희는 피곤해진 소리로 물었다.

— 역모를 꾀하는 것인가?

전봉준 곁에 있는 털북숭이의 눈두덩이 실룩거렸다. 금방이라도 털북숭이가 찢어지며 질그릇 깨지는 소리라도 튀어나올 듯한 기세였다. 전봉준의 입이 먼저 열렸다.

— 우리는 백성에게 주어진 유일한 길로 가려는 것입니다. 이 나라는 대원위 한 사람의 힘이나 몇몇 개화당의 힘으로는 구하지 못할 것이오. 하물며 민씨 일족을 일러 무엇하리오. 호의호식하는 자들이야 배만 채워지면 나라가 넘어간들 눈이나 깜짝하겠소? 하지만 백성은 그로부터 더욱 험한 꼴을 겪을 것이매 어찌 싸우지 않는단 말이오. 그를 일러 역모라 하면 과연 그렇겠지요.

이들로부터 얻을 것이 아무것도 없음을 직감한 정석희는 그쯤 되자 어서 자리를 뜨고 싶은 마음뿐이었다. 네 마리의 말이 끄는 수레가 문틈으로 지나가듯 홀연히 흘러가버린 자신의 이력이 어쩐지 대화를 나눌 때 그의 머리를 꿰고 지나가던 것이었다. 전주영장을 지낸 김시풍 정도를 닮고자 몸부림친 세월이었다. 그러나 근면하고 나름대로는 진취적으로 산다고 하였지만 나라가 처한 상황과 권력에 접근하려는 세력을 하나하나 언급하며 논설을 늘어놓는 장두 앞에서 그는 단지 왜소한 자에 지나지 않았다. 꿈을 꾸는 자 앞에서 작은 안락함이란 실로 누더기가 아닌가.

— 그것은 어렵고 고단한 길이오. 실패할 거요.

— 그렇다면 백성에게 다른 방도라도 있소?

정석희는 답변하지 못하였다.

─어렵고 고단한 길이기에 도움을 청하는 것입니다. 나라가 자애로워야 충이고 뭐고 생겨납니다. 백성은 뼛골을 바쳐 조세를 담당하지만 그것이 백성을 위해 쓰인 일이 한 가지나 있었소? 비바람을 막아주는 헛간에도 미치지 못하니 억압입니다. 우리의 세상은 이 세상 너머에 있소.

그의 얼굴에서 마침내 웃음이 거두어졌다. 자리에서 일어서며 정석희는 차가운 한 마디를 뱉었다.

─그대들의 뜻을 알았으니 다음에 만날 때는 목에 칼을 겨누게 될 것이오.

그는 따라 일어서는 장두들에게 가벼운 목례를 올리고 마루로 나섰다. 정석희가 나간 마당에서나 네 사람이 남아 있는 방 안에서나 별다른 기색 없이 침묵이 배회하였다. 이윽고 감영에서 온 사람들이 대문간을 나서는 소리가 들린 다음에야,

─조만간 감영에서는 자객을 보낼 것이오.

전봉준이 장두들을 향해 의견을 밝혔다. 삼장두 김도삼이 관운장처럼 흘러내린 수염을 쓸었다.

─어찌 그리 생각하십니까?

─민요가 일어났으나 신임 군수는 발령되지 않았고, 안핵사가 내려온단 소리도 없으니 곧 조정에 알리지 않았다는 뜻이오. 제 손으로 해결한답시고 감사가 감영의 수교를 보낸 것으로도 알 일이오. 회유에 실패하였으니 자객을 보내거나 무장 병력을 보내는 것이 순서입니다. 많은 병력은 모으기도 어렵고 행로에 들통날 것을 아는 까닭에 정예를 보내 장두들을 노리겠지요.

― 그렇다면 장두청의 담을 넘거나 상인으로 변복하여 나타날 것입니다.

정종혁의 그럴듯한 말에,

― 장두들이 장두청에 기거하는지 알지 못하므로 후자 쪽으로 갈 겝니다.

송대화가 의견을 붙였다. 턱을 괴고 궁리하던 전봉준이 상황을 정리하였다.

― 일단 장두청은 초군들을 소집하여 방비케 할 테니 세 분 장두께선 경계에 힘쓰도록 집강들에게 일러주시오. 오늘부터 장두들께선 잠자리를 옮기시기 바랍니다. 실행합시다.

약조한 일을 점검하기 위하여 세 사람이 방을 나서자 전봉준은 을개를 불러 비밀리에 초군을 모으게 하였다. 초군 삼십여 명이 모이자 대를 나누어 장두청을 지키게 하고, 평소 호위병 삼아 대동하던 을개와 동무 두엇을 붙여 그는 동접의 사랑에 거처를 마련하였다.

5

그물을 친 지 사흘째 되던 날 화호나루의 장정에게서 낯선 상인 십여 명이 연초포를 걸머지고 강을 건넜다는 기별이 건너왔다. 전봉준은 사람을 보내 장정들을 말목장터에 집합하게 한 후 호위병들과 시장으로 나섰다. 소식을 듣고 몰려든 민요군을 장터 곳곳에 배치한 지 한 식경이나 지나 등짐을 진 자들 한 무리가 백산 방면에서 넘어왔다. 장꾼을 흉내 내되 그들은 저마다 옷이 깨끗하였으며, 질서 없이 흩어져 들어오는 것이었으나 정해진 거리를 사수하면서 간격을 정확히 유지하는 품이 제법 숙련된 자들다웠다. 전봉준은 상인들 틈에 섞인 초군과 장정들 안으로 그들 대오가 들어서기를 기다렸다. 이윽고 대오가 남김없이 포위망에 걸려들자,

— 낱낱이 잡아 꿇려라!

베를 찢는 소리로 외쳤다. 그 소리에 가마니와 멍석 밑에 은장시켜둔 창과 화승총을 든 장정 오십여 명이 삽시에 몰려나와 연초포 장수들을 에워쌌다. 그들의 험악한 모습에 무엇을 쥐어볼 새도 없이 연초포 장수들은 벙벙한 모습으로 두리번거리다 점차 낭패한 기색이 되어 똥을 싸뭉개는 자세로 주저앉았다. 을개는 손에 침을 퉤 뱉으며 도끼를 그러쥐었다.

— 짐을 풀어보게.

상인들을 자리에 꿇린 장정들이 등에 진 짐을 끌어내려 풀어헤치자 과연 연초에 섞여 예도며 도끼 등속이 와르르 쏟아져 나왔다.

— 여기 지휘자는 누구인가?

전봉준이 묻자 그나마 태연해 뵈는 자가 고개를 들었다.

— 내가 그 사람이다.

— 그대는 누구인가?

— 전주 진영 군위 강성진이다.

— 감사의 명을 받았는가?

— 그렇다. 장두의 목을 베고자 왔으나 이리 되었으니 분할 따름이다.

낯빛이며 말본새가 쉽사리 물러설 사람 같지 않았다. 사람들이 강성진에게 정신이 팔려 다른 것을 챙기지 못하는 사이 구석에 꿇어앉은 사

내가 품에 찌른 손을 빼면서 자리를 차고 일어섰다. 아까부터 시종 좌우를 두리번거리며 틈을 노리던 자였다. 사람들 사이로 비명이 터지면서 빙 둘러선 대오가 일순 술렁거렸고, 그때 벌써 전봉준을 향해 삼 보 이내로 접근한 사내는 거꾸로 쥔 어장검(魚腸劍)을 하늘로 쳐드는 중이었다. 이윽고 뱀 이빨처럼 치켜진 손이 개구리를 덮치듯 내리찍으려는 참인데 을개가 어깨로 전봉준을 슬쩍 떠밀었다. 전봉준이 군중 사이로 넘어지는 바람에 사내의 칼은 헛손질이 되었다가 다음 동작으로 을개의 팔뚝을 스쳐 지나갔다. 을개는 도끼를 들어 허탕 친 사내의 빈 등을 툭 찍었다. 그대로 자리에 버드러진 사내는 비록 도끼등에 맞았다 해도 견갑골 한 쪽은 그새 부서졌을 성불렀다. 초군 하나가 엎어진 사내의 등에 몽둥이를 내렸다.

— 그만두시오!

전봉준이 자리에서 일어나 고함을 질렀다. 몽둥이를 거둔 초군이 바라보자,

— 이들을 포박하여 가두고 장두들과 집강들은 장두청으로 모이시오.

그렇게 소리를 질러 사태를 수습하였다. 사람들은 아직도 떨리는 마음이 가라앉지 않아 쉽게 자리를 뜨지 못하는데 장두와 집강들이 먼저 장두청을 향해 걸음을 뗐다. 사람이 흩어진 후 을개는 장터 부근의 의원을 찾아갔으나 예상했던 대로 살짝 스치고 만 일이라 상처는 별것이 아니었다. 지혈이 되도록 오적골 가루를 대고 상처를 싸매자 그것으로 처방이 완료되었다. 팔뚝을 싸맨 을개가 장두청에 당도하였을 때 그곳에서는 포박한 사람들을 어이할지 상담이 뜨거웠다.

— 이렇게 된 마당이니 살려 보낼 수 없소.

핏대가 곤두선 초군 가운데 하나의 목소리였다.

—본때를 보이기 위해서라도 군위란 놈만은 박살을 해야 합니다.

—아니 되오. 그런 일이 생기면 감영에서는 병력을 짜 토포군을 보낼 것이오.

—맞는 말이오. 감영을 상대하면 역적으로 간주될 것입니다.

을개가 상처를 싸매는 사이 벌써 여러 의견이 오고 갔는지 언성이 높았다.

—자자, 의견은 두루 나왔으니 그렇다면 수장두의 의견을 따릅시다.

사람들의 말을 가로막은 것은 이장두 정종혁이었다. 침묵하던 전봉준이 천천히 둘러앉은 사람들을 일별하였다.

—우리의 본의는 살상이 아니라 구명에 있소. 저들도 각기 처자가 있을 터인데 어찌 목숨을 거둔단 말이오? 감영의 움직임을 소상히 물어 확인할 것을 확인한 후 방면합시다. 이것이 우리의 품격임을 보여줍시다.

사람들은 더 이상 의견을 제시하지 않았다. 비교적 젊은 축이나 강경한 자들의 얼굴은 불만에 차 있었으나 아직 도에 들지 않은 집강들은 안심하는 기색이 역력하였다.

—목숨은 중한 것이다. 네 마음이 피로 물들까 걱정이더니 기우였구나. 도끼등으로 친 것은 잘한 일이다.

사람들이 흩어진 후 전봉준은 그런 말로 을개를 치하하였다.

6

잠깐의 풀리려는 기미는 죄 거짓이었다는 듯 싸락눈이 내리고 바람마저 거칠어지는 참에 송희옥과 김덕명이 손님을 동반하여 찾아왔다. 미리 연통이 있었던지 김기범 또한 장정 서넛의 호위 아래 장두청에 나타났다. 손님은 대원군의 밀지를 가져온 나주사라는 이로 고부 인근의 경계가 삼엄하여 전봉준을 나오라 하기보다 방문이 그럴듯하므로 모시고 왔다는 것이었다. 조용한 동접의 사랑을 골라 다섯 명의 접주와 주사 나성산이 마주 앉았다. 돌아가며 한바탕 인사를 나누고 나자 나주사가 헛기침을 길어 올리며 입을 열었다.

— 대원위께서는 약조한 바가 어찌 되는지 전모를 알아오라 하셨네.

체수는 크지 않았지만 하관이 빨고 눈매며 자세가 꼿꼿하여 여간 깐깐해 보이지 않는 자였다. 김기범과 최경선은 그의 첫마디에 눈매가 사나워지기 시작했지만 김덕명이 나서서 답변을 하는 것으로 두 사람의 입을 막아버렸다.

— 성심껏 따르려 하나 아직 이룩되지 못한 의논이 있습니다. 그보다 이편에서는 한양 쪽에 궁금한 일이 많습니다.

— 여러모로 수상쩍은 일이 많으니 찾아온 게 아닌가. 조선에 들어온 왜인 가운데 대원위를 찾아와 떠보는 자까지 있었다네.

— 무엇을 떠본단 말입니까?

— 세도의 일에 관여할 의향이 있는지를 물었네.

— 주둔한 왜병도 없는데 제깟 놈들이 어째 자리를 만들어준단 말이오?

평소에도 궁금한 것이라면 참지 못하는 김기범의 물음이었다.

— 그 속을 낸들 알겠나?

대답하는 나성산의 목소리에는 땡감 씹은 떫은맛이 배어 있었다. 나성산의 말을 끝으로 물을 끼얹듯 좌중이 조용해졌다. 김덕명은 무언가를 곰곰이 따져보는 얼굴이 되었고, 초장부터 나성산의 태도가 못마땅하였던 김기범과 최경선은 붉으락푸르락 얼굴이 요란스러웠다. 송희옥은 어쨌거나 손님을 모시고 온 처지라 안절부절못하고 눈치를 살피는데 전봉준만은 눈을 감은 채 조용히 흔들거렸다.

감사가 자객을 보낸 일로 한때 민요군 진영에는 긴장이 감돌았으나 그 일이 잊히자 병장기를 내려놓자는 의견이 난민 사이를 떠돌았다. 게다가 농사철이 다가와 도에 들지 않은 집강들부터 물러지는 기세가 완연하였다. 염소 새끼도 제 싫으면 끌려가지 않겠다고 버티는데 하물며 머리 굵어진 사람들이 장두의 말을 고분고분 따를 리 없었다. 무언가 조치를 취하지 않으면 동작강 아니라 동진강을 넘는 일도 힘에 부칠 지경이었다. 거기에 대원군까지 사람을 보내 밀약을 지키라고 재우치자 비록 밀사의 태도가 마뜩찮더라도 전봉준으로서는 입을 열 수가 없었다.

―하면 저들 왜인은 또 무엇을 한단 말이오?

침묵을 깬 사람은 김덕명이었다.

―개화당 일파와도 회합을 하더라 들었네.

―출병하여 조선을 정벌이라도 하겠단 말이오? 대원위 대감을 얼굴로 세우고 노른자는 간이 맞는 개화당에 주겠다?

최경선이었다. 이윽고 눈을 뜬 전봉준이 최경선에게 일렀다.

―추정은 자유로 하되 단정은 하지 맙시다. 개화당의 인사들은 민씨 무리와 같은 모리배가 아닙니다. 그들은 근실하며 이치에 바르고 외직에 나가면 저마다 명관 소리를 듣던 사람들이오.

그러자 김기범이 최경선을 거들고 나섰다.

— 저 갑신년에 저들이 한 짓을 보시오. 왜병과 붙어 궁궐을 장악하지 않았소? 개화당의 한 무리는 왜국을 업고 권세를 얻으려는 자들이며, 또 한 무리는 청국을 아비라 여기는 자들입니다. 임오년에 청병을 끌어오고 대원위 대감을 납치하라 속닥거린 자가 뉘란 말이오?

분위기가 달아오를 기세였다. 손을 들어 격동하는 사람들을 주저앉힌 김덕명은,

— 그만들 둡시다. 담론이야 얼마든 할 수 있지만 이곳은 손님이 와 계신 자립니다. 지금은 말씀을 듣는 게 순서입니다.

그런 말로 나성산에게 발언을 양보하였다. 고개를 갸웃이 기울이고 상담하는 사람들 면면을 살피던 나성산이 헛기침으로 가래를 긁어 삼켰다.

— 대원위께서는 일일이 여삼추라네. 그러니 어찌할 터인가? 그대들은 약조를 잊고 마냥 뭉개고 있으매 그리하여 대원위 대감을 보필한다 하겠는가?

처음에는 조용한 청으로 시작하였으나 이야기가 진행되면서 속이 격동되는지 말이 거칠어졌다. 건조한 한파가 몰아칠 때처럼 어째 분위기가 싸해지자 마침내 전봉준이 나섰다.

— 우린 반드시 올라갈 것이오. 그러니 그리 전해주시오. 하고…….

말을 끊더니 잠시 사이를 두었다.

— 그대는 한양 사람이거늘 가장 비참한 순간이 닥쳐도 명을 보존할 것이매 여기 있는 이들은 죽기를 한한 사람들이다. 어찌 손으로 와서 이리 방자하게 구는가? 이것이 대원위 대감을 스스로 욕보이는 일인 줄 아는가 모르는가?

높지는 않았으나 악력 하나로 사과즙을 짜내는 천하 역사의 위엄이

깃든 목소리였다. 목젖까지 달아오른 나성산의 얼굴에서 눈구멍이 벌어지며 탱자만 한 것이 툭 불거졌다.

— 이것은 함께 살자는 태도가 아니다. 우리는 대원위 대감을 존중하는 무리들이나 함께 나랏일을 바로잡으려는 자들이지 몸종이 아니다. 버르장머리부터 고치고 오라!

여태까지의 뻣센 태도를 어디에 단속하였는지 나성산은 눈빛을 한곳에 두지 못한 채 허둥거렸다. 전봉준이 송희옥에게 일렀다.

— 송 접주는 손님을 호서 접경까지 안전하게 배웅하시오.

그렇지 않아도 바늘방석 같던 자리를 송희옥이 먼저 털고 일어서자 나성산이 얼른 따라 일어났다. 두 사람이 방을 나선 후 침묵이 흐르는 가운데 마루를 맞고 튄 싸락눈이 창호지를 때려 콩 볶듯 소리가 야단스러웠다. 격분을 가라앉힌 소리로 전봉준이 말하였다.

— 아까는 대원위의 사람이 있어 말하지 못하였거니와 혐의가 확실치 않다면 나는 개화당을 우군으로 보는 게 이치에 맞다 봅니다. 우리 궁량에 다른 힘을 보태면 우리는 이길 것이요, 곁을 털면 패할 것입니다. 상대가 민씨 척족과 탐관오리뿐이라면 상관없으나 만에 하나 외방과 수완을 겨룬다면 만백성이 함께할 때 드디어 가할 것입니다. 한 가지 더, 대원위의 사람이 있는 자리에서 청국을 왈가왈부하는 일일랑 조심해주셨으면 합니다. 힘센 외방에 둘러싸인 나라 꼴인데 대원위는 청국이 그나마 손잡을 만한 나라라 여기는 듯합니다. 비록 청국이 무역장정(貿易章程) 등으로 조선을 핍박한다 하나 왜국을 막는 방패가 될 수도 있다고 보는 겝니다. 청국을 향해서도 눈을 부릅뜨되 대원위의 생각에도 일리는 있소. 열흘 후 무장에서 회합을 하겠소. 김덕명 접주께서는 빠른 자

를 골라 서장옥 접주에게 통기해주십시오. 김기범 접주께서는 손화중 접주의 수족이 될 만한 고창과 무장, 법성의 접주들에게 통기를 해주시오. 사흘 밤을 새우더라도 의견을 모읍시다.

전봉준의 마무리하는 말이 끝나자 김덕명이 답하였다.

— 따르겠소.

곰방대에 부시를 친 김기범도 천천히 고개를 주억거렸다.

— 따르겠소.

7

꽃을 샘하는 추위라더니 살에 스미는 기운이 예사롭지 않고 바람 또한 손돌이바람 못지않았다. 메주콩만 한 것들이 땅에 꽂히는가 하면 금세 진눈깨비로 변하여 그것들이 행객의 바짓가랑이를 더럽혔다. 특히 무장 동음치는 갯가에서도 가까워 밤이나 낮이나 추진 것들이 바다를 건너와 사람들의 내왕을 가로막았다. 반짝 햇빛이 나다가도 언제 그랬냐 싶게 하늘은 먹장구름에 덮이기 일쑤였다.

날씨만큼이나 회합에서는 나오는 말마다 날이 푸르러 김덕명, 김기범, 손화중, 서장옥 같은 대접주와 손화중 포의 접주들까지 참여하고도 끝내 똑 부러지는 방안은 얻어지지 않았다. 다만 호남과 호서 접경에 세력을 형성한 서장옥 대접주가 김덕명이나 김기범과 다르지 않은 입장이라는 점과 손화중 포의 고영숙을 포함하여 접주들 상당수가 거의에 동조하고 있음을 확인한 점은 위안거리였다. 하지만 손화중이 워낙 조심스러운 입장이라 사흘 밤낮 말이 이어졌으나 내용을 얻는 데는 실패하고 말았던 것이다.

회의를 마치고 홍덕에서 서장옥은 수하들과 정읍 방면으로 빠져나갔다. 임실을 거쳐 진안 너머 금산으로 행로를 잡은 것이었다. 행선지로만 따지면 김기범 역시 정읍이나 순창 방면으로 나아가야 했지만 그는 김덕명, 전봉준 등과 묵묵히 고부로 들어왔다. 일행은 말목장터가 아닌 나주사와 들었던 동접의 사랑에서 언 몸을 녹였다.

전봉준이 회합을 마치고 돌아왔다는 소식에 사냥꾼처럼 갖옷까지 차려입은 송대화가 술병을 들고 와 그간의 소식을 전하였다. 특별한 변동 사항은 없었지만 난민들의 분위기가 조금 더 가라앉은 것과 신임 군수에 박원명, 안핵사에 이용태가 내정된 일만은 새로운 소식이라 할 만하였다. 장흥부사 이용태는 장흥 인근에서 벽사역의 역졸을 그러모으며 웅크리고 있지만 박원명만은 곧 부임할 거라는 말이 돈다고 하였다.

— 끓는 물은 시간이 지나면 식는 법이오.

송대화가 가져온 술로 언 몸을 녹인 김덕명이 침묵을 부쳤다. 그 말을 김기범이 받았다.

— 지당한 말씀이오. 물은 공주에서 끓기 시작하였소. 예서 지체하면 식을 것이오. 물을 데우는 일이 얼마나 지난한지 모르는 사람은 없을 게요.

— 맞는 말씀이오. 그러나 보시오. 고부에서도 우리는 지고 있지 않소.

김덕명이 목침을 두드리며 언성을 높였다.

— 이보시오, 전 장군! 그것은 겸양의 말씀이오, 약해빠진 소리요? 이 싸움에서 군민들은 원하는 것을 모두 이룩하였소. 어찌 이것을 패배라 하시오?

평소 누구에게 싫은 소리를 하거나 함부로 큰소리를 내는 사람이 아니어서 김덕명의 말은 울림이 컸다.

— 맞는 말이오. 다만 조선 전체를 아우르는 주장이 제때 제시되지 못하여 분기할 기회를 놓친 것뿐이오. 지금부터라도 그 일을 합시다.

김덕명의 말에 첨언을 한 것은 이번에도 김기범이었다.

— 부끄럽소. 내가 잠시 군민들이 거둔 성과를 간과하였소. 그러나 긴 회합에서도 반대가 강경하므로 그 점을 우려하는 것이오. 그렇듯 강경한 태도가 있다면 경청하고 숙고하는 것이 마땅합니다.

— 장한 말씀이오. 하나 다른 의견이 더 많았다는 점을 간과해서도 안 됩니다.

얼굴이 길쭉한 김덕명은 달래고 추동하면서 분위기를 만들어가는 장형 노릇을 이 자리에서도 수행하고 있었다.

— 백성을 믿고 가십시다. 우리의 힘은 거게 있소.

이번에는 최경선이 전봉준에게 위로의 말을 건넸다.

— 저도 한마디 보태겠습니다.

두령들의 갑론을박을 잠자코 경청하던 송대화가 짬을 노리다 끼어들었다. 그의 털 무더기가 열렸다.

— 김기범 대접주께서는 백성 모두에게 제시할 주장을 내걸라 하셨소. 옳은 말씀이오. 하나 그것만으로 큰 싸움이 성사될지는 미지수요. 고부에서는 고부의 일을 하되 각 군현에서 일시에 일어설 때 대사는 실현될 것입니다. 공주며 삼례를 생각해보시오. 여러 고을에서 동시에 나서므로 이룩되었던 것입니다. 고부가 나섰으니 이제는 다른 고을이 화답할 차례올시다.

모두들 고개를 끄덕였다. 사람들의 시선이 전봉준의 얼굴에 모였다. 결론을 내달라는 압박이었다.

　─머리가 터질 듯 아프오. 하룻밤의 말미를 주시오. 되겠소?

그제야 풀어진 눈빛을 주고받던 사람들이 고개를 주억거렸다.

　─그리하십시다. 전녹두가 진 짐이 실로 무겁소.

8

동접의 사랑을 나선 전봉준은 그 길로 수행하는 사람들과 말목장터로 나왔다. 이곳에서 대오를 유지하는 일부터 군민을 교양하기까지 맡은 바를 성심껏 수행한 장두와 집강들을 격려하였다. 이어 장두청을 지키거나 말목장터로 들어오는 길목에서 번을 서는 장정들을 찾아 막걸리 한 대접씩을 따라주었다. 늦은 시간까지 그 일을 수행하였으나 어쩐지 관아로 나가는 길목만은 찾아볼 기미를 보이지 않아 을개는 수상쩍은 마음이 일었다. 그랬는데 장두들에게 생각할 것이 많아 잠시 쉬겠다 이르고는 을개로 하여금 술병을 들리더니 관아 방면으로 길을 잡자 하였다. 고부 지경을 넘어설 때는 초군을 중심으로 십여 명을 따르게 하고, 군내에 머물 때는 을개를 포함하여 세 명을 대동하였으나 이번에는 을개만을 딸린 단출한 행차였다. 천태산 못 미쳐 배들이 끝나가는 곳에 장정 대여섯이 관아의 무기고에서 헐어낸 창과 화승총을 들고 목을 지키는 중이었다. 먼저 사람을 알아본 장정들이 인사를 올리자 전봉준은 일일이 막걸리를 따라주었다.

　─총을 쏠 줄은 알던가?

그가 화승총을 든 자에게 술을 따르며 묻자,

— 틈틈이 연습하였으나 움직이는 것은 맞추지 못합니다.

술잔을 받으며 장정이 웃었다. 장정들이 총포술을 익히는 일은 송대화가 맡아서 행하고 있었다.

— 열심히 연습하시게. 추운데 고생들이 많네. 더팔이는 새댁이 보고 싶지 않은가?

더팔이는 흰 이를 드러내며 수줍게 웃었다. 그의 본래 이름은 덕팔이지만 사람들은 다들 더팔이라 불렀다.

— 어제 만나고 왔으니 걱정 마십시오.

이번에는 장정 모두를 둘러보며 전봉준이 물었다.

— 집에들 가고 싶지 않은가? 그만하였으면 하는 이들도 있는 모양이던데.

— 우리 젊은 축들은 괜찮습니다.

모두를 대신한 더팔이의 대답에,

— 고맙네, 수고들 하시게.

전봉준은 그렇게 치하하고 을개를 재촉하여 산매리 쪽 길을 더듬었다. 장정들의 횃불이 등 뒤로 까마득해진 후로는 별빛과 머리꼭지에 붙은 상현달에 의지해 돌부리를 피하였다. 야트막한 구릉을 넘어가자 길이 평평해지며 낮게 엎드린 초가집들이 드러났다. 달구지의 바큇자국에 살얼음이 끼어 달빛이 푸르게 퉁겨졌다. 골라 딛는다고 하는데도 살얼음 부서지는 소리가 발밑에서 바스락거렸다. 도계서원이 나타나자 전봉준은 하늘재 방향으로 걸음을 틀었다.

— 어디로 가시는 겝니까?

궁금증을 참지 못하여 을개가 묻자,

— 네눔은 철이 없어 좋겠구나.

동문서답이 어둠 속으로 흩어진다.

— 그럼 선생님은 철이 들어 안 좋으세요?

— 네눔처럼 맘껏 울 수도 없지 않냐?

— 제가 언제 울었다구요?

— 매번 울어놓고 이제 와서 신소리냐?

도계리를 지나 두메 하나를 끼고 돌자 하늘재가 웅크린 짐승처럼 나타났다.

— 우는 게 뭐 좋은 일이라구요?

— 좋은 일이잖구.

— 그렇게 좋은 거라면 지금 한번 우시든지요.

— 네눔이나 실컷 울어라. 술이 남았더냐?

— 드려요?

— 저 마을에 다녀올 테니 그거 마시면서 꿈쩍 말고 예 섰거라.

하늘재 아래 새장터마을 입구였다.

— 거기 누가 계시길래?

— 좀 울고 올란다. 지키고 있거라.

그러고는 무슨 말을 붙일 새도 없이 전봉준은 고샅길로 접어든다. 혹여 무슨 일이 있을까 멀어지는 모습을 뚫어지게 보았으나 달빛과 섞여 희미해지더니 곧 형체마저 사라져버린다. 무엇에 홀린 사람처럼 우두커니 섰던 을개는 동구나무 앞에 쭈그려 앉아 실낱같은 길 위로 시선을 풀어놓는다. 달빛보다 흐려져 그가 마을 안쪽의 어느 삽짝으로 사라졌는지 가늠되지 않았다.

낮에는 봄이 오는 기색으로 하품도 나고 나른하더니 한밤이 되자 노상은 시리게 추웠다. 자리에서 종종걸음을 쳤으나 그때뿐이었고 남은 술을 들이켰으나 바람을 막지 못하였다. 자리에서 팔짝팔짝 뛰자 허리춤에 찔러둔 도낏자루에 옆구리가 마쳤다. 두 자루를 동구나무에 텅텅 박아놓고 손을 모아 입김을 불었다. 하늘재로부터 구름이 넘어와 더욱 짙은 어둠이 세상에 내렸다. 얼굴에 찬 것이 닿았다 싶었는데 희끗한 것이 바람에 날렸다.

을개는 꿈속의 정황만 같아 이 모든 일이 아슴푸레 여겨질 뿐이었다. 갑작스러운 어머니의 죽음과 암장, 그리고 이튿날부터 전봉준을 따라 이곳저곳 떠돌다 갑자기 관아를 들이치고 이제는 꼼짝없이 매인 몸이 되어버린 셈이었다. 연전에 금산사에서 먼발치로 본 김덕명이라는 이와 또 다른 낯선 이는 한양에서 왔다는 손님과 동접의 사랑에서 쑥덕거리고, 무장에서는 더 많은 이들과 지금이라는 둥 아니라는 둥 술상을 두드리며 언성까지 높인 일을 그는 알고 있었다. 먼 곳에서 자주 손이 찾아오고 또한 자주 먼 곳으로 출타하여 며칠 만에 돌아오곤 하던 사람. 여러 곳을 전전하며 살았다는데 홀아비로 딸 둘을 건사하더니 그 딸들을 앞세워 언제 떠났는지 모를 여인네의 무덤을 한사코 찾아가던 사내. 그가 지금 가장 무섭고 위험한 일에 뛰어들었으매 뭐라 의견 보탤 새도 없이 거기 매인 몸이 된 것이었다. 그런데도 떠날 수가 없다. 그에게서나 외딴 마을의 동구에서나.

눈이 멎자 거짓말처럼 달과 별이 얼굴을 내밀었지만 그 시린 빛 때문에 세상은 더욱 추워만 갔다. 샛별이 빛을 잃어 끄무레해지자 뭇별도 바탕이 묽어지면서 눈 안으로 쏟아지지 못한다. 달이 남쪽으로 넘어가고 어느 골짜기에서 닭 홰치는 소리가 들릴 무렵에야 도깨비처럼 고샅을 돌아 나오는 희끗한 것이 눈에 띄었다. 헤적이며 걷는 품으로 보아 영락없는 전봉준이었다. 빠른 걸음으로 가까워져서는 알은체도 하지 않고 지나쳐 가는데 어쩐지 몸에 고인 찌꺼기를 모조리 쏟아낸 사람처럼 안색은 개운해 보인다. 도끼를 뽑아 허리에 찌르고 꽁꽁 얼어 덜거덕거리는 몸으로 허겁지겁 그를 따른다. 앞서 걷는 전봉준의 옷이 말끔한 새것으로 바뀐 것 같았다. 그러고 보니 앞장선 그가 팔을 저을 때마다 무슨 꽃향기가 일어나는 듯도 싶었다. 을개는 그를 따라 걸으면서도 실컷 울었느냐는 말을 건넬 수 없었다. 그저 따를 뿐이다. 길이 어디로 이어지는지 그는 알지 못한다.

9

새벽에 잠깐 눈을 붙인 전봉준과 을개는 조반 후 다시 동접의 집을 찾았다. 그곳에는 전날 이야기를 나누던 김덕명과 김기범, 민요에 참여하고 있던 주요 장두들이 모두 모여 있었다. 더는 누구도 안에 들지 못하게 단단히 지키라고 이른 후 전봉준은 집 안으로 들어갔다. 도끼 두 자루를 들고 혼자 대문간에 서서 을개는 두령들의 회합이 끝나기를 기다렸다.

점심이 지나도록 무언가 시끄러운 소리가 나다가도 안에서는 이내 수군거리는 소리가 들려와 도무지 종잡을 수가 없었다. 무릎이 결리고 배가 등에 붙어 장마당으로 달려가 탁주라도 비우고 싶은 것을 꾹 참으며 을개는 대문간을 서성거렸다. 아무리 날이 풀렸기로 혼자서 그러는 일이 수월한 노릇일 수는 없었다. 더는 배고픔을 견딜 수 없어 뭐라도 수를 내야겠다고 생각하는데 마침 그곳을 지나던 더팔이가 먼저 발견하고 다가왔다.

— 너 왜 똥 마려운 강아지 꼴로 그러는데?

과일 서리를 하다가 함께 잡힌 동무마냥 그가 반가웠다.

— 무슨 큰 회합이 벌어졌는데 꼼짝 말고 지키래서 이러구 있다. 옹동네 보러 가는구나?

— 그렇다 자슥아. 이 상투 안 보이니?

그가 검지를 들어 정수리를 찔러 보였다.

— 장가들더니 유세 한번 되우 시끄럽구나. 아니꼬워서 나도 들든지 해야지 원.

— 그렇잖아두 너 좋아하는 큰애기들 많다드라.

— 실없는 녀석을 다 본다. 어디 가서 떡이나 좀 만들어 와라. 배가 등가죽에 붙었다.

을개의 앓는 소리에,

— 우스운 놈일세. 마누라 보러 가는 사람에게 떡이라니.

그러면서도 그는 오던 길을 짚어 장터 쪽으로 성큼성큼 걸어갔다. 평소에는 잘 알지 못하였지만 이번 난리가 터진 후에 보니 그는 매사에 열심인 데다 사람들을 앞에서 끄는 재주도 있었다. 금산사에서 김덕명과 헤어진 후 전봉준이 초군 패에 관심을 가지라 하여 그제야 눈을 씻고 둘러보았을 때 이미 그곳에서는 더팔이를 중심으로 모든 일이 척척 이루어지고 있었다. 이제는 장가까지 든 그가 을개는 어쩐지 형처럼 느껴질 때가 많았다.

─아나, 먹어라.

어디서 구했는지 백설기와 호리병을 들고 그가 나타났다. 떡을 입에 넣고 병을 들어 탁주를 들이켜는데 더팔이가 턱짓으로 안을 가리켰다.

─대체 뉘가 있다는 게여?

─다 있어. 여기 장두들과 원평에서 온 어른, 남원에서 온 그 냥반까지.

더팔이는 떡을 조금 떼어 천천히 우물거리며 무언가를 골똘히 생각하더니,

─이제 큰 싸움은 터졌다.

사뭇 비장하게 중얼거렸다. 을개의 크막한 눈에 살짝 두려움이 얹혔다.

─큰 싸움이 나다니?

─늬 눈엔 이게 고부만의 일로 보이니? 나도 눈치로만 아는 건데 저 양반들 저거 오래 준비한 사람들이야. 얼마 전에도 저이들 다른 고장에 가서 회합하고 왔지? 왜 그랬겠어?

그러더니 그는 주위를 둘러보며 낮게 속삭였다.

─뒤집으려는 거야. 금구로 삼례로 다녀보니 알겠더라구.

더팔이의 확신에 찬 목소리에 을개의 가슴이 뛰기 시작했다. 그런 말을 아무렇지도 않게 내뱉는 더팔이가 갑자기 낯설게 생각되었다. 지금껏 어머니의 병 수발이나 들고 어떻게든 구완을 할 생각에 혼자 애면글면하는 사이 더팔이는 스승 전봉준이나 다른 이들과 무언가 새로운 궁리를 하고 있었던 눈치였다. 『동몽선습』이니 하는 것은 을개도 일찍이 뗀 바 있었으나 그 순간 더팔이는 저 높은 곳에 뜬 별처럼 멀고 빛나 보였다. 회합이 끝났는지 안에서 사람들이 우르르 몰려나왔다.

10

김덕명과 김기범이 각자의 고장으로 돌아간 후 말목장터의 감나무 곁에 보국안민창대의(輔國安民倡大義)라 적힌 커다란 깃발이 걸렸다. 때 마침 불어오는 흙바람을 받아 깃발은 굉음과 함께 펄럭거렸다. 그런 지 얼마 안 돼 민요가 다시 터졌다는 소문이 먹물처럼 번지더니 수상쩍은 무뢰와 발피가 장터에 모여들었다. 스스로를 동학당 혹은 의군이라 부 르는 이들은 접주들 간의 약속에 따라 각 고을에서 동원된 경험 많은 동 접의 구성원들이었다.

전봉준은 호남의 동접에게 전할 창의격문을 짓는 일로 하룻밤을 끙 끙 앓았다. 격문은 간명하되 도리어 사람들이 격동되었으면 하였다. 특 정 고을의 민막을 제거하기 위함이 아니라 이 일이 나라를 통째 경장하 려는 과업임을 상기시키고자 하였다. 그는 호남 민인의 이해가 걸린 전 운영(轉運營)을 먼저 언급할 작정이었다. 전운영은 조세 수취와 운반에 관한 실무를 맡아보는 기관으로 조세를 걷을 때의 수탈은 말할 것도 없 고 운반 과정에서 유실된 세곡을 온갖 핑계로 전가하므로 원성이 자자 하였다. 생각을 모아 한달음에 적어내린 격문은 내용이 이러하였다.

수목지관(守牧之官)은 치민의 도를 모르고 자신의 직을 생화(生貨) 의 본원으로 삼는다. 여기에 더하여 전운영이 창설됨으로써 폐단이 번 극하여 민인들이 도탄에 빠지고 나라가 위태롭다. 우리는 비록 초야의 유민(遺民)이지만 나라의 위기를 좌시할 수 없다. 원컨대 각 읍의 군자 들은 의로써 나라의 적을 제거하여 위로는 종사를 돕고 아래로는 백성을 편안케 하자.

전봉준은 작성된 격문을 여러 벌 복사하여 전라도 쉰세 고을에 전달하였다. 그런 직후 장두와 집강들을 모아 난군의 근거지를 백산으로 옮기자는 데 뜻을 같이하였다. 격문이 배포된 것과 동시에 전라감사 김문현이 오진영(伍鎭營)과 각 고을에 병졸을 소집하여 정읍으로 집합하라는 관문을 발하였고, 그 소식이 간자에 의해 민요군에 전달되었기 때문이다. 사방이 툭 트인 말목장터에 비해 백산이라면 웬만한 무력이라도 막아낼 만하였다.

난군의 근거지를 백산으로 옮기는 일이 한창 진행되고 있을 때 다시 김덕명이 말목장터에 나타났다. 전에는 주로 혼자 행로를 하였지만 어느덧 호위하는 젊은이들을 대동한 모습이었다. 그간 장두청으로 사용하던 기와집의 사랑에 술과 안주가 담긴 소반이 놓였다. 탁주 한 모금을 마신 후 전봉준이 물었다.

─뜻을 모은 지 한 이십 년 되었나요?

회한에 젖은 얼굴로 김덕명이 고개를 끄덕였다.

─벌써 그리되었지.

─서장옥 접주는요?

─움직이기로 하였네.

전봉준은 입술을 떼는 법도 없이 사발에 담긴 막걸리를 비웠다.

─백산에서 기다리지요.

그 말을 끝으로 두 사람은 말없이 잔을 기울였다. 문풍지가 조용히 떠는 것이었으나 동지섣달 한겨울처럼 무작스럽지 않았다.

11

나성산으로부터 전주 구미리에 다녀온 이야기를 대원군은 조목조목 챙겨 들었다. 고부에서 민요가 크게 벌어져 장두가 지경을 벗어나기 여의치 않으므로 고부까지 내려가 전모라는 장두와 다른 두령들을 보고 왔다는 것이었다. 워낙 경황이 없어 서신은 얻어오지 못하였으나 대원군이 가장 원하는 소식을 그는 귀에 담아왔다. 기왕 일어난 고을 단위의 민요를 확전의 계기로 삼으려는 뜻을 장두들은 거듭 확약하더라는 것이었다. 전모라는 자가 눈을 부릅뜨고 하였다는 말에는 대원군도 보일락 말락 고개를 끄덕였다.

나성산이 물러간 후 난이나 치는 것으로 산란한 마음을 가다듬고자 하였으나 몸에 번진 흥분 때문에 풀포기마저 만들지 못하였다. 손자 준용이 십오 세에 이른 것을 기념하여 보정부에서 그려 보낸 열 폭 병풍은 모두 혜란(蕙蘭)이었던가. 건강한 청년으로 자랐을 손자를 염두에 두고 꽃대에 많은 꽃을 달아놓았었지 싶다. 그때는 남의 땅에 있어 언제나 허공에 떠 있더니 지금은 돌아와 귀 익은 모국어 사이에 처하고도 매양 부유하고 있었다. 붓을 들어 마음을 모아내자 절구에 예와 지금이 고스란 하였다.

跌坐四年不借筇　넘어져 앉은 사 년 지팡이에 기대지 않고
任他海上劍鋩峰　바다 위 칼끝 같은 남의 땅에 몸을 맡겼지
弊盧今日還如夢　꿈결처럼 오두막집 오늘 다시 찾았는데
一樹梅前一老儂　매화나무 외로운 그늘에 홀로 선 늙은이

붓을 놓고 마루로 나와 남쪽으로 시선을 두었다. 담장만 아니면 영희전 너머 목멱산이 잡힐 듯 다가오련만 지금은 마냥 빈 하늘이다. 그 산 저 너머에서 그들은 올라오기 위해 애를 쓴다고 하였다. 그자의 말이 만약 그러했다면 대원군은 믿어보고 싶었다. 임오년보다 사정이 극악하여 이번에는 청국이 아니라 더 먼 어디로 끌려가 돌아오지 못할 수도 있었다. 사직이 무너질 바에야 그런들 무슨 상관이랴.

— 막동아!

목소리에 기력이 없다. 이 정도 목소리를 알아들을 사람은 막동이뿐이다. 막동이가 내달으며 외친다.

— 부르셨습니까?

겨울을 나는 동안 키가 한 뼘은 더 자란 듯싶다. 어깨가 벌어지고 수염자리가 거뭇해져 사내 하나 몫은 너끈하겠구나 싶다.

— 아비는 좀 어떠하냐?

— 그저 누워 있습니다.

— 그렇구나. 내가 보잔다 하여라.

— 알겠습니다.

— 네놈 아비 말고…….

몸을 돌리다 말고 막동이가 돌아선다. 대원군은 사람을 하나씩 떠올려본다. 이런 심부름을 막동이보다 더 부러지게 할 사람은 없다.

— 이태용 대감, 이건영 승지, 박준양 대감, 이원긍 대감, 정인덕, 허엽…… 아니다, 허엽은 아니다.

아무래도 허엽은 임오년에 한성의 백성들과 긴밀한 관계를 맺었던 사람이라 감찰하는 눈에 띌까 불안하였다. 하기야 다른 사람이라고 어찌 저들의 눈을 피할 수 있으랴. 대원군은 분부를 기다리는 막동이에게 손사래를 쳤다.

— 모두 아니다. 물러가라.

— 그럼 먹이라도 갈아 올리겠습니다.

— 물러가라.

그런데도 녀석은 물러가지 않고 쭈뼛거린다.

— 물러가라는데도.

— 제게도 일을 주십시오.

— 뭐라?

대원군의 눈꼬리가 치켜올라갔다. 그러나 평소의 생각을 한번쯤 밝히고 싶었던 듯 저어하면서도 막동이는 할 말을 입에 올렸다.

— 잔심부름 말고 뜻있는 일을…….

— 물러가라지 않았느냐?

벽력같은 소리였다. 막동이는 어깨를 흠칫거리더니 건물을 돌아 사라졌다. 먹을 갈며 흘끔거린 것만으로도 문자를 깨친 아이였다. 그렇지만 그런 명민함이 문제였다. 짐승과 다를 것 없던 면면촌촌의 백성들이 하나같이 머리가 여물어 걸핏하면 관아에 들어가 수령을 멍석말이해 내치기 일쑤였다. 관리가 되는 길을 가로막힌 여항의 훈장들은 변란의 주모자가 되어 웃으며 칼을 받고, 사람은 다 같이 동등하다는 말에 서학에 들었던 자들 역시 목숨을 대수로이 여기지 않았었다. 그리하여 어찌 되었던가. 급기야는 정치를 하겠다고 눈을 치뜨고 조만간 올라갈 터이니 걱정 말라며 소리쳤다지 않은가. 대원군은 언제부터인가 세상의 중심을 향해 육박하는 백성이 큰 힘이라 생각되면서도 알 수 없는 해일처럼 두려웠다.

어둠이 내리자 손자 준용이 문안을 왔다. 대원군은 막동이에게 언급하던 이름을 줄줄이 주워섬기며 그들과 일을 도모하라 일렀다. 지금부터는 일선에 나서서 그들을 지휘하라 일렀다. 그러나 젊은 혈기에 경거망동하지 않도록 각별히 조심하라 당부하였다. 준용이 돌아간 후 그는 아들을 내치고 손자를 앉혀야 하는 신세를 한탄하였다.

12

북촌이 대대로 조선을 좌지우지한 노론 실세가 사는 곳이라면 남촌에는 예로부터 권세에서 밀려난 남인이 주로 세거하였다. 그러나 임오년에 불탄 일본 공관이 목멱산 아래에 들어서자 차츰 왜인이 파고들어 그 무렵엔 사는 사람이 제법 많게 되었다. 그중에서도 대평방과 명례방에 주로 자리를 잡더니 이 무렵엔 일관(日館)에 나와 있는 왜인뿐 아니라 현해탄을 건너온 상인들도 곧잘 터를 이루곤 하였다. 그 가운데 일관의 이등서기관 스기무라 후카시는 명동에 집을 구하여 시중드는 조선인을 여럿 두고 살았다.

오토리 게이스케 공사가 휴가차 본국에 돌아간 후로 스기무라는 대리공사가 되어 공사직까지 수행하고 있었다. 몸 하나로는 그렇지 않아도 감당이 안 될 지경인데 공사직을 겸하게 되자 뒷간에 가는 일조차 번거롭다 할 만큼 시무가 밀려들었다. 그런데도 김교진과 만나 차를 마시는 시간만은 잊지 않고 챙겼다. 조선의 개화당 모두가 그렇듯 김교진 역시 중요한 관리 대상이었기 때문이다. 특히 김교진은 조선의 관료 중에서도 남달리 일본어에 능하였고, 주일 공사관 참찬관으로 일본에 체류한 이력도 있어 국제 관계에 밝을 뿐 아니라 일본의 정계 인사와도 친분이 두터웠다. 일본에서 그는 서양의 외교관과도 우호적인 관계를 유지하였으며, 무엇보다 조선의 일이라면 사사건건 간섭하고 통제하는 청나라를 뼛속 깊이 증오하였다. 김교진을 맞이하여 스기무라는 아껴둔 가배까지 내왔다.

— 오늘은 눈여겨둔 젊은이를 소개하러 왔습니다.

다탁에 차가 나오자 김교진이 곁에 앉은 젊은 선비를 가리켰다.

— 규장각 검서관 이철래입니다.

이철래는 조선말로 본인을 소개하였다. 조선에서만 십오 년째 살고 있는 스기무라는 웬만한 조선인보다 조선말에 능했다.

— 반갑습니다. 우부승지께서 소개하는 분이라면 언제든 환영합니다. 가배입니다. 입 데잖게 조심하십시오.

스기무라는 정성스레 가꾼 콧수염을 검지로 쓸었다. 숱이 무성한 콧수염은 흘러내리면서 좁아지다가 끝에 이르면 미늘처럼 휘어졌다. 매화 무늬가 점점이 박힌 다기에서는 황톳빛 차가 김을 피웠다. 김교진이 일본어로 말하였다.

— 오토리 공사께서는 이참에 아주 눌러앉으시려나봅니다.

— 그럴 리가요. 머잖아 돌아오시겠지요. 선물 보따리가 두둑할 겁니다.

— 하기야 나고 자란 나라보다 좋은 곳은 없지요.

스기무라는 잠시 먼 산 바라보는 표정을 지었다.

— 고향은 슬프면서도 그리운 곳이죠. 그나저나 요즘에도 시를 지으

시는지요?

— 한직에 있는 관계로 시도 짓고 하면서 편히 지냅니다. 시계에도 나가구요.

한직이란 말을 입에 올릴 때 김교진은 눈꺼풀을 떨었다. 안동부사로 있다가 과만(瓜滿)으로 체직되어 한양에 나왔으나 세를 점한 민씨들은 정책의 의결이나 집행과는 거리가 먼 승정원 우부승지 자리에 떠밀다시피 그를 박아두었던 것이다. 갑신년 이후 개화당이라 불리는 인사들은 하나같이 그렇게 앓고 있었다.

— 식습니다. 드십시다.

스기무라가 손을 들어 권하므로 김교진과 이철래는 잔을 들어 가배를 마셨다. 스기무라가 사는 집은 조선의 전통 가옥이었지만 사대부의 사랑에 흔히 있을 법한 문갑이니 책장은 눈에 띄지 않았다. 방에는 다다미가 깔렸는데 윗목에는 여덟 폭 책거리 병풍이 펼쳐져 있었으며, 그 앞 거치대에는 왜검 두 자루가 층을 이루어 놓여 있었다.

— 얼마 전엔 안경수 대감을 만났습니다. 청국의 속박에서 벗어나 조선이 속히 독립해야 한다며 피를 토하셨지요. 한때 우리가 양이들로부터 받은 핍박을 생각하매 제 가슴이 뜨거워지더군요. 조금만 참자 하였습니다. 시원하게 원을 풀어드릴 거라 하였습니다.

— 그 무슨……?

김교진과 이철래는 뺨이 도도록한 스기무라의 얼굴을 동시에 보았다. 버릇인 듯 그는 손가락으로 수염을 쓸었다.

— 임오년과 갑신년에 청병에게 당한 수모를 갚을 겝니다. 그 수모를 일본은 잊은 적이 없습니다. 십 년 동안 수많은 군인을 구라파에 보내

새로운 전술과 병기 다루는 법을 연마하였지요. 일본의 국민들은 밥을 굶어가며 군함을 사왔습니다. 이제 그 일 단계 목표를 이루었습니다. 조선뿐 아니라 우리에게도 청국에는 갚아줄 게 있습니다.

스기무라는 술에 취해 횡설수설하는 것 같았지만 눈은 점점 열기를 띠어갔다. 김교진이 눈을 치뜨며 물었다.

─ 청국을 공격이라도 하겠다는 말씀이오?

─ 조만간 청국은 조선으로 출병할 것입니다. 조약에 따라 우리에게 그것을 알릴 터이니 종래엔 마주치지 않겠소?

김교진과 이철래는 눈을 마주쳤다가 약속이라도 한 듯 스기무라에게 시선을 옮겼다.

─ 청국이 출병하다니 그건 또 무슨 사연이오?

─ 허허, 외교의 사무에는 밝은 우부승지께서 조선의 사정에는 어찌이리 어두우신 게요? 내가 걱정하는 건 우부승지를 포함한 개화당 인사들이 너무 안이하다는 것입니다. 정녕 전라도 고부에서 일어난 일을 모르시는 겁니까?

힐난을 하는 듯한 말투였다. 스기무라와 달리 김교진은 어쩐지 위축된 목소리로 어물거렸다.

─ 고부라면…… 소요가 있었지만 진정되고 있다 들었소만.

조선 조정에서는 한바탕 시끄럽게 굴던 고부의 난민이 차차 진정되는 기미를 보이는 것으로 다들 알고 있었다. 조정으로써는 책임을 회피하기 급급한 전라감사 김문현의 장계가 고부의 내막을 파악할 수 있는 유일한 통로였다. 그러나 이즈음 일본 공관에서는 조선의 신료들이 아는 것과는 사뭇 다른 내용에 접근하고 있었다. 작년과 재작년에 동학을 따르는 무리가 지방과 한양에서 소란을 떤 후로 일본 공관에서는 동학당의 내정을 관찰하기 위하여 상인 키타카와를 약장수로 변장시켜 김제 부근을 정찰하게 한 일이 있었다. 뿐만 아니라 고부에서 소요가 일어난 뒤로는 줄포에 있는 일본인 미곡상으로부터 성실한 보고가 매일같이 올라오는 중이었다. 이렇게 취합된 정황을 바탕으로 스기무라는 전라 우도 일원에 별도의 정찰대를 파견하도록 본국에 벌써 상신까지 해두고 있었다. 양복 호주머니에서 궐련을 꺼내 문 스기무라가 치익 성냥을 그었다. 그의 입을 빠져나온 연기가 느릿하게 흩어지면서 매운 냄새를 피웠다.

— 고부의 민요는 여타의 민요와 다릅니다. 그를 주동한 자들은 연전에 세상을 시끄럽게 하던 그 난도들입니다. 고부의 일을 나라의 일로 확장하여 이참에 권력에 접근하려는 자들이지요. 김제 어름에서는 이미 몇 천 군사가 일어나 부안 방면으로 들어갔습니다. 그 첫머리에 서 있는 자는 이름을 전봉준이라 하더랍니다.

어느새 식어 차디찬 가배를 이철래는 한 모금 마셨다. 향도 맛도 느껴지지 않았고 썼다.

13

옷섶을 파고드는 밤공기에는 시린 기운이 각을 세우고 있었지만 바늘 끝 같던 날카로움은 예전만 못하였다. 도리어 목멱산을 넘어와 등을 밀어주는 바람에 어딘지 어루만지는 손길이 숨어 있는 듯도 싶었다. 스기무라와 헤어져 두 사람은 구리개 넘어 장통교를 건너고 관자골을 지났다. 종루로 나오자 오가는 행객들이 눈에 띄어 거리가 번다하였다.

여느 양반네 같았으면 북촌에 자리를 잡았으련만 김교진은 한때 조선을 떠르르 울게 하던 장동김씨의 후예였다. 본래는 안동김씨지만 대대로 장동에 세거하며 세도가문의 명성을 얻으면서 그들은 장동김씨로 불렸다. 김교진은 장동에서 조금 올라가 청풍계에 살았다.

─혹시 피맛골을 가보셨는지요?

종루를 지나며 이철래가 물었다. 피맛골은 종루 뒤에 있었다.

─아직 가보지 못하였네. 갓 쓴 행색에 무뢰배의 행패를 당하겠던가? 술이 생각나거든 집으로 가세. 안동에서 체직한 뒤로는 이서들이 철철이 소주를 보내온다네.

김교진은 이철래를 집에 데려가 술이라도 대접하며 딸 호정의 얼굴을 보게 함도 괜찮겠거니 여겼다. 삼 년 전에 상처를 한 후로 이철래는 먼저 떠난 여인을 잊지 못하여 말 나오는 혼처를 죄 마다하는 것으로 수절하는 홀아비 소리를 들었다. 하지만 김홍집의 서찰을 들고 청풍계에 심부름을 와서 호정을 한번 보고 난 뒤로는 지난날의 밝던 모습에 어언 맥이 닿아 있었다.

김교진은 각별한 마음으로 이철래를 가까이 두었다. 나이에 걸맞지 않게 생각이 정연한 데다 몸가짐이 곧아 융통성이 없어 보이다가도 보고 나면 욕심이 생겼다. 특히나 세를 읽는 눈이 탁월하여 청국과 일본을 두루 경험한 김교진마저 그와 상담할 때면 무릎 치며 놀랄 일이 많았다. 그가 조선에 상주하는 외교사절을 만날 때 자주 이철래를 대동하는 연유가 실은 거기에 있었다.

─스기무라는 어떤 자입니까?

궁성을 굽어보는 백악에서 시선을 거두며 이철래가 물었다.

―조선에 정통한 자지.

―야심만만해 보였습니다.

―바로 보았네. 신문기자 노릇을 하다가 쉬 외교사절이 되었을까? 그렇지만 그런 야심은 제 나라를 섬기는 일로 귀결되니 가상하지 않은가? 일본엔 그런 자가 많다네. 부러운 일이지.

―명민하나 간악한 면모가 엿보였습니다. 일본의 태도 그대로였지요.

―그런 자와 어찌 가까이 지내느냐 힐문하는 게로구먼. 하면 청국의 태도를 용인하는 것은 상책인가?

차분하게 말하는데도 김교진의 목소리에는 결이 서 있었다.

―청국의 군병을 끌어들인 것은 임오년에 조선 조정이 한 일입니다. 백성을 진압하려고 외병을 끌어들였으니 자업자득이지요. 혹여 갑신년 거사가 성공하였다면 일본은 저 청국과 얼마나 달랐을지 궁금합니다.

―거사가 성공했다면 조선이 이토록 쇠할 일은 없었을 게야.

육조거리를 지나 송교 너머 당피골로 접어드는데 두 사람의 논쟁은 차츰 깊이를 더해가는 중이었다. 두 사람 간에는 흔히 있는 일로 김교진은 이철래가 나이와 직책에 구애받지 않고 허물없이 대하는 것을 용인할 뿐 아니라 부러 유도할 때도 있었다. 오랜 외교관 생활을 하면서 구라파의 외교관들이 하는 양을 지근거리에서 접한 뒤로는 배울 바가 있다고 믿게 된 그였다. 딸 호정을 규중에 박아놓지 않고 찾아오는 손에게 자유로이 보이는 것도 그런 믿음이 있기 때문이었다.

―자네는 청국의 억압을 자업자득이라 하였네. 그러면 달게 받아야 하는가?

다시 김교진이 쟁론에 불을 붙였다.

─청국은 이가 빠져 조선을 가지고 놀더라도 뜯어먹지 못하니 남 또한 먹지 못하게 으르렁대고 있지요. 그에 비해 일본은 발톱이 강성해진 호랑이입니다. 늙은 호랑이를 쫓으려고 젊은 호랑이를 들이는 건 하책이라 생각됩니다.

─일본은 구라파를 따라 개화에 성공한 나라일세. 대놓고 도적질을 하진 못할 게야. 그러니 청국을 몰아내는 일이 급선무라네. 원세개가 총독이라도 된단 말인가? 그들에게 배울 법도란 없네.

영추문 지나 경복궁 담장 아래를 걷다보니 김교진의 집 솟을대문이 보였다. 김교진이 사는 집은 조정 대신의 집에서도 가장 보잘것없는 축에 들었다. 근기 지역 특유의 꺾쇠 구조로 주춧돌에 면한 기둥은 눈비에 삭아 기와마저 지탱하기 힘들어 보였다. 터는 넓었지만 애초에 집을 옹색하게 들여 사랑채마저 따로 달아내지 못하고 행랑에 붙여두었을 정도였다. 관에 몸담는 것을 치부의 일로 여기는 여느 관리들과 달리 관직에 임하는 주인의 고지식한 자세가 집에서는 고스란히 엿보였다.

술상을 봐달라고 한 지 얼마 되지 않아 정성 들여 만들어진 안줏거리가 상에 얹혀 들어왔다. 술상을 들고 온 계집아이에게 김교진이 딸을 불러오란다 하자 과년한 처자를 손님 든 사랑에 들이는 법도가 과연 『예기(禮記)』에 있더냐고 박씨 부인이 말을 전하여 왔다. 평소답지 않게 김교진은 무안을 당한 얼굴로 몸소 나갔다 돌아왔다.

─사내란 나이 들면 약해지지.

이철래는 김교진이 따라준 술을 마시는 시늉만 하고 내려놓았다. 상에는 빈대떡과 무말랭이장아찌와 동치미가 놓였고, 전유어와 육회가 그나마 값나가는 안주라 할 만하였다. 김교진이 노중에서의 담론으로 말머리를 잡았다.

― 권세를 잡아 경장을 하는 일 외에 조선에 활로란 없네.

― 필요한 일이나 반드시 능사는 아닙니다. 세를 잡아 자리를 배분한들 그 많은 자리를 어찌하오리까? 수뇌는 갈려도 지금껏 해오던 자들이 이 고을에서 저 고을로 옮길 뿐이니 바뀌지 않을 것입니다. 제도와 심법이 아무리 정밀해도 일은 사람이 하는 것입니다.

그때 대청마루를 딛는 소리가 들리더니 음전한 목소리가 건너왔다.

― 아버님, 소녀 호정입니다.

그 소리에 이철래가 허둥거리며 일어섰다.

― 들어오너라.

말이 떨어지자 여닫이가 열리며 뽀얀 버선발이 문턱을 넘었다. 곧이어 민항라 분홍 치마가 그것을 감싸므로 안타까움에 고개를 들었을 때 어느새 뒤태를 보이며 호정은 문을 닫는 중이었다. 위에 입은 민항라 흰 저고리까지 봄빛에 무리 지은 꽃떨기 한가지로 사람을 아뜩케 하는 자태였다. 사실 분홍 치마 흰 저고리는 아이를 두엇쯤 둔 아낙들이 흔히 입는 복색이었다. 아마도 어머니가 입던 것을 손질하여 입은 듯하였는데 그 또한 김교진이 살아온 이력이니 흠이랄 것은 아니었다. 그들이 앉기를 기다려 김교진이 하던 이야기를 이어갔다.

― 그대의 말인즉 그 밥에 그 나물이란 뜻인데 대체 없는 사람을 어디서 데려오는가?

김교진은 이철래의 말을 입바른 공론으로 받아들이는 눈치였다. 호정이 들어온 뒤로 몸에 힘이 들어간 이철래는 목도 뻣뻣하여 시선을 자주 떨어뜨렸다.

―저 불란서는 백성이 나서서 강병한 나라를 만들었다 들었습니다. 일본에서도 번주(藩主)가 아니라 똥장군을 지던 하급 무사들이 나섰다 하였지요. 어찌하여 조세를 담당하는 백성은 도외시하고 사대부들만 그 일을 이룬다 하십니까? 홍영식 대감이 백성의 돌에 가신 일은 반드시 그들의 무지만을 탓할 일이 아닙니다. 아무도 말해주지 않고 조세는 가중되니 백성에게 개화란 뼛골을 우려내는 또 다른 탐관오리올시다.

김교진이 잔을 상에 놓는데 소리가 컸다. 부채꼴 모양의 주름이 미간에는 뚜렷하였다.

― 대원위 대감과 같은 소리만 하는구만. 그들이 무엇을 안다고 설명을 하며, 그렇게 하여 어느 세월에 힘을 얻겠는가?

― 한때 서학은 누가 말하지 않아도 백성이 알아서 들고 근자에 양호(兩湖)에서 발흥하는 동학 역시 스스로 번져 힘을 모았다 들었습니다. 그런 백성들로부터 힘을 충원하지 못하면 그게 미개한 세상이요, 마침내 백성의 힘이 그에 미치면 그는 곧 개화가 아닐는지요.

―그렇다면 외교란 필요 없는가?

김교진의 목소리에는 노기마저 섞여 있었다. 그러나 아무리 심경을 거스른다 해도 이철래로서는 기왕 내딛은 걸음이었다. 신중하게 말을 고르되 한번은 하겠다고 별러온 말들이었다.

― 서로 주고받는 이(利)를 조정하는 일이야 어찌 필요치 않겠습니까? 그러나 권세를 지키고자 이 나라 저 나라 바꿔가며 도움을 청하는 것은 외교라 하기 어렵습니다. 나라의 이를 넘길 뿐이니 임오년에 청병을 불러 조선의 이가 새는 것도 다 그 때문이지요. 강화도에서 일본과

수호조규를 맺은 이래 이십 년을 그 일에 전념하였으나 얻은 것이 없습니다. 개화라 하기 민망합니다.

입에 올리지 않았다 뿐 그건 임금과 왕비를 꼬집는 소리였다. 김교진이 침울하게 듣고 있다가 딸을 보았다.

— 너는 어찌 보느냐?

김교진이 말을 시키고서야 이철래는 고개를 들어 그녀를 보았다. 무릎 하나를 세워 손을 모아 얹은 호정은 본래 타고난 바탕이 가무스름한 편이었으나 눈이 촉촉하여 얼굴에는 언제나 샛별이 떠 있는 듯하였다. 콧대가 곧고 광대뼈가 적당하였으며 이마가 넓었다. 입을 열어 말할 때 보니 살빛 때문인지 이가 희었다.

— 소녀는 듣는 것으로도 벅찹니다.

— 내가 보던 서적을 두루 읽지 않았더냐?

— 『조선책략』과 『이언』을 읽었다 하나 세상의 방대함을 접하지 못하므로 문맹입니다. 듣고 그저 놀랄 뿐입니다.

겸손한 언사였으나 상담에 참여하지 않겠다는 의사만큼은 확실하였다. 딸의 뜻을 확인한 김교진의 눈길이 절로 이철래를 향하였다.

— 그대의 뜻은 알겠네. 하나 백성이 국사의 일부나마 감당한다 함은 당치 않은 소리야.

— 조선을 삼키되 면면촌촌의 백성이 다 죽여라 나서면 덤비지 못할 것입니다. 그러나 망해도 그만이라 냉소하면 나라는 사라질 것입니다. 대감 말씀대로 사명에 불타는 백성이 많아져야 합니다. 이미도 너무 많이 늦었지만 그럴수록 힘써 할 일로 사료됩니다.

처음 이야기를 시작할 때보다 김교진의 얼굴은 더욱 침통하고 어두왔다. 외교의 실무에 필요하면 쓰임을 인정받다가도 끝나면 외직으로 돌기를 평생 받아들이고 산 사람이었다. 숱한 좌절과 인고의 날들이 몸을 뚫고 지나가 마음은 움츠러들고 날카로움은 마모되어 새로 무엇을 시작하기보다 쉽게 가는 길이 커 보이게 된 사람이었다. 개화에 인생을 걸었다 하나 유학(儒學)을 근본 삼아 시작한 삶이었다. 갑신년에 함께 사지를 벗어나고도 일본에 망명한 사람들은 거기서마저 상하를 다투었다지 않은가. 하기야 이 나라의 사대부에게 그런 궁량을 기대하는 것은 소금 섬에서 쌀알 가려내기만큼이나 부질없는 노릇이었다. 당장 이철래 본인만 하여도 선뜻 행할 수 있는 일인지 자신이 없었다.

─만일 조선이 망한다면…… 어느 나라가 삼키는가?

잔을 비운 김교진이 무겁게 물었다.

─안남을 생각하면 될 것입니다.

─불란서를 말하는가?

─청국과 전쟁을 시작하는 나라가 조선의 적입니다.

말이 끊어졌다. 부쩍 시무룩해진 김교진의 모습에 이철래는 차츰 미안한 생각이 들었다. 김교진이 마지막 잔을 비웠다.

─부족하지만 이 아이를 데려가라 자당께 여쭸네. 날을 잡아야겠지.

호정의 얼굴이 시나브로 붉어졌고 이철래는 고개를 떨어뜨렸다. 이윽고 자리에서 일어나 가겠노라 인사를 올린 이철래는 천천히 김교진의 사랑을 빠져나왔다. 신을 꿰고 대문을 나서자 언제 따라왔는지 호정의 말이 등 뒤에서 넘어왔다.

─서방님!

그 말에 자신을 두고 먼저 떠난 여인이 떠올라 가슴이 뛰면서 아픔이 밀려왔다. 같은 반가의 규수지만 지난번의 여인과 다르게 호정은 격이 없고 감정을 절제하지도 않는 여자였다. 샛별 같은 눈이 얼굴에서 반짝였다.

— 너무 강하면 사람을 다치게 합니다. 주제넘은 말, 용서하십시오.

— 명심하겠습니다. 누가 봅니다. 어서 들어가세요.

이철래는 주위를 둘러보았다.

— 한번 안아주시어요.

무슨 말을 더 할 새도 없이 호정이 품으로 쏟아졌다. 엉거주춤 허리를 빼자 얼굴이 쳐들리면서 입술이 밀고 왔다. 오래도록 원해왔던 일인지 기갈 든 사람처럼 입술이 거세었다. 그녀와 헤어져 청풍계를 내려오는데 남풍이 불었다. 정녕 몇천 군사가 움직였을까. 목멱산 너머 남쪽에서 달려오는 바람이 이철래는 두려웠다.

남풍

1

인천강은 북에서 소요산이 흘러내리다 멈추고 남으로는 선운산이 치 맛자락을 늘어뜨린 자리에 호젓이 놓여 있다. 굴곡진 산줄기에 달라붙 은 살점 같은 자드락밭을 따라 부안곶 아래 곰소만과 줄포만 사이로 천 천히 흘러든다. 임내라고도 하고 주진천으로도 불리는데 민물이 바닷물 과 합수하기 전에는 잠깐 들을 거느려 비가 내리면 제법 강 흉내를 내기 도 하였다. 농사일이 시작되지 않아 비어 있는 그곳 잗다란 들에 김제 금 구를 떠나 부안을 질러온 김덕명 포의 농민군이 잠시 몸을 의탁하였다.

그곳에서 김덕명과 전봉준은 좌도에서 김기범과 서장옥이 움직이기 를 기다렸다. 그들이 기다리던 연락은 서장옥 포에서 먼저 당도하였다. 금산에 모습을 드러낸 군사가 평소 행악을 부리던 아전의 집을 불태웠 다는 소식이었다. 그로부터 사흘 후에는 김기범의 전령이 달려와 임실

청웅에 사람이 모이기 시작했다고 고하였다. 소식을 접한 전봉준은 백산에서 버티다 김덕명 포에 합류한 고부의 군사 오십 명을 추려 저녁 후 이동할 예정이니 준비하라고 일렀다. 그곳에서 무장 양실마을까지는 불과 한나절 거리였다.

─ 언제나 걱정은 장군의 다스운 마음이오. 지금부터는 사사로운 정을 버리시오. 만일 성사시키지 못하거든 마음으로부터 베시오.

어둠이 내리기 시작하여 행장을 차리고 나서자 김덕명이 산자락까지 배웅을 나왔다.

─ 성사될 것입니다.

─ 성사되는 대로 사람을 보내주오.

성사되었다는 소식이 들리는 즉시 군사를 몰아 무장으로 들어가겠다는 말이었다. 원래는 백산이 목표였으나 임내에 유진한 이후 격문을 토대로 작성한 포고문을 무장에서 발포하자는 것이 김덕명의 주장이었다. 손화중을 묶어두기 위한 암수라 할 수 있었지만 정수와 속수를 따질 만큼 한가한 처지가 아니었다.

─ 가겠습니다.

전봉준과 일단의 군사는 소요산을 끼고 남쪽으로 이동하였다. 소요산은 어느 때 전봉준의 아버지 전창혁이 암자에 들어 공부를 한 적도 있었다는 바로 그 산이었다. 그러던 하루는 소요산을 삼키는 꿈을 꾸었다는데 이듬해에 전봉준이 태어났으므로 태몽이었다. 그러나 죽음에 발을 내딛은 지금 목숨을 얻어 세상에 나온 사연이야 돌이켜 새길 만한 이야기 축에도 들 수 없었다. 민촌의 백성이 군사로 돌변했을 때 풀에 쏠린 자리처럼 과거는 한낱 아쉬움과 회한으로 희미해지고 말았던 것이다.

피바람을 불러 거대한 과거의 무덤을 지으려고 출발하는 길이었다. 오직 당면한 현실만이 문제였고, 한 마디가 문제였다. 단 한 번 입을 열어 굳게 걸린 빗장을 부수고 손화중을 일어서게 할 한 마디. 그것이 떠오르지 않았다.

보름을 갓 지나 달빛은 사람 속눈썹까지 깊이 파고든다. 실낱처럼 봉우리 사이를 돌아 달빛 아래로 이어지는 길을 따라 그들은 선운사를 비껴 구암다리를 지났다. 뛰다시피 걷고 있었지만 병장기가 땅에 끌리는 소리만 들릴 뿐 누구 하나 숨을 몰아쉬지 않는다. 이들을 집에 보낼 수 있을까. 작은 일이라도 한순간 그른 판단을 앞세우면 어느 산골에서든 불귀의 혼으로 귀촉(歸蜀)의 노래를 부르게 될 사람들이었다. 그것이 전봉준은 무섭고 무거웠다.

─떠나오기 전에 옹동네는 좀 안아주었던가?

전봉준은 을개 옆에서 걷고 있는 더팔이에게 물었다.

─야무지게 안아줬지요.

─다섯 번쯤 되었던가?

─새벽에 코피를 쏟았지요.

사람들 사이에서 으흐흐 음흉한 웃음이 터졌다.

─반드시 옹동네를 다시 안게 해주겠네.

─저도 일 마치면 선생님 장가들게 해드리지요.

사람들이 다시 웃었다.

─기다리지.

자시에 임박해서야 일행은 촛대봉을 끼고 돌았다. 봉우리에 등을 대고 옹기종기 모여 앉은 집들이 보였고, 마을 앞에 펼쳐진 논은 제법 먼 데까지 펑퍼짐하였다. 동구가 가까워지자 어디선가 들려오는 워렁워렁한 수캐의 울음을 따라 잠시 후 시끄러운 소리로 여러 마리가 낯선 자들의 등장을 알렸다. 전봉준은 고부에서부터 피붙이처럼 곁을 지키던 송대화에게 일행의 지휘를 맡긴 다음 을개를 포함해 세 명만을 대동하여 마을로 들어갔다. 이미 개들이 짖기 시작할 무렵 먹물에 잠긴 것처럼 깜깜하던 마을 한 곳이 홀연히 밝혀지는 것을 목도한 바 있었다.

— 어서 오시오.

손화중은 대문 밖까지 나와 그들을 맞았다. 그 짧은 짬에 어찌 준비하였는지 방에는 술상이 마련되어 있었다. 다리쉼도 없이 달려온 길이라 손화중이 건넨 무명으로 꾹꾹 눌러 닦는데도 땀은 멈출 줄을 모른다. 손화중이 방문을 열어주고는 탁주를 사발 가득 부어준다. 찾아온 손의 편의를 말없이 보아주는 것이었지만 전봉준이 무엇을 말하고자 함인지 벌써 알아차린 얼굴은 흐리게 가라앉아 있었다. 날을 밝혀서라도 주장을 펴겠다는 듯 어금니를 사리문 턱에는 달걀만 한 근육이 불거져 있었다.

— 손화중 접주!

마침내 전봉준의 입에서 그의 이름이 불렸다.

— 말씀하시지요.

마지막 한 마디를 끝내 찾지 못하였지만 전봉준은 입을 열었다.

— 모든 도학(道學)과 경전(經傳)은 다 사람 살자고 지은 것입니다. 공자나 석가의 말도 사람보다 먼저는 아닙니다. 동학도 그렇지요.

전봉준의 눈이 손화중을 본다. 숯검정을 얹은 것처럼 두툼한 일자 눈썹 아래로 눈은 꺼져 속이 들여다보이지 않는데 목이며 턱에 드리워진 수염이 오늘따라 유난히 검었다. 기골이 장대할 뿐 아니라 모든 것이 큼직하고 뚜렷하여 마주치는 이마다 헌헌장부의 기상에 숙어지도록 만드는 사람이었다. 장터에 솥을 걸고 고기를 삶아 배고픈 자를 구휼하며 포덕에 힘쓴다는 말을 전봉준은 들었다. 정읍 읍생이 본가에 제사를 모시러 올 때마다 찾아가 마음을 얻은 사람이었다. 그 끝자락에서 전봉준은 마지막 그물코를 뜨자는 귓속말을 건넨 참이었다. 손화중이 목울대를 들썩이며 술을 들이켰다.

—마지막 잔이 되려는지 달구려.

그가 천장을 향해 고개를 들더니 한숨을 쉬었다.

—장군을 따르겠소.

2

김덕명, 김기범, 손화중 포의 농민은 백산에 모여 마침내 군사 조직의 진용을 갖추었다. 포의 독자성을 인정하여 기존의 지휘 체계는 익숙함을 따르게 하되 전군의 지도부를 구성하는 일만은 늦춰도 될 상황이 아니었다. 그러나 이전의 활동을 통해 말 없는 가운데 지정된 자리가 있으므로 결정은 빠르게 이루어졌다. 전봉준을 총대장으로 하여 뒤를 김기범과 손화중이 받치게 하고 김덕명은 연장자로서 자문 역할을 맡았다. 전봉준의 고굉(股肱)이라는 최경선은 극구 원하여 선봉이 되니 비서에는 비교적 차분한 송희옥과 글에 능한 정백현을 선임하고 송대화는 군사의 훈련을 담당하게 하였다. 특히 장차 맞서게 될 관군의 총이 덕국에서 수입돼 출중하므로 맞불질을 하려면 화승총의 조작이 자유로워야 했다. 원래 조선은 기병을 중히 여겼으나 홍경래 부대의 선봉장 홍총각이 관서의 송림전투에서 대패한 이후 전쟁의 대세는 바야흐로 총포와 화약이었다. 백산 인근에서는 종일토록 콩 볶는 소리가 들려와 사람들의 고막이 너덜너덜하였다.

— 준비가 끝났으니 원평으로 이동합니다. 게서 묵고 전주를 손에 넣읍시다.

조직 편제가 마무리되자 두령들은 전주성을 떨어뜨리기 위하여 머리를 모았다. 전봉준의 의견에 김기범이 다른 안을 제시하였다.

— 뒤통수를 조심해야 하니 태인을 먼저 제압합시다. 예로부터 그곳 보부상 패가 막강하니 눌러둬야 합니다.

— 감사가 방비할 틈을 주지 말자는 생각인데 그 말씀이 근리합니다. 다른 분들 의견을 묻습니다.

— 빈둥대는 감영군보다야 부상 패거리가 걱정이지요.

김덕명의 말에 다수의 두령들이 머리를 주억거렸다.

— 그리합시다. 그 전에 태인현에 서찰을 보내 준동하지 못하도록 못을 박읍시다.

합의에 따라 두령들은 대서소(代書所)에 일러 태인현감 앞으로 보낼 서찰을 작성하게 하였다. 대서소에서는 태인에 보낼 서찰 외에도 군대의 강령에 해당하는 네 개 조항의 명의(名義)를 두령들 앞에 내밀었다.

– 사람을 죽이지 않고 물건을 파괴하지 않는다 不殺人 不殺物

– 충효를 온전히 하며 세상을 구하고 백성을 편안케 한다 忠孝雙全 濟世安民

– 왜놈과 오랑캐를 몰아내고 세상을 바로잡는다 逐滅倭夷 澄淸聖道

一. 군사를 서울로 몰고 가 권귀를 다 없앤다 驅兵入京 盡滅權貴

—썩 마음에 듭니다.

명의를 본 김기범이 흐뭇한 얼굴로 말하였다. 다른 두령들 또한 만족스럽게 여기는 눈치였다.

—우리의 기백이 드러나 있으므로 이대로 갑시다. 하고 격문은 어찌되었소?

전봉준이 치하한 뒤 대서소 두령 옹택규에게 묻자 그가 격문을 회의 탁자에 가져다놓았다. 지난번의 포고문이 한자로 이루어졌기 때문에 여항의 백성을 고려해 이번 것은 언문으로 쓰자 하였고, 백성에게 건네는 말인 만큼 주절주절 늘어놓지 말고 간명하게 해달라는 것이 지도부의 요청이었다. 탁자 위의 격문을 훑어본 전봉준이 먼저 의견을 밝혔다.

—격문은 백성의 분발만을 촉구하는데 여기에 향리를 포함시켰으면 합니다.

그러자 김기범이 나섰다.

—수령과 한통속으로 백성을 핍박한 자들에게 어찌 손을 내민단 말이오?

—일리 있는 말이오. 하나 뜻이 있는 자 모두 우리 편이며 중인은 긴요한 일을 하면서도 천시되는 자들이니 우리와 동류입니다. 그물이 너무 촘촘하면 운신할 폭도 좁아질 것이오.

—다만 운신을 위하여 그들과 손을 잡자 함은 이치에 맞지 않습니다. 어찌 수령들이 고을의 내막을 그리도 소상히 알아내 수탈을 자행했겠소. 이서배들은 우리와 동류가 아니라 쳐내야 할 자들이올시다. 밖을 보

시오.

사람들의 시선이 그의 손가락을 따라 움직였다. 백산 정상은 물론 산 아래 마을과 화호나루까지 흰옷 입은 사람들로 세상은 눈 내린 동짓달의 벌판 한가지였다. 엿이며 떡 같은 주전부리를 들고 와 좌판을 벌인 상인들도 엽전을 꿰느라 정신이 없었다.

— 한 번 일어서매 육천 군사가 되었소. 어찌 백성의 마음을 무르다 하며, 저들의 힘이 이속 따위에도 미치지 못한다 하겠소.

칼을 질러 장막을 째는 듯한 목소리였다. 몸피가 작고 선병의 기질이 뚜렷한데도 주장을 펼칠 때 김기범은 우당탕탕 몰아쳐 좌중을 휘어잡았다.

— 김기범 접주의 말씀마따나 과연 일부 이서배들을 향한 백성의 원한은 깊은 데가 있습니다. 그러나 고부의 호방이 비록 수령과 한통속이더라도 이방은 뜻을 같이하고 일을 도왔습니다. 뜻하는 바의 궁극을 위해 우리는 각 고을의 시무에 먼저 참여해야 합니다. 당연히 그들의 재주와 경험은 돈으로도 구하지 못할 것이오. 뜻 같아서는 백성 아무라도 그만 못하랴 하겠지만 어찌 알지 못하는 일을 잘한다 할 것이며 우리만 바르다 하겠습니까. 다만 지지층을 넓히자는 게 아니라 이것은 우리의 미래를 예약하는 일입니다. 악행을 저지른 자는 벌을 주되 권세에 눌려 어찌하지 못했던 자들은 털지 말고 가십시다. 김기범 접주, 이번 일은 나를 따라주시면 어떻겠소?

말이 간곡하고 자리에 모인 사람 대부분이 고개를 끄덕일 뿐 아니라 전봉준이 이름을 직접 언급하여 당부하자 김기범은 더 이상 이견을 내지 않았다. 이윽고 의견에 따라 작성된 격문이 두령들 앞에 놓였다.

우리가 의를 들어 여기에 이름은 본의가 다른 데 있는 게 아니라 창생을 도탄에서 건지며 국가를 반석 위에 두고자 함이다. 안으로는 탐학한 관리의 머리를 버히고, 밖으로는 횡포한 강적의 무리를 몰아내고자 함이다. 양반과 부호 앞에서 고통받는 민중과 방백이나 수령 아래서 굴욕을 당하는 소리는 우리와 같이 원한이 깊은 자라. 조금도 주저치 말고 이 시각으로 일어서라. 만일 기회를 놓치면 후회해도 미치지 못하리라.

새로 작성된 격문을 보고 두령들은 모두 명문이라 하여 흡족하게 여겼다. 태인으로 진격하는 일에 차질이 없도록 하자는 말을 끝으로 회합은 마무리되었다. 두령들이 돌아가기를 기다려 김덕명이 전봉준에게 일렀다.

— 문서 하나하나를 매번 두령회의에서 점검할 순 없소. 신속함이 생명입니다.

— 신속함이 반드시 옳음만 같지는 않습니다.

— 다중의 결정은 때로 무모하고 어리석은 것이오. 거사가 몇 달씩 지체되어 어언 농사철에 접어든 것을 보시오. 지금은 전쟁 중이며 이것은 병가의 일이오.

김덕명의 얼굴에는 위엄이 살얼음처럼 덮여 있었다. 전봉준이 한 발 물러섰다.

— 웬만한 건 제 손에서 끝내고 중한 것은 두령들에게 묻지요.

— 그럽시다. 하고 일을 성사하기 전까진 금주령을 내립시다. 무리에는 조직에 든 자만 있는 게 아니오. 부랑자가 섞입니다.

— 알겠습니다.

노을이 들었다. 전봉준은 군사들과 섞이기 위해 을개를 데리고 대장소를 나왔다. 백산의 마지막 밤이 왔고 곳곳에 횃불이 올랐다.

3

누군가 어깨를 흔드는 바람에 눈을 떴을 때는 사방이 어두워 새벽인지 밤인지 분간하기 어려웠다. 몸을 흔든 사람은 을개였다. 전봉준은 깜짝 놀라 자리를 차고 일어났으나 을개를 보자 긴장이 풀려 도로 눈꺼풀이 무거워졌다. 고부 관아에서 꾸중을 들은 후로 수행하라고 이른 일을 을개는 지키지 않은 게 없이 매사에 성실하였다. 그가 귀에 대고 일렀다.

— 전주에서 온 사람이 뵙자고 합니다. 몸수색은 하였습니다.

전봉준은 주섬주섬 옷을 꿰었다.

— 누구라던가?

— 선생님께만 말하겠답니다.

— 들이도록 하고 넌 곁에 있거라.

잠시 후 농꾼 복장의 사내가 을개를 따라 장막 안으로 들어왔다. 그의 머리에서 김이 올랐다.

— 전주 성문 밖에 사는 동학 도인입니다. 급한 용무가 있기로 달려왔습니다.

전봉준은 머리맡에 두었던 자리끼를 사내에게 내밀었다. 사내가 급히 마셨다.

— 말씀하시게.

— 감영 포군 일만 명이 내려온다 합니다. 차후의 일은 동접의 도인들이 알릴 것이나 우선 급한지라 달려왔습니다.

— 정녕 일만이라 하던가?

— 소문이 그러합니다.

전봉준은 고개를 갸웃거렸다. 경군(京軍)이 도착했다면 모를까 일만이나 되는 군사가 전주성에 모여 있을 까닭이 없었다. 더구나 전라감영의 포군은 민정식이 관찰사로 있을 때 민폐가 크다 하여 폐지했기 때문에 포군 일만이라 함은 앞뒤가 뒤죽박죽인 소리였다. 무남영(武南營)의 병사가 있다 하나 천 명 안쪽이요, 향병을 모집한다 해도 그 수를 채우는 것은 불가능했다. 그새 보부상 패가 그렇게 모였을 리도 없으니 설사 경군이 들어왔다손 치더라도 일만이란 말은 당치 않았다.

— 알겠네. 요기라도 하실 텐가?

— 바로 돌아가 새 소식이 있거든 사람을 보내겠습니다.

전봉준은 의심스러운 바가 없지 않았으나 예를 갖추어 사내를 배웅토록 하였다. 설령 적의 간자라 해도 역이용할 수 있을 것이며, 진실로 도인이라면 비록 토벌군의 숫자에 착오가 있을지언정 감영군의 동향을 꾸며오지는 않으리란 믿음으로 차츰 머리가 맑아졌다. 김기범과 손화중 포의 주둔지가 제법 거리를 두고 있어 그는 가까이 있는 송희옥과 정백현을 우선 불러오게 하였다. 의관도 제대로 차리지 못한 그들과 낮은 목소리로 의견을 주고받을 제 을개가 또 사람을 데려왔다.

— 서문 밖에 사는 도인이올시다. 감영군이 움직인다 합니다.

그 또한 앞의 사람과 비슷한 말을 쏟아놓고 헐떡거렸다.

— 군사의 수는 얼마라 하던가?

─ 일만이라 하는데 정확한 것은 모릅니다. 다만 향병을 모집하고 보부상 패가 성에 든 지는 여러 날 되었습니다.

─ 고맙소. 요기라도 하고 가시오.

이번에도 전봉준은 친절을 베풀었다.

─ 아무래도 움직일 모양입니다. 하기야 우리가 이곳에 들어온 것을 저들이 모를 리 없지요. 여긴 전주의 턱밑이 아닙니까?

송희옥의 말에 정백현이 의견을 냈다.

─ 군사를 장꾼으로 변복시켜 요로에 파견합시다. 일이 생길 때마다 전하게 하지요.

─ 김덕명 대접주께 사정을 알려 그리해주시라 이르게.

정백현이 명을 받들어 나서는 것을 본 전봉준이 을개를 불렀다.

─ 지금 당장 사람을 보내 김기범과 손화중 대접주를 모셔오너라. 촌각을 다투는 일이라 전하고 최경선과 송대화 접주에게도 연통하라.

일을 지시하러 밖에 나갔던 을개가 담배 한 죽 태울 짬도 안 돼 다시 맨상투 바람인 사람을 데려왔다. 이번에는 남문 밖 시장에 사는 상인으로 그 역시 같은 내용을 말하고 돌아갔다.

─ 백성들이 저렇듯 훌륭하구려. 이번 싸움에서 우리는 이길 것이오.

전봉준은 밤을 도와 달려온 사람들에게 더는 간자라는 의심을 두지 않았다. 송희옥이 그런 전봉준을 두고 혀를 찼다.

─ 장군은 사람을 너무 빨리 믿습니다.

─ 하나같이 몸에서 김을 피우니 앞뒤 살펴 나타난 자들이 아니오. 절박한 마음에 달려온 게지.

제일 먼저 대장소로 달려온 사람은 숙영지가 가까운 김덕명과 최경선이었다. 이어 손화중과 김기범을 따라 송대화까지 나타나므로 직함 가진 사람은 얼추 모인 셈이 되었다. 핏발이 서고 덜 깬 얼굴 중에서도 특히 최경선은 상투 옆으로 흘러내린 머리카락도 눈치채지 못하는 듯하였다. 전봉준은 호위병들에게 멀찍이 물러서라 명한 후 따로 을개를 불러 엿듣는 사람이 없도록 단단히 단속하라 일렀다. 도부수에게 잘리는 꿈을 꾸다 온 사람들처럼 전봉준의 설명을 듣는 두령들의 얼굴 위로 삭풍 같은 서늘함이 지나갔다.

— 올 것이 왔구려.

최경선이었고, 그 와중에도 곰방대를 챙겨온 김기범이 부시를 쳤다.

— 어차피 피할 수 없는 노릇이오. 그들의 말이 사실이라면 쑥고개에서 맞읍시다. 양편에 군사를 매복하여 협공하면 승산이 있을 것이오.

김기범은 전봉준과 불갑사 금화화상으로부터 병법을 익힌 바도 있어 군사의 배치며 들고 남에 박식하였다.

— 좋은 생각이오. 하나 쑥고개가 요충지란 건 감영군도 알 것입니다. 인근에 민가가 많아 사람들 모르게 매복하기도 어렵습니다. 이는 곧 맞대놓고 싸운다는 말이니 승패를 장담하기 어렵습니다. 아다시피 우리 군사는 창질보다 삽질에 능합니다. 승리하면 용기백배할 것이나 승리하고도 피해를 입거나 패한다면 퇴산하여 자취마저 희미해질 것이오.

— 하면 어찌합니까?

— 승리하되 압도해야 합니다.

— 허허, 속을 보여주시오.

김기범은 답답한 얼굴이 되어 가슴을 두드렸다.

— 우리를 대수롭지 않게 위장하고 가장 유리한 곳에서 싸웁시다. 우

리 군사가 눈 감고도 뛰어다닐 자리, 그곳으로 갑시다.

— 그러면 원평인데 민가가 많으니…….

말을 하다 말고 김기범이 무릎을 쳤다.

— 제갈량의 현신이로세. 그리로 가십시다.

인근의 부호들에게 배당한 아침을 먹고 부대는 왔던 길을 거슬러 남쪽으로 이동하였다.

4

비는 멎었으나 생솔 가지를 태울 때처럼 안개가 일어나 손을 저으면 알갱이가 만져졌다. 아무리 눈을 부릅떠도 댓 발자국 벗어난 사람의 형상은 알아보기 어려웠다. 전봉준은 자리에 앉아 팔짱을 낀 채 눈을 감고 있었으나 궁리를 하는지 잠을 자는지 알 수가 없었다.

원평을 떠나 김기범 포와 갈라진 김덕명과 손화중의 군사들은 곧장 부안으로 들어갔다. 노중에 풀어놓은 간자가 속속 당도하여 감영군이 내려온다고 보고하는데도 천하태평으로 시간을 끌던 두령들은 감영군이 코앞에 닥치고서야 군사를 독려하여 백산 남쪽으로 빠져나갔다. 천태산을 우회하여 자라고개를 넘을 때 감영군이 쏜 총알이 휘파람 소리를 내며 따라왔다. 군사들은 패잔병 한가지로 허둥지둥 황토재에 닿았으나 감영군이 손소락등까지 쫓아와 성능 좋은 양총에 불질을 하므로 다시 남쪽으로 도망쳐 산적산 자락에 이르렀다. 어둠과 함께 비까지 질금거려 감영군의 추격이 느슨해지자 그제야 군사들은 부안에서 챙겨온 주먹밥으로 허기들을 모면하였다. 곧장 잠을 자라는 명이 떨어졌고, 그

때부터 두령들은 대장소에서 긴 논의를 주고받았다. 원평에서 헤어진 좌도 쪽의 군사도 인근 어디에 짐을 풀었는지 회합을 할 때 보니 김기범 포의 접주들도 섞여 있었다. 그들이 돌아간 후 전봉준은 매양 팔짱을 낀 그 모양이었다.

— 장군, 사람이 당도하였습니다.

바깥에서 들려온 소리에 비로소 전봉준의 눈꺼풀이 열렸다. 적진 가까이 접근하여 동태를 살피고 온 후병(候兵)이 호위병을 따라 대장소로 들어섰다.

— 대부분 잠들었습니다.

— 틀림없는가?

— 그렇습니다.

— 수고했네. 그대의 일은 끝났으니 정읍 연지원으로 나가 기다리시게.

군사가 군례를 올리고 떠나자 전봉준은 다시 원래의 자세로 돌아갔다. 그로부터 한 다경이 흐른 후 또 다른 사람이 모습을 드러내자 아까와 같은 것을 묻던 전봉준은 역시 연지원으로 내려가라 이르고 또 팔짱을 끼며 눈을 감았다. 이윽고 을개가 천근이나 되는 눈꺼풀과 씨름이 한창일 제 마지막 후병이 도착하였다. 대화는 똑같았다.

— 밖에 대기하고 있는 전령을 모두 들여라.

후병이 떠나자 마침내 명이 떨어졌다. 따로 무리를 지어 자고 있던 전령 이십여 명이 대장소로 몰려들었다. 전봉준이 군령을 내렸다.

— 각자 맡은 곳으로 달려가 움직이라 전하게. 곧장!

전령들이 소리 없이 안개 속으로 사라졌다. 그제야 전봉준이 을개를 보았다.

—곧 동이 틀 터인데 밥은 든든히 먹었느냐?

그러나 방망이질루 가슴이 터질 지경이라 을개는 대답할 힘조차 없었다. 돌아가는 정황으로 보아 드디어 전투가 시작되는 모양이었다. 전봉준을 따라 대장소를 나서자 고부에서부터 따라나선 군사들이 병장기를 들고 어느새 모여 있었다.

—지금부터 삼봉 아래로 가서 적의 퇴로를 끊는다. 향병은 우리의 이웃이다. 영군(營軍)은 검은 바지를 입었으며, 부상(負商)의 등에는 붉은 도장이 찍혀 있다. 그들이 바로 왕과 왕비, 수령과 방백을 떠받치는 무리들이다. 평상시라면 인정을 둘 것이나 무자비하게 벨 것이다. 따르겠는가?

—따르겠소.

—장군은 뒤에 계시오. 우리가 앞서겠소.

—우리는 장군을 믿으니 장군은 우리를 믿으시오.

다부진 말들이 쏟아졌다.

—고맙소. 군호가 나올 때까지 입을 봉하시오. 갑시다.

군사들은 산적산 동쪽을 돌아 달천 들을 따라 북상하였다. 오백 명이나 되는데도 발소리 하나 흩어지지 않았고, 숨소리마저 앞사람 귓바퀴에 닿지 않았다. 안개가 끼어 한 발 앞도 보이지 않아 헛딛게 되면 논물에 바짓가랑이를 적시련만 어려서부터 쏘다닌 길에 어느 한 사람 비틀거리는 법도 없었다. 안개가 짙어 확인할 수는 없었으나 지금쯤 다른 군사들 또한 어딘가 정해진 행선지를 따라 이동하고 있을 게 틀림없었다.

야트막한 구릉을 지나자 밭이 이어지다가 곧 평평해지며 논이 드러났다. 쌀뜨물 속에 잠긴 것처럼 희미하게 늘어선 적진의 불빛을 보며 부지런히 길을 줄여 군사들은 삼봉 아래의 비어 있는 민가와 산기슭에 대를 나누어 매복했다. 을개는 피난을 가버려 텅 빈 집 울타리 아래에 전봉준과 나란히 몸을 낮춘 채 보이지 않는 적을 기다렸다. 쿵쾅거리는 심장과 달리 몸은 오그라들어 핏줄이 차례차례 터지는 듯하였다. 이를 딱딱거리는 을개에게,

　─어지간히 떨어라, 이놈아.

　그렇게 속삭이며 팔을 쥐어오는 전봉준의 손아귀에서 온기가 전해졌다. 관군이 진을 친 황토재를 지나 낮에 넘은 도마다리를 건너고 봉우리를 비끼면 언젠가 밤새 동구를 지키던 새장터마을에 이르게 된다. 평화로운 그 마을에서는 장차 벌어질 일들을 알고나 있을까. 이 판국에 왜 그 마을의 한밤중이 떠오르는지, 또 갑례는 어이하여 생각나는지. 갑례와 동곡리에서 헤어진 것은 그리 오래된 일도 아니면서 너무 까마득하여 얼굴이 떠오르지 않았다.

　쾅!

　관군 진영에서 포성과 함성이 일며 콩 볶는 소리가 따라와 사람들은 흠칫 몸을 떨었다. 가슴에서 무언가 무너지는 소리가 들리고 불던 바람이 멈춘 양 사시나무 같던 떨림이 멎었다. 이상하게도 자포자기 상태가 되면서 머리가 맑아졌다. 죽는지 사는지 해보자는 심정으로 을개는 도낏자루에 힘을 주었다.

5

　지축을 흔드는 방포 소리에 박만두는 자리에서 일어났다. 엄청난 함
성에 이어 콩 튀는 소리가 따르고 총알 날아다니는 소리가 귓전을 때렸
다. 적은 어디에 있는지 보이지 않는데 안개는 피를 토하듯 울컥울컥 피
어나 그게 적인가 싶었다. 애당초 관에서 지급한 창대 같은 건 쥘 생각
이 없는 박만두였다. 오로지 몸져누운 어머니와 두고 온 자식새끼의 얼
굴만이 도깨비불마냥 일렁거렸다. 안개 때문에 한 치 앞도 내다볼 수 없
었지만 그는 낮에 어림짐작해둔 북동쪽 구릉을 향해 몸을 굴렸다. 구릉
아래로 펼쳐진 밭과 들 너머에 정읍천이 먼발치로 누워 있었던 것을 기
억하고 있었다. 정읍천 둑을 넘어 갈대밭에 몸을 숨기거나 강에 뛰어들
기만 해도 살길은 열릴 것 같았다.

　방금 굴러내린 구릉에서 입때껏 들어보지 못한 갖가지 비명이 흘러
내려 몸에 돋은 털들이 오소소 곤두섰다. 어쩐지 비명은 광목을 찢는 소
리도 같고, 산 채로 불을 깔 때 꽥꽥거리던 돼지 새끼의 부르짖음과도
흡사하였다. 알 수 없는 사람의 이름을 부르는 자가 있는가 하면 어머니
를 외치는 자도 있었다. 뭐라고 부르짖든 하나같이 창자가 찢길 때나 지
를 법한 소리들이었다. 콧속으로 스며드는 안개에 피 냄새가 섞여 비위
가 뒤집어지고 구역질이 올라왔다. 박만두는 쥐를 쫓는 가이 새끼 모양
으로 밭고랑 사이를 납작 엎드려 기었다.

　총을 놓을 때마다 혼비백산하여 도망치는 반란군의 무리를 보며 보
부상 패거리와 감영군의 병방이니 대관이니 하는 자들은 가소롭다는 듯
키득거렸다. 마지못해 끌려온 향병이야 유배라도 떠나는 자들처럼 재

를 뒤집어쓴 낯빛이었으나 꽁무니를 빼는 반란군의 모습에는 슬그머니 마음을 풀어놓았었다. 향관 김명수는 무엇이 틀어졌는지 군량을 제때 보급하지 않아 마을을 지날 때마다 개며 돼지를 징발하였지만 살덩이를 목구멍에 넘기는 마음이 편한 노릇일 수는 없었다. 가축을 빼앗기고 눈을 흘기거나 조용히 서서 노려보는 사람들이 가슴에 얹혔다. 반란군을 진압하러 간다지만 그들이 정녕 반란군인지 알 수 없었고, 박만두 자신과 얼마나 다른 사람들인지 알 바도 아니었다. 다만 동학당이라 하였다. 삼례며 금구 등지에서 세상을 시끄럽게 하던 바로 그 도당이라 하였다. 동네에서 같이 새끼를 꼬고 막걸리 추렴 씨름판을 벌이던 이들 중에는 속이 다 시원하다며 주먹을 휘두르는 자도 있었다. 이웃 마을의 머슴 한 놈이 얼마 전부터 모습이 보이지 않자 무리에 합류했을 거라고 사람들은 있는 대로 입방아들을 찧었다. 그렇지만 함께 키득거리던 자들이야 지엄한 군역에 매여 도망칠 처지도 아니었다. 어미는 누워 있고 새끼들은 누런 코를 들이마시며 배추 뿌리라도 얻어걸리기를 기다리는데 무슨 충신 났다고 창 자루를 잡는단 말인가. 싸워서 득 볼 자들이나 싸우면 되는 일이었다.

― 이쪽으로 가야 하네!

먼저 밭고랑을 기어 나간 사내의 목소리였다. 아직도 안개 때문에 시계가 흐릿하였지만 조금씩 맑아지는 기색만은 역력하였다. 그 틈으로 희미한 형체들이 눈길에 걸리자 죽어 있던 소리들까지 선연해져 목소리 쪽으로 몰려가는 발자국 소리가 떡살 찍힌 자리처럼 각인되었다. 총소리며 함성이 멀어졌다 하더라도 싸움까지 멎은 것은 아니어서 병장기 부딪치는 소리와 방포 소리는 여전히 등 뒤 먼 쪽에서 이어졌다.

안개가 걷히고 희부윰한 빛이 퍼지자 조금씩 사람들의 모습이 눈에 걸려들기 시작했다. 향병이며 감영군, 보부상 패 할 것 없이 대오에서 몸을 빼온 자들은 그야말로 죽다 살아난 행색이었다. 저고리도 여미지 못한 자부터 돌부리에 채여 발톱이 빠진 채로 뛰어가는 자와 머리를 산발한 자까지 염라대왕을 만나 반쯤은 넋을 팽개친 몰골이었다. 감영군이나 상단 사람 중에는 그래도 총이나 창을 든 자가 있었지만 향병은 누구라 할 것 없이 빈손이었다.

밭을 지나자 논이 나타나면서 그 끝으로 푸릇한 것이 돋아나는 정읍천 둑이 보였다. 논 옆의 달구지 길을 따라 사람들의 꽁무니를 바삐 따라가자 왼편으로 야트막한 봉우리가 나타나고 거기 등을 댄 몇 채의 올망졸망한 민가도 모습을 드러냈다. 오른편은 논이요, 왼편에는 드문드문 민가가 박힌 지점까지 마침내 앞장섰던 사람들은 하나씩 접어드는 중이었다. 아무리 새벽이라지만 난리가 난 것을 뻔히 알 텐데도 마을에는 개미 새끼 한 마리 얼씬거리지 않았다. 설령 피난을 떠난 것이라 해도 이렇듯 사람들이 몰려갈 제 개 짖는 소리마저 일어나지 않아 부쩍 수상쩍었다. 박만두는 사람들이 몰려가는 길을 버리고 봄갈이 끝에 물을 채워둔 논으로 다짜고짜 뛰어들었다. 그때,

— 쳐라!

그런 소리가 들리면서 집이며 마을 뒤쪽 기슭에서 사람들이 쏟아져 나왔다. 죽창이나 칼 같은 병장기를 들고 눈을 부릅뜬 채 고함을 지르는 모습 하나하나가 야차 한가지였다. 마을 앞길을 달리던 감영군이 농군의 죽창에 찔려 발버둥치는 모습이 보였다. 뒤늦게 논에 뛰어들어 헤적거리며 달려가는 사람들도 다 같은 생각인지 향하는 곳은 죄다 정읍

천 방면이었다. 말랑말랑한 논의 속살이 발목을 붙잡아 발을 뽑을 때마다 찔거럭거리는 소리가 났다. 걸음이 느려진 자를 뒤쫓아 반란군이 등을 꿰면 찔린 사람은 만세 부르듯 손을 쳐들다가 먹따는 소리와 함께 푸들대면서 무너졌다. 그러면 쫓아온 무리들이 달라붙어 젓을 담듯 짓이겼다.

발을 뺄 때마다 들리는 찔걱대는 소리가 한 뼘 뒤에서 들렸지만 적인지 아군인지 돌아볼 용기가 나지 않았다. 보부상 패 하나가 창에 찍히는 모습이 곁눈질에 걸렸다. 살려달라는 부상의 아우성을 뒤로하고 박만두는 춤이라도 추듯 허우적거렸다. 성큼 눈앞에 다가든 정읍천 둑을 바라보며 드디어 살게 되리란 희망으로 그는 이를 악물었다. 숨이 턱에 걸리면서 입천장에 마른 혀가 들러붙었다. 하늘이 빙글 돌았다. 무언가 발을 호되게 갈겨 박만두의 몸뚱이는 퉁겨지듯 솟구치다 물속에 처박혔다. 입안의 흙탕물이 목으로 넘어가자 비릿한 갯내가 코끝에 남았다. 동트는 하늘이 보였고, 여명 속으로 죽창이 날아왔다.

― 살려라!

어디선가 들려온 소리와 함께 죽창이 가슴을 비껴 논에 박혔다.

― 이자는 향병이다.

첨벙거리는 소리가 들리더니 살리라고 소리친 자의 목소리가 가까워졌다. 이윽고 그의 얼굴이 하늘을 가리며 나타났다.

― 처자가 있는가?

― 이, 있습니다.

― 돌아가시게. 숨어지내다 보면 세상이 열리겠지.

어쩐지 사람을 살려놓고도 사내는 고뇌에 젖은 얼굴이었다.

— 내 이름은 박만두요. 은인께선 어떻게 되십니까?

— 돌아가시오.

다시 하늘이 나타나더니 첨벙첨벙 물을 차는 소리들이 멀어졌다. 누군가 멀어지는 소리로 자부심에 차서 외쳤다.

— 저분은 전봉준 장군이오. 우리는 이 세상을 부술 거요.

사월의 햇살이 몸을 근질였지만 격정 끝의 세상은 고요했다. 물구덩이에서 몸을 일으켰을 때 전봉준이라 불린 사내는 사람들에 싸여 논을 벗어나고 있었다.

— 고맙습니다, 장군.

그러나 말도 되기 전에 울음이 먼저 목울대를 넘어왔다. 어머니도 새끼 생각도 없이 죽지 않았다는 사실만이 하늘을 찌르는 종다리처럼 생생하였다.

6

날이 밝도록 황토재 인근 수십 처에서 벌어진 싸움은 우영관 이명호가 이끄는 관군의 대패로 막을 내렸다. 관군은 많은 수가 죽거나 상하여 패잔병을 긁어모아 전열을 가다듬기도 난망할 지경이었다. 지휘자 중에도 죽은 이가 여럿이었고, 보부상 중에서는 태인반수 유병식이 힘도 못 쓰고 졸하여 치를 떠는 자가 많았다. 특히 농민군은 보부상 패라면 이를 갈면서 따라가 도륙하였는데 조정의 비호를 받아 온갖 특혜를 누리면서 민씨 세력의 자금줄 노릇을 하니 백성의 뼛골에는 그들을 향한 원한이 그만큼 깊었다.

싸움이 벌어진 모든 곳에서 승리를 거둔 농민군은 감영군과 보부상 패가 버리고 간 병장기를 수습하여 남으로 행로를 잡았다. 황토재 남쪽으로 내려와 망제봉을 우회하여 정읍천을 따라 내려오는 군사의 대오가 끊이지 않고 이어졌다. 누가 말을 전해준 바도 없건만 노변에 나온 사람들은 벌써 그 승리가 자기 일인 양 환호작약하며 삶은 달걀과 물을 내왔다. 구암마을에서 그들은 정읍천을 건너 연지원과 모천 둑방길에 이르러서야 행군을 멈추었다. 새벽부터 아침도 먹지 못한 채 싸우랴 행군하랴 쉬지 않고 돌아친 탓에 승리에 도취되었다 하나 한숨 돌리지 않고는 배기지 못할 지경이었다. 그런 줄을 알고 인근 주민들이 먹을 것을 들고 왔지만 군사들은 요기보다도 깔고 드러누울 짚단을 반갑게 여겼다.

풀어놓은 간자와 동학 도인이 각종 소문과 눈으로 본 것을 농군 진영에 들고 왔다. 그중에는 버릴 말이 태반이었지만 새겨들을 것도 적지 않았다. 그렇게 날아온 소식 가운데 가장 주목할 일은 장위영병을 거느리고 군산에 상륙한 양호초토사 홍계훈이 황토재에서 싸움이 나던 시각 임피에서 하루를 묵었다는 사실이었다. 감영군이 늑장 부리지 않고 조금만 빠르게 따라왔어도 그들을 물리치고 경군보다 먼저 전주에 입성할 방도가 있었는데 이제는 글러버린 셈이었다.

ㅡ홍계훈이라면 임오년에 왕비를 업고 궁을 탈출했던 자가 아니오?

모든 소식을 전봉준과 함께 도인으로부터 전해들은 정백현이 신음처럼 내뱉었다. 전봉준은 무언가 시급한 결정을 요하는 일에는 비서 송희옥과 정백현을 불러 상의하였다. 한 줄 긋고 지나간 핏자국이 바짓가랑이에 묻은 것을 아는지 모르는지 평소의 단아하던 모습은 간데없는 얼굴로 송희옥이 물었다.

─두령들을 모아 회합을 하시려오?

전봉준은 고개를 저었다.

─우선 자게 두오. 빨리 두 분도 눈을 붙이시오.

전봉준은 사양하는 비서 두 사람의 등을 밀어내고 이번에는 진산에서 온 전령을 맞았다. 금산과 호서 접경의 서장옥 포 일부는 진산에서 둔취하던 중 보부상 패로부터 공격을 받아 패퇴하였는데 특히 서장옥이 피체되어 한양에 압송되었다는 소식이 뼈아팠다. 그로부터 그쪽 부상단은 기세가 등등하여 아군의 활동이 여의치 않게 되었다는 보고였다. 전봉준은 전주성을 당장 떨어트리는 일은 어차피 불가하므로 군세를 보존하면서 때에 맞춰 합류하자는 답변을 전령에게 들려 보냈다. 더 이상 만나볼 사람도 없고, 할 일도 없게 되자 그제야 몸 누일 자리가 있는지 둘러보며 그가 중얼거렸다.

─우리가 눈을 붙일 차례구나.

군사들은 아무 바닥이나 짚단을 깔고 떨어져 코를 골았다. 싸움에 참여하지 않고 먼저 떠나온 자들만 여기저기 흩어져 번을 섰다.

─잠깐만요.

논둑에 쭈그려 앉은 을개는 허리춤에 꽂아둔 도끼를 뽑았다. 도끼날뿐 아니라 손잡이까지 피가 더께로 앉아 있었다. 두렵고 울렁거려 적이 없는 쪽으로 슬슬 돌며 요령을 피웠지만 궁지에 몰린 보부상이 전봉준의 옆구리를 겨냥하므로 얼결에 도끼를 휘둘렀었다. 장작을 패거나 나무를 찍는 것과 달리 물컹한 느낌이 손에 전해졌고, 목을 찍힌 보부상은 피를 기둥처럼 뿜더니만 동공이 크게 열리면서 짚단처럼 넘어가고 말았던 것이다. 그 뒤로 도대체 무슨 일이 있었던 것일까.

손으로 논물을 담아 도끼에 끼얹어 문지르자 핏물이 떨어져 작은 물결을 일으키며 번져나간다. 손길을 멈추고 우두커니 앉아 있자 논물이 맑아지고 도끼에서 떨어지는 핏방울도 뜸해져 잔물결이 가라앉으며 얼굴 조각이 맞춰진다. 실핏줄이 터져 눈은 벌겋고 검게 그을린 얼굴에 아무렇게나 자라기 시작하는 수염 올들과 뿌연 먼지가 앉은 머리카락. 사람을 죽인 얼굴이었다. 갑자기 뜨거운 것이 얼굴에 흘러내리고, 벌어진 입 가장자리에서는 걸쭉한 침이 떨어졌다.

─그러게 이눔아, 누가 그렇게 도치를 휘두르라더냐?

연민에 젖어 있으나 야속한 목소리가 등 뒤에서 들렸다.

─선생님이 험한 곳만 골라 다니시는데 어쩝니까요?

더는 말이 건너오지 않았다. 한참을 울고 난 을개는 다시 물을 도끼에 끼얹었다. 핏물이 거의 씻겼을 때에야 전봉준의 목소리가 들려왔다.

─몸소 모범을 보여야 하는 내 처지가 너를 형옥에 빠뜨렸구나.

마침내 도끼를 씻어들고 강둑에 올라왔을 때 전봉준은 짚단에 쓰러져 눈을 감고 있었다. 을개가 곁에 드러눕자 옆으로 몸을 틀던 그가 중얼거렸다.

─몹쓸 짓이로다!

7

연지원에서 한숨 돌린 농민군이 정읍 관아를 들이칠 때 홍계훈이 거느린 경군은 신식 장비를 갖추고 깃발을 나부끼며 전주 부성에 들어왔다. 처음 보는 신식 군대의 위용에 공북문 밖에서 전라감영이 있는 풍남문 인근까지 전주의 큰길가에는 사람들로 바늘 꽂을 자리도 없을 지경이었다. 얼핏 보기에 경군은 썩 씩씩한 듯하였지만 실상은 겁에 질린 자가 많았고, 진영에서 빠져나가 줄행랑을 놓는 자도 나왔다. 감영군이 패하였다는 소문에 한번 사기가 꺾이자 개숫물 통의 호박씨 놀듯 맥이 없는 데다가 짐을 부린 뒤에는 하는 일에도 절도가 없었다.

초토의 임무를 시렁에 올려놓고 홍계훈은 이튿날부터 충청도와 전라도 각 고을에 전령을 보낸다 관문을 내린다 혼자 분주하였다. 그러나 시간이 지나면서 진영을 이탈하는 군사가 늘자 어떻게든 기강을 바로잡고자 하였으며, 황토재에서 처참한 몰골로 돌아온 우영관 이명호는 무언가 위기를 모면해야 할 처지가 되어 전라감사 김문현까지는 통하는 바가 많았다. 급기야 싸움에 지고 돌아온 이명호가 동학당이라 하여 이틀만에 사람을 십여 명이나 찔러 죽이자 부중의 사람들은 입조심을 하면서도 모이는 족족 그들이 정녕 동학당인지 알 수 없는 노릇이라며 수군거렸다. 전주 부내에 동학당과 내통하는 무리가 있어 싸움에 실패했다는 이명호의 보고에 홍계훈은 우선 그런 자를 잡아들여 본을 보임과 함께 이참에 초토사의 위의를 세우기로 작심하였다.

수교 정석희는 이명호가 함부로 날뛰는 데다 홍계훈과 마주 앉아 콩이니 팥이니 쑥덕거리는 모습에 입맛이 사나웠다. 지난겨울 고부에 들어가 민란의 수괴를 만나고도 보람 없이 돌아오더니 그 수괴가 하필 농군의 총수가 된 후로는 뒷골이 뜨거웠다. 동학 도인을 색출한답시고 홍계훈이 부중의 사람을 모두 적당 취급할 적에는 매서운 칼끝이 느껴져 밥을 먹으면 끅끅 잔트림이 잦았다. 집에 돌아와서는 불도 밝히지 않은 채 사랑에 박히는 날이 많았지만 그게 다 그 소관이었다. 그날도 저녁을 마친 후 연초 한 죽을 태우며 생각에 골몰하던 그는 불현듯 행장을 차리고 김시풍을 찾아 나섰다.

나이 육십이 되고도 활쏘기를 즐기는 김시풍은 다가봉 활터에서 가까운 패서문과 공북문의 중간쯤에 터를 이루어 살았다. 원래가 믿고 따르는 사람에게는 남다른 마음이 들게 마련인데 평소 바둑도 두고 세상 이야기도 함께 나누는 사람이라 정석희를 보자 김시풍은 술부터 내왔다. 인사치레 끝에 술이 몇 순배 돈 후 정석희는 가슴에 담아온 말을 조심스럽게 끄집어냈다.

─영장 어른, 시절이 하 수상하니 어디 조용한 곳에 잠시 가 계시지요.

그의 말에 김시풍이 껄껄 웃었다.

─이 나이에 어쩌겠다고 저깟 놈을 피하겠는가?

우렁찬 목소리였다. 김시풍은 전주 부성뿐 아니라 호남 일대에서도 무섭기로 이름난 장수였다. 칠 척 체구에 눈썹은 검고 길었으며, 쭉 째져 이글거리는 눈은 찌러기를 연상케 한다고 사람들은 입을 모았다. 젊을 때는 손으로 놋화로를 우그러뜨려 그 이름을 듣고 학질을 뗀 사람까지 있었다는 풍문이 돌았다.

─사세가 그렇지 않습니다. 부내의 사람들은 영장 어른이 마땅히 초토사가 되어야 하는데 홍계훈이 들어왔다고 혀를 내두릅니다. 도량이 좁은 데다 그는 민씨 가문의 사람이요, 영장 어른은 대원위의 사람이니 안심할 노릇이 아닙니다.

─내 걱정 말고 정수교나 조심하시게. 그대는 고부에 내려가 난당의 수괴를 만나고 오지 않았던가? 혐의를 두기도 수월할 게야.

김시풍의 말에 정석희의 낯이 부쩍 어두워졌다.

─그래 이렇듯 걱정을 합니다.

─하나 조심하되 과하면 병일세.

김시풍은 술잔을 비운 후 정석희에게도 권하면서 화제를 바꾸었다.

─그래, 그 수괴라는 자는 어떠하던가?

정석희는 잔을 들어 술을 목으로 넘겼다. 체수는 작달막하였으나 가슴을 뚫어 꿰는 듯하던 눈빛이며 사람을 압도하던 설법 등은 어제의 일처럼 뇌리에 뚜렷하였다. 그자는 나라의 시무에 참여하겠노라며 그 길로 가는 백성의 유일한 방법을 쓰겠다 하였었다.

─한 무리의 우두머리가 될 자였습니다. 사내다웠지요.

─그랬을 테지. 내 영장을 지내던 시절에 그자를 만난 적이 있네. 김기범이라면 족질(族姪)인데 젊은 날 전봉준이란 자와 찾아왔었지. 임오년에 죽은 한성의 백성들을 말하다 말고 닭똥 같은 눈물을 흘리더라니. 그놈들이 기어코 일을 낼 줄 알았지.

김시풍의 말을 경청하던 정석희의 눈이 다시금 조금씩 어두워졌다.

─그래서 위험하지요. 영장 어른께서 김기범의 족숙(族叔)이라는 것을 초토사야 어찌 알겠습니까마는 우영관이 붙어 있으니 불안합니다.

─이명호가 내게 진 신세가 한둘인가? 비록 서손이나 선친께 피와 살을 받아 도강김씨가 되었거늘 그게 무슨 허물인가? 걱정이 지나치네. 그깟 걱정일랑 술 한 잔이면 덜어질 일, 드시게나.

김시풍이 그렇게 말을 자르고 나오는데 무슨 말을 자꾸 보태봐야 면이나 깎일 일이었다. 한편으로는 김시풍의 단호한 태도가 어쩐지 의지가 되어 돌덩이를 들어낸 것처럼 가뿐해지기도 하였다. 이명호가 아무리 염치없고 핑계가 궁하기로서니 감영에서 한솥밥을 먹는 처지로 섣불리 다른 뜻을 품으랴 싶었던 것이다. 난리가 끝나면 한양에서 온 자들은 돌아갈 것이니 자리에 남아 복대길 사람은 어차피 향리에서 함께 애환을 나눠온 이들밖에 없었다. 더구나 김시풍은 호남의 민인이 우러르는 사람인데 아무리 물정 모르는 민씨가의 수족이기로 타지에 내려와 쉽게 그를 손댈 일도 아니었다. 술도 한잔 걸쳤겠다, 김시풍이 하 장쾌하게 나오므로 긴장이 풀려 정석희는 어느덧 시조창까지 흥얼거리며 집에 돌아왔다.

이튿날 경군이 김시풍과 그 아들을 오라로 엮어간 일은 전주 부중에서도 으뜸가는 화제로 세간에 오르내렸다. 정석희가 시각을 따져보니 김시풍의 집을 나선 지 얼마 후에 벌어진 사단이었다. 설마 했는데 민씨 무리를 등에 업은 홍계훈이란 자는 정녕 못 할 짓이 없지 않은가. 잠적할 것인지 순순히 오라를 받을 것인지 정석희는 쉽사리 결단을 내리지 못하고 사랑에 박혀 연신 곰방대에 불을 질렀다. 생각해보니 출가한 딸네를 포함하여 모든 식솔이 감쪽같이 사라지기란 용이한 노릇도 아니었다. 혼자 살자고 줄행랑을 놓는 일은 더욱 살길이 아니었다. 탄식이 나왔다.

─ 절명이로다!

그날 경군에게 포박되어 끌려갈 때 그는 전봉준이란 사내를 떠올렸다. 과연 그의 일이 성사될 것인지 눈으로 확인하고 싶었으나 바라기 어려운 일이 된 셈이었다. 번갯불에 콩 볶아 먹더라고 이날 홍계훈은 동학당과 내통하였다 하여 초록바위 아래에서 김시풍을 참하였다. 그런 한편 대적해야 할 군사와는 총 한 방 놓아보지 못한 상태로 청국 군사를 차용하자는 전보를 올려 보냈다. 옥에 갇힌 정석희는 언젠가 한번은 세상이 뒤집어질 일이라 생각하며 그런 자신에 소스라치게 놀랐다.

황토재에서 전라감영군이 패퇴하였다는 소문에 대원군은 그날로 나
성산을 오게 하여 직접 내려가 근황을 파악하라는 명을 내렸다. 난리판
에 들어가기를 꺼림칙하게 여길까봐 심부름하는 막동이를 붙여 수발하
도록 신경까지 써주었던 것이다. 나성산이 전주에서 가져온 내용 중에
홍계훈이 김시풍을 참하였다는 소식에 이르러 대원군은 살이 떨리고 피
가 솟구쳐 연방 뒷목을 만지작거렸다. 홍계훈이 김시풍을 참한 것은 대
원군의 목에 칼을 겨눈 행위나 진배없었다.

— 그자의 살덩이를 저미면 분이 풀리겠구나.

임오년에 백성의 힘을 얻어 세를 장악하였지만 그것을 무산시킨 자
가 홍계훈이었다. 궁이나 지키던 별감에서 왕비를 업고 궁을 탈출하여
승승장구하더니 이제는 대놓고 사람을 막보는 중이었다.

— 그자는 그 외에 무엇을 하는가?

대원군의 물음에,

— 여기저기 관문을 보내고 지시하는데 성안의 백성은 도무지 무엇을
하는지 모르겠다고 불평하였습니다.

나성산은 보고 들은 것을 고하였다.

— 그렇다면 아직도 전주에 박혀 있는가?

— 조정에서 어서 소탕하라 닦달하니 열여드레에 성을 나갔습니다.
그보다도…… 귀를 잠시…….

운현궁의 사랑에 사람이라곤 둘뿐인데도 나성산은 주위를 두리번거
렸다. 하기야 수직사에 나와 있는 자들은 모두 민씨 일파의 사람들로 어

느 모퉁이에 눈과 귀가 있을지 알 수 없었다. 대원군이 손짓으로 다가오라고 이르자 나성산이 무릎걸음으로 기어 귀에 속삭였다.

─난군이 초토사에게 국태공으로 하여금 감국(監國)하게 하자는 통문을 보냈다 하옵니다.

심봉사라도 눈이 번쩍 뜨일 이야기였다. 그런데도 대원군은 잠시 말을 끊었을 뿐 별다른 반응을 보이지 않았다.

─그래 지금 농민당은 어디에 있는가?

─함평에 있다는 말까지 들었습니다.

─원로에 고생이 많았네. 우리 쪽 사람이 여기 모여 회합을 해도 되겠는가?

잠시 말문을 트지 못한 채 나성산은 대원군을 바라보았다. 이것이 바로 국태공 감국에 관한 대원군의 첫 반응인 셈이었다. 나성산은 주름을 모으며 고심한 끝에 고개를 저었다.

─사사로이 드나드는 일은 수직하는 자들에게 엽전이나 쥐여주면 되겠지만 회합은 예민한 일입니다. 난이 터진 후로 민씨들의 눈초리가 사납습니다.

─끙!

대원군은 못마땅한 기색으로 앓는 소리를 내더니,

─알았네. 쉬시게.

눈을 감으며 일렀다. 나성산이 예를 올리고 뒷걸음으로 물러선 후 땅거미가 내려 창호지가 축축할 때까지 대원군은 거미처럼 웅크리고 있었다. 마침내 밤때에 이르자 준용이 안부차 사랑에 들었다.

─국가의 시무는 제대로 익히고 있느냐?

대원군이 묻자 이준용이 제법 씩씩하게 답변하였다.

— 뜻을 받들어 게을리 굴지 않습니다.

— 단단히 준비하거라. 때에 이르렀느니.

이준용은 궁금한 얼굴이 되어 할아버지의 다음 말을 기다렸다. 준용은 나이가 들면서 볼에 살이 붙고 턱이 늘어져 다소 둔해 보였지만 명민한 아이였다. 비록 서자였으나 기대를 걸었던 아들 재선이 신사년 역모에 연루되어 사약을 받은 후 대원군의 시선은 온통 손자에게 집중되어 있었다. 그는 일부러라도 준용이 왕재임을 믿어 의심치 않았다. 형 이최응은 민씨에 붙었다가 임오년 난리 때 타살되고, 장남 재면은 패기가 부족한 데다 임금인 동생의 눈치를 살피는 사람이라 아무리 둘러봐도 판에 놓을 돌이 마땅치 않았다.

— 호남의 군사는 조만간 전주를 삼킬 것이다. 외방의 군사만 아니면 한양도 곧 떨어질 게야.

— 무슨 말씀이신지…….

손자가 더욱 궁금해진 얼굴로 쳐다보았지만 대원군은 답변하지 않았다. 지난 초겨울에 운현궁을 찾아든 전봉준이란 자가 제법 놀랄 만한 사내였음은 그 자리에서 알아보았거니와 땅이나 갈아먹는 자들을 모아 첫 합에 압도적인 승리를 거두고 조선을 들었다 놓아버렸던 것이다. 그들은 싸움을 끝내자마자 전주가 아니라 밑으로 갔다고 하였다. 첫 싸움을 하기도 전에 홍계훈을 어떻게 다룰지 계획이 섰다는 뜻이 아닌가. 그리하여 마침내 민영준의 독촉에 홍계훈이 전주성을 나왔다 하니 이제 그곳은 무주공성이었다.

그들이 대원군 감국을 주장하였다는 것 또한 놀랍기는 마찬가지였다.

무장에서 발포하였다는 포고문에서는 탐관오리를 징치하고 태평세월을 함께 빌어 임금의 덕화를 기리자고 하더니 마침내 대원군 감국을 주장하고 나온 것이었다. 임금에게 허수아비 노릇을 하라는 뜻이므로 자못 통쾌한 일인 건 분명하지만 그렇다고 그들의 주장이 예서 말 일로 생각되지도 않았다. 지금은 비록 대원군 감국이지만 내일은 민회를 구성하자 할 것이며, 정무에 개입하겠다는 의지를 대놓고 드러낼 게 틀림없었다.

— 준용아.

— 말씀하소서.

— 호남의 저 난당은 적이냐 아군이냐?

어려운 질문이지만 생각이 많았던 듯 준용은 쉽게 답하였다.

— 먼저는 아군이고 뒤에는 적이 될 수 있습니다.

— 염화시중이로다. 그럼 아군이니 손을 잡는가 적이 되니 베는가?

— 아군은 당장의 일이요, 적은 당장의 일이 아니므로 손을 잡아야 합니다.

대원군은 웃는 낯으로 고개를 주억거렸다.

— 네가 있어 든든하구나. 승정원의 우부승지를 모셔올 수 있겠느냐?

— 그리는 할 수 있사오나 어찌 그를 자애하시는지요? 그는 일본당입니다.

— 호남의 동학당에 관해서는 정확하더니 개화당에 대한 생각은 짧구나. 개화당 또한 먼저는 아군이니라. 내 김교진과는 막역하기도 하지.

이준용은 우두커니 앉았다가 답하였다.

— 조만간 모셔오지요.

김교진이 대원군을 찾아오겠다고 약조한 날 그보다 먼저 운현궁을 찾아온 자가 있었다. 주일공사관 순사로 조선에 나와 있는 와타나베 다카지로였다. 전에도 한 차례 대원군을 방문한 적이 있어 두 사람은 구면이나 다름없었다. 좌정하기 전에 와타나베는 스기무라가 선물로 주었다는 궐련 몇 갑과 성냥을 내밀었다. 대원군은 쳐놓은 난 한 폭을 답례로 주고 녹차를 내오게 하였다.

— 대리공사께서 근황을 여쭈셨습니다.

와타나베가 말하였고,

— 그대의 눈에는 좋아 보이는가? 거리에 나가본 지 얼마나 되었는지 기억도 가물가물하네.

대원군은 노기 서린 소리로 답하였다.

— 조선이 걱정입니다. 난당이 몰려오고 있습니다.

대원군은 고개를 돌려 와타나베를 외면하면서 미간을 찌푸렸다. 자신의 입으로는 농군을 난당이라고 할망정 일본 간자의 입에서 나온 그 소리는 어쩐지 모욕처럼 들렸다.

— 이번 민우는 동학당이 일으킨 것이 아니라 농민들이 폭정을 견디기 어려워 봉기한 것이네. 그들 중에는 비범한 인물이 가담하고 있어 행위와 책략에 놀랄 만한 점도 많더라지. 어찌 한양이라고 봉기가 일어나지 않겠는가. 만약 이런 일이 한양에서 일어나면 민씨배(閔氏輩)는 발뼈 하나도 남지 않을 것이야. 그 경우 나는 일본공사관에 어떠한 해도 가하지 않겠네. 하나 민씨와 친교가 있는 공사나 영사는 결단코 보증할 수가

없네.

목소리가 서릿발 같아 문풍지가 흔들릴 지경이었다. 한번 밀어붙이겠다고 한 것을 대원군이 미적거리거나 뒤집는 것을 조선에서는 본 사람이 없다 해도 과언이 아니었다. 불란서 신부와 협약을 맺어 아라사를 막으려다 이것이 누설되어 유림의 저항에 직면하자 망설임 없이 교인을 도륙하였고, 지방에서 말썽을 부리던 토호들이 반항을 할 때도 인정을 둔 예가 없었다. 조세 부담을 백성에게 가중하므로 서원을 부술 적에는 어떠하였던가. 조선의 모든 사대부를 적으로 돌리면서까지 그는 뜻을 굽힌 적이 없었다. 와타나베가 대원군의 눈치를 살피며 물었다.

— 만약 한양에서 봉기가 일어나면 민씨 반대당인데 그들은 수가 얼마나 될지요?

— 모르시는가? 민씨들을 좋다는 사람은 없네.

장작을 패는 듯한 대원군의 태도에 와타나베가 긴장이 풀린 기색으로 고개를 끄덕였다. 무언가 상통한 것을 확인한 사람처럼 얼굴에는 흡족한 빛마저 떠돌았다. 불현듯 그가 의미심장한 말들을 꺼내놓았다.

— 거류민을 보호하기 위해 일본군이 조선에 파견될 것이란 소문을 들었습니다. 그리되어 만약 일본군이 청국군과 충돌하면 위험한 상황이 잇달아 벌어질 것입니다. 태공께서 궁궐로 행차하시어 그런 사태를 예방하는 것은 어떻습니까?

대원군의 눈이 얼굴 안쪽으로 말려 들어갔다. 손에 쥔 염주 또한 와타나베의 말이 있고부터는 움직임이 멎었다. 조선에 군사를 보내 궁궐마저 장악하려는 음모를 꾸미고 있다는 뜻이 아닌가. 궁을 장악하되 입맛에 맞는 인사를 요로에 배치하여 괴뢰를 세운 다음 이어지는 수순을 밟겠다는 속셈이었다. 그 사람으로 낙점된 대원군의 의중을 먼저 확인하고 포섭하기 위하여 스기무라의 명을 받아 이 간자는 운현궁을 방문했다는 뜻이었다. 그렇다면 일본당으로 일컬어지는 개화당 인사에게도 촉수를 대고 있을 게 뻔했다. 일본인 순사를 만나 너무 쉽게 감정을 드러낸 것 같아 대원군은 차츰 후회가 되었다. 안으로 삭여오던 감정을 어찌 외방의 인사에게 이렇듯 쉬 드러내고 만 것인지 와타나베의 혓바닥을 찢고 고막을 도릴 세도의 날이 있다면 그렇게 하고 싶었다.

— 궁에 있는 누가 내 말을 듣겠는가? 입궐은 물론 그런 일에 가담하는 일조차 관심이 없네. 돌아가시게.

더는 말을 나누지 않을 셈으로 그는 눈을 감아버렸다. 그런데도 와타나베가 움직이지 않자 다시 일렀다.

— 가시게.

그제야 옷자락 쓸리는 소리와 함께 얕은 바람이 일다가 문 여닫는 소리로 이어졌다. 창호지를 비추는 볕에 낙조가 붉었다. 마루에 나오자 봄날의 훈풍이 도포를 흔들었다. 벌써 기척을 듣고 막동이가 달려 나왔다.

— 먹을 갈아드릴까요?

— 아니다. 전주 구경은 잘 하고 왔느냐?

— 신났습니다.

— 부중의 사람들은 어떻더냐?

— 홍계훈 대감이 동학당을 색출한다고 워낙 엄하게 굴어 성내가 얼음처럼 얼어붙었습니다. 그리하여 사람들은 눈치를 살피며 두려워하였으나 다들 농군이 이기기를 바라는 기색이었습니다.

어쩐지 나성산의 보고보다 막동이의 이야기가 그럴듯하게 들렸다.

— 너도 그러기를 바라느냐?

막동이는 대답을 못 하고 머뭇거렸다. 입맛에 맞는 말을 궁리하는 양이 분명하였다. 하지만 녀석의 눈 속에 담긴 허기를 읽지 못할 대원군이 아니었다. 가뜩이나 수염자리가 거뭇해지면서 녀석의 눈빛은 하루가 다르게 서늘해지는 듯하였다. 하기야 매양 보고 듣는 것이 나라의 일과 관계되므로 여염의 노복들보다 깨고 나가기 적합한 환경에 그는 처해 있었다.

— 그때 어찌 자객의 칼을 몸으로 받아냈더냐?

생전 꺼내지 않던 일을 거론한 탓인지 막동이는 잠시 사이를 두었다.

— 아비께서는 대감이 옳다 하셨습니다.

— 그랬구나. 아비는 어떠하냐?

— 그저 누워 있습니다.

대원군은 가벼운 한숨을 내쉬며 일렀다.

— 얼른 쾌차하란다고 전하여라.

막동이가 허리를 숙이고 돌아나간 후 담장 밖에서 까치 두 마리가 시끄럽게 깍깍거렸다. 언젠가 새벽잠을 못 이루고 난을 칠 적에는 그 소리가 적이나 탐욕스러워 들리더니 이번에는 좋은 소식이라도 오려나, 그런 소리가 입술에 달라붙는다.

손자 준용이 김교진과 수직사 앞마당을 질러왔다. 사랑에 들어 간략한 예를 갖춘 김교진이 대원군의 맞은편에 자리를 잡자 이준용은 두 사람과 삼각을 이루는 자리에 좌정하였다. 담배를 하느냐는 물음에 조금씩 한다는 답변을 듣고 대원군은 와타나베가 가져온 담배와 성냥을 내밀었다. 그런 다음 웃는 낯으로 옛일을 꺼냈다.

─ 그대의 여식이 명민하단 소리를 오래 전에 들었는데 혼인은 하였는가?

김교진도 얼굴에 조용한 웃음을 머금었다.

─ 나이가 과년하여 걱정이더니 마침내 정혼을 하였습니다.

─ 벌써 그리되었구먼. 정혼자라도 사위는 사위인데 그는 어떠한가?

─ 명민한데 너무 강직하여 걱정입니다.

─ 강직한 것이 병이라면 말세로세.

김교진이 허리를 숙였다.

─ 황송하옵니다.

─ 그대가 황송할 일이 무엇인가. 이 세상을 만든 것은 그대가 아닌 것을. 나랏일이라면 중전과 민영준이 결정할 테지. 그자는 무엇을 하는가? 청국 군대를 또 끌어올 생각인가?

─ 양호초토사께서 차병하라는 전보를 보냈으나 아직은 움직이지 않는 듯합니다. 그렇지만 얼굴이 무겁고 수심이 깊어 보이니 불안하기 그지없습니다.

대원군은 손을 천천히 놀려 염주를 굴렸다.

─ 나는 예 묶여 유배나 다름없는 일을 치르고 있으니 아무것도 할 일이 없네. 막아야 하네. 청군이 들어오면 조선은 이방의 전장이 되는 게야.

─ 노력은 하겠으나 제게 그만한 힘은 없습니다.

─ 막아야 하네. 반드시 막아야 하네.

문득 대원군의 목소리에 울음이 물린 것 같았지만 확인할 길이 없었다. 더는 김교진도 무어라 답할 말이 없어 멀뚱멀뚱 천장만 보았다.

─ 모처럼 잔을 나누고 싶은데 드시겠는가?

— 그리하시지요.

대원군은 막동이를 불러 술상을 보아달라 일렀다. 곧 술자리가 마련되었으나 찬란한 봄밤도 무거움을 깨트리지 못하여 주인이나 객이나 잔을 기울일 뿐 말이 없었다. 두 사람이 정담을 나누고 술자리는 함께하더라도 그것은 어디까지나 하나의 입장에서 같음을 확인한 탓이지 모든게 같기 때문은 아니었다. 김교진의 아버지와 대원군이 각별했다 하지만 애초에 한 대가 걸러지고도 선대와 같을 수는 없었다. 그래 안부를 묻고 정담을 나누는 일이 끝나면 이렇게 서름서름해지는 일이 많았다. 침묵 속에서 몇 순배 술이 돌고 피차 혈색이 붉어질 참에 대원군이 외쳤다.

— 나라를 파는 자는 온 조선의 자객을 모아서라도 도륙을 하고 말 게야!

김교진은 대원군이 청한 이 자리가 이 한 마디를 하기 위함인 것 같다고 생각하였다.

10

포고문(布告文)

…… 공경 이하 방백과 수령은 국가가 처한 위험을 생각지 않고 다만 자신의 몸을 살찌우고 집안을 윤택하게 하는 계책을 꾀할 뿐이다. 관료 선발하는 일을 돈 버는 길로 여겨 과거 보는 시험장을 장터로 만들었으며, 수많은 재물과 뇌물은 국가의 창고에 바치지 않고 오히려 먼저 사사로이 차지하여 국가에는 부채가 쌓여도 갚을 생각을 하지 않는다. 교만과 사치와 음란과 안일에 빠져 두려워하거나 거리끼지

않으며, 전국을 짓밟고 으깨어 만민은 도탄에서 헤어날 길이 없게 되었다. 수령 방백의 탐학이 참으로 이러하니 어찌 백성이 곤궁하지 않겠는가······.

대적 시 약속 사항(對敵 時 約束 四項)

一. 매번 대적할 때 병사의 칼에 피를 묻히지 않고 이기는 것을 최고의 공으로 삼는다 每於對敵之時 兵不血刀而勝者 爲首功

一. 부득이 전투를 하더라도 인명을 살상하지 않는 것을 귀하게 여긴다 雖不得已戰 切勿傷命 爲貴

一. 매번 행진할 때 다른 사람의 재산을 해치지 않는다 每於行進所過之時 切勿害人物

一. 효·제·충·신을 지키는 사람이 사는 마을로부터 십 리 이내에는 주둔하지 않는다 孝悌忠信人所居之村 十里內勿爲屯住

십이조 계군호령(十二條 戒軍號令)

一. 항복한 자는 받아들여 대우한다 降者受待

一. 곤경에 처한 자는 구제한다 困者救濟

一. 탐묵한 관리는 쫓아낸다 貪者逐之

一. 공순한 사람에게는 경복한다 順者敬服

一. 도망가는 자는 추격하지 않는다 走者勿追

一. 굶주린 자에게는 음식을 준다 飢者饋之

一. 간활한 자는 그 짓을 못 하게 한다 奸猾息之

一. 가난한 자는 진휼한다 貧者賑恤

一. 불충한 자는 제거한다 不忠除之

一. 거역하는 자는 효유한다 逆者曉諭

一. 병든 자에게는 약을 준다 病者給藥

一. 불효한 자는 죽인다 不孝殺之

통문(通文)

…… 방백과 수령이 선왕의 법으로 선왕의 민을 다스리지 않고 탐학만 일삼아 삼정(三政)을 문란케 하고 전운영과 균전관이 농간을 부리고 각사 교예배(校隷輩)들의 토색이 극심하여 민들이 살아날 길이 없어…… 부득이 오늘의 거사를 일으키게 되었고…… 국태공을 받들어 감국하게 하여 부자의 인륜과 군신의 의리를 온전히 하고 아래로는 여민들을 편안케 하여…….

정문(程文)

우리들의 의거는 위로는 국가에 보답하고 아래로는 백성들을 편안케 함이라. 여러 읍을 거쳐오면서 탐관을 징치하고 청렴한 관리를 표창하며, 읍폐와 민막을 바르게 개혁하고 전운영의 폐막을 영구히 혁파한 것이다. 임금의 명을 듣고 국태공을 받들어 국사를 감독하며 난신에게 아첨하는 비루한 자들을 모두 쫓아내려는 데 본래 뜻이 있을 뿐이다. 그런데 너희 관사들은 나라의 형세와 백성의 실정은 생각지 않고 각 읍의 군대를 동원하여 공격하는 것을 위주로 삼고 살육하기를 힘쓰니 이는 진실로 어떠한 마음인가…….

방에는 호남에서 올라온 각종 보고와 전보 등을 필사한 종이가 무질서하게 흩어져 있었다. 이철래가 가까이 지내는 관리들에게 부탁하여 어렵사리 얻어낸 것들이었다. 필사한 글들을 읽는 이철래의 얼굴에는 눈물이 흘러내렸다. 그가 사람들에게 누차 말하고 스스로도 꿈꾸어온 새로운 백성의 모습이 농군의 글 하나하나에 인두 자국처럼 새겨져 있었다. 부국강병을 직접 나서서 행하고 이룩하였다는 저 구라파의 시민에 버금가는 사람들이 마침내 조선에 모습을 드러낸 참이었다. 사람들에게 말하면서도 조선 백성이 과연 그에 합당한 자리에 이르렀는지 의심이 들었지만 그런 기우를 보란 듯 부숴버리고 있었다. 수확을 얻으려는 자 논을 갈듯이 새로운 세상으로 나가고자 저들은 묵은 세계에 날을 박아 숨을 끊어놓고 있었다.

몸을 끓게 하는 격동과 희열을 잠재우지 못해 그는 거리로 나왔다. 같이 방담을 나누던 친우들과 고함이라도 치며 감격을 나누고 싶었으나 저도 모르게 발걸음은 청풍계로 향하였다. 운종가에서 육조를 거슬러 달빛이 부서지는 경복궁 담을 곁에 두고 걸었다. 생각해보니 관리들로부터 난군으로 불리는 저들이 고을을 휩쓸며 발포한 글에 이렇듯 신명을 내는 일은 넋 나간 짓이랄 수도 있었다. 이러한 흥분을 김교진이 곱게 여길 까닭 또한 없으니 걸음을 돌려 배오개시장의 탁주 두어 잔으로 끝낼까도 생각해보았다. 그러나 지금 돌아간대야 잠이 올 성싶지도 않았고, 들뜬 마음을 혼자 눌러두는 것도 싱거운 일이기는 마찬가지였다.

김교진의 사랑에는 유길준이 찾아와 방담을 나누고 있었다. 그냥 돌아갈까 하였으나 김교진이 군이 들어오라 하여 어색하나마 합석을 하게 되었다. 이철래가 등장하는 바람에 이야기가 중단되었는지 서로 멀뚱멀

뚱한 채 말문이 트이지 않아 분위기가 땡감 속처럼 뻑뻑하였다. 유길준은 갑신년의 사람들과 각별할 뿐 아니라 모종의 계획을 함께 수립하기도 하였으나 거사 당시 미국에 유학하는 바람에 김교진과 비슷한 이치로 화를 면한 사람이었다.

—하던 이야기 마저 하십시다. 이 사람은 믿을 만합니다.

서로 소개가 끝나자 김교진이 유길준의 말을 재촉하였다. 유길준이 그러자며 순순히 입을 열었다.

—청군을 불러올 일이 아니라 내정을 개혁해야 합니다. 물론 인사 개혁을 포함해야지요. 그리되면 민씨들의 세가 줄어들고 난군을 다독일 근거도 마련되니 일거양득입니다.

김교진이 서안 위의 궐련을 피워 물었다. 스기무라가 피우던 것과 같은 궐련이었다. 연기를 내뿜으며 그가 맞장구를 쳤다.

—아무래도 내일부터는 뜻을 함께해온 사람들과 이 운동을 해야겠습니다. 아울러 이 뜻을 민영준 대감에게도 전해야겠지요. 말을 전하기로는 누가 적임이겠소?

—정범조 대감과 조병세 대감이라면 기대할 만하지요.

—내 그들을 찾아가 만나겠소.

처음부터 논의를 같이한 것은 아니지만 이철래는 그들의 생각을 곧 알아차렸다. 시국담을 나누던 중 청국에서 군사를 빌려오는 일만은 막아야 한다는 쪽으로 가닥을 잡은 눈치였다. 이야기에 끼어도 되는지 확신이 서지 않았지만 가슴에 남은 흥분이 만용을 부추겼다.

—소생 한 말씀 올려도 될지요.

유길준이 의아한 낯으로 쳐다보는데 김교진이 제안하였다.

― 젊지만 정세에 밝으니 청해보시지요.

― 그러십시다. 말씀하시게나.

― 여론을 환기시키는 일이 필요합니다. 괘서라도 걸어야 합니다. 최대한 저항하여야 합니다. 그보다도…….

그가 말을 숨겼다. 허락을 받은 다음에야 꺼낼 수 있는 말이었다. 유길준이 호기심 어린 낯으로 청하였고, 눈을 마주친 김교진도 고개를 끄덕였다.

― 다름이 아니오라 호남의 민군이 한양에 들어오는 것은 어떠하올지…….

― 어허, 이 사람!

김교진의 외침에 황촉 불이 떨고 그가 서안을 두드리자 책과 궐련이 바닥에 떨어졌다. 눈꼬리가 치켜 올라가면서 얼굴이 달아올라 김교진은 흡사 생환한 관운장의 형상 한가지인데 수염은 또 거꾸로 일어나고 거친 숨을 몰아쉬느라 목에서는 가래가 그륵거렸다. 방 안의 공기가 얼어붙자 백운동계곡에서 우는 소쩍새의 울음이 한결 가깝게 들렸다.

― 지금 우리더러 손들어 역도를 맞으라는 것인가?

분을 삭이느라 김교진이 목소리를 떨었다.

― 남녘의 저들이 발포한 포고문이며 문서를 보았습니다. 우리가 말하고자 하는 바와 어긋남이 없었습니다.

― 그 입 다물지 못할까?

다시 김교진의 입에서 노성이 터졌다. 방 안의 공기가 너무 험악하여 이제는 새로 무슨 말을 시작하기도 애매할 지경이었다. 이철래는 둘 데 없는 눈을 콩기름 먹인 장판지에 떨어뜨렸다. 냉랭해진 분위기를 수습할 방도가 떠오르지 않는 데다 뭔가 낙담하는 분위기까지 감돌아 어떻게든 자리를 뜨고 싶은 생각뿐이었다.

— 나리, 손님이 오셨습니다.

다행히 행랑아범의 목소리가 들려와 세 사람은 모르는 척 바깥으로 눈길을 모았다.

— 모시게.

김교진이 애써 가라앉히는 소리로 말하자 잠시 후 양복 차림의 사내가 들어섰다. 김교진과 유길준은 평소 알던 사이인지 반가이 인사를 나누는 것이었지만 이철래는 초면이었다. 김교진이 소개하여 인사를 나누고보니 일관에서 근무하는 서기생 고쿠부 쇼지로였다. 방 안의 분위기가 무거운 것을 눈치챈 고쿠부가 눈치를 살피며 입을 열었다.

— 대리공사께서 안부나 묻고 오라 하셨습니다. 긴한 말씀을 나누셨던 모양입니다.

— 아니올시다. 청군 차병을 막을 방도를 한담하고 있었습니다.

김교진은 손사래까지 치면서 방 안의 분위기를 누그러뜨리기 위해 애를 썼다. 새로운 사람이 합석하고 김교진의 노력까지 덧붙어 곤두선 분위기가 조금 가라앉았다. 거기에 차까지 들어오자 방 안에는 차츰 화기가 돌기까지 하였다.

— 그래 차병을 막을 방도는 찾으셨습니까?

— 그저 의견을 나누고 있었답니다.

— 그렇지 않아도 그에 관해 전할 말이 있어 왔습니다. 전라도 장성의 황룡촌에서 경군이 난도들에게 패하였다 합니다.

— 허허, 참!

유길준이 쓴 입맛을 다시며 궐련을 빼물었다. 고쿠부의 말이 이어졌다.

— 이것은 전쟁입니다. 조선의 각 파당이 권세를 장악하기 위해 분주하게 움직이고 있습니다. 호남의 저 난당 또한 예외가 아닙니다. 일견 개화당과 비슷해 보이나 부국강병을 이룩한 나라의 길을 흔연히 따라가자는 뜻에는 맞지 않으므로 궁극에 가서는 방해물이 될 자들입니다. 입장이 다르면 적입니다. 하고 민씨당은 또 어떻습니까? 그들은 빼앗기지 않으려고 발버둥 칠 것이니 그들이 취할 방법은 두 가지입니다. 개혁을 단행하여 난도를 달래거나 청군을 빌려 소탕하거나. 하지만 이번 난리는 탐관으로부터 빚어졌는데 그들 모두가 민씨의 사람이니 어찌 과오를 자복하겠습니까? 그래서 일본에서는 청군 차병을 수순으로 보고 있습니다. 아시다시피 청군이 들어오면 우리 병사도 들어올 수밖에 없습니다. 대리공사께서는 개화당 또한 단단히 준비하도록 말씀 올리라 하셨습니다.

이철래는 그쯤에서 뒷간에 가는 척 자리를 뜨는 게 상책이라고 생각했다. 그러나 머리는 그렇게 뇌는데 명치에서 올라오는 울혈 때문에 뜨거운 말을 뱉고 말았다.

— 조선이 설령 청국에 군사를 청하기로 텐진조약 어디에 일본군이 들어와야 한다는 조항이 있습니까? 군대를 주둔할 시 상대 국가에 알린다는 말을 귀국에서는 같이 주둔한다는 말로 읽는단 말이오? 어찌 외교사절로 와서 이간 책동에 열중하는 것입니까?

이철래의 난데없는 항변에 고쿠부의 눈이 요동치면서 날카롭게 좁혀졌다. 이철래는 가진 힘을 모조리 긁어모아 분노로 일그러진 그의 눈매를 감당하였다. 김교진의 손바닥이 날아왔다.

― 예서 나가게! 당장!

이철래는 어안이 벙벙하여 뺨을 싸쥔 채 앉았다가 잠시 후에야 사태를 깨닫고 자리에서 일어났다. 남녀의 농군을 두고 중전은 일본의 포로가 될지언정 임오년 꼴은 당하지 않겠다고 일갈하였다더니 과연 이것은 그와 무엇이 다르단 말인가. 백성은 날이면 날마다 나라가 망해야 한다고 외친다는데 몽매한 소리가 아니라 그건 곧 좌절과 분노였다. 신선놀음도 아니고 나라를 경영하는 일이 소꿉장난은 더군다나 아닐진대 대체 무슨 수작들을 하는 것인가. 밖으로 나오자 호정이 초조한 낯으로 솟을대문 아래를 종종거렸다. 사랑에서 아버지 김교진의 목소리가 쩌렁거리자 혼자 애를 태운 듯하였다. 그러나 그녀를 봐도 어쩐지 위로가 되지 않아 이철래는 바람을 일으키며 대문을 나섰다.

― 검서관님!

뒤에서 목소리가 들리는데도 그저 걸을 뿐이었다.

― 서방님!

그녀가 뛰어와 앞을 막고는 눈을 들어 그를 보았다.

― 마지막일까 두렵습니다. 아니라고 하여주십시오.

― 들어가시오.

목소리가 차가웠다.

― 말씀하여 주십시오.

그녀의 눈에 촉촉한 것이 고였다.

― 다시 찾아오겠소. 지금은 술을 마셔야겠소.

그는 뒤도 돌아보지 않고 청풍계를 내려왔다. 전주로 향하고 있다는 그들은 과연 한양에 당도할 수 있을까. 이철래는 우울하였다.

11

장성전투를 마치고 농군은 관군이 버리고 간 극로백과 회선포까지 챙겨 철쭉으로 붉어진 갈재를 통해 정읍에 들어갔다. 그곳에서 초토영의 식량을 담당하는 운량감관 김평창의 집에 들어 가산을 파괴하고 전곡과 의복을 탈취한 후 원평에 이르렀다. 이때 이미 군사는 삼만을 헤아렸지만 두 차례의 전투와 긴 행군을 무리 없이 소화한 끝이라 규율이 엄정하였다.

전주 서문 밖 장날이 하루 앞이었다. 장꾼 복장으로 변복하여 전주성 밖 도인의 집에 머물다가 서문 밖 장꾼과 섞일 별동대를 미리 떠나보낸 전봉준은 모처럼 을개와 한가로이 진영을 거닐었다. 어둠이 내리고도 기운이 선득하지 않아 숙영을 하기에도, 행군을 하기에도 예서 더 좋을 수는 없었다. 주문을 외우는 소리와 재주 가진 자들이 벌이는 놀이판들로 인근이 왁자하였다.

─장군!

누군가 소매를 끌며 전봉준을 불렀다.

─왜 그러시는가?

─잠깐 와보시지요.

군사를 따라 소나무 아래로 가자 그가 호리병을 내밀었다.

─밥알을 삭혀 장난삼아 만들었는데 군령이 있는지라 말씀드립니다.

─어허, 이 사람들이.

말을 멈추고 전봉준은 주위를 둘러보았다.

─취하면 안 되니 한 모금씩만 마시게. 나는 마신 걸로 치지.

군사가 호리병을 들고 동무들에게 달려간 후 전봉준과 을개는 숙영지가 끝나는 곳까지 천천히 걸었다. 지난겨울 금산사에서 김덕명과 이야기를 나눈 끝에 길을 갈라섰던 바로 그 지점이었다. 그곳 팥정마을과 청도원 인근에 김덕명과 손화중 포의 군사가 몸을 풀고, 김기범 포와 장성전투에서 결합한 이방언 포의 군사는 원평천 인근에 숙영하고 있었다. 대로를 지날 때 민가에 해를 끼칠까 우려하여 그들은 큰길을 버리고 독배재를 넘어 전주로 들어갈 예정이었다. 앞에 가로놓인 상두산을 전봉준과 을개는 우두커니 서서 바라보았다.

— 저 산을 넘고 싶지 않으세요?

을개가 물었다. 산만 넘으면 갑례가 있는 동곡리였다.

— 너는 넘고 싶으냐?

한참만에야 을개의 입에서 말이 나왔다.

— 묻기는 제가 물었는데 어째 저보고 답을 하라세요?

— 넘고 싶다 이눔아. 되었느냐. 저 산뿐 아니라 세상 모든 재를 넘고 싶다. 이제 네눔도 답을 하려무나.

그때 군사 하나가 숨을 몰아쉬며 달려왔다.

— 김덕명 접주께서 보자 하십니다.

급해 보였다. 전봉준과 을개가 군사를 따라 뛰다시피 김덕명의 막사에 당도해보니 손화중을 포함하여 대소 두령이 모두 모여 있었다. 김덕명이 나서서 설명하였다.

— 김기범 접주께서 국왕의 효유문을 가져온 이효응과 배은환을 베었답니다. 내탕금을 가지고 초토사에게 가다 붙잡힌 선전관 또한 베었다 합니다.

―사실이오?

김덕명의 인척으로 이번 싸움에 참여한 김순명이 답변하였다.

―원평장터에서 벤 것을 확인하였습니다.

이효응과 배은환은 적일망정 사자나 다름없었다. 비록 장성의 농군 진영에 나타나 윤음(綸音)을 전한답시고 심한 말로 꾸짖고 협박하였으나 벨 일은 아니었다. 다만 농군의 사정을 다소 알게 되므로 곧장 풀어 주지 못하고 진영에 두어 데려온 것뿐이었다. 전투를 할 적에야 서로 찌르고 베는 일이 다반사지만 사자를 베었다는 것은 일종의 금도를 어긴 일로 사람들은 그를 찜찜하게 여기는 눈치였다. 가슴 안쪽에 대대로 쌓여온 나라와 윗것들에 대한 공포는 담뱃진처럼 들러붙어 무슨 기색만 나타나면 들고일어나 흔들어대니 이것은 더구나 임금의 효유문을 가져온 왕사(王使)를 벤 일이었다. 깊은 숨을 들이쉰 전봉준이 사람들을 둘러보았다.

― 여기 계신 접주들과 우리를 따르는 군사들은 하나하나 정이 많고 곡식을 키우던 사람들이오. 그들이 군사가 되어 싸우고 있소. 대체 누구와 싸운단 말이오? 탐관오리요, 아니면 군적에 들거나 살길을 찾아 병사가 된 자들이오? 다 맞지만 다 그른 말이오. 우리는 이 나라의 꼭대기에 있는 자들, 그들이 만든 제도며 심법과 싸우는 것이오. 그를 지탱하는 것이 바로 저 감영군과 경군이며 초토사와 방백 수령입니다. 임금의 윤음을 들고 왔다는 왕사며 초토사에게 돈을 전하러 간 선전관은 저들의 선봉이요, 가장 잔인하게 무찔러야 할 적이올시다. 전장에서 적을 베는 것이 어찌 그른 일이며, 적의 간담을 서늘케 하는 일이 어찌 해가 되겠습니까? 안에 도사린 두려움과 높은 곳에 있는 자들을 향한 경외감을

우리부터 베어야 합니다. 내일은 호남의 수부(首府)가 손안에 들 것입니다. 그러니 돌아가 쉰 다음 다시 재를 넘어갑시다.

사람들을 설득하기 위한 말이 아니라 군령에 가까운 일장연설이었다. 찬물을 끼얹은 것처럼 정적이 감돌았으나 사람들의 콧바람으로 장막 안이 달아오르고, 눈빛이 살처럼 날아다녔다. 김덕명 포의 봉남 접주 김인배가 뒤에서 외쳤다.

— 장군을 따르겠소. 내일을 위해 오늘은 돌아가 쉽시다.

용감하기로는 항우요, 지략은 범증 같은 사람이라 김덕명과 전봉준이 각별히 아끼는 접주였다. 그의 목소리가 어찌나 쩌렁쩌렁한지 상두산을 때리고 돌아올 기세였다. 그의 말을 따라 사람들은 하나씩 김덕명의 막사에서 나와 흩어졌다.

대장소로 돌아온 전봉준은 반 시진 후에 호위병 열 명을 추려 대장소 앞에 집결하도록 명을 내렸다. 평소 전봉준을 호위하던 고부의 군사 가운데 열 명이 약속한 시각에 집결하였다. 전봉준은 그들과 함께 군사들의 눈을 피하여 팥정마을에서 나와 원평 가는 길로 내려섰다. 제비산을 우회하여 오리알터를 지나자 벌써 횃불과 화톳불이 어른거리기 시작하였다. 용계마을을 질러 들 가운데로 난 길을 따라가자 금세 사람들의 웃음소리며 두런거리는 소리까지 잡힐 듯 들려왔다. 군사들과 원평천 둔치로 내려온 전봉준은 김기범의 막사를 향해 곧장 질러갔다.

— 밤길을 오셨습니다그려. 식사는?

김기범이 반갑게 맞았다.

— 먹었소. 그보다 군사를 막사 오십 보 밖으로 물려줄 수 있겠소?

— 전 대장께서 단단히 화가 나셨구려.

그러며 그는 곁의 휘하에게 군사를 오십 보 밖까지 물리라고 명하였다. 막상 듣는 귀가 사라지자 황량한 벌판에 선 것처럼 전봉준은 막막한 기분이 되었다. 김기범이 먼저 이야기를 끄집어냈다.

—그렇소. 내 왕사와 선전관을 베었소. 홍계훈은 김시풍과 정석희라는 지역의 유능한 무장을 동학당이라 하여 참하고, 금산에 올려 보낸 우리의 전령을 붙잡아 효수하였소. 전국 각 고을의 옥에는 수많은 우리의 이웃이 동학당이란 이유로 갇혀 있소. 우리만 인정을 베풀어야 한단 말이오?

김기범의 노란 눈동자는 흔들림이 없었다. 전봉준은 그 흔들리지 않는 눈빛과 간명한 신념이 부러웠다. 간명한 것은 얼마나 선명하며, 선명한 것은 구구한 설명을 요하지 않으니 얼마나 정확히 꽂히는가. 그러나 세상이 그리 간단한 것들만으로 이루어진 건 아닐진대 복잡한 설명과 이해를 포기하는 순간 마지막을 궁구할 통로는 찾지 못할지도 모른다. 그때에 그런 구획은 어떤 말로 설명되며, 말이란 실상을 얼마나 정확하게 포획할 수 있단 말인가. 전봉준이 입을 열었다.

—비록 삼만 군사를 지녔다 하나 우리는 강자는 아니오. 나는 되려 가장 약세라고 여깁니다. 따라서 사세를 유리하게 끌어올 방법이 우리에겐 많지 않소. 그러니 고려할 게 많은 우리는 가장 약게 행동해야 하오. 난관을 슬기롭게 극복하지 못하면 이 군사는 뿔뿔이 흩어질 것이오.

—저들을 살려 보내는 것이 난관을 슬기롭게 뚫는 방법이오?

—약자는 최대한 빌미를 줄여야 합니다. 외방에 차병할 빌미를 주지 않으려는 면밀한 노력이 필요했던 것이오. 조정에는 청군 차병을 반대하는 자들도 있을 것입니다. 그들의 입을 막아버릴 일은 아니었다는 겝

니다.

김기범이 주먹으로 탁자를 쳤다.

― 이보시오, 전 장군. 그럴 바에야 청원을 하지 어찌 전쟁을 한단 말이오? 작년과 그그께에 수없는 민인이 청원을 하였지만 무엇이 달라졌소? 내일 우리는 전주성에 도달할 것이오. 우리가 왕사를 풀어준다고 저들이 긴장을 덜고 우리를 갸륵하게 여길 줄 아는 거요?

― 그렇지 않다는 건 나도 압니다. 난 지금 이번 일 하나를 말하는 게 아니라 우리의 태도를 말하는 것이오. 사람들은 묻습니다. 그대가 꿈꾸는 세상은 무엇이며 보국안민은 대체 무엇이냐고. 머리에 든 몇 가지 지식을 말로 꾸며 말할 수 있겠지요. 개화당의 장점이며, 기존 왕조의 본받을 만한 일이며, 우리가 향리에서 몸소 느껴온 미풍양속도 있소. 그러나 그것은 말이지 실재가 아니오. 우리가 꿈꾸는 세상은 오직 우리 안에 있습니다. 그러니 모든 행동으로부터 도달하려는 세상의 품격을 보여주어야 합니다. 우리의 세상을 불신하고 두려워하게 하면 승산이 없습니다. 우리가 서슬 푸른 날을 준비한 것은 베기 위함보다도 짓기 위함에 있소.

김기범이 곰방대에 부시를 쳤다. 뻑뻑 빨아대자 연초에 불이 붙으며 연기가 입으로 흘러들었다.

― 전 대장의 말은 그럴듯하나 반드시 옳지는 않소. 조선의 위정자와 그를 둘러싸고 있는 무리들은 후안무치한 자들이오. 의리를 이야기하고 선치를 입에 달고 살지만 모두 탐욕을 치장하는 말일 뿐 진심은 없었습니다. 이가 난다면 진흙탕에 뛰어들고 똥구덩이라고 마다할 자들이 아니지요. 그들이 나라의 안위를 따져 가진 것을 내려놓기라도 바라는 거

요? 제 가진 것을 빼앗기지 않으면 외방의 군사를 끌어오든 나라의 반 토막을 내주든 상관하는 자들이 아니올시다. 어찌 교화하며 어찌 반성하게 한단 말이오. 힘으로 제압하고 기강을 세우는 것입니다. 그것이 우리의 방식이요, 백성의 원입니다.

전봉준이 고개를 끄덕였다.

— 그른 말이 아니오. 다만 힘으로 제압하기 위하여 우리는 가장 어려운 길로 가는 것이오. 저들이 그토록 탐욕스러운데도 우리보다 강한 것은 두드릴 매가 있고, 가둘 옥이 있고, 제도와 심법을 가졌기 때문이오. 그래서 그들이 아직은 중심인 게요. 그러나 변방의 우리에게는 마음을 얻어 이기는 길밖에 없소. 가장 많이 인내하고, 가장 치밀하게 판단해야 합니다. 그것이 이 전쟁에 임하는 우리의 책임감이오.

— 저들이 강하므로 우리는 백배 용맹해야 하는 것입니다. 밀리는 순간 저들은 우리의 간을 꺼내 씹을 것입니다. 백성 또한 우리가 무른 모습을 보이면 더 이상 성원하지 않을 겝니다. 이것이 세상인심이오.

과연 보이지 않는 것을 말할 수 있는지 전봉준은 혼란을 느꼈다. 성정의 차이가 아니라 이것은 신념의 차이였다. 이 분명한 차이는 얼마나 벌어져 있으며 얼마나 가까워질 수 있는지 알 수 없었다. 말을 지어 신념의 차이가 메워질 수 있는지 확신이 서지도 않았다. 또한 그 차이가 사라지는 것은 반드시 옳은 일인지 확인할 수도 없었다.

— 이리하십시다. 앞으로는 혼자 결정하여 처결하지 말고 논의하십시다. 혼자보다는 여럿의 의견이 지혜로울 것이오.

김기범이 재떨이에 담뱃재를 털고서 고개를 끄덕였다.

— 앞으로 중한 일은 상의하도록 하겠소. 하나 집안마다 장맛이 다르

듯 지역이나 대오에 따른 군사의 특징은 따로 있는 법이오. 이쪽의 임실과 남원, 구례며 창평, 옥과의 군사는 화전민이거나 지리산의 포수, 산적들로 구성되어 있소. 더 이상 쫓겨 갈 곳도 없는 가장 미천한 자들이오. 오로지 하나의 규율만으로 군사를 묶어두려고 하진 마시오. 세상의 모든 권세가 실은 그 때문에 화를 불러오는 것이오.

— 개똥아!

김기범의 꼿꼿한 얼굴에 피식 미소가 일어났다.

— 이자는 은근한 말을 할 땐 꼭 별명을 앞세운단 말야. 뭐야 이번엔?

— 이 싸움은 두령들만의 싸움도, 우리 군사만의 싸움도 아니야. 온 백성의 싸움이지.

— 물론이지. 권세를 잡더라도 우리끼리 치는 일은 없는 거다.

김기범의 말이 유치하게 여겨져 전봉준도 실소를 머금었다. 그러나 그 유치한 말에 실은 사람이니 권세니 하는 것의 가장 깊은 고갱이가 숨어 있었다. 한때 파와 고들빼기처럼 궁합이 잘 맞던 김기범과는 바스러뜨리지 않고도 관계를 유지하겠다는 확신이 생겼다. 전봉준은 김기범을 흉내 내 말하였다.

— 물론이지.

12

그날 해가 중천에 오를 무렵 중음을 배회하는 자들처럼 희로를 드러냄도 없이 사람 한 무리가 용머리고개에 나타났다. 용머리고개에서는 성곽을 테 둘러 흐르는 전주천과 그 안의 초가와 기와집, 감영이며 경기

전(慶基殿)이 바둑판처럼 한눈에 들어왔다. 남천표모(南川漂母)가 큰 볼거리라더니 무리 지은 함박꽃인 양 천변에 붙어 빨래를 하는 아낙들의 모습은 과연 장관이었고, 장날이라 서문 인근의 장시는 장막과 장꾼들로 인산인해였다. 그러나 평화롭되 농군이 턱밑에 와 있는 것을 아는지 모르는지 깻대 한 단 세워놓지 않은 감영의 허술한 태세에는 실소가 나왔다. 기중 믿음직하여 나라에서 내려보낸 초토사는 농군의 꽁무니나 따라다니느라 어지럼증에 시달리고, 아무리 경군에게 딸려가 제대로 된 군사가 없다지만 호남의 수부 전주의 성첩에는 개미 새끼 한 마리 얼씬거리지 않았다.

— 준비되었는가?

전봉준은 송대화의 귀에 들리도록 크게 외쳤다. 용머리고개 정상에 장성 황룡촌에서 빼앗은 극로백을 설치한 채 송대화는 명이 떨어지기를 기다리고 있었다. 화포에는 워낙 재주가 남달라 포로로 붙잡은 경군에게 몇 가지 설명을 듣고도 그는 극로백과 회선포를 다룰 줄 알았다.

— 준비되었소.

— 방포하라!

명이 떨어지자 천지를 흔드는 포성이 용머리고개에서 터졌다. 뒤이어 포수들이 하늘에 대고 화승총과 천보총이며 빼앗은 회선포를 발사하였다. 용머리고개에서 내려다보니 장터의 사람들이 한꺼번에 몰려들어 금방이라도 패서문은 깨져나갈 지경인데 고개 아래에 대기하고 있던 농군은 벌써 노루 정강이처럼 날쌔게 서천교를 내닫고 있었다. 손화중 포의 군사들 또한 방포 소리를 신호로 유연대에서 내려와 어은골과 도토리골을 지나 사마교와 징검다리를 건너 공북문으로 달려가는 중이었다. 멀리 싸전다리를 건너 풍남문으로 밀려드는 김기범 포와 이방언 포의 성난 군사가 함성을 지르는 모습도 보였다. 그제야 보이지 않던 군사 몇이 성첩에 나타나 포 한 방을 놓게 되므로 전주천에서는 큼직한 물기둥이 솟구쳤다. 그러나 총성이 서너 번 들린 것 말고는 성을 방어하기 위한 어떤 움직임도 나타난 게 없었다. 이미 장꾼에 섞인 농군이 성안으로 쏟아진 터여서 전주성은 어느덧 나라의 것도 감영의 것도 아니었다.

성안의 모습을 낱낱이 내려다보던 전봉준은 느긋하게 용머리고개를 내려와 서문으로 들어섰다. 성안의 사람들은 일부 피난을 떠나고, 남은 자들은 꼼짝 못하고 집에 처박혀 감영으로 뚫린 큰길로 농군이 행군할 무렵엔 조무래기들만 퀭한 눈으로 대오를 흘끔거렸다. 그러다 총성이 멎고 싸우는 소리도 더는 들리지 않자 비로소 여염의 담장 위로 삐죽삐죽 상투가 올라왔다.

군사들과 함께 선화당에 든 전봉준은 그 즉시 전주 접주 서영두를 불러 성안의 백성을 위유하고 안돈하기 위한 노력에 만전을 기하라고 당부하였다. 이미 몇몇 이교와 노령이 농군의 손에 죽임을 당하고, 부호에 대한 약탈도 있었던지라 전봉준은 접주들을 불러 급히 휘하를 단속하라 지시하였다. 이제 남은 것은 홍계훈과의 일전이었다. 군율을 엄히 세웠다.

13

뒤늦게 나타난 홍계훈 부대는 황학대와 완산칠봉, 다가봉과 사직단이며 유연대를 묶어 결진하고, 어금니에 해당하는 본영을 용머리고개 중턱에 세웠다. 준비를 마친 그들이 마침내 전주성에 대고 방포를 하였을 때 선화당에 있던 전봉준은 을개를 데리고 급히 풍남문 성루로 내달렸다. 전주공성의 요충지를 임자 없이 비워놓아 홍계훈 부대가 들게 한 일과 북상하는 관군을 쑥고개나 독배재에서 매복하여 격퇴하지 못한 것을 그는 뼈저리게 후회하였다. 유리한 고지를 선점하는 일과 기습에 대비하고 매복을 준비하는 것은 기본에 가장 충실한 병략이지만 전주성을 손에 넣어야 한다는 조급함과 군사들의 피로 등을 이유로 긴장의 끈을 놓친 것이 화근이었다. 전주라는 상징성을 무시한 채 고삐를 당겨 북상하였다면 매듭은 도리어 간명했을지 모른다. 그러나 양호순변사 이원회가 경병과 심영병(沁營兵)을 끌고 남하한다는 호서 도인들의 기별에 협공당할 것을 우려했던 것인데 이제는 더욱 꼬여버린 셈이었다.

— 방포한 곳은 어디인가?

— 곤지산 쪽입니다.

전봉준은 즉시 전령을 불러 명을 내렸다.

— 김기범 장군에게 남문을 나가 곤지산을 제압하라고 전하라.

이어 다른 전령에게도 할 바를 일러주었다.

— 이방언 장군의 군사는 포격에 불붙은 집들의 불을 끄라고 일러라. 손화중 장군의 군사는 서문을 나가 김기범 장군의 부대가 협공당하지 않도록 용머리고개, 사직단, 유연대를 막으라고 전하라.

명을 내리고 성 밖을 보니 풍남문을 나선 김기범의 군사가 싸전다리를 건너 하얗게 밀려가는 중이었다. 미리 약조가 되었던 듯 싸전다리를 건넌 군사들은 대오를 둘로 갈라 한 대오는 순창가도로 빠져 곤지산 서편의 야곡(冶谷)으로 북진하고, 또 다른 대오는 전주천 좌안을 북진하여 곤지산 북록에 달라붙었다. 양편에서 매곡 건너 투구봉에 포진한 관군을 잡으려는 것이었다.

　─송대화 접주!

　─말씀하소서.

　─지금 남문을 나가 두 대오의 뒤를 받치시오.

　─따르겠소.

　송대화가 이끄는 약 천여 명의 부대가 다시 남문을 나가 싸전다리를 건너갔다. 송대화 부대는 화승총으로 무장하고 있었지만 앞서 떠난 김기범의 군사는 산포수를 빼고는 창이나 모, 죽창 등을 무기 삼았고, 그마저 갖추지 못한 자가 다수였다. 그런 군사는 소나무를 꺾어 좌우로 흔들며 나아가는데 용기 비록 가상하지만 덕국에서 사온 관군의 모슬총을 어찌 당할까 염려되었다. 농군은 수십 명씩 대오를 이루어 전면에 백포(白布)를 세워 들고 종으로 나아가는 중이었다. 어느 모로든 백포가 총탄을 막을 수 없음은 자명하였으나 표적에 혼란을 주리란 믿음이 용기를 내는 데 도움이 될까 하여 준비해둔 것이었다. 그 외에도 등패를 들거나 채반에 걸개를 달아 팔에 끼고 돌격하는 군사도 있었다. 등패나 채반이 화살까지는 몰라도 총탄을 막아낼지 의문이었다.

　마침내 관군 진영에서 총을 발사하는 소리가 들렸다. 곧이어 선봉에 서서 산을 기어오르던 농군의 무리가 주르르 미끄러졌다. 그러나 아랑곳없이 농군은 동료의 시신을 뒤로한 채 등성이에 달라붙어 다투어 산을 올랐다. 적진에서 회선포가 들들들 울자 백포에 붉은 물이 들면서 군사들이 한꺼번에 뒤엉켜 미끄러졌다.

　뒤늦게 출발한 송대화 부대의 포수들이 관군에 맞서 엄폐물을 찾아 응사하였다. 그러나 화승총과 천보총, 후문총은 벌써 소리 자체가 웅장하지 못할 뿐 아니라 한 발을 쏠 때마다 심지에 불을 붙여야 하므로 자연 총성도 띄엄띄엄하였다. 유일하게 기대를 걸어볼 일은 대오를 분산하여 관군의 총구 또한 퍼지게 함으로써 벌어진 틈으로 근접하는 길뿐이었다. 군사의 수를 바탕으로 얼마간 피해가 나더라도 적의 진영에 닿기만 하면 승세를 탈 여지는 충분하였다. 그러나 산으로 오르는 길이 워낙 협소한 데다 기어오를 곳 또한 마땅치 않아 이는 죽은 자가 숟가락 들기를 바라는 형국과 흡사하였다.

— 퇴각 명령을 내려라!

전봉준이 침통하게 중얼거리자 명을 받은 사물패가 남문 밖으로 뛰쳐나가 쇠와 북을 두드렸다. 석양 속으로 스며드는 그 소리에 창과 죽창을 든 부대가 먼저 산을 내려오고, 총포수들이 엄호하며 뒤로 빠지기 시작했다. 농군의 퇴각을 눈치챈 관군이 총에 검을 꽂고 엄폐물 사이에서 불쑥불쑥 일어섰다.

— 김인배 접주! 최경선 접주!

— 명하십시오.

— 우리 군사가 무사히 퇴각하도록 지원하시오.

최경선과 김인배가 대원을 끌고 성을 나가 성문 밖 민가를 엄폐물 삼아 사방으로 흩어졌다. 김기범 포의 군사가 먼저 싸전다리로 밀려들었다. 한꺼번에 너무 많은 군사가 밀려들어 다리가 흔들거리자 아래로 떨어져 내리는 군사도 있었다. 봄날이라 물이 밭은 냇물에 아예 뛰어들어 건너오는 사람들로 전주천이 억새꽃처럼 하얗게 넘실거렸다. 그들을 따라 퇴각하는 송대화 부대의 뒤를 관군이 바짝 붙어 가깝게는 십여 보 차이로 따르고 있었다. 마침내 송대화의 군사가 성문 밖의 민가 사이로 간신히 접어들면서 뒤따르던 관군까지 한꺼번에 밀려들었다. 그러자 매복하고 있던 김인배와 최경선 부대가 일시에 나타나 관군 십여 명의 배와 가슴에 창대를 꽂았다. 앞서 달리던 경군이 난데없이 기습을 당하자 뒤따르던 군사들은 등을 돌려 줄행랑을 놓았다. 그를 겨냥하여 송대화 부대의 포수들이 또 몇 발을 명중하여 그나마 농군으로서는 면을 세웠다.

그날 늦은 시각 홍계훈의 군사가 남문 밖 민가에 불을 놓아 밤새도록 전주성에는 해가 떨어지지 않았다. 졸지에 집을 잃은 백성을 성에 안돈시키느라고 농군은 잠을 이루지 못하였다.

14

완산전투에서 낭패를 본 전봉준은 그날 밤 전주 접주 서영두를 불러 인근 지리에 밝은 자들을 모아 홍계훈 부대가 주둔한 각 산의 형세를 자잘한 것까지 그리도록 주문하였다. 홍계훈 부대를 흩어 뒤를 편안히 한 다음에야 북행로는 열릴 것이며, 이곳 전주성 싸움에서 경군을 격퇴하지 못하면 오래 꿈꾸어온 경사직향(京司直向)은 없던 일이 되는 것이었다. 그 밖에도 전봉준은 전주 북쪽에 안전한 가옥을 물색하여 필요에 대비하도록 하였지만 용도에 대해서는 입을 다물었다.

지도가 그려져 그에 따른 전술을 말단의 군사들까지 숙지하게 되자 동문을 제외한 성문이 한꺼번에 열렸다. 먼저 북문을 나선 손화중 포의 군사는 도토리골과 어은골을 지나 사직단과 유연대를 바라고 고함과 함께 진격하였다. 서문을 나선 김덕명 포의 군사는 다가봉과 용머리고개로, 남문을 나선 김기범 포와 이방언 포는 완산칠봉과 황학대로 각각 나아갔다. 전봉준은 고부의 군사를 성곽 아래에 대기시킨 연후 몇몇 사람의 호위를 받아 패서문 성루에 올랐다.

언제나 그렇듯 손화중 포의 선봉은 재인과 백정 등 천출로 이루어진 부대가 맡았다. 그중 재인 광대패들은 몸이 유연하여 빠르기가 솔개 같았고, 백정이나 노비들도 싸움에 나서면 물불 가리지 않아 자주 승전보를 가져왔다. 그들은 장태보(將台洑) 인근의 징검다리를 건너 유연대에서 흘러내린 산자락에 하얗게 달라붙었다. 이미 준비해둔 것을 따라 각자 흩어져 준판(峻阪)을 기어오르므로 위용은 첫 전투와 차이가 없었으나 싸움의 양상은 사뭇 달랐다. 관군 진영에서 총포가 터지는데도 농군의 피해가 별반 눈에 띄지 않아 기대를 걸어볼 만하였다.

그러나 김덕명 포의 군사가 담당한 다가봉은 전주천을 향해 절벽이 깎아질러 활터 옆으로 에두른 길밖에 공격로가 없었다. 사직단 옆으로 우회하는 길이 있긴 하였으나 유연대에 진을 친 관군 때문에 통로가 차단되어 함부로 넘보기 어려웠다. 밑에서 쏘는 화승총과 천보총이 위에서 쏘는 모슬총을 당할 까닭도 없어 피해를 감수하고라도 정상에 도달하는 길 외에는 수가 없어 보였다. 그나마 다가봉을 공략하는 군사들이 사상자를 내면서도 그악스러웠던 것은 동장사(童壯士) 이복용이 보국안민이라 새겨진 깃발을 들고 힘을 낼 뿐 아니라 김순명이 흐트러지지 않게 뒤를 받친 덕분이었다.

을개는 전봉준의 곁에 꿈쩍도 않고 서 있었다. 부성을 둘러싼 남쪽과 서쪽 모든 산에서는 관군과 농군의 싸움이 한창이건만 바람과 함께 흙먼지가 일면 어느 순간 눈앞이 흐려지며 총포 소리나 함성은 귓전에서 물러났다. 그럴 때 그 자리를 파고드는 것은 세상을 가득 채운 밤꽃 냄새였다. 밤꽃 냄새 가득할 때 망울을 터뜨리던 봉숭아는 누구네 집 울타리 아래에 오늘도 희고 붉을 것인가. 가을인지 여름인지 봉숭아가 한창일 때 언제든 갑례의 손끝에는 꽃물이 들어 있던 것을 을개는 기억하고 있었다. 깨꽃처럼 수수하던 모습인데 유독 봉숭아 색깔이 도드라져 그것을 보고 난 날은 공연히 맥이 풀려 술에 취한 양 혼곤해지지 않았던가.

—거의 올랐다! 유연대 쪽이다!

어디선가 외치는 소리가 들렸다. 아닌 게 아니라 유연대 정상에 희끗한 것들이 모습을 드러내면서 지축을 흔드는 함성이 올랐다. 손화중 포의 천출 부대가 유연대를 떨어뜨리고 앓던 이 하나를 뽑은 참이었다. 그 바람에 우회하는 길이 트여 다가봉을 두 갈래로 공격할 방도가 마련되자 잠시 후에는 하얗게 밀려가는 농군과 지탱하지 못하여 남쪽으로 도망치는 관군의 검은 자락이 선명히 대비되었다.

여세를 몰아 동장사 이복용이 미리 와 싸우던 군사를 질러 깃발을 들고 용머리고개 북편에 달라붙었다. 그러나 그곳은 홍계훈이 직접 진을 차린 곳이라 저항이 거셀 뿐 아니라 화력 또한 다른 곳에 비할 바가 아니었다. 게다가 유연대와 다가봉에서 후퇴한 병사가 가세하여 방어벽은 더욱 튼튼해지고 화력 또한 확연히 두터워졌다. 고개를 오르는 농군은 마침내 적에게 저지되어 경병의 총이 무디어지기를 바싹 엎드려 기다릴 따름이었다.

—이복용이 올라간다!

사람들이 가리키는 곳을 따라가자 보국안민 깃발이 정상을 향해 움직였다. 힘을 얻은 농군이 하나씩 바닥에서 일어서는데 다시 극로백이 터지고 회선포가 울었다. 총수들이 노리는 게 주로 깃발을 든 사람인지 흙덩이가 부근에서만 일어나고 나뭇가지와 밤꽃송이도 주로 그편에 날렸다. 그런데도 용케 버틴다 했더니 갑자기 보국안민 깃발이 크게 흔들리면서 이복용의 몸이 둘둘 말려 흘러내렸다. 그것을 본 농군이 밑으로 후퇴하자 관군이 떼로 몰려들어 나무둥치에 걸린 소년 장수의 목을 베어 들고 올라갔다. 목을 잘리고도 꿈틀거리는 몸뚱이가 보이는 듯하였다.

— 따르라!

전봉준이 성루를 내려가며 외쳤다. 대기하고 있던 군사들을 앞지르며 그가 다시 소리쳤다.

— 용머리고개로 간다. 따르라!

전봉준이 앞서 달리므로 고부의 군사들이 저마다 그를 따랐다.

— 장군, 앞은 저희가 섭니다.

— 오늘 저들을 잡지 못하면 예서 끝난다. 내가 대장기를 잡는다.

그들 부대는 서천교를 지나 흙먼지를 뚫고 용머리고개를 향하였다. 대장기를 앞세우고 달려오는 그들의 모습에 군사들이 고함을 질렀다. 김순명 또한 총탄에 죽어 선봉은 이제 최경선 부대가 담당하고 있었다. 송대화 부대가 위를 향해 불질을 하는 것이었으나 미치지 못하므로 시위용에 불과하였다.

— 장군! 위험하오!

바닥에 찰싹 붙어 있던 선봉대에서 그런 소리가 들렸다. 그러나 고부의 군사는 그들을 지나 고갯마루를 향해 주저하지 않고 달렸다. 관군 진영에서 극로백이 터지고 회선포가 돌아갔다. 잠시 땅에 엎드렸던 군사는 고막을 찢던 한바탕의 총성이 멎자 전봉준을 따라 다시 전진하였다.

— 장군을 지켜라!

을개는 자기도 모르게 소리를 질렀다. 그러나 겁 없이 돌진하는 전봉준을 호위하는 일이 여의치는 않았다. 다시 총소리가 요란해질 무렵 전봉준이 휘청거리며 주저앉았다.

─장군!

그의 왼쪽 허벅지가 흘러내린 피로 붉었다. 그런데도 그는 몸을 일으키려고 대장기를 짚으며 용을 썼다. 을개가 이마에 동여맨 무명을 풀어 전봉준의 허벅지를 감았다.

─선생님, 제가 업겠습니다.

─놔라! 오늘 끝낸다.

전봉준이 손을 뿌리쳤다. 집착이 지나쳐 광기를 떠올리게 하는 음성이며 몸짓이었다. 그렇듯 무가내로 반응하는 모습을 을개는 본 적이 없었다.

─무엇 하는가? 떠메지 않고!

을개는 사람들을 향해 소리를 질렀다. 전봉준이 흰창이 많아진 눈을 부릅떴다.

─두어라! 올라간다지 않았느냐?

그러나 그의 말을 무시하며,

─떠메래두!

을개가 사람들을 향해 눈을 부라렸다. 한 사람이 달려들어 전봉준의 겨드랑이를 그러안는데 더팔이였다. 군사들에게 사지를 붙들려 아래로 내려가는 중에도 전봉준은 놓으라고 고래고래 소리를 질렀다.

─고부의 군사들은 마지막까지 남는다!

을개의 입에서 자기도 모르는 명이 떨어졌다. 명령 하나가 더 터졌다.

─한 사람은 내려가 퇴각 명령을 내리라고 전하라!

을개의 명을 좇아 초군으로 일하던 동무가 서둘러 내려갔다. 다른 군사들이 퇴각할 시간을 벌어주며 고부의 군사가 물러설 즈음 관군들이 총검을 들고 내려왔다.

─등을 보이지 말고 뒷걸음으로! 백병전을 준비하라! 창수들 앞으로!

창을 든 자들이 전면에 나섰다. 내리막길이 급하게 꺾인 곳에서 등을 언덕에 붙이고 대기했다. 관군의 검은 옷이 나타나기를 기다려 을개가 맨 앞에 선 자의 머리를 도끼로 쪼갰다. 뒤이어 창수들이 나타나 관군 몇을 맞창 내자 뒤따르던 자들은 내려왔던 길로 꽁무니를 뺐다. 몇 사람이 따라가 적병의 등에 창을 꽂았다.

─따라가지 말라!

그 말과 동시에 위에서 모슬총이 터지자 따라간 군사 둘이 풀썩 주저앉았다. 몸을 낮추어 다시 뒷걸음으로 내려섰을 때 엄폐물을 찾아 사격 준비를 하고 있는 송대화 부대의 총수들이 보였다. 해가 뉘엿해져서야 싸움은 끝이 났고, 그 밤도 세상은 밤꽃 냄새로 가득하였다.

15

총탄이 스친 것에 불과하여 전봉준의 상처는 별 게 아니었지만 부중의 사람들과 군사에게는 크게 걱정되는 일이었다. 게다가 청국 병대가 상륙했다는 소리마저 퍼져 뒤늦게 농군에 참여한 군사 중에는 동문과 북문을 나가 진영을 이탈하는 자까지 나왔다. 의원이 별것 아니라고 하는데도 용머리고개에서 업혀온 전봉준은 어제와 오늘을 구분하지 못한 채 비몽사몽 가운데 앓았다. 잠깐씩 정신이 맑아지면 문안하는 접주들을 만나 향후 어찌할 것인가를 물었지만 한 사람을 제외하고는 화약을 맺어 다음을 도모하자는 의견이 대세였다.

─어찌하여 해산을 하자는 게요?

다른 사람도 아닌 김기범이 해산 운운하므로 전봉준이 의아하여 물었다. 김기범이 웃는 낯으로 답하였다.

─내 입에서 그 말이 나와 섭섭하오?

─섭섭한 건 아니나 뜻밖이라 묻는 것이오.

김기범은 조용히 한숨을 쉬었다.

─앓아누워 있었으니 모르고 하시는 말씀이오. 우리 군사는 이번 완산성전투에서 많은 피해를 입었소. 전쟁이니 때로 승리하고 패전도 하겠지요. 하나 패전보다도 군사들의 가슴에 들어앉은 두려움이 문제올시다. 적에 대한 두려움이 아니라 그들이 가진 신식 병기에 대한 두려움 말이외다. 의지와 힘으로는 안 되는 일에 대한 두려움, 그것이 이번 두려움의 무서움이오. 우리 또한 극로백과 모슬총을 얻었다 하나 탄환이 없소. 게다가 양호순변사 이원회가 가까이 이르렀다 하오. 허술하던 동문과 북문마저 봉쇄될 것이오.

─이원회가 당도하기 전에 북문을 나가 삼례나 논산쯤에서 결진하는 건 어떻소?

김기범이 자리에 누운 전봉준의 손을 잡았다.

─성에 남은 군사는 아직도 일만을 헤아립니다. 그들이 소리 안 나게 성을 나선다는 것도 당치 않고, 군수품은 또 어찌합니까? 청병이 아산에 당도했다 하오. 몇 번 싸움을 겪었다 하나 훈련에 미진한 우리가 그들을

당하겠소? 임오년에 한성의 백성 이천 명을 눈 하나 깜짝 않고 살해한 자들이오. 하더라도 나가 싸우자면 군사들은 따르겠지요. 그렇지만 아직은 죽음으로 모든 걸 끝낼 때가 아니라 믿소.

—뜻을 알겠소. 쉬어야겠소.

—조리 잘하여 내일부터는 기동하십시다. 전 대장이 죽었다는 소문까지 돈다오. 일이 다급해지면 다른 마음을 품는 자도 나오게 마련이오.

—내일은 일어날 겝니다.

김기범이 자리를 뜬 후 전봉준은 한동안 눈을 감고 누워 있었다. 김기범의 말에서 그른 점을 집어내기는 어려웠으나 어쩐지 가슴 귀퉁이가 뜯겨 나간 듯 허전하였다. 김기범이 평소의 그답지 않았대서가 아니었다. 김기범이 김기범답지 않게 차가워진 것은 목전에 닥친 위험 때문일 터인데 앓아누웠던 이틀을 확인할 용기가 나지 않았다. 차가운 물수건이 이마에 얹히자 들쑤시던 두통이 진정되었다.

—을개야.

놋대야에 담긴 수건을 쥐어짜는 을개를 불렀다.

—수건 갈아드려요?

—아니다. 외롭고 고단하구나.

그 말에 을개의 큰 눈에 눈물이 고였다.

—이눔아, 또 왜 눈물이냐?

—그러게 이딴 일엔 왜 뛰어들었답니까요?

—네눔 뜻대로 화전이나 일구고 살았더라면 예보다 나았을까나? 어찌 큰일만을 장부의 일이라 하겠느냐? 손주들이나 어르며 사는 것도 좋았을 것을. 내 아직 그리 살아보지를 못하였으니 그것도 원이구나. 넌

보고 싶은 사람이 있느냐?

　―그럼 선생님은 없으세요?

　―이눔아, 내가 물었다.

을개는 말을 못 하고 괜히 대야에 담긴 수건을 비틀어 짰다.

　―어머니도 돌아가셨는데…….

　―됐다 이눔아. 나가자. 바람도 쐬고 꽃구경도 하자꾸나.

　―꽃 진 지가 언제라구요.

내아를 나서며 전봉준이 번거로움을 피하자 하므로 을개와 더팔이까지 그렇게 셋이서만 통인청 앞문을 빠져나왔다. 사람들 눈에 띄지 않게 영비당 뒤로 비껴 나오자 패서문으로 뚫린 길이 나타났다. 내왕객이 많았으나 전봉준은 방갓까지 쓴 차림이어서 알아보는 사람도 없었다. 일만이 넘는 군사가 부성에 깔려 도끼와 환도를 찬 군사라고 해봐야 사람의 이목을 끌 것도 없었다. 패서문 근처 다가동쯤에 이르러 기와가 추녀를 대고 선 골목으로 전봉준은 접어들었다.

　―어디로 가시는 겁니까요?

참지 못하고 을개가 물었다.

　―예전에 누구를 찾아봤기로 가보는 것이다.

　―지금도 사는가 보려구요?

　―지금은 안 산다. 죽었느니라.

갑자기 을개의 목소리가 퉁명스러워졌다.

　―그럼 거긴 또 뭐 하러 간답니까요?

　―뭐라도 남았을지 모르지.

골목이 오른쪽으로 꺾였다. 갑자기 더팔이가 전봉준과 을개를 담장으로 떠밀었다.

　— 따르는 자가 있습니다.

　을개가 전봉준을 등 뒤로 밀어내며 입 모양으로 몇 명이냐고 묻자 더팔이가 손가락 세 개를 펴 보였다. 그러고 보니 골목으로 접어든 얼마 뒤부터 억새 타는 냄새가 코끝에 닿았는데 화승(火繩)이 탈 때 나는 냄새였다. 담장에 등을 붙이고 숨을 고르며 서 있자 이편을 살필 양인지 따라오던 이들 가운데 앞장섰던 사내가 모퉁이 너머로 머리통을 내밀었다. 더팔이가 상투를 낚아챘고, 을개가 주먹을 지르자 코가 터져 벌써 피가 흐르고 눈에도 흰자위가 많아진 사내가 어이쿠 소리를 내며 뻐드러졌다. 더팔이와 을개가 담을 돌아 내딛자 주먹에 나가떨어진 사내를 따르다 얼결에 눈을 마주친 얼금뱅이가 놀라 얼어붙었다. 그러나 뒤편의 또 다른 사내는 개화문(開火門)에 넣은 선약(線藥)이 총열에 흘러들도록 침착하게 화승총을 흔들어대는 중이었다. 앞선 얼금뱅이가 골목을 막아선 판국이라 불붙은 채 입술에 물린 화승을 용두에 끼우기만 하면 더팔이든 을개든 한 사람은 바람구멍이 날 참이었다.

　얼금뱅이와 더팔이는 검법이랄 것도 없이 엄벙하게 칼만 든 형국인데도 한 사람은 표두(豹頭)의 자세가 되고, 다른 편에서는 절로 요략(撩掠)의 세가 이루어졌다. 그러나 이러지도 저러지도 못하고 눈 못 뜬 강아지마냥 끙끙대는 중에도 얼금뱅이 뒤에서는 화승을 용두에 끼우느라 총을 든 사내의 손길이 분주하게 놀았다. 하지만 화승이 끼워지지 않자 고개를 숙이는 사내의 눈길을 피해 을개가 만지작거리던 도끼를 빼 들었다. 마침내 그의 손을 떠난 도끼가 얼금뱅이를 넘어 화승총을 든 자의 정수리에 정확히 가서 박혔다. 용두에 얹히지 못한 화승이 땅에서 타들어갔다.

　─그대는 누구인가?

　어느새 모퉁이를 돌아 나온 전봉준이 얼금뱅이 사내에게 물었다. 사내는 나자빠진 동무를 힐끗 보는 것이었으나 칼끝을 떨 뿐 말을 못 하였다.

　─초토사의 자객인가?

　─아, 아니올시다.

　─하면 나를 잡아 투항하려는 자들인가?

　머뭇거리는 것으로 보아 짐작대로인 듯하였다.

　─그대가 어디 사는 누구인지 나는 알고 싶지 않다. 이 길은 그쪽과 이편으로 다 뚫려 있다. 우리는 이편으로 빠질 것이니 동무의 시신을 수습한 후 동문이든 북문이든 조용히 나가면 된다. 하겠는가?

　─하겠습니다.

　살 구멍을 발견하고 차츰 낯이 밝아지는 사내로부터 시선을 뗀 전봉준이,

　─두 사람은 날 따르게.

　을개와 더팔이에게 말하며 뒷걸음을 치자 저편에서도 사내가 슬슬 물러났다. 얼금뱅이가 저만큼 물러서자 을개는 눈을 흡뜬 채 깨 팔러 가 버린 자의 머리에서 도끼를 뽑아 수습하였다. 토담이 꺾인 다음부터 그들은 빠른 걸음으로 골목을 벗어났다.

　─영장 어른 소식이나 들어볼까 했다만…… 괜한 짓이었구나.

　전봉준이 나직하게 중얼거렸다.

16

감영으로 돌아온 전봉준은 을개와 더팔이에게 낮에 있었던 일을 비밀에 부치도록 이른 뒤 김덕명을 만났다. 전주성에서 버티다가 전열을 정비해 북상하자고 주장한 단 한 사람이 김덕명이었다. 총대장이라는 직책을 가진 전봉준이지만 어깨를 기댈 유일한 사람이 그였다. 그것을 모르지 않을 김덕명의 짐이 얼마나 무거운지 그는 알지 못하였다. 전봉준이 물었다.

—엊그제 전투가 이 싸움의 분수령이었습니다. 홍계훈을 베지 못한 것이 한입니다. 정녕 청국 병사가 상륙하였다면 어찌합니까?

우려를 알겠다는 듯 김덕명이 조용한 목소리로 일렀다.

—그건 소문일 뿐이오. 언제 다시 군사가 일어나겠소?

—제 생각도 그것입니다. 하나 정녕 청국 병대가 상륙했다면요? 청국 병대가 상륙하면 왜국 또한 군사를 보낼 것은 예측했던 일이올시다. 만일 그리되면 우리의 상대는 그때도 여전히 조정이 되는 것입니까? 혹여 두 나라가 싸운다면 조선을 삼키기 위함인즉 우리의 적은 바뀌는 것입니까? 조선에서 큰일을 한다는 것은 지붕을 떠받치는 도리만큼이나 어렵고 복잡합니다.

—어려울수록 쉽게 풉시다. 외방의 군사가 오지 않았다면 힘을 비축해 올라갈 것이요, 들어온 것이 확인되거든 그것은 그때 생각합시다. 사실 오늘의 이런 복잡함은 익히 염두에 두었던 일들이 아니오.

앉은 자리에서 잠시 생각에 몰두하던 전봉준이 물었다.

—만일 말입니다, 청병이 들어왔다면 각자의 고장으로 퇴산하여 고을

을 다스려보는 것은 어떻습니까? 저들이 물러갈 빌미를 만들어주고 소중한 경험을 얻는 것은요?

—먼저 청병이 왔는지부터 확인해야지요.

전봉준이 주먹으로 바닥을 쳤다.

—원통합니다. 어찌 걸핏하면 제 나라 백성을 치는 일에 외병을 동원한단 말이오?

—장군!

단아하던 김덕명의 얼굴에 엄격함이 비쳤다.

—약한 소리 하지 마시오. 우리가 홍계훈을 떼치느라 시간을 끈 건 맞지만 우리만의 잘못은 아니오. 넘어간 일은 두고 넘어갈 일만 생각합시다. 장군의 낯이 흐려지면 군사가 무너집니다. 먼저는 원기를 회복한 후 청병이 상륙했는지 확인합시다.

전봉준의 목소리가 비로소 다소곳해졌다.

—형님을 믿고 버팁니다.

—그것도 약한 소리요. 군사를 믿고 백성을 믿으시오.

한동안 자리를 지키던 김덕명은 몸조리를 부탁한 후 처소로 돌아갔다. 그가 물러가고 나자 생각해둔 게 있었던지 전봉준은 을개를 불렀다.

—대서소의 옹택규 두령을 모셔오너라.

그의 말을 듣고 을개가 나선 지 한 식경쯤 되어 옹택규가 내아에 들었다. 옹택규는 호남의 문장가로 알려진 사람이지만 여러 차례 한양을 오르내리며 과거에 임하고도 비점을 얻지 못한 끝에 과폐(科弊)에 저항하여 투석전까지 벌인 사람이었다. 그는 여전히 깨끔한 도포 차림에 갓까지 갖추어 쓴 모습이었다.

— 허허, 옹 선비님은 난리 속에서도 옥골선풍이시구려.

— 부끄럽습니다.

— 아니오. 이런 난리판에 들게 한 것이 미안하여 하는 말이오.

— 공맹을 읽고 시부(詩賦)를 짓는 일뿐 아니라 농꾼의 한 마디 한 마디가 곧 문장임을 알았습니다. 앞으로는 민촌의 백성 가운데서도 큰 문장이 나오겠지요.

전봉준이 웃으며 농을 던졌다.

— 허허, 옹 두령께서 총대장을 맡으셔야겠소.

— 사람을 놀리려고 부르신 건 아닐 테지요.

옹택규의 청에 비로소 전봉준은 일일이 내용을 일러주며 경군에게 보낼 소지(訴志)를 지어오도록 요청하였다. 옹택규가 한달음에 써온 소지를 꼼꼼히 읽어본 전봉준은 몇 군데를 지적하여 고친 후 사람을 보내 관군 측에 전하게 하였다. 소지를 받아간 홍계훈 쪽에서는 나름대로 고심을 하였던지 이튿날에야 빗속에 사람을 보내왔다.

— 마른 칡뿌리 같아서 글이 성기고 뻣뻣합니다.

홍계훈의 효유문을 들고 나타난 옹택규의 얼굴은 그리 유쾌한 낯이 아니었다. 과연 효유문은 강경한 말들로 가득하여 얼핏 보매 간담이 서늘하였다. 그러나 아무리 숨기려 해도 글이란 본시 목각 누르듯 내면을 찍는 일이라 한나절씩이나 효유문을 들여다보던 전봉준은 마침내 해산할 경우 각 읍에 명하여 농군을 피체하지 않겠다는 문장 하나를 건져냈다. 농군이 해산하여 사태가 진정되기를 원한다는 혐의인지라 저들에게도 곤혹스러운 무언가가 있다고 믿기에 충분한 말이었다.

전투를 중단하고 전주성 안팎으로 각 진영의 입장을 담은 글월이 부산스럽게 오고 갔다. 한 가지 눈에 띄는 것은 시간이 지날수록 홍계훈 측에서 보내온 효유문에는 절박함을 드러내는 문장이 자주 등장한다는 사실이었다. 게다가 삼례역참에 머무는 신임 감사 김학진이 또 다른 효유문을 들려 비장을 성에 들여보낸 일도 단순한 의례로는 보이지 않았다. 김학진의 효유문을 본 전봉준은 전주 접주 서영두가 마련한 쪽구름이마을 안가의 약도와 간단한 글월을 들려주며 비장에게 일렀다.

— 감사를 기다리겠소. 나를 잡아 공을 세우려거든 군사를 끌고 오라 하시오.

맡은 바가 있는지라 비장은 무슨 말인가를 전하고 싶은 눈치였으나 잠시 후 조용히 서찰을 챙겨 물러났다. 비장이 성을 나간 직후 전봉준은 김덕명을 불러 논의하였다.

— 불가하오. 너무 위험하오.

전봉준의 계획에 김덕명이 펄쩍 뛰었다.

— 형조와 공조의 일을 맡아볼 때 김학진은 사사로움이 없었습니다. 청군이 상륙했는지 알아야겠소. 쪽구름이마을에 이르는 길이 안전한지 정탐해주시오.

— 그렇다면 나도 가겠소.

전봉준이 빙긋 웃었다.

— 하나는 남아야지요.

한참을 고심하던 김덕명은 묵묵히 밖으로 나와 김인배로 하여금 국도변을 확인하게 하였다. 김인배는 마을이 나타날 때마다 군사를 배치하여 지키게 한 다음 성에 돌아와 안전하다고 보고하였다.

  장꾼 복장을 한 전봉준은 앞뒤로 호위병을 분산시키고 옆에는 서영두
와 을개만을 붙여 부중의 사람들 몰래 길을 나섰다. 한가로워 보였지만
벌판에 뿌리를 내리느라 모들이 몸살을 앓았다. 서영두는 전주 사람답
게 단가 한 자락을 구수하게 뽑아 길이 지루하지 않았다. 쪽구름이마을
도인의 집에서 주인이 준비한 저녁을 먹고 십여 명의 호위병을 장독대
며 담장 아래 주둔케 한 전봉준은 서영두와 방에 앉아 사람을 기다렸다.

  긴 해가 넘어가자 개구리와 맹꽁이 울음으로 사위가 시끄러워지는
와중에 그윽한 풀벌레 소리마저 섞여 들려왔다. 잠투정을 하느라 그러
는지 어미의 자장노래에도 아랑곳없이 어린것의 칭얼대는 소리가 담장
을 넘어왔다. 마루 앞에 혼자 대기하던 을개는 졸음이 밀려와 마당을 서
성거리다 호위병이 졸지 않을까 집 주위를 찬찬히 둘러보고 다녔다. 담
장 아래에 매복한 더팔이와는 괜히 눈웃음을 주고받으며 어둠 속에서
이를 드러내 보였다.

  어느덧 아이의 울음도 끊어져 인근이 조용한데 마을 동편 끝자락에
서 개 짖는 소리가 들렸다. 을개는 귀를 세우며 허리춤의 도끼를 뽑아들
었다. 잠시 후 편자가 땅에 닿는 두근두근 소리가 들리고는 그게 멎자
발자국 소리들이 가까워졌다. 마침내 병장기를 든 군사 십여 명에 에워
싸여 도포를 걸친 사람 둘이서 마당으로 들어섰다. 한 사람은 머리며 수
염이 반백이었지만 한 사람은 그 아들이라고나 하면 적당할 연치였다.
사람이 왔음을 고한 을개가 사랑의 문을 열어주자 두 사람이 안으로 들
어섰다.

―누추한 곳에 오시게 하였습니다. 다리에 총을 맞았기로 나서지 못하였습니다.

방 가운데 개다리소반에는 호리병과 몇 가지 안주가 놓였는데 얼굴이 길쭘한 사내와 차돌 같아 뵈는 장꾼 복장의 사내가 윗목에서 일어났다. 김학진은 차돌 같은 자가 전봉준임을 한눈에 알아보았다. 백성이 이르기를 녹두장군이라 한다더니 과연 야문 인상이었다.

―종사관 김성규올시다. 이분은 신임 감사입니다.

김성규가 자신과 김학진을 소개하였고,

―고부의 서생 전봉준이오. 이분은 전주의 서영두 접주올시다.

전봉준도 맞받아 소개를 하였다. 다리에 총을 맞은 탓인지 사내는 서고 앉는 일이 다소 어색해 보였다. 그런데도 두려워하거나 피하는 법도 없어 김학진은 명색이 감사로 내려와 사람의 기운을 이렇듯 퉁겨내는 자를 아직까지는 만난 적이 없었다. 본인 입으로도 총에 맞았다 하고 호남의 수부에 들기까지 여러 차례 죽음을 넘나들었으련만 달구어져 들뜨기보다 추를 매단 것처럼 가라앉아 있으니 작은 물결로는 쉽게 흔들릴 자가 아니었다.

―그대들은 죄가 커 내가 어쩔 수 없는 지경에 이르렀다. 호소하려 해도 살펴주는 자가 없고, 도망하려 해도 살아날 길이 없는데 평소 화심(禍心)을 품고 허탄한 말로 선동하여 이 지경에 빠진 것이다. 어찌할 것인가?

감사의 목소리는 얼음처럼 냉엄하였고, 곧은 콧날에도 서릿발 같은 위엄이 드리워 있었다. 머리는 반백이지만 얼굴이 능금빛 한가지라 젊은이마저 기백을 당치 못할 듯하였다.

─청국 군사가 상륙하였다 하므로 난국을 풀어갈 방책을 얻고자 하였거늘 이렇듯 힐난부터 하신다면 성에 들어 농성을 하오리까?

비록 적당이라 하나 수괴는 말이 방자하며 도도하였다. 쉽게 다룰 자가 아님을 알고 왔던 것이나 막상 접해보매 바위와 대면한 듯 앞이 막막하였다.

─청군뿐인가? 일본 또한 출병을 통고하매 씻을 수 없는 죄를 지은 것이다.

전봉준은 입을 여는 대신 술잔을 입에 가져갔다. 그가 무슨 생각을 하는지 잔 잡은 손이 교묘히 눈을 가리므로 알아낼 방도가 없었지만 곁에 앉은 서영두만은 종다리 날아간 자리처럼 눈동자를 떨었다. 그제야 김학진은 외병에 관한 정보를 이들이 알지 못하였다는 것을 깨달았다. 너무 쉽게 가진 것을 토설한 셈이었으나 굳이 숨길 이유란 또 무엇인가. 문제는 국내외의 꼬인 실타래를 전봉준이란 자가 얼마나 이해하고 있으며, 그것을 풀어내려는 궁량이 얼마나 되느냐 하는 것이었다.

─과연 외방의 군사들이 들어오니 나라의 운명이 백척간두올시다. 하나 그 군사는 백성이 부른 것이 아닐진대 순상께선 책임을 묻고자 하십니까? 권력을 쥔 자들이 그를 지키고자 끌어온 것인데 백성은 무엇을 얻는다고 책임을 진단 말이오? 도리어 청군을 치다꺼리하느라 피해만 자심할 터인데 언제나 똥은 무능한 권세가들이 싸고 치우는 것은 백성이지요. 나는 이 문제를 의논하고자 뵙기를 청했던 것입니다. 왜국 군사까지 들어온다 하니 조정이 원하는 것도 사태를 원만히 푸는 일이겠지요?

빠른 자였다. 그새 조정의 처지까지 손금 보듯 내려다보며 고삐를 틀어쥐려고 뺨을 후려갈기는 자였다. 그러나 이것은 기 싸움과도 같은 일이라 김학진도 목소리에 힘을 주었다.

— 일이 이 지경에 이르렀기로 그대는 풀지 못할 혐의만 두어 수수방 관할 생각인가? 군사를 일으킨 일이 남의 허물이나 묻기 위함인가?

— 좋소. 나라의 상황이 뉘 책임을 물을 단계가 아닌 듯하니 순상께서 원하신다면 우리의 뜻을 밝히겠소.

— 말하라.

다그치는 김학진의 말에 전봉준이 입을 열었다.

— 우리가 원하는 것은 외방의 군사가 물러가는 것이오. 그를 위해서 는 퇴산할 의향이 있소.

— 그러하면 지금 퇴산하라.

— 화평을 맺되 구걸하여 물러나지 않겠소. 초토사 따위와 화약을 맺 을 생각은 없소. 우리 군사는 조정과 화약을 맺겠소.

— 닥쳐라! 어찌 성상을 욕보이는가?

무언가를 억누르느라고 말이 토막 나는 자리에서 김학진의 목소리는 자주 흔들거렸다. 몇 차례의 전투에서 원하는 것을 취하지 못한 채 성에 고립되어 풀기가 풀어졌다 하나 그것이 오롯이 저들만의 약점은 아니었 다. 외방의 군사가 속속 산야에 풀려 조선이 남의 전장이 될 판에 그를 풀 기 위한 첫 번째 실마리를 쥔 것은 이편이 아니라 오히려 저들이었다. 그 것을 알고 실마리를 슬렁슬렁 흔들면서 적괴는 상담에 임하는 중이었다.

이철래라고 하였던가. 인척간인 김교진의 딸과 정혼을 하였다 하므로 장차는 조카사위뻘이 될 사내였다. 김교진을 통해 인사를 텄다고는 해 도 아직 스스럼없이 내왕할 처지가 아니건만 전라감사로 제수된 날 그 가 문안을 왔다. 나이도 어린 것이 벌써부터 청탁을 하려는가 싶어 적잖이 수상쩍었으나 몇 마디 나눠보니 여간내기가 아니었다. 청국과 일본의 군사가 서캐 슬듯 나라에 깔리면 항차 무슨 일이 벌어질지 모르는 마당에 남쪽의 동학당을 적으로 돌려세우는 것은 조선의 입장에서도 바람직한 일이 아니라고 그는 말하였다. 규장각 검서관이면 머리에 든 게 있더라도 잡직에 불과한데 옳든 그르든 말마다 허랑하여 처음에는 매를 내리고 싶은 생각도 없지 않았다. 그러나 한양을 떠나 내려오는 동안 어쩐지 그자의 말이 뇌리에서 떠나지 않던 것을 김학진은 이상히 여겼다.

— 우리는 군사를 일으켜 전투를 수행하고 마침내 나라에 양식을 대는 고장을 얻었소. 감사께서야 겪지 않으니 상상할 수 없을 터이나 그런 일을 겪으면 우러르고 두려워하며 더 높은 무엇이 있다는 생각일랑 사라져버립니다. 우리 군사는 하찮은 허울 따위 넘어선 사람들이오. 지금껏 생겨난 적이 없는 새로운 사람으로 거듭났단 말이오. 그러니 군사뿐 아니라 함께 일을 겪은 백성은 더 이상 지금을 사는 사람이 아니며, 다음 세상에서 온 자들입니다. 그런 그들에게 강상을 말하자는 게요? 옛날로 가자면 게서 죽을 뿐이니 감사께선 이해 못 하시겠지요? 다만 외방의 군사가 들어와 나라가 위태롭기로 퇴산하려는 것인데 나라에서는 어찌 위엄만 강조하겠습니까. 우린 조정과 화약을 맺겠소. 폐정절목을 올릴 것이니 고하여주시오. 우리가 퇴산하면 초토사나 순변사는 한양으로 갈 것이매 감사께서 조정하지 않으면 이곳의 일은 풀리지 않을 것이오. 내 말은 이것뿐이오.

말이 끊어졌다. 초토사를 두고 말하는 듯하였으나 사내는 조목조목 김학진을 일러 비수 꽂듯 아픈 것을 쑤셔 박았다. 이 논의가 지금부터 시작인지, 혹은 끝나버린 것인지 김학진은 알 수 없었다. 아울러 이 싸움 또한 이미 끝난 것인지, 아니면 지금부터가 시작인지 알 수 없었다. 무서운 소리를 듣고도 반응을 보이지 않자 사내의 눈매가 부드러워졌다. 그 눈빛에서 김학진이 읽어낸 것은 뜻밖에도 신뢰였다. 침묵이 길어지자 개구리 떼만 울음이 컸다.

적과 동지

1

일관의 스기무라 서기관은 명동의 예전 집에서 여전히 살고 있었지만 김교진이 이철래하고 방문했을 때와 방의 구조는 약간 달랐다. 당시에는 다다미 위에 다탁과 방석을 놓아 손님을 맞더니 서안보다 조금 높은 탁자를 사이로 세 명이 앉을 수 있는 길쭉한 의자 두 벌이 마주 보게 놓여 있었다. 가죽을 통째 둘러 마감한 의자는 푹신하지 않더라도 딱딱해서 도리어 몸을 편히 받쳐주었다. 조선과 일본의 쌀로 만든 과자와 두 나라의 안줏거리가 청주를 담았던 병들과 함께 탁자에 흐트러진 채 놓여 있었다.

사람들은 술이 얼큰히 올라 자세가 흐트러지기도 하고 스기무라나 김학우처럼 얼굴이 불그레해진 경우도 있었다. 김교진 역시 눈빛이 흐려진 기색이었으나 무장 출신인 조희연만은 잔을 들어올리느라 혼자 분

186

주하였다. 스기무라가 청해 마련된 자리였다. 평소 조희연의 죽동 사랑에 모여 담론을 주고받던 일본당의 인사 가운데 권영진과 안경수와 유길준은 일이 있어 참석하지 못하고 김교진을 위시해 조희연과 김학우만 시간을 쪼갠 것이었다. 조희연의 집에 모일 때면 늘 하던 대로 그들은 술잔을 돌리며 청국의 횡포를 규탄하고 조선의 개혁 방향 등을 실컷 주고받았다. 그러다 답도 없는 공론에 시무룩해지고 말았는데 목멱산에서 내려오는 부엉이 소리와 이웃의 다듬이 소리가 유난스레 선명하였다. 마침 뒷간에 다녀온 조희연이 청주 한 잔을 비운 후 분위기가 가라앉은 것도 모르고 물었다.

─스기무라상, 소주는 없소?

청주로는 양이 차지 않는다는 투였다. 타고난 무장이라 몸뚱이와 구분되지 않을 만큼 목은 두툼하였고, 살비듬에 묻힌 눈은 가늘게 째져 웃을 때마저 무서운 얼굴이라는 평이 도는 인사였다.

─다음엔 소주를 마련하겠소. 가배나 한 잔씩 드십시다.

날씨 탓인지 즐겨 입던 양복 대신 유카타 차림인 스기무라가 시중드는 여인에게 턱짓을 했다. 조희연은 주인의 청을 무시할 수도 없어 그러자는 말끝에 덧붙였다.

─이번에 청군과 일본군이 동시에 들어오니 우리는 똑똑히 보았소. 약탈하고 겁간하는 군사가 있는가 하면 규율을 갖춘 군사도 있더이다.

조희연의 말에 스기무라가 빙긋 웃었다.

─다른 쪽은 모르겠소만 규율을 갖춘 군사가 일본 군대란 건 자신 있게 말할 수 있습니다.

쟁반에 가배 네 잔을 담아 온 여인이 둘러앉은 사람들 앞에 차례로 잔을 내려놓았다. 지난봄 김교진이 방문했을 때도 시중을 들던 여인으로 지난번과 달리 이날 입은 것은 기모노였다. 하지만 허리를 두툼하게 싸맨 데다 치마폭이 좁아 시원스레 걷지를 못하여 자연 종종거리게 되므로 여간 불편해 보이지 않았다. 그러다 마침내 김교진 앞에 이르러 여인은 가배 몇 방울을 잔 밖으로 흘리고야 말았다. 빈병과 안주 따위로 너저분한 탁자에 틈을 만들어 잔을 놓는 일이 쉬워 보이지도 않았다.

─ 허허, 일본 여인들처럼 왜 못 할까?

스기무라의 타박에 김교진이 손사래를 쳤다.

─ 괜찮습니다. 조선에서는 넘치면 정이라고 합니다.

스기무라의 물러가라는 손짓에 여인이 두어 차례 허리를 굽히고 뒷걸음을 쳤다.

─ 입 데잖게 조심하시오.

지난번에 마셔본 경험이 있는 김교진이 주의를 주었다. 무장답게 조희연이 괄괄한 편이라면 연장자인 김교진은 그래도 점잖은 편이었다. 아직 서른 초반의 김학우는 젊어 그런지 조용하다가도 비위가 틀어지면 다혈질로 돌아서곤 하였다.

─ 일본군은 더 들어올 예정인지요?

김교진의 질문에 조희연이 스기무라보다 먼저 끼어들었다.

─ 이참에 청군을 아조 때려 부숴야지 언제까지 파병만 한답니까?

─ 허허, 좌윤께선 직접 나가 싸울 태셉니다.

스기무라의 농에,

─ 나라를 핍박하는 자들인데 어찌 두고 보겠소? 싸워야지요.

조희연이 빈주먹을 저었다. 얼굴은 말짱하더라도 이미 술에 젖은 조희연이 무슨 실수를 더 할지 몰라 김교진이 주의를 주었다.

　—좌윤께선 술이 좀 되셨으니 스기무라 서기관의 말씀을 듣도록 하지요.

　말없이 듣고 앉았던 김학우까지 그러자며 주억거리는 통에 조희연만 멀뚱해져서 가배를 들이켰다. 스기무라가 버릇대로 콧수염을 쓸었다.

　—청국과 균형을 맞춰야 하니 조금 더 들어오긴 할 터이나 군대를 주둔하는 일에는 경비가 소요되므로 그것이 걱정입니다. 일본 국민의 노고가 크지요.

　김학우가 고개를 끄덕였다.

　—조선 백성은 조선 백성대로, 일본 백성은 일본 백성대로 이만저만 피해가 아닙니다. 그래서 양국 군사의 주둔만큼은 피하고자 했던 것입니다.

　—그랬지요. 하지만 피치 못할 일이라면 우리도 고통을 감내하고 있으니만큼 선물 하나쯤을 챙기고 싶습니다.

　스기무라가 궐련에 불을 붙이고 다른 사람에게도 권하였다. 조희연이 한 대를 빼 물고 연기를 뱉으며 물었다.

　—우리가 감당할 수 있는 선물이오?

　—물론입니다. 민씨당을 쳐내고 여기 계신 분들이 조정을 장악하는 게 우리가 바라는 일입니다. 일본은 좋은 우방을 얻게 되니 득이요, 조선은 개혁을 단행하게 되니 일거양득이지요.

　—불감청이언정 고소원이라. 마주치는 손뼉에 소리가 없겠소?

　이번에도 조희연이었다. 미소를 지으며 수염을 쓸던 스기무라가 다른 사람도 답변을 해보라는 듯 좌중을 둘러보았다.

—우리는 우리대로의 담론이 있어야 하겠지요.

김교진은 스기무라의 의견에 당장 찬동하기보다는 이쯤에서 자리를 정리했으면 하였다. 아직 스기무라의 계획을 알지 못할 뿐 아니라 이것은 극비에 해당하는 사안으로 귀띔을 따로 듣게 될 일도 아니었다. 물론 일러주지 않는다고 알아듣지 못할 말은 아니었다. 벌써 속곳 한 자락을 내비친 꼴이니 갑신년에 이루지 못한 일, 김교진이 한성에 있었다면 필시 참여하고도 남았을 일을 뜻하는 것이 아닌가. 일본군이 조선에 들어오면서 그것은 하나의 가능성으로 일본당 내에서도 운위된 바 있었고, 일관의 인사들과도 선문답하듯 오고 간 눈짓이었다. 지게미와 쌀겨로 끼니를 나눈 아내는 내치지 않는 게 세상 법도인데 그렇다면 객꾼 행세보다 지분을 얻기 위한 노고를 얼마간 보탤 필요도 있었다. 권세를 얻어 법령을 발하고 조선을 경장하는 것은 거부하거나 피해갈 수 있는 유혹이 아니라 생애를 걸었던 일이었다. 그러나 갑신년에도 그랬듯 백성의 손가락질만은 피하기 어려운 터에 이 같은 사태를 세 사람의 머리 주억거림만으로 결정할 수는 없었다.

—가서 한 모금 더 하십시다. 스기무라의 이야기를 듣다 다 깨버렸소.

스기무라의 집을 나와 당피골로 접어들면서 조희연이 제안하였다. 그렇지 않아도 이것저것 생각할 것이 많던 김교진과 김학우는 조희연을 따라 죽동으로 향하였다.

2

새벽잠 속에서 들은 한 방의 방포 소리에 이철래는 놀라 잠을 깼다.

사위는 아직 어둠으로 가득한데 낙숫물 소리와 나뭇잎에 얹힌 빗방울이
후둑후둑 털리는 소리가 들렸다. 벌써 안채에 불이 켜지는 것으로 보아
방포 소리는 혼자만 들은 게 아니었던 모양이다. 부시를 쳐 등을 밝히고
옷을 찾아 주섬주섬 꿰었다. 우의나 지우산이 어디 있는지 몰라 어머니
께는 궁으로 가겠다는 말을 남기고 빗속을 뛰었다. 상사골을 끼고 내려
와 종루로 접어들고보니 벌써 검은 군복을 입은 일본군이 군데군데 도
열해 있었다. 육조거리로 올라가 광화문을 통과하는 것이 궁으로 가는
가장 빠른 수단이지만 까마귀 떼 같은 일본군 틈새를 뚫을 엄두가 나지
않았다. 생각다 못해 종루 아래를 돌아 청풍계를 바라고 달렸다. 저들이
광화문을 에워싸고 있다면 다른 곳도 상황은 비슷할 듯하였고, 직책도
변변치 않은 젊은 관원을 들여보낼 것인지도 의심스러웠다. 그러나 김
교진과 함께라면 궁에 드는 일이 가능할 듯도 싶었다. 궁궐 쪽에서 총성
이 들려왔다.

─우부승지 나리께선 집에 안 계십니다.

문을 두드리자 행랑아범이 나와 일렀다.

─벌써 입궐하셨습니까?

─예, 그게…….

행랑아범이 말끝을 흐릴 제 어둠 속에서 호정의 목소리가 들려왔다.

─어머니께서 뵙자시니 잠시 드시지요.

유길준과 일본인 고쿠부까지 김교진의 사랑에서 상담하던 날 대문을
나서다 얼핏 본 후로 그녀를 만나기는 처음이었다. 그날 절박해진 호정
이 마지막이냐고 다그치는 말에 차후 들르겠다고 둘러댔으나 어쩐지 내
키지 않는 데다 김교진과 마주치는 것도 꺼림칙하여 내왕을 자제해온

참이었다. 드문드문하던 총성이 볶아대듯 시끄러워졌다.

— 우부승지께선 입궐하셨네. 이리 총성이 난무하니…… 궐에 들거든 우부승지의 안위를 살펴주시게.

호정과 박씨 부인은 벌써 옷을 단정히 차려입고 머리 맵시까지 말끔하였다. 이철래의 옷자락에서 빗방울이 흘러내렸다.

— 그리할 것이나 들어갈 수 있을지 모르겠습니다.

— 관원인데 길을 막는가? 방포 소리는 영추문에서 들렸네. 우부승지를 부탁함세.

알았다는 답변을 남기고 밖으로 나서자 호정이 따라 나왔다.

— 비 맞습니다. 들어가세요.

하지만 들어갈 마음이 없는지 대문을 나서자마자 그녀는 앞을 막아섰다.

— 비록 혼례 전이나 서방님과는 연을 맺었습니다. 어찌 이리 박절하게 대하십니까?

— 지금 외병이 궁을 침탈하는 중이오. 가봐야겠소.

— 아녀의 마음 하나 헤지 못하면서 궁은 어찌 지키시렵니까? 다급한 지경에 처하여 이리 말씀드리는 추태를 용서하십시오. 하나 아버님이나 서방님이나 나랏일만 있고 언약한 혼사는 뒷전이니 어느 세월에 조선에는 평화가 오는지요.

그때 이철래는 행랑아범의 어물어물하던 모습이 떠올라 물었다.

— 대감께선 방포 소리를 듣고 궁에 든 게 맞소?

— 서방님께선 그 일만이 궁금하시군요. 아버님께선 퇴청을 못 하신 지 여러 날째입니다. 이제 되셨나요?

192

호정이 울음을 터뜨렸다. 이철래가 그녀를 끌어당겼다.

─나의 삶이 어찌 될지 내가 모릅니다. 가정을 이루는 일이 가한 일인지 나는 모릅니다. 그저 폭풍이 지나가길 바랄 뿐입니다.

─상관없습니다. 소녀 또한 세상일에 관심을 두었으나 방도가 없어 그저 서방님을 따릅니다. 지우산을 가져오지요.

품을 나간 호정이 지우산을 들고 왔다. 그녀를 남겨두고 이철래는 돌아서서 뛰었다. 여러 날 집에 들어오지 않았다 하니 혹 이 사태를 미리 알았던 것은 아닐까. 의구심을 간직한 채 청풍계를 내려오는 동안 총성은 더욱 요란해질 뿐 아니라 들리는 곳도 여러 군데가 된 것 같았다. 올라갈 때는 영추문에서 먼 길로 돌아갔지만 마음이 급해져 되는 대로 궁궐 담장을 따라갔다. 궁을 바라고 나선 관원이 심심치 않게 눈에 띄었다.

일본군이 가로막았지만 이철래가 일본어로 관원임을 밝혀 무사히 영추문에 이르렀다. 포를 쏜 흔적뿐 아니라 도끼를 휘두른 자리까지 선명하여 영추문은 무지막지한 짐승이 살덩이를 물고 흔들어댄 것처럼 너덜너덜하였다. 역시 일본어 덕분에 영추문을 통과했지만 어디로 갈지 몰라 두리번거리는데 광화문 근처와 북쪽의 건청궁 쪽에서 총성이 들려왔다. 광화문 쪽은 그나마 드문드문해지고 북쪽은 점차 가열되는 것 같아 경회루를 돌아 신무문을 바라고 달렸다. 앞서가던 누군가가 임금이 함화당으로 피신했다고 외쳐 이철래도 그들을 따라 뛰었다.

─이보게 이 검서관!

함화당 옆길에서 부르는 소리가 들려 우산을 젖히고 보니 안경수였다. 손에 두루마리를 든 그는 몹시 급해 보였다. 이철래가 허리를 숙이자,

─따라오게.

그렇게 이르고는 허둥지둥 관문각으로 뛰어갔다. 궁 안의 유일한 석조 건물인 관문각은 그런 만큼 총탄을 피하기도 용이하여 병사들은 그편에 기대서서 장화문 방면으로 빗방울 날리듯 총탄을 퍼붓고 있었다. 조선병과 일본병이 피차 총을 발사하므로 관문각에 접근하는 일이 여의치 않게 되자 안경수와 이철래는 시계탑 아래에 몸을 낮춘 채 총성이 뜸해지기를 기다렸다. 잠깐 총성이 잦아진 틈을 타 안경수가 외쳤다.

— 멈추시오. 어명을 전하러 왔소.

그 목소리를 들었는지 관문각 뒤편의 조선 병사들 쪽에서 총성이 멎었다. 안경수는 장화문 방면을 향해 일본어로 같은 말을 두어 번 외친 후 관문각 뒤편으로 뛰었다. 바람에 뒤집힌 지우산을 팽개치고 이철래도 뒤를 따랐다. 널브러진 조선 병사의 시신을 피해 관문각 뒤로 돌아가자 건물에 등을 붙인 병사들이 나타났다. 궁을 사수하기 위해 외병의 침입에 맞서 싸우는 병사들은 평안감영 소속의 기영병(箕營兵)이었다. 안경수가 총을 놓고 물러나라는 임금의 분부를 낭송하였다.

— 임금께서 어찌 그런 명을 내린단 말이오?

낭송이 끝나자 병사 하나가 외쳤다. 안경수가 말을 잇지 못하자,

— 함화당이 점령당했다더니 왜놈들에게 협박을 당하는 게요?

또 다른 병사가 물었다. 안경수가 답하였다.

— 내가 아는 것은 성상께서 직접 명하셨다는 것이오.

— 직접 뵈었으면 협박을 당하는지 아닌지 왜 모른단 말이오? 명을 전하는 그쪽은 뉘시오?

— 전환국방판 안경수요.

— 왜놈이 궁을 터는 일에 편역을 드니 개화당이로구만.

대오의 뒤편에서 비아냥대는 소리가 날아왔다.

─ 말이 과하다. 나는 어명을 따를 뿐이다. 어명을 거역할 셈인가?

잠시 말이 끊기고 추녀에서 비 떨어지는 소리가 들렸다. 병사 하나가 일어나 들고 있던 소총을 바닥에 내리쳐 두 쪽을 냈다.

─ 이것은 나라가 아니다! 나라는 없다!

총을 동강 낸 것으로도 모자라 그자는 입고 있던 군복을 갈기갈기 찢었다.

─ 궁을 나가자! 지킬 임금도 없다!

─ 평양으로 가서 왜놈과 싸우자! 왜국을 싸고돌면 너희도 우리의 적이다.

못 하는 말이 없었다. 병사들이 한 마디씩 뱉으며 총을 부수고 옷을 찢을 무렵 어디선가 새어나온 불빛이 그들의 눈물에 반사되었다. 병사들이 하나둘 신무문 쪽으로 움직일 즈음 이철래의 얼굴로도 눈물이 내려와 비에 섞였다.

3

이날 오토리 공사와 스기무라를 포함하여 조선에 주둔한 일본군의 주요 지휘자들은 일관에 모여 상황실을 구성하였다. 상황실의 결정에 따라 궁궐을 접수하기 위해 군사를 동원하였더라도 일본의 진심은 이게 아니었다. 군사를 움직이는 일도 일이지만 그보다 중요한 건 대원군을 설득하는 작업이었다. 아현과 만리창에 주둔한 일본군이 비를 무릅쓰고 궁궐을 향해 행군할 무렵 스기무라는 대원군과 안면 있는 일본인들을 운현궁에 들여보냈다. 일본군 앞에 대원군을 내세우면 각국의 사절들에게나 조선의 백성에게나 궁색하지 않게 면을 세울 수 있었다. 그러나 운현궁에 들어간 오카모도 류노스케가 할복하겠다고 을러대는데도 대원군은 낯빛 하나 바꾸지 않더라는 전언이었다. 하는 수 없이 상황실에서는 궁부터 점령하도록 명을 내렸고, 뒤늦게 스기무라는 일을 수습하기 위해 운현궁으로 출발하였던 것이다.

일본군 보병 중대가 차지한 운현궁 수직사 앞마당은 발 하나 끼워넣을 틈도 없었다. 대원군을 싣고 갈 마차까지 구석에서 비를 맞았다. 병사들뿐 아니라 일본의 낭인이며 순사들, 심지어 거류민까지 멋대로 드나들어 운현궁은 장바닥 한가지였다. 대원군 좌우에 앉은 장남 재면과 손자 준용 외에 노안당은 일본인들 차지가 되어 서안마저 어디론가 치워지고 없었다. 일본공사관의 고쿠부 서기, 자주 대원군을 찾았던 오카모토, 일관의 서기관 신죠, 경부(警部) 오기와라, 한성의 거류민이라지만 낭인인 호즈미, 역시 거류민인 기타카와, 통역관 스즈키, 보병 제11연대의 타가미 대위가 그들이었다. 똥구멍에 대롱을 박아 바람을 채운 개구리 뱃구레처럼 노안당은 그야말로 부풀어 터지기 직전이었다. 거기에 스기무라까지 합세하자 두어 사람은 아예 마루로 나앉았을 정도였다. 세모시 바지저고리에 정자관을 쓴 대원군은 눈을 실룩거리며 보료에 앉아 염주를 굴리고 있었다.

— 이미 말씀을 들었을 줄 압니다. 조선 조정에 개혁안과 속방 문제를 문의하였으나 답변이 없었습니다. 일본은 조선을 보호하고 개혁을 돕자는 것이니 궁에 드시어…….

대원군이 말을 잘랐다.

— 일본에서는 총을 쏘며 담을 넘으면 그것을 보호라 하는가? 우리는 도적이라고 하네만.

궁궐 쪽에서 발작에 가까운 총성이 들렸다. 오른편의 장남은 어깨를 떨었지만 대원군은 미간을 좁혀 내 천(川)자 주름을 새긴 걸로 그만이었다. 그러나 염주를 굴리는 손놀림만은 아까보다 빨라진 것 같았다.

— 조선은 자주국입니다. 어찌 청국 따위가 쥐고 흔든단 말입니까? 차제에 우리는 청군을 몰아내고 조선 왕실을 보호하며 자주독립을 보장할 것입니다. 다만 민씨들로는 그 같은 일이 요원하므로 신정부를 수립하는 데 도움을 드리고자 할 뿐입니다. 오늘 아침 저는 많은 말을 하지 않을 것입니다.

강제로라도 마차에 태우겠다는 협박이었다. 대원군은 그예 눈을 감아버렸지만 아직 젊은 왼편의 손자는 붉으락푸르락 얼굴이 볼 만하였다. 총성은 잦아드는 기색이 역력할 뿐 아니라 소리가 나는 곳도 궁궐 너머 백악과 문수봉 기슭으로 멀어진 듯하였다. 아마도 조선 병사들이 일본군의 화력에 밀려 궁궐 뒤 후미진 골짜기로 쫓겨가버린 눈치였다. 내리는 빗방울이 눈에 잡힐 만큼 밤은 빠르게 숨을 놓았다.

— 칠십 생애를 살면서 이런 해괴한 논설은 듣다 듣다 처음이오. 좀 더 공명이 될 만한 말은 없소?

대원군의 비아냥대는 소리에 스기무라가 삼켜오던 말을 뱉었다.

— 계속 거부하시면 우리는 종사의 안위를 보장할 수 없습니다.

눈을 감았다 해도 대원군이 비 듣는 소리까지 모두 듣고 있음을 스기무라는 모르지 않았다. 총성이 멎은 것으로 보아 궁궐 점령은 이미 마무리가 된 듯하였다. 그렇다면 계속 고집을 부릴지, 아니면 엎질러진 물이므로 궁에 들 것인지 마지막 계산만 남은 셈이었다. 그러나 거절하면 떠메고라도 가마에 처넣을 요량인데 그의 판단 따위가 무슨 상관이랴. 임오년에 청국이 한 일을 일본이라고 못 할 노릇도 아니었다. 대원군이 눈을 떴다.

— 내 아직도 귀국의 태도가 용납되지 않지만, 좋소. 그대는 오늘의 일이 어디까지나 의로운 것이라 하니 귀국 황제를 대신하여 조선 땅을 한 치도 할양하지 않는다 약속하겠는가?

— 저는 서기관 신분이기 때문에 권한이 없습니다. 하지만 일본 공사의 사자로 왔으므로 공사의 이름으로는 약속할 수 있습니다.

— 그렇다면 문서로 남기는 일도 가하겠구나. 지필을 가져오라.

대원군이 손자에게 이르자 이준용이 곧 그것을 대령하였다. 스기무라는 일본 정부의 이번 행동은 의거에서 나왔으므로 조선국의 촌지(寸地)도 분할하지 않겠다고 적었다. 스기무라가 내민 문서를 대원군은 대충 훑어본 후 준용에게 건넸다.

— 한 가지 더 있소. 나는 다만 신하의 신분이므로 국왕의 부르심이 있지 않으면 나설 수 없소.

궁에는 들겠지만 명분을 내놓으라는 요구였다. 일어서는 부아를 눌러가며 스기무라는 이번 일에 열성으로 협력하고 있는 조희연의 집으로 호즈미를 급파해 일을 풀어주도록 요청하였다. 조희연으로부터 내막을 전해들은 고종은 일본군의 협박에도 응하지 않다가 안경수와 유길준까지 나서서 주청하자 마지못해 청을 들어주었다. 정오 무렵에야 입궐 채비를 마친 대원군은 가마에 오르면서 한 마디를 스기무라에게 남겼다.

— 만일 맹세를 어기거든 두고두고 귀국을 후레자식이라 해도 되겠지

요?

스기무라는 대답하지 않았다.

4

돈의문 옆 아관(俄館)에 들러 아라사 공사 베베르에게 전쟁 종식을 위해 아라사가 나서줄 것을 요청하고 밖으로 나왔을 때 해는 제물포 쪽으로 떨어지고 있었다. 대원군을 태운 초헌은 미관(美館)과 영관(英館)이 있는 거리를 지나 경운궁 뒤편의 큰길로 빠져 모전교를 넘었다. 종루로 나와 수표교에서 뚫린 큰길을 통해 운현궁에 들었을 때는 어둑신한 그림자가 물물마다에 짙었다.

초헌이 노안당 아래에 이르자 막동이가 나와 손님이 기다린다고 전하였다. 집에서 입던 세모시로 갈아입고 손님을 들게 하여 만나보니 다름 아닌 동학당의 서장옥이었다. 궁에 든 대원군은 갖은 평계로 일본 측의 요구를 거부하면서 민영준과 민형식 등 민씨 도당을 축출하는 일만은 가장 먼저 할 일로 알고 솔개 병아리 낚듯 해치웠었다. 아울러 유배에 놓인 김윤식 등을 해배하는 한편 진산에서 붙잡혀 압송된 동학 두령 서장옥 등을 방송하는 일에 몰두하였다. 전옥에 갇힌 서장옥을 방송하면서는 특별히 한번 들르라고 전갈까지 넣었는데 그것을 잊지 않고 찾아온 눈치였다.

─고초가 심하다 들었는데 기력은 회복하였던가?

대원군의 물음에 서장옥이 부복하였다.

─덕분에 운기는 돌아왔습니다.

전에 운현궁을 찾은 김봉집이란 사내와 달리 세속의 일보다는 탈속의 분위기가 여실하여 서장옥은 부드럽게 휘어질 듯한 인상이었다. 어쩐지 대칭을 이루지 못하고 틀어져 보이는 머리가 그림에 등장하는 노승처럼 도리어 탈속의 분위기를 부추기는 듯하였다.

— 김봉집이라든가 하던 그 동학당의 수령과는 그대가 긴밀하다지?

— 그는 의제가 되는 이올시다.

— 하면 내려가서 만나지 않겠는가?

— 그리할 것입니다.

대원군이 서안을 향해 다가앉았다.

— 비록 기습에 당했다 하나 청국은 저대로 끝내지 않을 것이네. 확전 없이 예서 멈추면 바랄 나위가 없겠지만 만에 하나 일이 틀어지면 일본군을 협공해야 종묘사직이 보전될 게야. 김봉집을 설득할 수 있겠는가? 청군 진영에도 통기를 할 참이니.

즉답 대신 궁리를 한 끝에 서장옥은 입을 열었다.

— 단단하고 날카로우나 그는 신중한 자입니다. 군국기무처에서 왕성하게 의안을 발하므로 지켜볼 것입니다.

염주를 매만지던 손길을 거두고 대원군은 고개를 틀었다. 일관의 스기무라가 제안해 설립된 기구가 군국기무처였다. 일본의 입장에서는 과도기를 건너기 위해서 뿐 아니라 대원군을 견제하기 위해서라도 필요했던 기구였다. 대원군 또한 군국기무처에 박준양과 이태용 등 자파 의원 몇을 들여보냈지만 자리를 차지한 것은 대부분 개화당의 인사들이었다. 민씨 체제에서는 그늘만 골라 디디며 시름시름하던 김홍집까지 소장 개화파와 일본의 후원으로 총리대신이 되어 총재를 겸하고 있었다.

비라도 내리려는지 몸으로는 땀이 흐르고, 반쯤 열린 여닫이문 창호
지마저 후줄근해 보인다. 아까부터 앵앵대는 소리가 들리더니 서장옥의
머리를 돌아내려온 모기가 그의 얼굴에 살포시 내려앉는다. 이쯤이면
뜨끔한 기운에 절로 손이 올라붙어야 하건만 그는 미동도 없이 자리를
지켰다. 아마도 지체 있는 사람 앞에서 경망스레 굴지 않으려는 노력 같
았지만 대원군은 자꾸 뺨이 가려워 견딜 수가 없었다.

— 어찌 내 피를 빨아 먹는데 놔두는가?

말이 떨어지기 무섭게 서장옥이 제 뺨을 후려갈겼다. 얼굴에 엽전만
한 붉은 것이 나타났다.

— 손과 얼굴이 협동하여 모기를 잡았네그려. 왜국을 몰아내는 방안
은 청군과 의군이 협격하는 길밖에 없네. 김봉집에게 반드시 이 말을 전
하게.

말끝에 대원군은 물러가라는 듯 천장에 시선을 주었다.

5

전봉준은 군사 오십여 명을 대동하여 남원을 출발한 이래 만마관(萬
馬關)을 지나는 중이라고 남원가도에 깔아놓은 병정이 돌아와 보고하였
다. 만마관이라면 좌도에서 전주로 들어오는 초입에 해당하여 차 한 잔
데워 마실 참이면 부성에 들게 되는 곳이었다. 김학진은 통인을 불러 음
식을 차질 없이 준비하도록 전하고, 빙고에서 얼음을 꺼내 화채를 만들
라고 지시하였다. 마치 오랜 정인이라도 맞이하는 것처럼 그는 들떠 있
었다. 그러나 감사 노릇만으로 주어진 소명이 끝난다는 생각일랑 내다

버린 지 벌써 오래였다. 일본이 궁을 점령한 후 청국과 싸우는 지경인데 동학당의 본거지에 부임한 도백으로 자리만 지켜 세월을 보낼 노릇은 아니었다.

─군사마께서 손님과 뵙기를 청합니다.

밖에서 들리는 통인의 목소리에 김학진은 다시 선화당을 나섰다. 송인회와 나란히 서서 손을 모으는 전봉준은 도포를 걸쳤다지만 한여름의 원행길이라 비렁뱅이를 흉내 내는 이몽룡의 몰골이 틀림없었다.

─전봉준이 뵙습니다. 그간 편안하신지요.

─더운데 오시느라 욕보셨소. 드십시다.

선화당 안에 송인회까지 세 사람이 좌정하였다. 얼음이 둥둥 뜬 화채를 손으로 가리켜 들라 하자 전봉준은 대접을 들어 천천히 비웠다.

─순상께서 병조판서에 임명되셨다는 소리를 들었습니다. 지금 이곳은 산적한 문제가 있으므로 일이 수습될 때까지는 계셔야 할 것입니다.

─그 일은 종제(從弟)인 김교진 대감이 풀어주셨소. 걱정 안 하셔도 됩니다.

김학진과 전봉준은 술잔을 교환하고 천천히 한 모금씩 마셨다. 그새 다리의 총상이 완쾌되어 안에 들어와 앉기까지 그의 거동에는 불편함이 없어 보였다. 그러나 관군과 전투를 수행할 때보다 얼굴은 도리어 강팍해지고 광대뼈 또한 한층 도도록한 것이 마음고생만은 더욱 자심해진 듯하였다.

─몇몇 고을을 다스려보았는데 할 만하였소?

고개를 드는 전봉준의 눈빛이 찌를 듯 날카로웠다. 기왕의 행정 체계가 그리 만만한 것은 아니지 않더냐고 비틀어 찌르는 말인지 확인하고 싶은 눈치였다.

　—얼마간의 소요와 시행착오는 있었으나 차차 익숙해지니 스스로 집강소를 만들어 무난한 곳이 많았습니다. 나라를 맡겨도 하겠다는 믿음을 얻었지요.

　—농사일은 어떻던가요?

　—농꾼들이 정직하여 난리 중에도 곡식이 잘 여물고 있었습니다. 한 담이나 나누자고 부르신 건 아니겠지요?

　본론으로 가자는 말인데 뒤이어진 김학진의 말이 실로 놀라웠다.

　—그대가 원한다면 감사의 업무 반을 떼어드릴 참이오.

　김학진의 말을 듣고 앉았던 송인회의 뺨이 분노로 실룩거렸다. 고지식한 사대부 누가 들어도 살을 찢겠다고 고함지를 일임을 김학진은 모르지 않았다. 그렇잖아도 지역의 유림들은 동학당에 관하여 각단지게 처신하지 않는 그를 삐뚜름한 눈으로 보고 있었다. 그러나 궁을 점령한 일본군이 신식 무기든 구제 무기든 모든 병장기를 실어내 조선군은 어느덧 무장해제 상태라라는 말이 들려왔었다. 그렇다면 이들 동학당의 무리야말로 조선의 유일한 무력이 아닌가. 더욱이 병장기를 든 농군은 땅에 엎질러진 수은처럼 틈마다 스미지 않은 곳이 없어 힘의 우위를 바탕으로 지역을 장악한 것은 감사가 아니라 이들 농군이었다.

　—국난을 극복하기 위해 힘을 합치자 하셨습니다. 요구를 말씀하소서.

　잔을 비운 김학진이 대꾸하였다.

　—내 뜻은 하나뿐이외다. 불필요한 소요를 막고 질서를 회복하기 위해 동학당의 병장기를 수거했으면 하오. 이곳이 진정되어야 할 말이 있더라도 할 것 아니겠소?

— 일단 관아로 거두어들여 물목을 작성해 올리겠습니다. 그리하면 될지요?

뜻밖에도 전봉준은 선선히 제안을 받아들였다. 줄 것을 주고 얻을 것을 얻겠다는 협상가다운 풍모였다.

— 됐소.

— 하면 제 의견도 말씀드리겠습니다. 고을마다 집강으로 하여금 수령과 나란히 대소사를 맡아보게 해주십시오.

— 나는 이미 절반을 내어준다 하였소.

— 하면 감영에 도집강을 두어 순상 각하와 업무를 협의하는 일도 가할 것입니다.

— 그대가 오시려오?

김학진은 은근히 기대를 하는 듯한 낯이었다.

— 저는 각지를 순행하며 혹 그른 사유가 생기면 바로잡고자 하니 송희옥 접주로 하여금 들도록 하겠습니다.

김학진은 속으로 무릎을 쳤다. 비록 한 지역에 불과하지만 권세를 틀어쥐고 휘두르는 그 참지 못할 묘미를 한 무리의 수령으로서 이미 겪어 알고 있을 터이나 이자는 고단한 자리에 처하기를 앞서 자청하고 있었다. 작은 고을을 손에 넣고 권세에 현혹되어 경직되게 구는 몇몇 두령에 비하여 이것은 무서우리만치 집요한 절제요, 책임감이 아닌가.

— 다 됐소?

— 하나 더 있습니다. 조정에서 내려진 결정을 숨김없이 알려주십시오. 기무처에서 발하는 의안과 개화당이며 대원위 대감의 동향도 알고 싶습니다.

아무래도 전신(電信)을 이용할 수 없는 처지에 정보의 빈곤을 그렇게 메우려는 방책 같았다. 아울러 그를 통해 피아를 명확히 구분하려는 의도도 품은 것으로 보였다. 대체 이자들은 어디서 솟아났는가. 이것이 정녕 조선 백성의 수준인가. 김학진은 공연히 두려워졌고, 바깥의 매미 소리에 귀가 따가웠다.

6

김학진과 논의를 끝낸 전봉준이 우도의 해안지역을 순행하고 전주에 도착한 날 원평의 김덕명이 만날 사람이 있다면서 사람을 보내왔다. 감사에게 빌린 말에 올라 수하들과 전주성을 나선 전봉준은 금구 지경을 돌아 원평으로 내려갔다. 근래에 무리가 있었던지 자주 기침이 나오고 도려내듯 목이 아파 며칠 누웠으면 하였는데 호사를 용인하지 않으니 마상에 앉아서도 솜이불을 얹은 듯 어깨가 무거웠다. 용계마을 김덕명의 집에 다다를 무렵 그는 을개를 불러 이튿날 따라갈 테니 먼저 동곡리로 넘어가라 일렀다. 고부에서 시작하여 한순간도 떼지 않고 호패마냥 붙여두더니 갑자기 먼저 떠나라 하자 까닭 모를 얼굴이 되어 을개는 상두산을 넘어갔다.

김덕명의 사랑에서 주인과 담소를 나누는 사람은 지난봄 진산에서 피체되어 한양으로 압송된 서장옥이었다. 연전에 장두재라는 접주의 서간을 통해 그가 방송된 사실은 알고 있었지만 무장에서 회합하던 지난 겨울 이후 대면은 처음이었다. 반갑게 손을 잡아 흔들고 어깨를 두드리며 인사를 나눈 후 그들은 모처럼 한가롭게 백숙을 안주 삼아 소주를 들이켰다.

─장두재가 서신을 보내 봉기를 촉구했다구요?

술이 돌아 속이 후끈해지자 서장옥이 물었다. 물음은 전봉준에게 한 것이지만 답변은 김덕명이 하였다.

─남원의 김기범, 아니 새로 이름을 얻었으니 이제는 김개남이구려. 하여튼 김개남 접주와 광주 손화중 접주에게도 보냈다 하오.

장두재 또한 한양 전옥에 투옥되었다가 서장옥보다 먼저 방송되어 시차를 두고 대원군과 접촉한 인물이었다. 대원군을 만난 직후 그는 호남의 주요 접주에게 서찰을 보내 운현궁과 상의한 내용을 언급하면서 기병을 촉구하였다. 서장옥이 순서를 밟으려고 직접 찾아온 것과 달리 피가 먼저 끓어 일부터 벌인 셈이었다. 장두재의 서찰을 받은 즉시 이 문제를 김덕명은 전봉준에게 알렸고, 전봉준은 다시 도집강에 임명된 송희옥과 상의하여 쉽게 움직이지 말라는 통문을 각 집강에게 내려보낸 터였다.

─장두재를 만나거든 두령들과 상의하지 않고 함부로 말함이 없도록 타일러주십시오. 지금 조선은 복잡한 실타래와 같아서 마음 간다고 처신하고 생각난다고 주워섬길 때가 아닙니다. 개화당만 하더라도 그간 펴낸 의안으로 보면 아군이되 합동조관(合同條款)에 이르면 적입니다. 어찌 말로써 혼란을 가중하겠습니까?

유배에서 풀려 외무대신이 된 김윤식과 왜국 공사 오토리가 그새 도장을 눌러 합의한 조약이 합동조관이었다.

─십분 이해가 갑니다. 하나 내려오며 보니 호서가 시끄러운 데 반해 호남이 조용하여 놀랐지요. 성환에서는 왜군과 청군의 싸움에 민가 백

여 채가 짓밟히고 늙은이와 어린이가 서로 얽혀 죽었습니다. 호서 백성의 심기가 사나운 것도 이해는 되지요. 영남 또한 왜군이 동래를 거쳐 끊임없이 북상하는 탓에 민심이 거칠다 들었습니다. 이 점은 참고하셔야 합니다.

소주를 삼킨 전봉준은 닭다리 하나를 입에 넣고 깨물었다. 그렇지 않아도 너무 많은 생각 때문에 그는 머리를 쪼개고 들어가 뇌수를 헹구고 싶었다. 서로 섞여 투덕거리는 생각으로 터질 듯 지끈거리던 골치가, 아침에는 맑아지고도 점심 후에는 도로 그 상태가 되었다. 그럴수록 흐트러진 것을 그러모아 갈래를 타려고 버둥거렸지만 인상이 험악해지는 데 비하여 소득은 적었다. 아마도 그런 긴장이 기침과 인후통을 몸에 들도록 부추겼으리라. 밤에 그는 어딘가로 도망가는 꿈을 자주 꾸었다. 쫓아오는 것은 적병이 아니라 수많은 생각이었다. 길이 어디로 이어지는지 꿈에서 그는 끝까지 달려본 일이 없었다.

— 이보시게 녹두.

김덕명이 무릎을 흔든다. 깜빡 졸았던지 전봉준의 입에는 닭고기가 그대로 물려 있었다.

— 어허, 이러다 우리 대장 잡겠소. 한숨 돌리고 이야기합시다.

김덕명은 노안 때문인지 눈을 가늘게 떴지만 먼지가 들어간 것처럼 매워져 그런 것도 같았다.

— 아니올시다. 마저 하고 쉬겠습니다. 운변이나 개화당의 동향을 알거든 일러주시오.

그래도 깜빡 졸았다고 머리가 맑아진 듯하였다.

— 전 대장이 합동조관을 말씀하셨소만 식자들은 청과 맺은 무역장정

의 재판이 될까 걱정하고 있었습니다. 얼마 전에는 청국과 싸우는 왜국에 물자와 인력을 댄다는 양국맹약(兩國盟約)까지 맺었으니 속방 취급을 당한 셈이지요. 대원위께서는 차차 세가 밀리는 듯하지만 개화당의 일만은 아직도 관망하는 분위기였소.

― 권세를 잡아 경장한다는 뜻은 알지만 남의 힘을 빌렸으니 대원군이나 개화당이나 어찌 왜놈 눈치를 보지 않으리오.

김덕명의 말이었다. 서장옥이 그 말을 받았다.

― 하나 개화당은 몰라도 대원위는 굴종치 않을 겝니다. 아라사 공사에게 중재에 나설 것을 호소하고, 영국 공관에 들어가 그 손자도 호소를 했다 들었소. 초모(招募)의 명을 띤 밀사가 호서의 동학당과 유림에게 이미 내려갔을 것이오. 평양의 청군 진영에도 갔을 겝니다. 그이의 노력이 그러하므로 요청한 바를 검토는 해야겠지요.

― 대원위의 요구인즉 장두재의 말과 같은 것이겠지요?

전봉준의 물음에 서장옥은 고개를 끄덕였다. 의견을 들려달라는 듯 전봉준은 김덕명을 보았다. 동무를 만난 자리에서만큼은 무언가 정리하고 아퀴 짓는 일을 피하고 싶은 전봉준이었다. 젓가락으로 백숙 언저리의 파리를 쫓던 김덕명이 나섰다.

― 우리가 준비되어야 싸움도 하는데 아직은 추수 전이므로 움직이지 못합니다. 이제 막 감사와 의논하여 무국(撫局)이 이루어졌소. 조용히 행정을 담당하며 힘을 길러야 합니다.

김덕명의 말에 결국은 전봉준이 나서서 부연하였다.

― 아직 우리는 누가 적인지 알지 못합니다. 왜국은 적이 분명하나 청국은 무엇이며, 비록 민씨 일파의 핵심이 소탕되었다지만 양반이나 지

주들은 또 무엇인지 말입니다. 권세를 가지면 시끄러운 자들은 죄 적으로 보일 것이매 개화당 또한 과연 그러할지. 대원군은 섭정에 올라 의형을 방송하고 민적을 타도하였으나 왕후를 폐서하고 손자를 보위에 앉히고자 했다지 않소. 물론 각자의 입장이 있는 것이지만 나는 안개가 걷힌 세상을 아직 보지 못하였소. 조금 밝아지기를 기다립시다.

말하는 전봉준이나 듣는 두 사람이나 목소리에서 묻어나오는 짜증을 모를 리 없었다.

—이보, 녹두. 두어 집 건너에 홀로 사는 과부가 있는데 오늘 밤 그대는 수청이라도 들어야겠소. 여인네의 보드라운 속살로나 고단함은 풀릴 것이오.

김덕명이 농반진반으로 하는 말에 서장옥이 피식거렸다.

—불문에 들었던 사람 앞에서 못 하는 소리가 없소.

그러나 전봉준은 벌써 드러누워 코를 골고 있었다.

                              7

노을이 붉었다. 밥때가 되어서인지 마을로 접어드는 길은 어슬렁대는 누렁이조차 없이 한산하였다. 갑례가 머무는 집은 방 한 칸에 부엌이 딸린 작은 초가였다. 고부에서 난리를 치를 때 추운 벌판을 건너 바래다준 이후 을개는 전주성을 나오고서야 비로소 그녀를 만났다. 그러나 전봉준은 집에 들른대도 이삼일 이상 머물지 않으므로 갑례와는 말 한 마디 나눈 적이 없었다. 더구나 전봉준을 호위하는 병사만도 오십 명이 넘어 집에 들었다 한들 남의 눈에 띄지 않고는 눈조차 마주칠 재간이 없었다.

야산에서나 보게 되는 상사화 무리가 싸리나무 울타리 아래로 천연
스레 얼굴을 내밀고 있었다. 굵직한 일들을 겪은 끝이라 긴 세월을 돌아
예에 이른 것 같았지만 상사화 무리를 보고 나자 지난 시간들은 너무 짧
게 생각되었다. 삽짝을 열고 들어섰을 때 벌써 저녁을 먹었는지 갑례는
마루에 앉아 바느질에 열중이었다. 울안에 들어선 을개를 무심결에 쳐
다보던 그녀는 다시 바늘에 눈을 박더니만 이윽고 번쩍 고개를 들었다.
　―밥 먹었니?
　혼자 나타난 을개의 모습이 아직도 믿기지 않는 양 갑례는 대답도 못
하고 벙벙하게 앉아 있었다.
　―너 손에 피난다.
　그렇게 일러서야 손끝을 보는데 바늘에 찔린 자리가 팥알 같은 것으
로 붉었다.
　―왜, 왜 혼자야?
　갑례는 피 나는 손가락을 입에 넣었다 빼면서 묻는다.
　―선생님은 내일이나 오신대. 밥 좀 다구.
　아직도 무언가 이해가 되지 않는지 을개를 빤히 바라보던 갑례는,
　―미련해서 밥도 못 먹구 댕기지.
　그렇게 종알거리면서 바느질감을 밀치고 부엌으로 들어갔다. 을개가
마루에 걸터앉자 그릇 부딪는 소리가 들리고 불을 피우는지 콜록대는
소리도 들렸다.
　―그저 밥만 있으면 되는데…….
　그러나 갑례는 대구 없이 달가락대는 소리를 낸 끝에 보리밥과 풋고
추와 뚝배기 하나가 전부인 개다리소반을 들고 왔다. 아직도 보글거리

며 김을 피우는 뚝배기에서는 재채기가 나도록 매운 냄새가 일어나 대체 무엇인가 뒤적여보니 민물새우탕이었다. 회가 동한 을개는 밥을 우겨 넣고 풋고추에 된장을 발라 우걱우걱 깨물면서 시래기를 건져 후후 불고는 입에 넣었다. 금세 을개의 이마에 녹두알 같은 땀이 송골송골 올라왔다. 볼이 미어지게 음식을 와작거리는 그의 모습에 갑례가 갑자기 치마말기를 들어 팽 코를 풀었다. 그러다 반 넘어 밥을 비운 을개와 눈이 마주쳤다.

　─사람 밥 먹는 거 처음 보니?

　을개가 무심코 하는 질문에,

　─그거 알아? 늬 얼굴 무서워진 거…….

　갑례 또한 무심코 대꾸하였다. 밥이 가득한 입에 시래기 한 가닥을 넣다가 동작을 멈추는 바람에 을개의 입꼬리에는 무슨 널어놓은 물건처럼 그것이 매달려 대롱거렸다. 을개는 밥상을 내려다보며 꿈쩍 않고 앉았는데 처음 한두 방울 땅에 꽂히는 빗방울처럼 상 위로 갑자기 투둑 눈물이 떨어졌다. 갑례는 공연히 어두워오는 하늘과 마당의 모깃불에 번갈아 눈을 주었다.

　─어서 먹어. 그래도 너 사내다워졌어.

　그러고는 부엌에 들어가 사발에 물을 떠와 상에 놓아주었다. 아무 말 없이 밥사발을 비운 을개는 더 줄 거냐고 묻는데도 고개만 흔들었다. 상을 내간 갑례는 기명을 치우고 자주색 자두 두 개를 들고 와 하나를 내밀었다. 두 사람은 마루에 앉아 과즙을 흘리며 자두를 베어 먹었다. 금세 어둠이 내려와 하늘에 한가득 별이 피어나고 불 밝힐 가재마저 변변치 않은 마을이 순식간에 깜깜해졌다. 을개는 아까부터도 방이 하나뿐인 것이 걱정이라 언니네 집에 간다면 얼른 바래다줄 생각인데 갑례는 통 말이 없었다. 공연히 생솔 가지를 찾아 모깃불에 얹었다.

— 모기 쫓다가 사람 잡겠네. 늬 별명이 쌍도치라며?

— 누가 그딴 소릴 해?

— 싸움에 나갔다 온 사람들이.

동곡리는 동학당의 본거지나 다름없는 곳이라 많은 남정네가 난리에 나갔다 돌아왔던 것이다.

— 실없는 사람들이네.

그는 자리에서 일어나 삽짝을 들추고 나섰다. 마을 초입의 우물로 걸어가 탱자나무 울타리에 적삼을 걸어놓고 물을 끼얹으며 윗동을 쓱쓱 문질렀다. 흘린 땀이 씻겨나가자 뜨거워졌던 숨결까지 덩달아 쓸려갔다. 정말 전쟁이 있었고 도끼를 휘두르며 싸웠을까. 쌀알을 흩뿌린 것처럼 하늘에 수도 없이 박힌 별들을 보며 문득 그런 생각을 해보았다. 예전에는 고부의 호방을 자리에 꿇려 싹싹 빌게 하고 단칼에 베는 것을 살아갈 구실로 알았지만 이제 그것은 저 먼 어디로 물러나 티끌만 한 관심거리도 아니었다. 도리어 그 강렬하고 뜨겁던 삶의 원천이 세상과 너무나 동떨어져 보여 정말 그런 생각으로 살았을까 어리둥절할 지경이었다. 그는 자신이 다른 사람이 된 것 같았다. 무서워진 것일 수도 있고, 사내다워진 것일 수도 있지만 둘 다이거나 또 다른 어떤 모양일 수도 있었다. 바다 같던 호수가 나중에 보았을 때는 작은 방죽이던 것처럼 거창해 보였던 것들이 개울의 조약돌처럼 실은 잘고 하찮게 여겨졌다. 생각해보니 달라진 것은 자신뿐만이 아니라 살고 있는 세계인 것도 같았다. 초가집이 있고 마을이 있고 꽃은 여전히 피고 지건만 그 모두가 실은 예전 그대로가 아니라 새것이었다.

고작 갑례의 모습이 마루에서 사라졌을 뿐인데도 야반도주를 해버린 것처럼 집은 썰렁하였다. 그새 언니의 집으로 간 것인지, 혹은 방에 들어가 누웠는지 알 길이 없었다. 안에 들었을지 모르는 터에 무턱대고 방으로 기어들 노릇도 아니었다. 을개는 마루에 앉아 우두커니 사위어가는 모깃불을 바라보았다. 하품이 나오면서 눈꺼풀이 천근만근 무거워진다.

—요샌 밤공기가 차다. 빨리 들어와. 미련하기는.

안에서 갑례의 목소리가 들렸다. 을개는 움직일 수가 없었다.

—너 말 안 듣니?

을개는 주뼛거리며 윗목의 벽에 몸을 붙이고 누웠다. 뭐라고 말이라도 해야만 살 것 같았다.

—너 매일 혼자 안 무섭니?

—무섭긴. 내가 누군 줄 알어?

—갑례지.

—곰탱아, 난 우리 아버지 딸이야. 이만치 와봐.

갑례가 방바닥을 툭툭 두드렸다. 벽에서 조금 떨어졌다.

—조금 더.

이번에는 가만히 있었다. 그러자 부스럭대는 소리가 들리고 등 뒤에서 갑례의 손이 넘어와 을개의 손을 끌어 제 저고리 섶에 쑥 넣었다. 작고 말랑말랑한 사발 같은 것이 손에 들어왔다.

—앞으론 울지 마. 넌 이제 사내야.

을개는 갑례를 덥석 끌어안았다.

8

순창에서 위로 오르면 오른편에 줄지어 선 세자봉, 깃대봉, 매봉, 종석산이 회문산과 맥을 통하고, 왼쪽의 장군봉과 계룡산, 국사봉이며 감투봉은 백양산이나 내장산에 줄기가 닿는다. 봉우리가 첩첩이라 내가 일어나 양편을 가르고 북으로 흐르다 깃대봉을 지나면 몸을 틀어 섬진강에 합수하니 이가 추령천이다. 추령천은 산간 마을을 먹이는 논과 밭을 양안에 앉혀 피노리(避老里)에 이르면 제법 포실해져 인근 어디에 머물든 한세상 버틸 만하였다. 그곳에서는 산세마저 부드러워져 연봉이 몇몇 마을을 아늑하게 보호하였다.

집강소 설치를 반대하는 목사 민종렬과 나주에 들어가 담판하였으나 뜻을 이루지 못한 전봉준은 올라오는 길에 광주에서 손화중을 만난 후 담양을 거쳐 피노리에서 쉬어 가자 하였다. 마을로 접어들자 해는 기우는데 커다란 팽나무를 몇 그루 소나무가 에두른 자리에 잔치가 벌어진 것처럼 소리가 왁자하였다. 한때 이웃에 살던 친우가 사는 곳이라면서 쉬어 가자던 것이었지만 막상 마을에 들자 전봉준은 시끌벅적한 소리가 나는 쪽으로 걸음을 잡았다. 팽나무 아래로 널찍한 공터가 있어 마을 사람이 죄 모여 한가위를 즐기는 모양이었다. 막걸리가 동이째 놓이고 송편이며 각종 떡에 나물과 돼지고기까지 그야말로 없는 것이 없었다. 여러 군데가 윷판이요, 너른 공터로 뻗어나온 팽나무 줄기에는 그네까지 매달려 있었다. 퇴라느니 걸이라느니 웃고 떠드는 소리가 낭자한 와중에 이윽고 병장기를 든 사람들이 떼로 몰려오자 이것을 본 주민들은 약속이나 한 듯 입을 다물었다. 다른 소리는 없고 팽나무 이파리만 쏴쏴거

릴 적에 마을 사람 하나가 갑자기 일어나며,

─아이구 저이가 뉘여?

군사들을 향해 혜적혜적 달려왔다. 잔주름이 가득한 얼굴에 몇 가닥 안 되지만 그래도 수염이라고 그것이 뒤로 날렸다. 군사의 무리로 다가온 그는 대뜸 전봉준의 손을 잡았다.

─이 사람 경천이, 잘 지내는가?

─예, 잘 지내다마다…… 허, 장군이라 할지 동무라 할지.

그러며 그는 뒤에 대고 외쳤다.

─전봉준 장군이오. 녹두장군이오.

전봉준이나 군사들이나 소란 떨 것 없이 요기나 하고 쉬었으면 하였는데 틀린 일이었다. 처음에는 경계하는 눈길로 어리벙벙하던 사람들이 박수를 치고 만세를 부르고 난리가 났다. 전봉준이 따르는 군사들을 돌아보며 김경천에게 말하였다.

─이 식구들 요기나 했으면 하는데…….

─되구말구. 수령이 명관일 제는 추석이면 잔치를 벌이고 아낙들 그네뛰기 시합도 했었다네. 오래도록 끊기더니 올해 다시 벌어졌네.

그들이 다가가자 사람들에게는 이것도 구경거리라 전봉준을 보겠다고 밀치고 까치발을 하는가 하면 아이들은 슬그머니 돌아와 옷도 만져보고, 군사가 든 화승총에 손을 대보기도 하였다. 군사들에게 적당한 자리를 만들어 요기를 하도록 이른 전봉준은 김경천에게 손을 붙들려 나이가 많은 사람들의 자리로 이끌렸다. 군사들은 한자리에 모여 아낙들이 가져다준 막걸리며 떡을 탐하였지만 을개는 행여나 싶어 전봉준의 등에 바싹 붙어 따라갔다. 수염이 허연 사람들에게 김경천이 예전 한마을 살던 친우라고 소개하자 전봉준은 누구에게랄 것도 없이 넙죽 엎드려 절을 올렸다. 수염을 쓸어내리는 사람도 있었지만 개중에는 맞절을 하는 이도 있었다.

— 이보게 녹두, 여 한잔 받소.

사람들 중에도 나이가 가장 많아 뵈는 늙은이였다. 머리는 다 빠져 상투도 틀지 못할 지경에 귀 아래로만 흰 것이 몇 가닥 붙어 있었다. 전봉준이 다가가자 그나마 나이가 덜한 사람이 술 따르는 일에 수발을 들었다. 술잔을 비우는 전봉준을 보며 노인이 치하하였다.

— 내내 없이 지내다 올해 들어 판을 벌였네. 아직은 다 이루지 못하였더라도 어쨌거나 고마우이.

— 이곳은 늙음도 피해간다는 곳이니 백수를 누리십시오. 저도 언젠가 들어오겠습니다.

이번에는 다른 늙은이가 전봉준의 등 뒤로 눈을 주었다.

— 거 젊은이도 이리 오게나. 실하게도 생겼다. 자네 손녀가 올해 몇인고?

그는 괜히 옆 사람을 찔벅여 손녀의 나이까지 묻는 것이었다. 눈치를 보는 을개에게 전봉준이 마시라고 고개를 끄덕였다. 노인이 따라주는 술을 단숨에 비웠다.

— 인제 보니 이이가 쌍도치인개벼? 이 사람아, 손녀가 몇이난 말여?

노인은 옆 사람에게 아주 트집을 잡을 기세였다.

— 어르신, 이 아이 데려가면 제가 심심해서 못 삽니다.

전봉준이 농을 치자 웃음이 일어나면서 노인의 입에서 아깝다는 소리가 터졌다. 김경천이 전봉준의 소매를 끌었다.

—기왕 인사를 올렸으니 다른 자리도 돌아야겠네.

내키지 않으나마 피할 수 없는 노릇이라 전봉준은 그가 가자는 자리마다 군말 없이 따라다녔다. 한 바퀴 빙 둘러 인사를 나누고 음식 장만에 여념이 없는 아낙들에게도 두루 인사를 마친 뒤에야 군사들이 모인자리에 와서 편히 잔을 비웠다.

—지나는 손에게도 곁불을 내주니 예가 무릉일세. 한 해 고생을 치하하고 어려운 집은 마을이 어떻게 살필지 궁리도 한다니 이것은 우리가원하는 세상이 아닌가? 여러 동무들이 고생이네그려.

전봉준의 말에 군사들이 고개를 끄덕이며 잔들을 비웠다. 김경천은전봉준의 곁에 서서 시종 고개를 주억거리고 낯을 붉히며 웃었다. 연배가 비슷해 보이는 저편 패거리에서 윷을 놀자 하여 전봉준은 못 이기는척 놀이판에 합류했다. 패가 갈리고 첫 판을 놀라고 양보하여 전봉준이탱자나무 윷을 깍쟁이에 담아 뿌렸다.

—첫 퇴면 유복이라!

소리는 요란하였으나 개였다.

—천하의 녹두장군도 윷판에서는 개네그랴.

누군가의 말에 웃음이 터졌다. 윷판에 말을 쓰고 다음 차례가 되어 김경천이 윷을 던졌다.

—개다!

상대편 말이 전봉준의 말을 대신하여 자리에 들어앉았다. 무엇이든승부에서 지는 것은 재미없는 일이건만 전봉준은 자신의 말이 잡히는데도 신명을 내며 웃었다.

9

—평양에서 청군이 대패했다 하오.

전주에 들었을 때 송희옥의 얼굴이 편치 않다고 느껴진 건 다 그 때문
이었던 모양이다. 소식을 전한 김학진도 연신 한숨 쉬듯 장죽을 빨았다.
전봉준은 김학진이 내온 녹차를 마셨다. 목이 따끔거리고 신열로 몸이
내려앉는 듯하여 중심을 잡기 어려웠다. 송희옥의 말이 이어졌다.

—설마 그 많은 군사며 무기를 가지고 청군이 패퇴하리라 상상이나
하였겠소.

말에 분기가 서려 있었다. 전봉준은 가쁜 숨을 몰아쉬며 대꾸하였다.

—청국 또한 나라 운영을 참담히 하니 어찌 군사가 목숨을 걸겠습니
까? 연전에 순창에서 왜국의 낭인들을 보고 이곳 감영에서도 만났거니
와 허랑하더라도 눈빛이 살아 있었습니다. 어찌 만만히 본단 말이오?

김학진이 재떨이에 장죽을 털었다.

—싸움판은 요동으로 넘어갔다 하니 승기를 잡은 왜국의 압박이 심
해질 겝니다. 이미 조정에서도 탁지아문이며 의정부, 각 영에 농군에 대
한 대책을 숙의하라 하였답니다. 호서와 영남이 모두 시끄러우니 여차
하면 내려오겠다는 뜻이지요. 자중하고 또 자중해야 합니다.

세 사람이 말을 잃은 채 잠시 침묵할 즈음 두런거리는 소리가 연기 스
미듯 새어들었다. 통인과 사령, 전봉준을 호위하는 군사가 밖에 있더라
도 할 말이 있거든 저희끼리나 소곤거리므로 문턱을 넘어올 일은 아니
었다. 그러나 처음에는 조용히 시작되다가 고성이 오가고 급기야는 이
런 소리까지 들려왔다.

— 뇌눔들이 이제는 뵈는 것이 없구나. 감사와 적괴가 함께 있다 하여 달려온 참이니라.

선화당의 서까래가 쩌렁쩌렁 울렸다.

— 무슨 일이냐?

김학진이 밖으로 나섰다. 그가 미처 닫지 못한 문틈으로 관청의 일을 보는 사람들과 전봉준의 호위병에 둘러싸인 사람들의 모습이 드러났다. 아직은 볕이 따갑건만 격을 갖추어 의관을 차린 점으로 보아 지역의 유림들인 듯하였다. 지팡이를 짚은 이와 호종하는 하인배의 부축을 받는 사람까지 대체로는 허연 수염을 늘어뜨리고 있었지만 저마다 신수가 훤한 것이 과연 대갓집의 마님들다웠다. 화서(華西)의 문하라거나 감사를 집안의 조카뻘쯤으로 아는 명색 종친들임을 어렴풋하게 알 것 같았다. 그들 가운데 하나가 김학진을 보자 발을 구르며 꾸짖었다.

— 적도를 진압하라는 명을 받았으면 죽을힘을 다할 것이로되 감사께서는 어찌하여 적을 끼고 임금을 핍박하는가? 천지간에 태어나 주자를 논하고 의리를 이야기함이 마땅커늘 지금의 형세가 과연 그러한가?

목소리가 감영의 담을 넘을 지경이었다.

— 과연 그른 말이 아닙니다. 하나 임금의 명을 받아 내려온 감사를 이렇듯 핍박하시니 고명에 누가 될까 두렵습니다. 날이 뜨거우니 안으로 드시지요.

— 닥쳐라. 내 어찌 적괴와 동석하여 눈을 어지럽히리오.

— 하면 어이하오리까?

— 관찰사라는 직임은 실로 막중한 것이다. 관할 지역 모두가 명령을 받들게 하여 작은 읍이라도 천명을 짓밟거든 초멸해야 마땅할 것이다.

하거늘 적괴를 잡아 가두고 엄히 문초하여 타이름이 옳지 않은가? 도리어 동정을 구하고 호령을 핑계로 관화(關和)를 시행하니 체면은 사라지고 절의가 땅에 떨어졌다. 좋은 낮으로 자리나 지키는 것이 관찰사의 소임인가?

관찰사의 위의 따위는 염두에 두지 않기로 작정한 말투였다. 그렇지만 김학진의 인내심도 끈질겼다.

— 무슨 적폐를 당하여 이렇듯 진노하는지 알아듣게 말씀하시면 살피겠나이다.

— 적도를 따라 구실아치들은 수령을 잡아 주리를 틀고, 노비 또한 주인을 잡아 주리 트는 일이 빈번해졌다. 적도들은 마을에 닥쳐 총과 말을 빼앗으며 이마저 없으면 돈을 우려내기 급급하다. 상놈이 양반의 딸을 겁간하고 길에서 양반을 욕보이는 것은 고금에 없던 일이다. 적괴는 이러한 폐단을 아는가 모르는가?

이번에는 안에 있는 사람 들으라고 하는 소리 같았다. 밖의 소리를 가만히 듣고 앉았던 송희옥이 자리를 차고 일어섰다. 전봉준은 말릴까 하다가 화가 꼭뒤에 오른 송희옥이 듣지도 않을 뿐 아니라 몸에 열이 올라 가로막을 힘조차 없었다.

— 그간 약한 백성을 꼬투리 잡아 주리를 틀고 집에서 부리는 비복이라 하여 남편이 보는 앞에서 아내를 능욕한 것은 누구였나이까? 길에서 만난 상민이 고개를 숙이지 않았다 하여 장을 내리는 일에는 열심이면서도 탐관오리가 백성의 재산을 늑탈할 제 감영에 몰려가 한 번이라도 억울함을 대신 고한 적이 있었나이까? 어찌하여 어제는 좋다 하면서 오늘만 그르다 하십니까?

무리 가운데 한 사람이 감태나무 지팡이로 땅을 두드렸다.

— 허허, 저놈 봐라! 하늘이 사람을 낼 제 각기 정하여 내리거늘 너희들은 뜻을 팽개치고 강상을 뒤엎었다. 하늘이 땅이 되고 땅이 하늘이 되는 것을 어찌 세상이라 하겠느냐? 노비의 몸에는 노비의 피가 흐르고 사대부의 몸에는 사대부의 피가 흐르느니라.

— 하면 이 자리에서 피를 내어 대어보면 되겠습니다.

— 닥치지 못할까? 이 나라는 너희 따위가 활개 칠 나라가 아니다. 지금은 비록 병장기를 가졌다 하나 장대 끝에 목이 걸리는 날이 올 것이다.

전봉준은 천천히 자리에서 일어났다. 밖으로 나설 때 몸은 휘청거리고, 세상마저 좌우에서 흔들거렸다. 그의 모습을 본 유림들의 눈에 망설임과 두려워하는 빛이 떠돌았다.

— 여러 어르신들의 우려는 잘 알겠소이다. 만일 정법이 시행되어 억울한 일이 없게 되거든 우리는 향리로 돌아갈 것이오. 하나 왜국이 강토를 짓밟고 범궐을 하매 나라의 환부가 그렇거늘 유림들께선 어찌 지부상소(持斧上訴)는커녕 티눈만 아프다 하십니까? 대원위께서 의병을 일으키자고 호소함에도 어찌 응답이 없는 것입니까? 도적이 재산을 훔치는데 허울뿐인 집안의 규율을 탓하시렵니까?

잠시 말이 끊어졌으나 이윽고 구종배의 부축을 받던 노인이 입을 열었다.

— 터진 입이라 말이 좋구나. 하나 간사한 혀로는 더러운 몸을 씻을 수 없느니라. 감사의 머리는 해 아래 매달리고, 적괴의 시체는 달 아래서 찢길 것이다.

말을 마친 그가 부축을 받아 돌아서자 나머지 십여 명의 유림이 뒤를 따랐다. 전봉준은 몸이 으슬으슬 추워져 그들의 모습이 사라지기도 전에 안으로 들어 무너지듯 주저앉았다. 뒤따라 들어선 송희옥은 아직도 숨결이 거칠었으며, 감사도 미간이 어두웠다. 김학진이 공연히 조심스러워진 소리로 말하였다.

— 집강소 설치를 공인한 뒤로 자주 저리들 소란을 피웁니다. 두려운 게지요.

전봉준은 김학진의 말에 아랑곳없이 물었다.

— 외무아문 협판 김교진 대감이 종제라 하셨지요?

— 그렇소.

— 인편에라도 말을 전하게 되거든 뒤를 돌아보라 일러주십시오. 그들이 하는 일은 위험한 개혁이올시다. 우리의 의견을 좇아 의안 몇 개를 발하였다고 그것을 일이라 하겠습니까? 사세가 급박하여 순상께서도 양보하시고 농군도 양보하여 애써 소란을 면하고 있으나 애초 우리의 뜻이 아주 사라진 것은 아니올시다. 백성을 적으로 돌리면 백성 또한 그들을 적으로 알 것이며, 이미 각 영에 대책을 세우라 하였다니 초토군을 구성하겠다면 일전을 겨루게 될 것이오. 모조리 도륙할 것입니다.

말을 마친 전봉준의 입에서 기침이 터졌다. 발작처럼 터지는 기침에 얼굴이 벌게지고도 멈추지 못하더니 급기야 그가 쓰러졌다. 송희옥이 외쳤다.

— 밖에 사람 있는가?

문이 열리고 을개가 뛰어들었다.

— 내아로 모시게.

뒤따라 들어온 병사의 부축을 받아 을개가 전봉준을 들쳐업었다. 선화당 뒤편의 내아에 전봉준을 눕게 하고 아궁이에 불을 넣었다. 의원이 달려올 때까지 전봉준은 의식이 혼미하였다. 그가 피를 토하며 앓았다.

10

정신이 맑아진 전봉준은 동곡리로 가자 하였다. 의원도 좋고 요양하기도 아늑하므로 감영에 머물라고 송희옥이 청하는데도 한사코 가겠다 하여 달구지에 가마를 얹혀 돌아왔다. 동곡리에서 전봉준은 시집간 딸과 갑례의 병수발을 받았다. 소리가 나가 가까이 있는 접주들이 달려와 문안을 하였으나 김덕명이 궁금하더라도 방문을 자제해달라고 일러 딸들과 을개만 방에 드나들었다.

동곡리에 든 지 사흘째 되던 날 파리한 아낙이 보퉁이를 들고 삽짝 안으로 들어섰다. 소복은 아니지만 아래위 흰 빛깔로 차려입은 여인은 몇몇 군사들이 지켜 서 있었지만 눈치 살피는 법도 없이 마당을 질러왔다. 무슨 생각이 있었던지 을개는 군사를 모두 물리고 방 안의 갑례까지 삽짝 너머로 내몬 후 여인을 안내하여 방에 들었다. 이불을 뒤집어쓰고 누운 전봉준은 을개가 이때껏 그토록 크게 여겨왔던 사람이 아니라 가여운 중년 사내였다. 볼이 꺼지고 눈은 퀭한 채 그릉그릉 앓는 사내였다. 그런데도 을개를 따라 들어서는 여인을 바라볼 때 어둠 속의 횃불마냥 눈빛이 형형하였다. 뜨거운 덩어리를 굴려 세상을 태울 것만 같던 예의 그 무시무시한 눈동자였다. 그러나 모난 돌기를 받아들여 부드럽게 감싸듯 여인은 자신의 몸에 맹렬한 눈빛을 스미게 하여 차라리 그것과 하나가 될 양 처신하는 중이었다. 그리하여 다 싸지를 것처럼 전봉준의 눈은 더욱 크게 타오르고, 그를 받아들이던 여인의 눈매 또한 한층 그윽해지기만 하였다. 마침내 어느 꼭대기에 이르러 한껏 고양된 후에야 남정네의 눈에 공허가 들어앉았다. 여인이 이부자리 가까이 앉으려 할 제,

—을개야.

전봉준이 불렀다. 어느덧 깊은 우물 속처럼 눈동자가 가라앉아 있었다.

—예.

—내가 모르는 분이다. 잘못 알고 찾아왔으니 네 모셔드리고 오너라.

그러고는 등을 돌려 돌아누웠다. 알지 못할 뜨거움을 삼키며,

—알겠습니다.

을개는 나가자는 듯 여인을 보았다. 여인이 침착하게 말하였다.

—솜을 넣어 옷을 지었습니다. 몸을 따뜻이 하소서.

그러고는 먼저 밖으로 나가는 것이었다. 다른 말 없이도 을개는 여인을 어디까지 바래다주어야 하는지 알고 있었다. 어리둥절해진 군사와 갑례의 시선을 뒤로하고 두 사람은 마을을 빠져나왔다. 벌판을 지나 태인 지경을 벗어날 즈음 여인이 일렀다.

—저 때문에 걸음 할 것 없습니다.

어쩐지 을개는 여인의 얼굴을 바로 보지 못해 외면하였다.

—아닙니다. 고부에 일이 있습니다.

들에서는 벼 베기가 한창이었다. 여름에 가뭄이 들었다 해도 땅이 밭을 정도는 아니었고, 태풍도 크지 않아 그런대로 농사는 평년작에 이를 만하였다. 화호나루를 건넜을 때는 밥때가 지나 샛거리를 먹는 사람들의 모습에 회가 동하였으나 끼니를 청하거나 여인과 함께 주막 같은 데를 찾기도 애매하였다. 내친김에 천태산 앞까지 나와서야 작별을 하였다.

— 장군을 부탁드립니다.

그녀는 허리를 숙여 나이가 한참 처지는 을개에게 절을 했다. 맞절을 하면서 보니 가르마가 희고 정갈하였다. 마저 모셔다드리겠다고 한대야 들어줄 것 같지도 않아 여인의 모습이 사라질 때까지 그대로 섰다가 을개는 천태산 자락의 어머니 묘소를 찾았다. 아무것도 준비한 게 없어 낙엽을 헤치고 재배한 다음 잠시 서 있는 것이 고작이었다. 예전 같으면 꿇어앉아 눈물 줄기라도 쏟아내련만 도리어 너무 덤덤하여 그는 자신이 이상하였다.

나고 자란 곳인데도 전봉준이나 갑례가 떠난 조소리는 낯선 마을처럼 썰렁하였다. 을개는 전봉준의 옆집 살던 더팔이네 삽짝을 살며시 밀었다. 원래는 더팔이 또한 호위 군사로 전봉준과 행동을 같이하였지만 농사일이 있는지라 최근에는 각 접에서 돌아가며 그 일을 하였다. 아직 신혼이나 마찬가지인 옹동네는 더팔이가 집강소 일을 보러 나갔다면서 관아나 송두호 영감 댁으로 가보라며 얼굴을 붉혔다. 관아에서는 주로 공사를 다루는 일을 하지만 송두호 영감은 따로 담론도 하고 술추렴도 하도록 행랑의 방 하나를 마을의 사랑으로 내놓았다는 것이었다. 관아는 어쩐지 꺼림칙하여 송두호 영감의 집으로 걸음을 하였을 때 몇몇이 둘러앉아 그곳에서는 술추렴에 큰 소리를 내고 있었다.

— 추수철은 돌아왔는데 지주의 처분에 도조를 맡기라니 이게 어디 목숨 걸고 싸운 보람이오? 두령들이 결정하여 올해부터는 도조를 얼마로 한다, 그렇게 딱 못을 박아야 될 게 아니오?

한껏 기대를 부풀렸지만 그게 어그러지자 분을 참지 못하겠다는 투였다.

─그뿐인가? 잡세가 혁파되었다 하나 군포를 대봉(代捧)하는 일과 진결(陳結)의 조세 감면은 이루어지지도 않았네.

─난리가 한 번 더 나서 가부간 결판을 내야 한다니깐. 똥 누는 것도 아니고 일어난 것도 아니니 당최 가닥이 추려져야지. 아, 원래 농사짓는 사람이 땅도 차지하기로 하구선 나섰던 길 아녀?

사람들은 을개가 나타난 것도 모르고 술상을 두드리며 열을 올렸다. 술상을 보자 을개의 배에서는 연신 꿀럭대는 소리가 들렸다. 이번에는 더팔이 옆에 앉았던 사람이 청을 높였다.

─그리고 그 양반놈의 자슥 뼈다귀는 어째 못 파낸단 말여? 이참에 도조를 그대로 내라면 나는 아예 지주놈 배지에 불질을 해버릴 게여.

─가만있자. 저게 뉘여? 쌍도치 아녀?

그제야 을개를 발견한 마을 사람 하나가 알은체를 하였다. 사람들의 눈이 일제히 을개를 향하였고, 더팔이는 아예 버선발로 뛰쳐나왔다. 더팔이까지 사람은 넷인데 주인은 없고 모두 객이었다. 배가 홀쭉해진 을개는 우선 눈에 뵈는 탁주부터 개운하게 비웠다.

─집강소 일을 본대서 왔더니 대낮부터 술타령들이 장하우.

─집강소야 윗분들 일 아닌가? 집강소고 뭐고 다 부수고 새로 시작해야지, 원.

도조 이야기를 하며 불질을 하겠다던 두지면 사람이었다.

─다른 말은 알겠는데 양반 뼈다귀 얘기는 또 뭐유?

아무래도 을개가 전봉준 가까이 있는 사람이라 다른 사람은 말이 꺼려지는 모양이지만 더팔이가 나서서 자초지종을 설명하였다.

─거 이태 전에 고부이가네서 멀쩡한 집 묘를 파내고 제 조상 뼈다귀

를 묻지 않았나? 게가 아주 명당이라대. 그래 본디 주인이 이참에 그걸 파려는데 집강소에서 소란스러워질 것을 염려하여 미루자고 말렸던 모양일세. 이곳은 더욱이 녹두장군의 고장이니 더욱 모범을 보여야 한다구 말린 게지. 그러자 그이는 차라리 김개남 접장 밑으로 가겠다며 아예 남원으로 가버렸단 말야. 전 대장이 무른 게 아닌가 하는 소리들이 항간에는 있는 것도 사실이구.

을개는 배가 고픈 김에 다시 탁주 한 사발을 벌컥거리고 열무김치를 입에 포개었다. 손가락까지 핥은 다음에야 그가 입을 열었다.

─전녹두 선생님도 이 상황을 모르진 않으실 게유. 싸움이 끝난 게 아니라고 전주에서 흩어질 때도 말씀하셨잖수? 하지만 외방의 군사가 깔리니 그들을 물러가게 해서 일을 도모하려고 했던 거 아니우. 그런데 이놈들이 물러가기는 고사하고 즈이끼리 싸우고 지랄이란 말요. 만일 다시 총을 들면 뉘와 싸우겠수? 왜놈들이여. 다 같이 싸워야 되니까 양반들도 봐주는 건데 그 냥반도 속이 속은 아닌갑습디다. 이제 이노무 나라는 어느 편 손아귀에 드느냐가 아니라 망하느냐 마느냐가 문제란 말여. 그렇잖아도 영남에서는 벌써 왜놈들과 싸움을 시작했다 하고, 대원위께서도 의병을 모은다고 사람까지 보냈다더만. 상황은 여기까지니 조금 더 봅시다.

을개는 두령들이나 할 법한 이야기를 어찌 이렇듯 술술 내뱉는지 스스로도 의아스러웠다. 사람들이 말을 잃어 조용해지자 그가 한 마디를 더 보탰다.

─그렇지만 다시 싸우게 될까봐 나는 좀…… 무섭습디다.

사람들 사이에 침묵이 흘렀다. 선득해진 바람이 문밖에서 몰려왔다.

11

가마도 마다하고 호종하는 사람도 딸리지 않은 채 대원군은 군국기
무처 사무실이 있는 수정전으로 달려갔다. 군국기무처에서 통과시킨 의
안을 그가 재가하지 않자 한동안 일본당의 인사들은 직접 찾아와 호소
하며 허락을 요청하였다. 그러나 대원군의 뜻에 변함이 없음을 확인한
그들은 마침내 의안을 직접 고종에게 들고 가 재가를 받았다. 그것은 대
원군을 권력에서 배제하고 고종의 일선 복귀를 은근히 인정하려는 일
로 보였다. 대원군을 더욱 분노케 한 일은 고종으로부터 재가를 받자는
묘책이 알고 보니 스기무라의 머리에서 나왔다는 사실이었다. 기무처에
남아 있는 유일한 자파 의원인 박준양으로부터 이 소식을 전해들은 대
원군은 참을 수 없는 지경이 되었다.

수정전의 측면 계단을 올라간 그는 눈에 띄는 문을 밀치고 안으로 들
어섰다. 앞면에만 방이 열 칸이라 어디에 누가 있을지 알 수 없었지만
한 곳에 이르러 드디어 담소를 나누는 조희연과 김학우며 낯모를 젊은
관원들과 마주쳤다. 갑작스러운 대원군의 출현에 그들은 허둥대는 몸짓
으로 자리를 만들고 방석을 내주느라 법석을 떨었다. 온돌방이라 책상
대신 가운데에 놓인 커다란 서안에는 회의라도 한 끝인지 각종 문건이
널려 있었다.

— 민씨 일족을 증오하고 나라를 개혁할 인사라는 믿음으로 나는 그대
들과 손잡고 국사에 임하였다. 하거늘 일에 중심이 없어 점점 나라가 위
태로워지니 이것이 무슨 조화인가? 다시 민씨들을 끌어들이려 함인가?

목소리는 추상같았지만 평정심을 잃은 대원군은 말끝을 떨었다.

― 합하께서 의안의 재가를 거부하시니 나랏일이 지체되어 하는 수 없이 행한 일입니다. 어찌 기무처만의 문제라 하십니까?

나잇값을 하느라고 모인 사람을 대신하여 조희연이 나섰다. 그는 일본군이 호서에서 청군과 싸울 적에 우범선, 이두황, 이범래 등으로 돕게 한 공을 인정받아 군무대신 서리로 승차한 후 기무처 의원으로도 활동하는 중이었다.

― 하면 일본당의 인사가 바글거리는 기무처에서 그로도 모자라 이태용과 이원긍을 내쫓은 사연은 무엇인가?

대원군의 힐문에도 조희연은 양보할 뜻이 없어 보였다.

― 그들은 국사의 일은 뒷전이고 오로지 파당의 일에만 열심이었습니다.

― 백성을 소탕하는 일에 반대하면 파당의 일이라 하니 백성을 다 죽이면 충신이라 하겠구나. 오직 그대들 일본당만으로 나라를 쥐고 흔들면 원이 풀리겠는가? 청국에는 그토록 날을 세우던 그대들이 어찌하여 일본에는 이다지 아부의 웃음을 흘리는가? 청국이 입김을 불어넣는 것은 억울하고 일본이 조선을 삼키면 그것은 춤출 일인가? 왜국이 개화에 앞서 있기로 노류장화처럼 몸단장을 하는가?

가만히 듣고 앉았던 김학우가 눈을 치뜨며 참견하였다.

― 말씀이 과하십니다. 합하께서는 오로지 이준용 대감과 그 당여만을 싸고도시니 어찌 일이라 하십니까? 합하께서 섭정의 자리에 오르시어 하신 일이란 중전을 폐하고 권좌를 애손에게 내릴 결심 외에 무엇이 있었단 말입니까?

궁에 든 지 얼마 되지 않아 대원군은 오토리 일본 공사에게 중전을 폐서인하겠다는 의사를 전한 바 있었다. 오토리는 대원군을 견제할 목적으로 그 일을 개화당 인사에게 알렸고, 김교진과 유길준이 같은 목적으로 그를 다시 고종과 중전에게 알렸는데 김학우가 지금 언급한 일이 그것이었다. 분위기가 험악해지자 젊은 관원들은 나서지는 못하였지만 낯빛이 좋지 않았다.

─과연 그러하다. 내 그대들 일본당이 왕실을 뒷방 늙은이 취급하려는 것을 알고 있다. 종친인 내가 그 꼴을 보겠는가? 이는 그대들과 나의 차이이니 경쟁을 하는 일에 나는 아무런 불만이 없다. 하나 내 뜻이 그렇다 하여 일관의 귀띔을 듣고 민씨 무리의 우두머리에게 달려가 미주알고주알 일러바치는 것은 한 나라의 대신들이 마땅히 할 노릇인가? 경쟁에는 반드시 비열함이 능사인가?

그때 잠자코 앉아 있던 젊은 관원 하나가 용기를 내 의견을 밝혔다.

─합하께선 노여움을 거두십시오. 민씨 세력을 축출하고 조선을 경장하자는 뜻은 같은데 방법이 다를 뿐이니 머리를 맞대면 방안이 생길 것입니다.

호리호리한 몸매였으나 눈썹이 짙고 눈에 정채가 있어 귀격이 느껴지는 관원이었다. 대원군이 그를 노려보며 쏘아붙였다.

─나와 머리를 맞대고 싶거든 그대들은 마땅히 일본과 거리를 두어야 할 것이다. 마침내 양국맹약을 맺어 일본의 전쟁에 수발을 든다 하니 만일 일본이 조선 백성에게 총부리를 돌리거든 또한 수발을 들지 않겠는가? 이미 그대들은 일본의 만행에 분노하는 백성들을 진압하기로 하였다니 이것은 해서와 관동, 삼남의 백성을 모두 적으로 삼겠다는 것이다. 개화를 입에 담지 않더라도 저 전라감사의 궁량을 보매 부끄럽지 않

은가? 백성의 소리에 귀를 기울이라. 그대들을 일러 일본의 사냥매라 한다. 부관참시를 당할 것이다.

상대가 뭐라 할 틈도 없이 대원군은 젊은이로부터 김학우에게 시선을 옮겼다.

ㅡ하고 김학우 네 이놈, 넌 내게 무엇을 했느냐 물었다. 너희는 동학당의 뜻을 훔쳐 의안 몇 가지를 발하였으나 왜놈들 앞에 비굴한 웃음을 흘리는 일 외에 무엇을 한단 말이냐? 왜놈의 치마폭엔 사향이라도 묻어 있더냐? 너희가 나의 팔을 꺾었으니 이제는 나라를 팔 것이다.

격렬한 말들을 쏟아낸 대원군은 서안의 서류를 쓸어 바닥에 팽개친 후 자리를 박차고 일어섰다. 젊은 사람들은 부랴부랴 배웅을 나왔지만 조희연과 김학우는 고개를 돌리고 뻣뻣이 앉아 있었다. 대원군이 수정전 서편 계단을 내려서는데 용기 있게 소신을 밝히던 젊은 관원이 뒤를 따라왔다.

ㅡ합하!

대원군은 돌아보지 않고 궐내각사 앞을 빠져 유화문을 넘었다. 그런데도 그가 끈질기게 따라왔다.

ㅡ합하!

ㅡ네 무엇이관데 따르느냐?

분기 어린 목소리였다. 그러나 울분을 다 쏟아내고도 패배를 인정한 꼴이라 그는 허탈해진 것 같기도 하였다. 젊은이가 앞에 이르러 허리를 숙였다.

ㅡ법무아문 민사국 주사 이철래입니다.

대원군의 미간이 좁혀졌다.

─그렇다면 외무아문 협판의 사위인가?

일본이 궁을 점령한 후 김교진의 직이 그것으로 바뀌어 있었다.

─아직 혼례를 치르지 못하였습니다.

─네가 강직하단 말을 들었다. 네 저들과 한 무리일 터이니 긴 말은 없다. 저들로부터 몸을 빼치지 못하면 항차 너는 국적이 되리라. 왜놈들을 스승 대하듯 반기는 자들이다.

이철래는 돌아서는 대원군을 향해 용기를 내 말하였다.

─합하, 일간 한번 찾아뵈어도 될는지요?

그러나 대원군은 대답 없이 영제교를 건너갔다. 이철래는 더 따르지 못하고 우두커니 자리를 지켰다.

12

운현궁에 돌아온 대원군은 쓸쓸한 마음을 다스리지 못하여 한동안 염주를 굴리며 웅크리고 있었다. 비록 임오년에 실권을 잡았다 하나 잠깐에 불과하였고, 유배나 다름없는 보정부 시절과 유폐의 날들로 이십 년을 채우는 동안 뜻을 같이했던 지인들은 죽거나 변절하고, 그도 아니면 대부분 야인으로 돌아가 있었다. 야인으로 돌아간 자들은 현실의 시무에서 도태되어 잔심부름이나 처리할 지경이므로 애초부터 싸움에 쓸 무기는 아니었다. 그나마 이준용이 그의 후원으로 내무대신 서리가 되어 손발 노릇을 감당하였지만 근자에는 기무처에 들어가는 일이 부결될 뿐 아니라 지방관 임용권마저 박탈당하는 사태에 이르렀던 것이다. 민씨 무리에게 밤낮 얻어맞다가 일본을 등에 업은 개화당과 궁정파로부터

도 이제는 배를 차이는 신세였다.

—막동아!

뜰에 내려서며 외치자 숨어 엿보기라도 했던 양 녀석이 달려 나온다. 녀석의 얼굴에서 아직 그늘이 다 가신 것 같지는 않았다. 얼마 전 오래도록 앓아누워 있던 아비가 끝내 소생하지 못하고 세상을 하직한 탓이었다. 대원군에게도 그것은 쓸쓸한 일이었다. 더 늦게 세상에 나와 성심껏 따르고 수발을 들던 자가 급한 일로 알고 먼저 건너가니 몸 한쪽이 무너지는 심정이었다. 그새 녀석은 한 뼘이나 더 자라 고개를 치켜야 얼굴이 보였다. 동안일 때 나타나던 장난기 대신 진중함과 사려가 눈에 침잠해 있었다.

—네 요즘 무엇을 하느냐?

— 그닥 하는 일은 없습니다. 그저 마당 쓸고 이것저것 닥치는 대로 손볼 것을 찾아 합니다.

목소리가 우렁우렁할 뿐 아니라 말투도 어른스럽다.

—연전에 뜻있는 일을 하고 싶다 했는데 정녕 뜻이 그러하냐?

막동이의 눈에서 잠깐이나마 송곳 같은 것이 솟아올랐다.

—실로 그러합니다.

막동이가 대답하는데 녀석의 어깨 너머로 수직사 앞마당을 건너 중문을 넘어서는 이준용과 정인덕의 모습이 보였다. 그들을 본 대원군은,

—술상을 보아달라 하여라.

막동이에게 이르고 먼저 사랑에 좌정하였다. 이준용과 정인덕이 들어와 예를 갖춘 지 얼마 되지 않아 주안상이 들어왔다. 젊어 그런지 이준용과 정인덕은 단숨에 술을 비웠지만 대원군은 혀끝만 적시고 잔을 놓

왔다. 근래에 들어 두 사람의 눈매는 바르지 못하고 초조해 보일 때가 많았다. 어찌 이들이라고 열세를 느끼지 못하랴. 정인덕을 향해 물었다.

―호서와 호남에서는 무슨 소식이 있는가?

호서와 호남에 전달되는 대원군의 모든 밀명은 이준용을 통해 정인덕을 거쳐 비로소 암행하는 자들에게 전달되었다. 정인덕은 한때 배재학당에서 교사 노릇을 했던 자로 내무주사가 되어 이준용의 몸통 노릇을 할 만큼 치밀한 자였다. 이준용으로부터 건네받은 은밀한 소식을 그는 두 개의 조직망을 통해 삼남으로 내려보냈다. 정인덕이 바깥을 맡게 되자 대원군과 오래 손발을 맞춘 나성산은 주로 한양의 일을 담당하였다.

―호서에서는 이미 동학당과 유림들이 무기를 장만하고 있습니다. 몇 차례 혼선은 있었으나 합하의 의견은 전달된 것으로 아옵니다. 호남이 조용한 것은 천만뜻밖인데 전봉준과 전라감사가 손을 잡고 집안 단속을 하는 중이라 합니다. 그러나 남원의 거괴에게 뜻을 전한 즉 그곳에서는 마침내 출정을 준비한다고 합니다.

―하면 전봉준이란 자는 어디에서 어찌하고 있는가?

―그는 사안을 신중하게 관망하고 있으며 무엇보다도 건강이 상하여 요양 중이라 합니다.

―병이 났던가?

―호남에 다녀온 자의 말로는 피를 토하였다 합니다.

대원군은 염주를 틀어쥐었다.

―울혈이 터진 게야.

목소리가 비통하였다. 눈이 꺼져 들어가고 잔을 들어올리는 손이 안정되지 못하여 술 방울이 상에 떨어졌다. 정인덕이 그런 대원군의 눈치를 살피며 달싹거리던 입술을 뗐다.

—실은 긴한 일이 있습니다.

—말하라.

—아무래도 이병휘가 경무사 이윤용을 만난 듯합니다. 밀명을 담당하는 중간 다리라 이병휘가 변심하면 일이 크게 어긋납니다. 그가 맡고 있는 조직의 꼬리는 잘라냈으나 그래도 조치가 있어야 할 듯싶습니다.

아마도 두 사람의 얼굴에 묻어 있던 초조함은 열세에 놓인 상황 탓이 아니라 이것 때문이었던 듯하였다. 그렇다면 날도 어두워지기 전에 찾아온 연유 또한 방책을 마련코자 함이었을 것이다. 그렇지 않아도 평양을 일본군이 점령한 후 대원군은 청장(淸將)들에게 보낸 밀서가 그들의 수중에 들어가지 않았을까 노심초사하고 있었다. 이런 판국에 남쪽에 내려보낸 밀사의 정체가 드러나면 모든 직을 내려놓고 다시금 유폐의 어둠 속으로 가라앉을 수밖에 없었다. 빠갤 듯 틀어쥔 염주를 가만히 내려놓은 그가 이준용을 보았다.

—가서 이병휘를 잡아 옥에 가두게.

—어찌 이병휘를……?

—그럼 이윤용이 잡아가게 두는가? 이병휘의 신병을 확보하는 일이 일선이고 이윤용은 다음 일인 게야. 저항하거든 물고를 내게.

이준용과 정인덕은 술상을 남겨둔 채 서둘러 일어났다. 예를 올리고 사랑에서 물러나던 이준용이 몸을 돌이켜 대원군을 살폈다.

—하고 기무처에서 무슨 일이 있었는지요?

그의 물음에 대원군은 어쩔 수 없이 초조해진 얼굴로 물었다.

—한 소리 했다만 거긴 또 뭐란 말이냐?

— 김학우가 주상전하와 중전마마 폐위의 건을 의안으로 다루겠다 한
답니다.

— 그자가······.

대원군은 말을 끊었다. 등 뒤가 서늘하고 목이 바짝 타올라 갈라지는
것 같았다. 청군 막영에 들어섰을 때 느껴지던 임오년의 소름 같은 게
목덜미를 쓸며 내려갔다. 김학우가 했다는 그 말은 중전 폐서의 건을 역
률로 다스리겠다는 소리나 다름없었다. 만일 그런 일이 실제로 벌어지
면 그 옛날의 서자 재선에 이어 이번에는 애손을 잃게 되는 일이었다.
조여오는 매듭이 단단하면 풀려고 애를 쓸 게 아니라 잘라버려야 했다.

— 나성산에게 장사들을 모으라고 일러라.

이준용이나 정인덕은 그게 무슨 소리인지 알아듣고 무거운 얼굴로
그곳을 나섰다. 그들이 떠난 후 손을 떨며 씨근덕거리던 대원군은 마음
을 다스리고자 붓을 꺼내 들었다. 그러나 뜻이 없으므로 부드러움과 상
승세, 담묵과 농묵을 대비하는 음양의 원리마저 묵법에 적용되지 않았
다. 철사를 구부리듯 난엽은 배배 꼬였고, 바위틈에 스미는 물처럼 노근
이 담묵으로 비틀리다 자취마저 희미해졌다. 한동안 그 모양을 우두커
니 바라보던 대원군은 먹을 듬뿍 발라 각이 뚜렷한 바위 하나를 귀퉁이
에 세워놓았다. 낙백의 시절에 치던 석란(石蘭)과 노근란(露根蘭)이 오
늘 다시 나타나므로 생각나는 글 한 귀를 적지 않을 수 없었다.

露根蘭詩曰	노근란을 일컬어 시에서 이르기를
請君莫問根源事	그대여 근원을 따져 묻지 말게나
從古英雄才士無	영웅과 재사에겐 그런 게 없었나니

어쩐지 기력을 소진한 듯 허허로워 아무것도 생각나지 않는다. 허공 중의 소음이 성큼 물러가고 색깔마저 구분되지 않는 세상 아닌 어떤 곳에 접어든 것 같았다. 모든 게 부질없이 느껴진다. 나라의 백성이 다 죽어나갈 판에 개화가 무엇이며 왕실은 무엇인가. 그러나 그건 나약해질 때나 하는 생각이었다. 아직도 뱀 대가리처럼 고개를 쳐들던 조희연과 김학우의 모습은 뇌리에서 지워지지 않는다. 당장의 급박한 시무에 가려 크게 보지 못하는 것을 안타깝게 여겼으나 더는 그들의 행위를 충정이라 기꺼워할 때가 아니었다. 실은 진즉 길이 갈렸는데 뒤에서 옷섶을 잡아당기니 바람인 줄 모르고 대원군은 그것을 인정으로만 알았던 것이다.

13

이철래는 육조거리의 법무아문 사무실에서 협판 김학우가 돌아오기를 기다렸다. 김학우가 군국기무처 회의에 참여할 때마다 그가 돌아오기를 기다리는 것이 일이었다. 군국기무처의 논의에 따른 후속 실무를 확인해야 했고, 여타의 사안 역시 알아둘 필요가 있었기 때문이다. 군국기무처의 의제야말로 정국의 추이를 확인할 수 있는 더없이 좋은 정보였다. 그중에서도 최근에는 삼남의 일을 어떻게 처결할지 이철래의 신경은 그쪽을 향해 날을 세우고 있었다. 군국기무처에 한 명 남은 대원군계의 박준양이 비록 반대하고 있으며, 총재인 김홍집이 다소 미지근한 입장이지만 평양전투 이후 삼남의 동학당을 소탕하라는 일본의 요구는 집요하였다.

한성에서는 소문으로 날이 새고 소문으로 날이 저물었다. 남쪽의 소요가 심해짐에 따라 보따리를 싸 한성으로 들어오는 지방의 토호와 양반들의 수가 점점 많아졌다. 어느 한 정점을 향해 치닫는 분위기가 사람들 사이에 형성되고 있었다. 장차 동학당이 한성에 쳐들어올 것이라는 풍설이 역병처럼 퍼져나가고, 이튿날이 되면 벌써 한수 앞에 이르렀다는 말로 소문은 부풀려졌다. 이철래는 무리에서 차츰 소외되고 있었지만 개화당의 인사들과 일관의 인사들 사이에 부쩍 회동이 잦아진 것도 불안한 일이었다.

　―오늘 법무아문에서 따로 준비할 일은 없네.

　해가 기울 무렵에야 김학우가 돌아와 일렀다. 법무아문의 각 부서에도 주사는 많았지만 실무에 남다른 이철래에게 김학우는 의지하는 바가 많았다. 그것을 알고 김교진이 권하므로 데려온 것이었다.

　―혹시 삼남의 일에 관하여는 결정된 바가 없는지요?

　김학우의 미간이 살짝 좁혀졌다. 이철래와 말이 엇나가면 장황한 논전이 벌어질 수밖에 없음을 아는 까닭이었다.

　―군무아문에 토벌 계획을 수립하라는 의견이 전달되었네. 어찌 국체를 흔드는 저들을 두둔하겠는가?

　―대감, 백성의 분노는 일본을 향하고 있습니다. 개화당이 일본과 한몸이 될 일은 아닙니다.

　김학우의 눈이 게슴츠레해졌다.

　―백성의 눈에 일본과 우리가 구분되는 줄 아는가? 설령 그들의 눈이 밝아 그것을 안다 치세. 여기서 일본과 등을 돌려 퇴각하면 어찌 되는가? 모든 일은 수포로 돌아가는 게야.

─ 제 보기에 지금 조선은 개혁이냐 아니냐가 중요한 문제는 아닌 듯합니다.

─ 그만하세. 일 다 보았으니 난 일어서려네.

─ 정녕 일본의 선의를 믿으십니까? 평양에서 승리하자 기고만장하는 저들의 모습이 보이지 않는 겝니까? 청국과 전쟁을 벌인 불란서가 그 뒤에 한 일이 무엇이오이까? 안남을 삼켰습니다.

밖으로 나서려던 김학우가 홱 돌아섰다.

─ 사시의 눈에는 세상도 비틀려 보이는 게야. 경장의 호기를 맞았는데 이를 무산시키려는 철딱서니 없는 기도를 두고만 보란 말인가?

부아가 날 때면 상대의 직책에 연연하지 않고 핏대를 세우는 김학우지만 이철래만큼은 피하고 싶었던지 밉광스러운 말을 퍼부어댄 후 그는 자리를 뜨고 말았다. 땅거미가 깔려 사방에 어둑신한 그림자가 내려앉았다. 갈 곳이 없구나. 들어주는 이도 없이 이철래는 혼자 중얼거렸다. 흔쾌히 잔을 나누며 시국담을 늘어놓거나 고견을 청하고 싶은 사람도 없었다. 한양에서 나고 자란 탓에 낙향을 빌미 삼아 도피하거나 안길 고향도 없었다. 같이 담론을 즐기던 동료들 또한 하나둘 등을 돌린 채 떠나간 지 오래였다.

육조거리에서 내려와 종루를 따라 창덕궁 방면으로 걸었다. 깊은 곳에 놓인 현을 흔들며 먹물처럼 통증을 번지게 하는 사람이 그에게도 있긴 있었다. 세상의 눈과 체면 때문에 문간에서밖에는 만날 수 없는 사람, 밀폐된 둘만의 공간을 마련할 수 없는 자리에 아득히 서 있는 사람. 그러나 그립다 하여 찾아갈 수도 없었다. 일본 군대에 궁궐이 점령된 후로 달리 방도가 없어 법무아문에 몸을 붙이고 있지만 내딛지도 물러서지도 못할 형편에 그녀와 행복을 꿈꿀 수는 없었다. 거대하게 꿈틀거리는 세상 모퉁이에 매달려 이리저리 흔들리다 어디로 떨어질지 모르는 처지였다. 갈 곳이 정해지지 않은 다음에는 호정을 향해서도 결정할 것이 없으니 억울한 노릇이지만 그게 분수였다.

목적 없이 걷다보니 종루 네거리였다. 내친김에 통운교를 건너 탑골을 끼고 올라갔다. 어차피 안국방으로 가기 위해서는 다시 거슬러가는 방법과 내처 북으로 갔다가 운현궁 뒷길로 돌아가는 길밖에 없었다. 그러나 운현궁을 끼고 돌던 그는 불현듯 길을 되짚어 내려오기 시작하였다. 운현궁으로 드는 문에 총을 들고 서 있는 순검에게 용기를 내 관직과 이름을 밝히고 대원군을 뵈러 왔다고 청하였다. 잠시 기다리자 들라 한다는 전갈이 돌아왔다. 수직사 앞을 지나 중문을 넘어서자 떠꺼머리 청년이 노안당에 손님이 왔노라 일렀다. 들이란다는 소리에 안에 들어가 무릎을 꿇으며 절을 올렸다.

─ 내 너의 이름과 직을 아직도 기억하고 있다. 여적지 법무아문에 머무느냐?

이철래가 예를 마치기를 기다려 대원군이 물었다.

─ 그러하옵니다.

─ 용건이 있거든 말하라.

이철래는 용건을 생각하느라 머뭇거렸다. 대원군의 목소리가 건너왔다.

─ 용건이 없는 것이냐?

여전히 할 말이 없다.

─ 네 세상이 버거운 게로구나.

그 말에 눈시울이 후끈해졌다. 피도 눈물도 없는 대원군의 입에서 그런 말이 나온 것이 우선은 뜻밖이었는데 어쩐지 살아 한 번도 느끼지 못한 아버지가 연상되어 더욱 격앙되었던 모양이다. 위로니 아량이니 하는 것은 결국 사람의 크기가 아니라 관점을 공유하는 데서 나오는 듯하였다.

　─합하, 삼남의 백성을 소탕하려는 저들의 기도를 막아주십시오. 이제 막 새로 태어나는 백성이 다치면 나라는 망할 것입니다.

　대원군은 헤아려지지 않는 눈으로 이철래를 보았다. 황촉 불이 떨자 방 안의 그림자가 너울거렸다.

　─내게 방법을 일러주면 그리할 것이다.

　대원군 또한 길을 잃었다는 생각에 이철래의 콧등이 다시 시큰하였다.

　─돌아가라. 방법을 찾지 못하거든 국적이 되지 않을 길을 궁리하라. 어차피 나라가 없어지면 다 같이 죽을 목숨이다.

　대원군의 눈에는 측은지심이 가득하였으나 그것이 비단 이철래만을 향해 열려 있는 것 같지는 않았다. 그를 만나 자신이 위안을 얻었듯 대원군 또한 잠시나마 외로움을 덜었을지 모를 일이었다. 이철래는 더 말을 건네지 못하고 노안당에서 물러나왔다.

14

　모처럼 일찍 퇴청하여 집에서 저녁을 먹은 후 김교진은 사랑으로 옮기면서 딸 호정에게 찻물을 데워달라 일렀다. 사랑에 들어 연초 한 죽을 태우고 났을 때 호정이 찻주전자를 들고 왔다. 작은 골격은 아니었으나 다기를 데워 차를 우려내는 호정의 손길은 곱고도 섬세하였다. 그러나 단장을 했는데도 볼이 꺼져 수척해 보이기만 하니 분명코 수심이 깊어 보였다. 호정이 서안의 재떨이를 내려놓고 찻잔에 우려낸 차를 부어주었다.

— 네 요즘 하는 일이 무엇이냐?

차를 들어 한 모금 마시고 김교진이 묻자,

— 글을 좀 보고 어머님과 담소를 나눕니다.

호정이 다소곳이 대답한다.

— 바깥소식은 좀 듣느냐?

— 관심이 있다 하나 나다닐 처지가 아니므로 듣지 못합니다.

몇몇 떠도는 소리를 모르지 않건만 호정은 내색하지 않았다. 그녀는 언제나 아버지 김교진이 걱정이었고 마음에 둔 정인이 염려되었다. 그중에서도 자주 이철래의 일이 떠올라 수를 놓다가도 바늘에 찔릴 때가 많았다. 경복궁이 일본군에게 점령되던 날 빗속으로 허둥지둥 뛰어가던 모습을 마지막으로 아직 그를 대면한 일은 없었다. 그를 만나면 마음에 묻어둔 생각을 숨김없이 드러내게 되면서도 김교진을 향하여는 혼사 문제를 입에 담을 수 없어 그 노릇이 호정은 괴로웠다.

— 백성들이 개화당을 일러 일본의 사냥매라 한다더구나. 네 어찌 생각하느냐?

김교진의 눈 밑에 그늘이 깊었다. 그새 머리에 서리가 깊어지고 서늘하던 눈빛마저 탁한 기운에 매인 것 같았다. 밤늦은 시각까지 사랑의 불빛이 사위지 않는 것을 호정은 알고 있었다. 이튿날 보면 법안을 정리한 흔적들과 세상을 소란스럽게 하던 동학당의 폐정절목 같은 게 눈에 띌

때도 있었다.

—소녀는 나라를 위한 아버님의 충정을 알 따름입니다.

그 말에 다소 안심하는 기색으로 김교진이 물었다.

—내가 나라를 팔 사람으로 보이느냐?

—천부당만부당하옵니다. 하오나…….

—하오나?

—돌은 그 단단함으로 물에 가라앉으니 염려스럽습니다.

호정의 말을 듣는 김교진의 눈에 백태 같은 것이 어렸다. 호정이 김교
진의 잔에 다시 차를 따랐고, 김교진은 장죽에 연초를 재웠다.

—나는 일본을 가보고 청국에도 가보았느니라. 우리가 따를 것은 일
본이지 청국이 아니었다. 어느 시절에 나라를 경장하겠느냐? 이런 호기
가 다시 오지 않을 바에야 빨리 따라잡는 게 해법이라 생각한다.

호정은 입을 열지 않았다. 외교관의 경험에 그간의 모색들을 덧대 확
고한 신념에 이른 아버지에게 그녀가 꺼내놓을 말이란 달리 없었다. 그
렇지만 서로 머리를 처박는 닭싸움처럼 각 파당이 파국으로 치닫는 일
만은 호정의 입장에서도 불안하기 짝이 없었다. 세상사 어떤 일에도 참
여하지 못하건만 세상 돌아가는 일만은 그녀의 일에 벌써 사사건건 간
여하고 있었기 때문이다. 김교진은 연초를 몇 모금 빨고는 장죽을 재떨
이에 털었다. 장죽을 서안에 내려놓은 그는,

—만일 말이다.

운을 떼더니 그만 입을 다물고 만다. 지금 꺼내려는 말 때문에 어쩌면
이 자리가 마련되었으려니 싶자 공연히 치마 속에 세워둔 무릎이 시큰
해진다. 호정은 눈을 떨어뜨리며 간신히 얼버무렸다.

— 말씀하소서.

— 기왕의 혼담을 없던 것으로 하자면 네 어찌할 셈이냐?

호정은 무릎 위에 포개 얹은 손을 내려다보았다. 손등에 살짝 도드라진 힘줄이 통통거리며 뛰노는 게 보였다. 이철래와의 혼담은 세도가문끼리 세력을 연대하던 종래의 통혼 관계를 벗어나 인물 하나를 보겠다는 김교진의 의중으로부터 비롯된 일이었다. 그러나 그다음부터 그녀의 마음에 담긴 것들은 누구의 의중도 아닌 호정 본인의 것이었다. 그것은 아찔한 몽환이며 통제할 수 없는 열망이자 한 경계를 넘어서는 매듭 같은 것이었다. 규중의 처자가 차마 담지 못할 말과 음전하지 못한 행동을 이철래에게는 할 수 있었으니 기왕의 내외 관계를 넘어서려는 일종의 갈망이었다. 그런데 일의 단초를 제공한 김교진은 정견이 틀어졌다 하여 재고할 의향이 있는지를 묻는 중이었다. 어쩐지 이 모든 일이 허탈하고 싱거워져 그녀는 한바탕 웃고픈 심경이었다.

— 아버님께서 듣고자 하는 말씀을 드려야 할지, 소녀가 하고자 하는 말씀을 올려야 할지 고민해도 되겠습니까?

김교진이 손을 저었다.

— 아니다. 답변이 되었다.

손님이 왔다고 고하는 행랑아범의 목소리가 들렸다. 호정이 밖으로 나서려 하자 김교진이 그럴 것 없다며 자리를 지키도록 일렀다. 잠시 후 이철래가 문을 열고 들어서는데 아마도 남정네 두 사람 간에는 약조가 있었던 듯하였다. 서로 허리를 숙여 인사를 나눌 때쯤 그녀는 어쩐지 사내로 태어나지 못한 일이 오늘따라 유달리 분하게 생각되었다. 남정네들이 만든 세상 때문에 오도 가도 못 하는 처지가 한심하고 억울하였다.

― 일은 할 만한가?

김교진은 이철래의 실무 능력을 아껴 밑에 두고 쓰려다 공연히 부딪쳐 소리를 낼까봐 김학우 밑으로 들여보낸 터였다.

― 일 자체는 어려움이 없습니다.

실무보다는 다른 것이 힘들다는 말 같았다.

― 운현궁엘 드나들었다 들었네.

― 대원위 대감의 의중을 알고 싶었습니다.

― 의중이 무엇이던가?

― 짐작대로였습니다.

― 그래 손을 잡기로 하였던가?

김교진의 눈초리는 푸르스름하였고 말도 차가웠다.

― 대감, 대원위 대감을 적으로 돌리지 마소서. 대감께서 생각하시는 바와 같이 일본이 선의로 조선의 개혁에 찬동하기를 저 또한 고대하고 고대합니다. 하나 그게 아니라면 일본과 맞설 사람이 누구이오리까?

― 혹시 들었는가? 경무청 순검의 거수경례 인사법이 국법에 위배된다며 대원위가 그를 투옥하였네. 그뿐인가? 그를 핑계로 경무사 이윤용의 관직을 박탈하고 그 자리에 자파 인사를 기용했다네. 어찌 그대는 그런 얼토당토않은 일들을 용인하라 하는가?

― 군국기무처가 이태용 대감이나 이원긍 대감을 축출한 것과 다른 이치는 아닐 것입니다.

김교진은 천천히 고개를 저었다.

― 아니야, 그게 아니야. 뭔가 들통날까봐 조치를 취한 게야. 대원위가 하려는 일을 우리가 모르는 줄 아는가? 그는 개혁을 반대하는 완고한

수구가일세.

— 대원위 대감은 종친입니다. 왕권을 약화시키려는 정책에 찬동할 리 없습니다. 그렇다고 그것을 이유로 내칠 일은 아닙니다. 대감, 저 일본군이 삼남의 백성을 소탕하려는 뜻을 대원위 대감과 합심하여 막으소서. 이미 양국맹약을 맺어 그들이 백성에게 총부리를 겨누면 대감께서나 저나 외방의 군사와 더불어 진압하는 데 참여하게 될 것입니다. 아편전쟁과 시모노세키 포격을 아시는지요? 구제 병기와 신식 무기의 싸움은 전쟁이 아니라 학살입니다.

김교진이 장침을 두드렸다.

— 그만하라. 그대나 나나 호랑이 등에 올라탔느니.

이철래는 입을 다물었다. 그의 눈동자에서 급격하게 정채가 거두어지면서 뿌연 빛이 들어앉았다. 실망과 절망이 버무려져 안색은 더욱 참담하고 어두웠다. 두 사람은 또다시 정견의 차이를 드러내고 있었으며 호정은 마침내 참기 힘든 심사가 되었다.

— 소녀 그만 나가보겠습니다.

그녀가 자리에서 일어서려 하자,

— 아니다. 앉아 있거라.

호정을 주저앉힌 김교진이 이철래를 보았다.

— 내 자당께 날짜를 잡도록 서신을 넣을 생각이네. 두 사람 모두 그리 아시게.

이철래는 대답하지 않았다. 가슴이 크게 들썩이는 것으로 보아 분노를 삭이려고 애를 쓰는 듯하였다. 그가 자신이 처한 자리에서 더는 할 일이 없다고 느끼기라도 할까봐 호정은 두려웠다. 자리를 박차고 일어나 손 닿지 않는 어딘가로 떠나기라도 할까봐.

15

일관의 이등서기관 스기무라 후카시는 오토리를 대신하여 내무대신 이노우에 가오루가 조선공사로 온다는 말을 듣고 거리에 나가 춤이라도 추고 싶었다. 스기무라가 보기에 오토리는 유약하고 무능하여 조선을 보호국으로 만들 적임자가 아니었다. 많은 수고와 공을 들여 조선 조정을 장악해놓고도 일청전쟁을 관망할 뿐 내정에 깊이 개입하지 못한 채 어정쩡한 자세를 취하고 있었다. 먹잇감을 잡아다놓고 호랑이 굴에 든 줄 모르고 싸돌아다니도록 방치하는 꼴이었다. 어디 대원군 따위가 날뛰게 하며 삼남에서 발호하는 것들을 두고 본단 말인가. 얼마 전 오토리와 스기무라는 대원군을 접견한 자리에서 남쪽의 난군을 소탕하라는 명을 내리도록 요청한 적이 있었다. 눈치 빠른 대원군은 효유문을 보내 난군을 다독일 터이니 그리 알라고 일렀다. 시간을 벌고 남쪽의 난군과 무언가를 도모하려는 수작이 분명하였다. 그런데도 오토리는 그 노회한 잔꾀에 속아 아무것도 얻어내지 못한 채 대원군을 돌려보내고 말았던 것이다. 그런 오토리가 물러나고 이노우에가 들어온다는 게 아닌가. 이노우에가 공사로 내정되었다는 소식을 새로 파견된 부대의 책임자로부터 전달받은 스기무라는 기분이 좋아져 몸시중 드는 조선 여인을 벌써 두 번이나 품에 안았을 정도였다.

이노우에는 이토 히로부미와 같은 조슈번 출신으로 둘은 절친한 사이였다. 영국에 유학 갔다가 구라파의 연합군이 시모노세키를 포격하여 조국이 신식 병기에 도륙될 때 같이 귀국하여 도막(倒幕)운동에 투신하고 메이지유신의 원훈(元勳)이 된 사람이었다. 메이지 정부에서는 조선 사정에 가장 밝은 사람이 이노우에였다. 조선과 수호조규를 맺을 당시에는 전권부대신으로 강화도에 들어와 조선 대표를 손안의 공기 놀리듯 주물렀으며, 그 후 조선에서 파견된 수신사와 신사유람단 대표들을 접견할 때는 아라사를 경계해야 한다고 귓속말을 건넨 인물이었다. 임오년에는 시모노세키까지 나가 제물포조약의 체결을 후방에서 지휘하고, 갑신년에는 직접 조선에 들어와 김홍집을 상대로 한성조약을 끌어낸 인사였다.

조선으로 출발하기에 앞서 이노우에는 히로시마의 대본영(大本營)으로 이토 총리를 찾아가 그곳에서 조선에 관한 긴밀한 논의를 주고받았다. 조선에 주둔한 일본수비대의 지휘권과 조선에 주둔할 일본고문관의 선발권을 위임받는 등 그는 철저하게 이토와 행보를 조율했다. 일본 정부의 최고위직이라 할 수 있는 내무대신 자리를 헌신짝처럼 버리고 재외사신 가운데 가장 격이 떨어지는 조선공사직을 자청한 그야말로 사무라이의 본보기가 아닐 수 없었다. 스기무라는 조선 여인의 배를 깔고 엎드려 그 생각에 신명이 올라 밤이라도 새울 기세였다. 마침내 조선의 숨통을 조이고 대륙으로 뛰기 위해 그가 온다는 것이 아닌가. 없던 힘이 솟구쳐 그는 여인의 가슴을 두 손아귀에 움켜쥐었다.

16

먼 데서 말발굽 소리가 들려오다가 잠시 후 땅이 두둥두둥 떨고는 이

옥고 동구쯤에서 소리가 멎었다. 그 소리에 미음을 쑤기 위해 부엌에 있던 갑례가 밖으로 나섰고, 을개 또한 방에서 나와 마루를 내려섰다. 두 사람이 집 밖으로 나설 무렵 십여 명의 장정이 성큼 마을로 들어섰다. 맨 앞에 선 사람은 작달막한 체구였지만 산이라도 떠 옮길 듯한 기운을 발산하고 있었다.

—아저씨, 안녕하세요?

갑례가 그를 향해 인사하였고, 을개도 허리를 숙였다.

—우리 갑례가 이젠 시집을 가야겠구나.

—피이, 형만 중신해놓고.

—뭘 중신을 하라느냐? 보기 좋은데. 장군 계시는가?

마지막 물음은 을개를 향한 것이었다. 그때 벌써 전봉준은 이불에서 나와 방문을 열어놓고 있었다. 김개남은 수행하는 장정들을 삽짝 밖에 세워두고 마당을 질러 성큼 방으로 들어섰다. 방 아랫목에 깔린 이불을 보면서 그가 혀를 찼다.

—천하의 전녹두가 어찌 병마를 이기지 못한단 말인가?

전봉준이 초췌한 낯으로 웃었다.

—면목 없소. 이제 나아가니 곧 기동할 게요. 김개남 장군이 이리 찾아왔으니 필시 한양에서 내려온 손님을 만나신 게로구먼.

대원군의 밀서를 가져온 정인덕을 이르는 말이었다. 그는 먼저 호서로 내려가 유림이며 북접의 동학당 수뇌와 접촉한 다음 전주로 내려와 송희옥을 만나고, 전봉준이 운신을 못 하므로 김덕명과 동곡리까지 찾아와 대원군의 뜻을 전하였다. 남원의 김개남과 광주의 손화중에게도 뜻을 전하기 위해 그는 총총히 떠나갔다.

─그를 만났으나 그대를 보고자 한 것은 그들의 뜻을 따르자는 것이
아니오. 진즉 병문안을 오지 못한 것이 마음에 걸리고 이제는 마침내 그
대를 봐야 할 때라 생각되어 찾아온 것이오. 대원위가 우리와 함께할 사
람임을 믿지만 그렇다고 내 어찌 진퇴를 그에 의탁하리오.

　─무국을 깨자 말할 참이구려.

　─무국은 이미 깨졌소. 백성이 이미 그러기를 자청하고 나섰소. 난 그
들의 뜻을 따라 몸을 정히 하고 기도를 시작할 참이오. 그 끝에서 군사
를 끌고 올라갈 것이오. 어떻소? 저 개화당이라 하는 자들은 우리의 적
이오, 아니면 아군이오?

　김개남의 날카롭게 찢어진 눈과 전봉준의 들끓는 눈이 허공에서 얽
혔다. 잠시 후 두 사람은 눈빛에서 날카로움과 뜨거움을 덜어냈다.

　─묻지 말고 장군의 뜻을 말하오.

　전봉준의 청에 김개남이 단호한 어조로 말하였다.

　─저들이 왜놈들을 등에 업는 순간 나는 그들을 버렸소. 비록 저들이
몇몇 법령을 발하였다 하나 어찌 그것으로 세상을 바꾼단 말이오? 그깟
거야 없던 일로 하자고 끼적거리면 끝나는 것이오. 변화는 몇 자의 글로
이루어지는 게 아니라 사람이 만들어내는 것이오. 개화당은 왜와 한 몸
이올시다. 무엇을 할 수 있단 말이오?

　묵묵히 듣고 앉았던 전봉준이 차분해진 소리로 말하였다.

　─처음에는 먼저 선유하고 듣지 않거든 탄압한다는 양면책을 쓰겠다
더니 이제는 토벌을 준비하겠다더라던 저 권세 가진 자들의 말을 나도
듣고 있소. 며칠만 더 누워 있으면 일어날 것이오. 그간 차분히 생각해
보겠소. 답이 되었소?

김개남이 그윽이 전봉준을 보더니 별호를 불렀다.

ㅡ녹두야!

ㅡ왜 그러니, 개똥아!

ㅡ너 나랑 한날 죽을 게지?

이는 무장에 있는 저 손화중의 채마밭에서 전봉준이 건넨 말 아닌가. 전봉준은 천천히 고개를 주억거렸다.

ㅡ그렇다마다. 내 그대와 한잔 마실 날이 올지 모르겠네.

ㅡ그대가 안 오면 내가 찾아 청하지. 사골을 가져왔으니 고아먹고 일어나시게.

김개남은 전봉준의 손을 쥐었다 놓으며 밖으로 나섰다. 삽짝 밖에 있던 김개남의 수하가 마루에 사골 궤짝을 부린 후 다시 말발굽 소리를 울리며 그들은 사라졌다. 그 소리가 완전히 사라지자,

ㅡ을개야.

밖을 보며 전봉준이 불렀다. 을개가 마루 앞에 다가섰다.

ㅡ호위하는 군사들은 다 어디 있느냐?

ㅡ마을 각처에 흩어져 있습니다요.

ㅡ사골이 고아지거든 와서 한 대접씩 하라고 일러라.

ㅡ한 대접이 아니라 여러 대접을 마셔도 되겠습니다. 그 양반 배포가 커서 아예 여러 마리를 잡아온 모양입니다.

ㅡ그럼 여러 대접씩 마셔서 몸을 보하라 하여라.

전봉준의 명을 따라 마을에서는 난데없는 사골 잔치가 벌어졌다. 사골 국물이 다 떨어지기도 전에 김덕명이 또 다른 대원군의 밀사를 데리고 동곡리에 나타났다. 이번의 밀지는 혹여 병장기를 들고 있거든 모두

내려놓고 퇴산하라는 내용이었다. 호서에서는 그 밀지를 따라 일껏 모은 군사를 흩어버린 유림까지 있었다고 하였다. 밀지를 전달한 황석모라는 사람은 다시 남원으로 김개남을 만나러 떠났지만 전봉준은 대원군의 속내를 도무지 가늠할 수 없었다. 마침내 사골 국물이 다 떨어졌다.

17

어제 운변으로부터 효유문을 가지고 내려온 두 사람이 있는데 의심스럽지 않은 것은 아니나 중요한 일에 관계되기 때문에 우선 대책을 의논하고자 도회소를 철폐하고 구촌(龜村)으로 옮겨왔습니다. 과연 어제 저녁 또 두 사람이 비밀리에 내려왔기에 상세히 전말을 알아본즉 과연 이는 개화변에 눌려 먼저 효유문을 발하고 뒤이어 비계(秘計)가 있었던 것입니다. 그래서 내려온 두 사람을 가두어두고 이 둘을 엄중히 지키도록 하여 서로 말을 통하지 못하도록 조치하고 밤도 아랑곳없이 올라왔습니다. 어떻게 하고 또 어떻게 하겠습니까. 대체로 이런 일은 속히 행하면 만전책(萬全策)이 되고 늦으면 기밀이 발각되므로 이를 양찰하시고 날으듯 오시어 이들로 하여금 큰일을 할 수 있도록 천번 만번 빕니다. 들뜨지 마시고 제대로 하시기 바라며 나머지는 아직 갖추어 올리지 못합니다.

갑오 구월 육일 접제(接弟) 송희옥 배상.

송희옥의 서찰을 읽은 전봉준은 큰숨을 내쉬며 천장을 보았다. 송희옥은 전주의 도회소를 철폐하고 구미리로 갔다는 것이지만 전봉준은 안개가 가득한 것처럼 앞이 막막하였다. 그토록 상황이 가라앉기를 빌었건만 가까운 이들이 모두 싸움에 나서고 있었다. 호서의 동접들도 뜻을 모아 진격하기로 했다는 것이며, 영남에서는 이미 일본군과 접전을 벌인다고 하였었다. 누가 물리쳐야 할 적인지는 머리와 마음으로부터 얻어지는 게 아니라 백성이 일러주고 있었다.

일본과 개화당의 눈치를 보느라 거짓 효유문을 보내야 할 만큼 운변은 상황이 급박한 것인가. 기왕에 내려보낸 밀서에 관해 개화당이나 일본 쪽에서 무언가 혐의를 두기 때문에 피할 방편으로 황석모에게 거짓 효유문을 들려 보냈다는 소리였다. 전봉준은 대원군의 효유문을 들고 나타난 황석모를 즉시 베라는 거친 글월을 휘갈겨 적었다. 일본과 개화당을 속이려는 술책일망정 거짓 효유문을 들고 돌아다니는 자가 혼란을 가중하므로 끊기 위해서였다.

전령을 불러 남원의 김개남에게 전하라며 서찰을 건넨 그는 자리를 털고 일어나 시렁 위의 보따리를 꺼내 풀었다. 안에 든 것은 옅은 녹색 누비 직령포인데 고름은 짙은 갈색이요, 소매 끝은 희었으며 솜을 두어 촘촘하게 누빈 것이었다. 바늘땀 하나 틀어진 데 없이 누빈 자리가 자로 잰 듯 균일하여 지은 이의 성정과 공력이 옷에는 고스란하였다. 한동안 시선을 떼지 못하던 전봉준은 손바닥으로 그것을 쓸어보고는 벌떡 일어나 몸에 걸쳤다. 호위하는 군사들과 상두산을 넘어가자 김덕명이 외출 채비를 갖춘 채 기다리고 있었다.

— 이제 기력을 회복했나보오.

풍신 좋은 김덕명의 모습은 가을 햇살을 받아 당당하였다.

— 덕분에 움직일 만합니다.

— 우리가 순진했던 게요? 평화를 유지하며 질서를 회복하면 외방의 군사가 물러나리란 생각.

— 아닙니다. 세상을 우리가 주도하지 못하니 우린 우리가 할 일을 했지요.

김덕명이 하늘을 보았다.

— 우리가 가야 하는 이유는 하늘이 저리도 푸르기 때문이라오. 송희옥 접주는 삼례에 있소.

— 가시지요.

금구 지나 금천에 이르러 전주로 나가는 길을 버리고 정북(正北)으로 길을 탔다. 이서 지경을 지나며 준비해온 주먹밥을 각자 꺼내 씹었다. 야트막한 야산과 그곳에 몸을 기댄 초가들은 벌써 이엉을 새로 한 집이 많아 황금빛이었고, 뒤꼍 감나무에서는 감이 새파란 가을 하늘을 배경으로 붉었다. 간혹 개 짖는 소리가 들리고 마을 앞 고샅에는 사람들이 삼삼오오 둘러서서 병기를 갖춰 지나가는 군사를 수상쩍게 지켜보았다. 쪽구름이마을을 오른편에 두고 툭 터진 들 가운데로 나섰다. 민가가 멀어지자 사방은 헐벗어 검게 드러난 논바닥뿐인데 일찍 찾아든 까마귀 무리가 심심치 않게 눈에 띄었다.

사탄에 이르러 물때를 기다리며 김덕명은 행하를 내어 군사들에게 막걸리 한 잔씩을 돌렸다. 그곳에서는 예로부터 숭어와 뱅어와 웅어, 복쟁이, 실꽁치 들이 많이 잡혀 안줏거리가 풍성하고 다채로웠다. 삼례는 역이 설치되어 찰방이 직무를 수행하는 곳이라 그로부터 남쪽의 열두 역을 관할하는 교통의 요지였다. 이태 전에는 동학도 수천 명이 전라감

사와 조정을 대상으로 시위를 벌여 나라에 대한 자신감을 갖게 한 땅이
기도 하였다. 사탄을 건너 장이 서는 뒷멀마을에 이르러 군사들을 쉬게
한 김덕명과 전봉준은 송희옥이 머무는 동접의 집에 들었다. 그곳에서
두 사람은 대원군의 밀지를 가지고 내려온 전 승지 이건영과 인사를 나
누었다.

삼남초모사 이건영을 보내어 너희들에게 밀시(密示)하노라. 너희들
은 선대 왕조로부터 교화를 받은 백성으로 선왕의 은덕을 저버리지 않
고 지금까지 살아왔다. 지금 조정에 있는 자들은 모두 왜에 붙어서 궁
안에서는 한 사람도 상의할 사람이 없어 외롭게 홀로 앉아 하늘을 우
러러 통곡할 따름이다. 지금 왜구가 대궐을 침범하여 화(禍)가 종사에
미쳐서 명(命)이 조석을 기약하지 못할 지경이다. 사태가 이에 이르렀
느니 너희들이 만약 오지 않으면 박두하는 화환(禍患)을 어찌하겠는
가. 이를 교시하노라.

말로는 교지라 하나 대원군의 것이었다. 교지의 형식을 따르므로 투
식은 사용하지 않되 글씨는 예의 행초가 분명하였다. 전주성에서 휴전
하고 궁궐이 점령된 후 전봉준은 대원군을 향하여 약간의 의구심을 가
지고 있었다. 비록 궁에 든 직후부터 왜와 불화하였다 하나 개화당에도
밀리는 형국이었고, 옥에 갇힌 동학 두령을 방면하였다 하나 그가 매진
한 것은 왕과 왕비를 폐하고 새 임금을 세우려는 일이었다. 조선에 들어
온 각 나라의 외교사절을 접촉하고도 왜국을 견제하는 일에 실패하였으
매 능력이 의심스러웠다. 그러나 전봉준은 그의 밀지에서 큰 적 앞에 선

자의 두려움과 외로움을 보았다.

─위험한 길을 오셨습니다. 올라가시거든 뜻을 알았다 전해주시오.

전봉준은 이건영에게 이르고 밀지에 불을 붙여 태워버렸다.

─몸이 쇠하였다 들었소. 대원위께서 걱정을 하시더이다.

─견딜 만합니다. 그리 전해주시오.

이건영이 쉬도록 조치한 다음 전봉준은 잠시 식히겠다며 밖으로 나왔다. 을개를 데리고 마을을 빠져나와 아전다리 인근으로 나갔다. 끝 간데 없이 펼쳐진 들이 시뻘건 노을과 닿아 세상은 남김없이 불타는 형상이었다. 적은 분명하되 시작해서는 안 되는 싸움이었다. 적은 강성하고 이쪽은 강성하지 못하였다. 갖추지 못한 것은 신식 무기를 대적할 병장기만이 아니었다. 이제는 임금이나 양반, 수령 방백과 향촌의 유림까지 모두 아군이건만 그들이 진정 아군이 될지 알 수 없었다. 그런데도 백성은 나서고 있었다. 지더라도 싸워야 한다는 그들의 명이 소름 끼치게 무서웠다. 어디로든 숨어들자 하면 군사들은 절반 이상 명을 보존할 것이다. 하지만 나가 싸우자면 뜻을 거역하지 않을 것이니 어찌할 것인가. 어깨에 얹힌 책임감 때문에 그는 자리에 서서 치를 떨었다.

─을개야.

─예.

─다시 재를 넘어야 할까부다.

─예.

─그래도 솔튼재는 넘었구나.

─예.

─우금티 너머에서 다시 시작하자.

— 예.

18

　낮에 한줄기 소나기가 내리고 기온이 떨어지면서 어두워질 무렵부터
는 바람마저 스산해졌다. 몰려다니는 바람이 쏴아 소리를 내면 맺혀 있
던 방울들이 관상수 이파리에 후둑후둑 들었다. 김교진은 수문장(守門
將) 김기홍이라는 자가 올린 상소문을 읽다가 바깥 소리에 귀를 기울였
다. 어디선가는 빗물에 절벅거리는 소리가 들린 것 같았으나 그게 정말
발자국 소리인지는 명확하지 않았다. 살 속에 파고드는 고드름처럼 상
소문의 내용은 서늘하고 으스스하였다. 일본에서 귀국한 박영효를 끼고
공전의 혼란을 초래한 팔간(八奸)을 성토하는 내용이었다. 팔간에는 그
의 이름이 포함되어 있었다.

　어디선가 두런거리는 소리가 들린 듯하였다. 이 시간이면 행인의 걸
음이 끊어지는 곳이라 의아한 생각이 들었으나 수상한 시절이었다. 전
같으면 생기지 않을 일들이 자연스레 벌어졌고, 기강과 위계가 무너져
못 믿는 마음과 적개심이 횡행하였다. 그는 필사한 상소문을 치워버리
고 인편에 보내온 종형 김학진의 서간을 내려다보았다. 안부와 그곳 사
정을 소상히 적은 다음 농군이 장차 움직이려 하니 조신하게 처신하기
를 당부하고 있었다. 김학진의 편지 밑에는 또 다른 서간이 딸려왔는데
적괴 전봉준의 글이 분명하였다.

　　나라를 대경장하려는 뜻은 하늘이 내린 소명이니 이룩할 일임을 누
가 모른다 하겠는가. 하나 왜국을 의심하지 않고 오로지 그 법도만을

따르려 하매 설령 부국을 이룬다 한들 왜국이 인방에 하는 것과 같이 다른 나라를 침범하는 일에 백성을 내몰 터인즉 배불리 먹고 좋은 옷을 입기로 무엇을 하자는 것인가. 하루속히 왜국의 손을 놓고 함께 나라를 구한 다음 경장하는 일에 머리를 맞대면 어찌 방책을 얻지 못하리오. 뼈에 사무치게 후회할 때는 이미 돌이킬 수 없을 것이니 지금 처결함만 못할 것이다. 달이 해를 가렸기로 해보다 크다 하리오. 원하는 것은 이뿐이라 더 말하지 않겠노라.

내용뿐 아니라 획 하나하나가 비수처럼 찌르고 들어왔다. 그는 먹물이 밴 종이를 구겨 치우고 혼례에 관한 서간을 작성하기 위해 첫 문장을 궁리하였다. 다시금 쏴아 하는 바람 소리가 들렸다. 아궁이가 시원치 않은지 불을 지피고도 구들이 사람 덕을 보려는 모양이었다. 붓을 놓고 소주라도 한 모금 해야겠다고 여길 즈음 마루를 내딛는 소리 끝에 호정의 목소리가 이어진다.

─어머님께서 소주를 넣어드리라 하십니다.

─허허, 참…….

여닫이문이 열리고 호정이 다과며 술병이 놓인 팔모상을 들고 들어온다. 음울하던 생각이 씻은 듯 달아나 그는 호정이 따라주는 술을 흔쾌히 받아 마셨다.

─시어머니 될 분에게 서간을 낼까 하였구나.

호정의 샛별 같은 눈에 생기가 돋다가 곧 사위었다. 다른 때 같으면 고개가 숙여지면서 귀가 발그레하였을 터인데 잠깐 기쁨을 드러낸 후 찬물처럼 차분해졌던 것이다. 이철래를 향한 열정만큼은 추호도 달라진 게 없었으나 두 사람의 일은 그와 상관없는 것들로도 쉽게 휘둘릴 만큼 허약하다는 사실을 이 얼마 사이에 깨닫게 된 그녀였다. 자신의 의지와 상관없는 어떤 무시무시한 일이 어느 날 닥쳐올 수도 있다는 것을 호정은 스스로에게 납득시키는 중이었다.

―네 술을 아더냐?

소주 한 모금을 삼킨 그가 자애로운 낯으로 물었다.

―어머님 따라 한 모금 해보았으나 맛을 모릅니다.

―해볼 테냐?

―아닙니다.

유과를 집어 입에 넣으며 김교진이 일렀다.

―그는 잘 다듬으면 동량이 될 사람이다. 결기가 부드러워지도록 보필하고 더불어 새로운 나날을 준비하도록 하거라. 장차는 여인도 세상에 나갈 일이 올 것이다.

호정의 볼에 우물이 파였다. 딸과 대면하자 가슴이 훈훈해져 김교진은 거푸 잔을 비웠다.

―대감마님, 일관에서 손님이 오셨습니다.

행랑아범의 목소리였다.

―이 시간에 무슨…… 긴한 일이라 하는가?

―급히 전할 말이 있다 합니다.

―알았네. 들이게.

호정이 자리에서 일어나 밖으로 나서려 할 때 문이 벌컥 열리며 몇 사람이 안으로 뛰어들었다. 문밖에서는 또 다른 사내들이 행랑아범을 꿇리고 입에 재갈을 물리는 중이었다. 행랑아범에게 재갈을 물린 사내 중

두엇은 누가 나오지 못하게 안채 앞을 지키고, 나머지는 사랑 앞에 장승처럼 버티고 서는데 두건으로 얼굴을 싸맨 자까지 있었다. 방 안에 든 사람은 모두 수염이 짙고 눈이 깊었다. 맨 먼저 올라온 자가 발로 술상을 밀치자 바닥에 떨어진 호리병에서 꼴랑꼴랑 소리를 내며 소주가 쏟아졌다. 그 모습을 본 두 번째 사내가 품에서 예도를 꺼냈다.

—이놈들, 무엄하구나!

김교진이 눈을 부릅뜨며 소리쳤다. 그러나 사내들은 동요하는 기색 없이 세 번째 사내마저 칼을 빼들었다. 호정이 김교진을 막아섰다.

—비키시오!

앞선 사내가 호정을 노려보았다.

—이분을 베려거든 저를 먼저 베십시오. 무슨 사연인지 모르나 아녀를 베라는 명을 받진 않았겠지요.

—무엇들을 하는가? 치우게.

앞선 자가 명하였다. 호정이 은장도를 꺼내 자신의 목에 겨누었다. 그 바람에 사내들이 멈칫거렸다. 그녀의 목에서 핏방울이 흘러내렸다. 자객들이 난처한 얼굴로 머뭇거리는 모습을 보고,

—대체 무엇들을 하는 게요?

두건을 쓴 자가 성큼 뛰어들었다. 말에는 강단이 있었으나 목소리로 보아 아직은 변성이 다 끝나지도 않은 어중간한 사내였다. 그는 호정과 김교진의 모습을 살피고서야 사정을 알겠다는 듯 무언가 궁리하는 눈치가 되었다. 그 틈을 호정이 파고들었다.

—오늘 우리는 무엇도 본 것이 없으니 어서 돌아가십시오. 아녀를 죽였다는 소문이 성내에 퍼질 것이매 화적 떼가 아닌 이상 흔쾌하지는 않

겠지요. 아무리 큰일이라도 아녀를 베고서야 어찌 장하다 하겠습니까?

호정의 목에서 내려온 피가 가슴으로 흘러들었다. 한숨을 쉬는지 사내의 얼굴에서 두건이 들썩거렸다. 열기에 싸여 표독스럽던 빛이 눈에서 빠져나가고 꿈틀거리던 그의 눈썹이 고르게 펴졌다. 상대의 흔들리는 낌새를 알아차린 호정은 업어 키운 동생을 달래듯 부드러워진 소리로 일렀다.

— 집에는 부모님이 계시고 누이가 있겠지요. 돌아가 편한 잠을 주무세요.

잠시 망설이는 눈초리로 자리를 지키던 사내가 칼을 휘둘러 서안에 쑤셔 박았다. 이윽고 칼자루를 쥐고 흔들어 뽑아낸 사내가 말하였다.

— 친일 간당을 도륙하고자 하였다만 딸이 너를 살렸다. 왜구의 앞잡이로 살아가거든 우리는 반드시 다시 올 것이다.

목소리에는 어린 티가 있다 하나 기개가 남다르고 서슬이 장사 못지않았다. 이윽고 뒷걸음으로 사랑을 나선 장사들은 스미듯 어둠 속으로 종적을 감추었다. 한동안 시간이 정지된 것처럼 느껴지더니 바람이 불어와 방 안의 종이가 펄럭거렸다. 목숨을 다투는 위험이 사라지자 호정은 도리어 정신이 흐려져 손끝 하나 움직이지 못하다가 후드득 비 듣는 소리를 듣고서야 자리에 주저앉았다.

호정을 안채에 눕힌 김교진은 집에 있는 측백나무 잎을 싸매 지혈이 되도록 처방하였다. 행랑아범과 그 안댁이 벌써 바지런을 떨어 사랑은 깨끗하였다. 밖에 말이 나가지 않도록 다짐을 둔 그는 힘이 빠져 보료에 주저앉으며 장죽에 연초를 재웠다. 서안에는 칼이 박혔던 자리가 선명하였다. 아마도 그것을 보며 두고두고 경계를 삼으라고 낸 자국 같았다.

누가 보낸 사람들인지 김교진은 보지 않고도 모든 걸 알고 있었다. 두건을 쓴 자가 성큼 올라섰을 때 그자의 눈빛을 보고 알아버렸던 것이다. 코나 흘리며 뛰어다니던 녀석이 언제 그렇듯 장성하였단 말인가. 두건을 쓴 자는 바로 대원군의 사랑에서 잔심부름이나 하고 다니던 떠꺼머리 녀석이었다. 한낱 노비 주제에 칼을 품고 조정 대신의 사랑에 뛰어들었다면 예사로운 세상이 아니었다. 김교진은 불현듯 서 있는 자리가 무서워졌다.

19

이철래는 도포가 아니라 일반인들이 차리고 다니는 창옷에 행전을 쳤으며 괴나리봇짐을 메고 있었다. 그는 여전히 마음이 무거웠으나 홀가분한 것 같기도 하였다. 자객들에 의해 법무협판 김학우가 전동 자택에서 친구들과 술잔을 나누다 살해된 후 그는 마침내 모든 것을 편히 내려놓게 되었던 것이다. 소문에 의하면 다른 개화당 인사의 집에도 자객이 들었다는 것이지만 정확한 진상은 확인하기 어려웠다. 어쨌거나 그 일 이후 개화당 인사의 집에는 계엄이 강화되었다는 소문이 돌았다.

의통방을 거슬러 사동을 지나면 청풍계였다. 아닌 게 아니라 김교진의 집 대문에는 까마귀 복장을 한 순검 세 사람이 번을 서는 중이었다. 비록 뜻에 사심이 없을지라도 총을 든 군사의 엄호까지 받아야 하는 김교진의 처지가 이철래는 문득 가엾게 생각되었다. 순검들이 막아야 하는 것은 몇몇 특정 자객이 아니라 둑이 터져 물밀어 내려오는 어떤 흐름이며 민심이었다. 개명에 관한 자부심은 크고 노선이 옳다는 믿음 또한 굳건하였으나 그 오만을 뒷받침할 권세며 무력이며 백성의 신뢰 중 무엇 하나 제대로 갖추지 못한 사람들은 도리어 뭐라도 붙잡아 기대지 않을 수 없는 허약한 집을 지은 셈이었다. 순검에게 주사직을 지낸 사람인데 긴한 일로 김교진을 만나러 왔다고 일렀다. 순검 하나가 안에 들어가 허락을 받은 다음에야 방문이 허용되었다. 사랑에 들어 그는 괴나리봇짐을 내려놓고 김교진을 향해 큰절부터 올렸다.

― 그간 보살핌의 은덕을 입었습니다. 은혜에 보답하지 못하고 떠나게 됨을 용서해주십시오.

곰방대에 연초를 재우는 김교진은 손을 떨었다.

― 직을 놓았다는 소리는 들었네만…… 어디로 향하는가?

― 전라도 삼례에 동학당이 모인다 합니다.

김교진은 눈을 감았다. 손에 든 곰방대의 대통에서 푸른 연기가 올라왔으나 물부리를 빨아주지 않자 빛이 묽어지면서 사그라졌다.

― 그저 치밀어 오른 결기인가?

― 오래도록 고민하였습니다.

― 정녕 그것만이 가장 옳은 길인가?

― 제 생각이 그러하였습니다.

잠깐 숨을 고른 김교진이 물었다.

― 하면 자당께는 서간을 낼 필요가 없는 것인가?

― 아마도…….

이철래는 말을 잇지 못하였다. 아마도 어쨌다는 것인가. 한동안 이철래를 바라보던 김교진은 다른 말 없이 조용히 자리에서 일어섰다. 그가 사랑을 뜬 후 계속 앉아 있어야 하는지, 혹은 그대로 일어서야 하는지 혼자 남겨진 상황이 난감하였지만 잠시 앉았다가 다른 기척이 없거든 자리를 뜨기로 하였다. 어느 순간 서안에 난 흠집이 보였다. 무언가 예리한 것으로 찍어 누른 흔적이었다. 깐깐한 김교진의 성격으로 미루어 우연이나 실수로 그런 흠집이 만들어졌을 리 없으니 어떤 힘에서 비롯된 균열이 틀림없었다. 이윽고 우두커니 서안의 상처에 눈을 주고 있던 그는 낙담한 얼굴로 괴나리봇짐을 챙겨 일어섰다. 그때 문이 열리며 분내가 코끝에 닿았다.

—내일이라도 혼례를 치르게 해달라 아버님께 무례를 범할 터이니 사흘만 지아비 노릇을 하고 가소서. 소녀 빕니다.

호정이 최대한 가까이 다가앉으며 청하였다. 무슨 일인지 그녀는 목에 무명을 둘러 감고 있었다. 한 곳이 두툼한 것으로 보아 상처를 싸맨 자리처럼 보였는데 또한 가벼이 처신할 사람이 아니므로 서안의 흠집만큼이나 수상쩍었다.

—내 살아남거든 낭자를 찾아오겠소.

—잔인하시군요. 어찌 그리도 서방님 본인만을 생각하시는지요. 기약 없는 언약 따위 저는 필요 없습니다. 오직 지금이 있을 뿐입니다.

—죄송하오.

—그건 진정 제가 듣고자 하는 말이 아닙니다. 서방님 닮은 아들을 점지해주고 가소서.

호정의 얼굴에 서릿발 같은 서기가 올라왔다.

—못 하오. 털끝 하나 남기지 않겠습니다. 정이 깊은 사람을 저편으로 보내는 것은 못 할 일입니다. 나의 생사에 매여 낭자께서 가혹한 운명에 처한다면 그것은 바라는 바가 아닙니다. 그 같은 일을 강요하지 않겠소.

화전이나 일구며 살자는 말이 내 입에서 나올까 두렵습니다. 주저앉아 작은 희로에 머물지 않겠습니다. 내 우유부단하여 아무것도 없이 애별리고(愛別離苦)를 드려 미안하오. 용서하시고 보내주오. 원망하여도 좋소.

— 내 어찌…….

말을 끊더니 호정은 한숨을 쉬었다. 체념이 눈에 담겼다.

— 서방님으로 인한 행복이 이리도 큰데 어찌 원망하겠습니까. 서방님과 저 사이에 끼어든 세상이 원망스럽지요. 서방님께서 그에 항거하는 뜻을 저는 안답니다. 이런 날이 올까 두렵더니…….

고름을 들어 눈에 고인 눈물을 찍어낸 호정이 앉은 자리에서 치마 밖으로 버선발을 드러냈다. 버선 끝을 잡은 그녀가 그것을 쑥 뽑아냈다. 이철래는 고개를 들어 천장을 보는 것이었으나 호정은 아랑곳하지 않고 벗은 버선을 치마 옆에 놓았다. 고개를 떨어뜨리자 그녀의 발이 그대로 거기 있었다. 본래 살빛이 가무스름하여 발이라고 달리 흴 까닭이 없었다. 그러나 얼굴에 비해 발은 그래도 흰 편이었는데 동글동글한 발톱은 방금 다듬고 나온 것처럼 정갈하였고, 구부러지거나 뒤틀린 데 없는 발가락도 어미 젖을 문 강아지들처럼 질서정연하였다. 볼은 넓은 편이 아니었으며, 험한 곳을 돌아다닌 일이 없으므로 군살이 박히거나 각질이 일어선 곳도 없었다. 복숭아뼈에는 붉은빛이 돌았고, 발목은 가늘어 도리어 강건하게 느껴졌다. 그녀의 발이 마침내 치마 속으로 사라졌다.

— 제 손으로 끼니를 지어드리지 못하여 한입니다. 부디 무탈하십시오.

호정이 자리에서 일어나 큰절을 올리자 이철래도 부랴부랴 맞절을 하였다. 그녀가 조용히 돌아앉아 버선을 신을 때 그는 괴나리봇짐을 들고 사랑을 나섰다. 신을 꿰는데 방 안에서 흑 흐느끼는 소리가 들렸다.

날이 궂어 그런지 세상은 칠흑처럼 어두웠다. 그는 뛰었다.

20

갑례는 된장찌개가 자글자글 끓는 뚝배기를 행주로 둘러 상에 놓았
다. 호박과 흔히 구경하기 어려운 두부까지 썰어 넣고 마른 새우 몇 마
리를 국물이 우러나게 끓인 것이었다. 김치며 밑반찬을 뚝배기 옆에 놓
았다. 따로 마련해둔 소주를 챙기는 것도 잊지 않았다. 솥뚜껑을 열어
주걱으로 밥을 털자 잡곡이 섞이지 않은 이밥에서 달짝지근한 냄새가
올라왔다. 고봉밥을 상에 내려놓고 났을 때 마당에서 인기척이 들렸다.

— 선생님, 준비되었습니다.

을개가 토방 아래 서 있고 싸리 울타리 밖으로도 장정들의 머리가 올
라와 있었다. 방에서 전봉준의 목소리가 들렸다.

— 밥들은 든든히 먹었는가?

— 예.

— 요기를 할 동안만 기다리게.

달챙이를 찾느라고 두리번거리던 갑례와 을개의 눈이 마주쳤다. 을개
의 눈에서 푸른 물이 뚝뚝 들었다. 그의 서늘하고도 뜨거운 눈빛을 대하
자 명치가 마쳐 헛구역질이 올라왔다. 눈썹이 짙고 눈이며 코며 입이 하
나같이 큼직하여 형상이 뚜렷한 을개를 갑례는 오래도록 뚫어지게 보았
다. 병상을 털고 일어난 아버지 전봉준은 그날로 출타했다가 한 달을 홀
쩍 넘겨 어제 불쑥 나타나 하룻밤을 묵었던 것이다. 부뚜막에 놓인 달챙
이로 솥에 눌어붙은 누룽지를 긁어낸 갑례가 을개를 향해 손을 까불렀

다. 을개가 다가오자,

— 이거 먹어.

누룽지를 쥐여주고 솥에 물 한 바가지를 부었다. 상을 들고 부엌을 나서는데 누룽지 씹는 소리가 으드득으드득 들렸다. 방에 상을 들이자 전봉준이 일렀다.

— 네 것도 가져오너라. 함께 먹자.

부엌에 나가 밥을 가져온 갑례는 호리병을 들어 잔을 올렸다. 전봉준이 단숨에 비우자 한 잔을 더 올렸다. 전봉준은 밥과 반찬을 입에 넣고 묵묵히 씹어 삼켰지만 갑례는 음식을 넘길 수 없어 밥알을 깨작거리기만 하였다. 그러다 전봉준의 밥그릇에서 밥이 반 넘어 줄어든 것을 보고 부엌으로 나와 숭늉을 담아 들어갔다. 그새 그릇을 비운 전봉준이 숭늉을 입에 넣어 와글와글 행구었다. 갑례가 상을 들어내려 하자 그가 손을 들어 말렸다. 손수 상을 구석에 놓더니 딸을 보았다.

— 갑례야.

기어드는 소리로 대답하였다.

— 네.

— 아비가 미안하다.

갑례가 고개를 숙이는데 방에 깔린 삿자리 위로 눈물방울이 툭 떨어진다. 전봉준의 목소리가 이어졌다.

— 다시 돌아오거든 네가 시집가서 아들딸 낳고 사는 모습을 곁에서 지켜볼 것이다. 하나 만일 돌아오지 못하거든…….

말이 끊어졌다. 갑례는 손으로 눈물을 닦았다.

— 살아남아라.

갑례는 자리에서 일어나 큰절을 올렸다. 묵묵히 앉아 딸이 절을 올리는 모습을 바라보던 전봉준이 벌떡 일어나 문을 차고 나섰다. 갑례가 따라나섰을 때는 벌써 을개와 나란히 서서 사립문을 나서고 있었다. 신도 꿰지 못한 채 마당을 질러 급히 사립문을 나섰으나 문밖에서 기다리던 장정들에 싸여 전봉준이고 을개고 뒷모습을 찾아볼 수 없었다. 부옇게 동이 트는 하늘 아래로 사람 한 무리는 점점 희끗한 자취로 고샅을 빠져나가는 중이었다. 까치발을 딛고 목을 빼 늘였지만 희끗하던 자취마저 시야에서 벗어나 종적을 감추었다. 가고 말았구나. 무언가 뜨거운 기운이 빠져나가 껍데기만 남은 듯하였다. 바람이 불어와 치마폭은 날리는데.

― 울지 않을 테야.

갑례의 얼굴에 뜨거운 것이 흘러내렸다.

21

전봉준과 그를 따르는 군사들이 원평을 거쳐 전주로 들어오는 동안 마을을 지날 때마다 슬그머니 꽁무니에 합세하는 사람들이 나타났다. 저마다 낫을 들거나 어디서 베어 들었는지 죽창을 든 자도 있었다. 삼례에 군사가 모이기 시작했다는 소식이 벌써 사방에 전파되었고, 집강소에서 거두어 관아에 보관하던 무기를 다시 꺼내 삼례로 실어 나르는 우마차의 행렬이 끊이지 않았다. 처음 동곡리에서 출발할 때는 정예 호위병 오십여 명이 대오를 형성하였지만 전주 패서문에 이르렀을 때 어느덧 장정은 이백 명을 넘었다. 그 군사가 한꺼번에 감영에 드는 것도 부담스러운 일이라 감영 앞에 군사들을 세워두고 전봉준은 정예만 골라 포정문을 통과하였다. 그들이 부속 건물을 지나 선화당으로 접어들 때 하필 그곳을 나서던 유림 한 무리와 길을 엇갈리게 되었다. 그러나 별일 없이 서로 비켜 지나갔는데,

—장대 끝에 목이 걸리거든 우리는 반드시 구경할 것이다!

등 뒤에서 그런 소리가 들렸다. 전봉준이 바삐 그들을 향해 걸어갔다. 을개를 위시하여 호위하던 무리가 우르르 따라갔다.

—남의 것을 빼앗아 배부른 것만을 낙으로 아니 살아가는 이치를 모르는 것입니다. 내 눈에는 가여울 뿐이오.

전봉준을 마주 보고 선 유림 가운데 백발이 성성한 자가 말하였다.

—만일 살아오더라도 우리가 용서치 않을 것이다. 한 사람도 남기지 않고 도륙할 것이야.

—왜에 부화뇌동하지 말고 자리를 지키시오. 나머지는 돌아와 처결하겠소.

전봉준이 돌아서자 따르는 사람들도 돌아섰다. 그러나 대오를 이룬 사람 중에는 뒤를 돌아보며 흘긋거리는 자가 많았고, 실핏줄이 터진 것처럼 눈에도 핏발들이 서 있었다. 그러다 도저히 참지 못하겠던지 더팔이가 한 마디를 질렀다.

—댁네들 세상은 이미 끝났어!

그들이 선화당 앞에 이르자 통인이 전봉준의 방문을 고하였다. 김학진이 직접 나와 전봉준을 맞았다. 전봉준이 앉기를 기다려 김학진이 자기로 된 주전자를 들었다.

—이 술 받고 편히 건너가오.

술 한 잔에 빈속이 찌르르 저려왔다. 김학진이 다시 잔을 채우며 말하

였다.

—다시는 돌아오지 못하겠지요?

추수 끝의 들판처럼 동공이 허전하였다.

—과연 그렇겠지요. 그러나 나는 죽을 것이로되 순상께서는 왜의 주구가 되어 살아갈 것이니 제가 위로를 드려야겠습니다.

—허허 참!

김학진이 반백인 수염을 쓸었다.

—한들 무에 두렵겠습니까? 순상께서는 우리와 손잡고 고을을 다스렸으며, 왜와 일전을 앞두고 병장기며 군량을 모으셨으니 후세에 빛날 것입니다. 우린 벌써 이루었지요.

김학진이 천천히 고개를 끄덕였다.

—나라에서 임명한 한 지역의 수장으로 나의 선택은 쉽지 않았소. 언제나 두려웠고 언제나 고독하였소. 그대 또한 그랬겠지요? 어쩐지 내 삶의 전부는 이곳에 남아 있을 성싶소. 이 잔 비우고 잘 가오.

전봉준이 잔을 비우고 일어나 절을 올리자 김학진이 맞절을 하였다. 그 길로 선화당을 나선 전봉준은 거리에 나와 지켜보는 사람들을 뒤로 하고 일행과 공북문을 나섰다. 인가가 사라지자 넓은 들이 나타났고, 제법 차가워진 바람을 맞으며 계속 걷자 김학진을 처음 만났던 쪽구름이 마을이 나타났다. 그곳에서 오른편으로 빠져 삼례로 뚫린 길로 접어들었다. 바다에 면한 해남과 흥양 땅에서 줄곧 이어지다가 전주에서 합쳐진 길로 마냥 따라가면 한양에 닿게 되어 있었다.

아전다리를 건너자 들판을 하얗게 덮은 군사와 군량을 실은 우마차들이 보였다. 전봉준 일행을 만날 때마다 사람들이 인사를 올리는데 벌써 태도며 자세에 절도가 붙어 군례에 가까웠다. 지난봄에 함께 싸웠던 김덕명 포의 군사 가운데 나주의 최경선 부대와 순천의 김인배 부대를 제외하고는 총집결한 셈이었다. 거기에 전주와 진안을 포함하여 호남 북부의 군사가 가세했을 뿐 아니라 왜와 싸운다는 소리에 드물게는 유생의 몸으로 참여한 자도 있었다.

─저 스님!

승복 차림으로 군사의 무리에 섞여 걸어가는 사람에게 전봉준이 말을 건넸다. 그가 달려와 두 손을 모았다.

─소승을 알아보시는지요? 탄묵입니다.

두상이 어쩐지 낯익다 싶었는데 작년 이맘때 솔튼재에서 만난 스님이었다.

─어찌 스님께선 군사들 사이에 섞여 있습니까? 뒤로 빠져 운량을 담당하시지요.

─알겠습니다.

스님은 합장을 올리고 저만큼 멀어진 군사의 무리로 뛰어갔다. 전봉준은 길가의 장막을 들추고 안으로 들어섰다. 커다란 원탁을 사이로 김덕명과 두령들이 이야기를 나누는 중이었다. 전봉준이 빈 의자에 앉으며 물었다.

─군사의 편제는 끝났소?

─끝났습니다.

─남원의 김개남 접주는 언제 움직인다 합디까?

손화중과 김인배 등은 해안으로 상륙하는 적에 대비하여 남쪽에 머물게 하고 한양 진격은 김개남 부대와 함께 수행하기로 되어 있었다. 호서의 손병희 부대와는 논산 인근에서 결합하기로 약조가 된 터였다.

　―김개남 장군은 사십구일 기도에 들어갔다 합니다. 조금 시일이 걸릴 듯하오.

　김덕명의 답변을 듣고 전봉준의 얼굴이 잠깐 어두워졌다. 들 저편 북쪽에서 내려오는 바람이 장막을 흔들었다. 전봉준은 장막 밖에 펼쳐진 논에 시선을 주었다. 끝없이 펼쳐져 하늘에 닿아 있었다.

　―어쨌거나 준비는 끝났구려. 우리는 지난봄의 싸움으로 행정 경험을 얻었소. 이번에는 저 들을 얻읍시다.

　그는 시선을 말뚝처럼 들에 박았다.

22

　손님을 어디서 맞을지 고민하는 눈치들이었으나 스기무라가 공사의 집무실에서 맞자 하여 이노우에의 허락을 받았다. 공사의 집무실에 딸린 방에는 커다란 회의용 원탁이 있었고 그곳에 다과며 다기들을 갖추고 손님 맞을 채비를 하였다. 이노우에 공사와 스기무라 외에도 통역관이 배석할 예정이었다. 준비가 웬만큼 끝나자 스기무라는 이노우에에게 간단한 주의를 주었다.

　―오늘로 모든 것을 끝내야 합니다. 무슨 짓을 할지 모르는 자입니다. 오늘 끝내야 계획대로 군사를 움직입니다.

　이노우에가 인상을 찌푸리며 말하였다.

　―훈수를 하는 것인가? 총리대신을 다룰 때 보지 않았는가?

　기름을 발라 넘긴 이노우에의 머리칼에서 빛이 반사되었다.

— 물론 보았지요.

이노우에의 의지가 확고한 것을 확인한 스기무라는 더 이상 잔소리를 입에 물지 않았다. 며칠 전 이노우에는 총리대신 김홍집과 외무아문대신 김윤식, 탁지아문대신 어윤중을 일관에 초빙하여 다과를 대접한 일이 있었다. 이야기가 한창 무르익을 무렵 이노우에는 평양전투의 전리품 가운데 김홍집이 청장들에게 보낸 서신을 떡하니 펼쳐놓았다. 조희연이나 김교진 일파와 달리 같은 개화당이면서도 김홍집 등은 일본에 의구심을 품고 있을 뿐 아니라 도리어 청국에 편향된 인사들이었다. 바로 그 무리의 핵심 세 사람을 콕 집어 초빙한 이노우에는 동학당을 소탕하고 대원군을 축출하는 일에 협조해줄 것을 요청하였던 것이다. 일본의 후광을 업고 총리대신이 되더니 뒤로는 청장과 속닥거리던 김홍집의 가증스러운 표정이라니. 그러나 스기무라 같으면 멱살을 잡아 내치고 말 일인데 이노우에는 서간과 김홍집의 협조를 교환하는 선에서 일을 매듭지었다. 국왕 부처를 포함하여 여러 세력을 분할해 관리하는 일이야말로 조선을 보호국으로 만들기 위한 가장 손쉬운 방략이었다. 그렇지만 대원군과 남쪽의 난당만큼은 늑대와 같은 무리라 고기 몇 덩이로 길들여질 자들이 아니었다.

— 19대대는 내려갈 준비가 되었겠지?

이노우에를 향해 스기무라는 고개를 끄덕였다.

— 물론입니다. 단 한 명도 두만강을 넘지 못할 것입니다.

독립 후비보병 제19대대는 남쪽의 농군을 소탕하기 위한 목적으로 이미 조선에 들어와 있었다. 일본의 입장에서는 농군을 소탕하되 그들이 국경을 넘어 아라사로 넘어가는 일이 가장 큰 걱정거리였다. 청국은 냇물을 떠 손에 넣은 송사리 꼴이었지만 아라사가 개입하면 틈새로 빠져나갈 우려가 있었다. 저 먼 남쪽 바다로 내몰아 농군을 모조리 수장시키겠다는 것이 이번 청야(淸野)작전의 목표였다.

— 미나미 소좌에게 이토 총리의 훈령은 전하였는가?

스기무라가 다시 고개를 주억거렸다.

— 전하였습니다.

미나미 고지로 소좌는 이번에 특파된 19대대의 대대장으로 막부 말기의 숱한 내전에 빠짐없이 참여해온 백전노장이었다. 이토 총리와 이노우에가 미나미 소좌에게 특별히 주문한 내용은 조선 관군을 총포전에 어울리는 군사로 조련하되 섣불리 모습을 드러내지는 말라는 것이었다. 적도를 소탕하고 색출할 때 손에 피 묻힐 일이 생기거든 반드시 조선인을 내세우라는 것이 주문의 요지였다.

— 다시 한 번 전하라. 조선 정부가 잃은 백성의 신뢰를 우리가 가져와야 한다. 우리 군대는 조선을 돕는 자들이지 침략군이 아니다. 모든 군사가 그렇게 믿어야 한다. 군율을 엄히 세우고 선무활동에 최선을 다하도록.

— 철저히 시행하라 이르겠습니다.

그때 밖에서 순사가 들어와 일렀다.

— 대원군이 도착하였습니다.

두 사람은 자리에서 일어나 대원군을 맞았다. 이노우에는 연미복 차림이요, 스기무라는 양복을 입었는데 대원군은 금관조복을 갖춰 한껏 위의를 차린 모습이었다. 원탁에 둘러앉았으나 대원군은 다과며 가배에는 눈길도 건네지 않았다.

— 바쁜 몸이니 용건을 말씀하시지요. 미리 일러두지만 내 나라 백성을 치는 일에 나는 찬동할 수 없소.

볼이 늘어진 대원군은 심술궂은 노인네의 얼굴 그대로였다. 그러나 그보다 연하인 이노우에는 눈썹 위에 굵은 주름이 여러 겹 접혀 있더라도 악어처럼 강건한 턱뼈의 선이 고스란하여 무엇이든 깨물면 으깨버릴 성싶은 인상이었다.

— 잘못 아셨습니다. 우리가 청하려는 것은 그게 아닙니다.

대원군은 금방이라도 일어설 것처럼 두 손으로 원탁을 짚었다.

— 하면 그냥 가도 되겠구려.

— 우리는 저하께 편히 노후를 즐기시라 권해드립니다. 연치도 있고 조선 조정도 자리가 잡혀가니 불편함이 없도록 보필하겠습니다.

경련으로 대원군의 볼이 실룩거렸다. 꺼져 들어간 그의 눈동자가 화로 속의 숯불처럼 붉어졌다.

— 내 나라 일에 일본이 왈가왈부할 권한은 없소. 이것은 내 일이오.

— 보여드릴 것이 있습니다.

말을 마친 이노우에가 스기무라를 보았다. 스기무라는 평양의 청나라 장수들에게 보낸 대원군의 밀서를 원탁에 펼쳐놓았다. 콧등을 내려다보는 시선으로 슬쩍 서간을 확인한 대원군은 무엇인지 한눈에 알아보았을 터인데도 태도에 변화를 보이지 않았다.

— 공사께선 구라파에 유학할 당시 일본이 포격을 당하자 급거 귀국하였다지요? 나 또한 나라가 짓밟히매 활로를 찾으려 하였소. 이제 와서 그 책임을 물으려는 게요? 공사가 귀국한 일에 누가 책임을 묻더이까? 어찌 어제와 오늘은 태도가 바뀌는 것이며, 귀국에서 칭송받는 일이 조

선에서는 해악이 된단 말이오?

물증을 들이미는데도 대원군은 굽힐 의사가 없는 듯하였다. 그 뻔뻔
스러움이 역겨웠지만 한편으로 스기무라는 머리를 주억거리고도 싶었
다. 자신의 뜻과 자존심을 팔지 않으려는 품격에 대한 경외였다. 어쨌거
나 조선의 모든 정치세력을 벼랑까지 밀어붙여 떠밀어버릴 자와 손 내
밀 자를 입맛대로 고르게 되었으니 이것은 가장 끗발 좋은 패가 아닌가.
이노우에의 목소리에서 온기가 거두어졌다.

—우리는 저하가 그간 벌인 일을 알고 있습니다. 왜 경무사 이윤용을
말도 안 되는 이유로 파직하였는지, 또 이병휘라는 자는 어찌하여 잡아
가두었는지. 저하께서 만일 청을 거절하면 우리 또한 반격을 할 것입니
다. 이준용은 스스로 왕이 되려고 무리를 모아 모사를 꾸미고, 자객으로
하여금 신료를 죽게 하였으니 마땅히 법에 따라 처결될 것입니다.

대원군이 그토록 귀애하는 이준용을 역도로 몰아 죽이겠다는 협박이
었다. 대원군은 원탁을 치며 자리에서 일어났다. 통역을 포함하여 세 사
람의 일본인을 둘러보던 그가 말하였다.

—참으로 억울한 일을 당하여 말과 힘으로도 어쩔 수 없을 때 조선인
들이 하는 말이 있소. 무엇인지 아시오?

세 사람 중 누구도 입을 열지 않았다. 대원군이 외쳤다.

—천벌을 받을 것이다! 너희는 반드시 천벌을 받는다!

살을 에는 밤

1

쾅! 쾅!

체봉산 정상에서 포가 불을 뿜었다. 휘파람 소리를 내며 허공을 날아간 포탄이 이인역참 지나 괴암앞들에 떨어지면서 논바닥의 흙을 까뒤집었다. 마을 사람들은 이미 산속 깊이 피신하여 여의치 않은 노인과 아녀들만 소쿠리를 쓴 채 절구 뒤에서 몸을 떨었다. 영문 모르는 개들이 마을 안팎을 뛰며 시끄럽게 굴었다.

역참을 중심으로 마을 안쪽에서 나타난 관군이 들판의 짚더미나 나무 뒤에 붙어 총을 쏘았다. 그들이 쓰는 스나이더는 워낙 성능이 뛰어나 총탄이 산정에 선 사람의 귓전을 핑핑 스쳤다. 그러나 송대화 부대의 총수들도 지난봄에 노획한 모슬총으로 산 정상과 중턱에서 맞불질을 하므로 아무래도 높은 데서 쏘는 총이라 관군에게는 매우 불리하였다. 게다가 포탄이 관군 발치에 연이어 작렬하자 지탱하지 못한 그들은 슬금슬금 꽁무니를 뺐다.

체봉산 정상에서 진격 나팔이 울리고 사물이 악머구리 끓듯 울었다. 막동이는 죽창을 든 사람들 틈에 섞여 죽을힘으로 뛰는 것이었으나 제정신은 아니었다. 체봉산에서 관군을 향해 포를 쏠 적에는 그렇게 가까운 데서 포성을 듣기로는 난생처음이어서 멍멍해진 귀로 당최 다른 소리는 들을 수 없었고, 피어오른 화약 연기 때문에 숨이 끊어질 지경이었다. 마을로 접어들었을 때도 유황 타는 냄새에 자꾸 헛구역질은 올라왔다.

용성천을 따라 길이 산협으로 사라지는 돌고지 너머까지 관군을 추격한 농군은 적의 매복을 염려하여 그쯤에서 되돌아왔다. 그들 선발대가 돌아왔을 때 이인역참은 벌써 농군 차지가 되었고, 풋개(草浦)와 경천을 출발한 후속 부대 또한 속속 도착하여 마을 앞 들판에 진을 세웠다. 농군은 들에 짚단을 깔고 이엉을 만들어 아쉬운 대로 하룻밤 바람을 가려줄 울을 세웠다. 논 가운데에 그럴듯한 울타리가 들어서자 소금 간을 한 주먹밥이 나왔다.

언제였던가, 장사들 틈에 끼어 김교진의 집을 찾았으나 허탕을 치고 물러나던 날 어쩐지 상대가 자신을 알아본 것만 같아 막동이는 영 뒤가 께느른하였다. 대원군에게 누가 될까 운현궁에는 들지도 못하고 장사들이 머무는 청파 안가에서 마실 줄 모르는 술에 빠져 허우적거렸다. 그러다 부모형제가 있는 것도 아닌데 위험을 무릅쓰고 돌아갈 일이 무엇이랴 싶어 에라 모르겠다 남쪽으로 내려왔던 것이다. 대원군을 수발드는 일도 못할 노릇은 아니었지만 누구 눈치 볼 것 없이 하늘의 매처럼 자유로워진 지금이 그는 훨씬 신간 편하였다. 아무리 마음 좋은 주인을 만나도 노비는 결국 코가 꿰어 말뚝을 벗어나지 못하는 신세인데 비로소 코뚜레를 벗게 되었던 것이다. 높은 곳에서 내려다볼 때처럼 운현궁을 벗어나자 먼 데까지 한눈에 보게 되어 가라는 곳이 아니라 가야 할 곳으로 갈 수 있게 된 셈이었다.

―집 나선 지 얼마나 됐다고 마누라 속곳이 떠오를꼬?

논바닥에 주저앉아 주먹밥을 오물거리던 염소수염이 신소리를 던졌다. 언젠가 단가 한 자락을 멋들어지게 부르던 이였다.

―보고 잡을 때 꺼내 보라고 홍합 하나도 안 주던가?

옆 사람이 농을 걸자,

―하나가 뭔가? 한 말 남짓 싸준 것을 이놈 저놈 다 집어먹었지.

염소수염의 대꾸에 사람들이 키득거렸다. 한 사람이 턱으로 막동이를 가리켰다.

―어이 총각, 거게 우리 총각도 계집 맛을 아남?

사내들이 다시 낄낄거렸고, 얼굴이 붉어진 막동이는 공연히 주위를 두리번거렸다.

콰과광!

어디선가 포탄이 터졌다. 어느새 전열을 정비한 관군이 무수산과 운암산에 포대를 설치하고 불질을 해대는 중이었다. 농군이 인가를 피해 포탄을 쏘던 것과 달리 관군은 마을이고 들판이고 가릴 것이 없다는 투였다. 막동이는 아이들 장난질에 패대기 당한 개구리마냥 먹던 밥도 팽개치고 논바닥에 뻐드러졌다. 가까운 데서 폭음이 들리고 흙더미가 우수수 쏟아지면서 뭔가 묵직한 것이 뒤통수를 쳤다. 산에 오를 생각에 자리에서 일어나는 순간 뒤통수에 얹혔던 것이 바닥에 툭 떨어졌다. 누군가의 몸에서 떨어져나온 다리 한 짝이었다. 방금까지 신소리를 주고받던 사람의 것이 분명하지만 몸은 간데없이 다리만 혼자서 푸들푸들 떨었다. 끈적거리는 얼굴을 손으로 훑자 들러붙은 살점이 쓸려나왔다. 방금 삼킨 것을 게우면서 막동이는 허위허위 산을 올라갔다.

2

주위에 깔린 낙엽과 벗은 나무들이 형체를 드러내는 걸로 보아 춥고 긴 밤은 꼬리를 내리는 눈치였다. 바닥에 깔린 낙엽과 나무에 남은 이파리에 서리가 두터워서 눈이 내렸대도 믿길 지경이었다. 가만히 손가락을 움직여보았으나 감각이 없다. 몸에서 떨어져나간 것처럼 발가락에도 느껴지는 게 없다. 몸 안의 피까지 죄 얼릴 듯 야단스럽던 추위를 당연한 일로 알고 감내하는 사람들이 이철래는 헤아려지지 않았다. 이것은 신념이나 의지만으로 될 일이 아니었다. 열 명으로 이루어진 오(伍)가 낙엽이며 나뭇가지를 뒤집어쓰고 남의 체온에 목숨을 맡겨 기나긴 겨울 밤을 보낼 때 심지어 어떤 이는 코까지 드르렁 골던 것이었다.

한양에서 내려올 제 우금티 정상에서 둘러본 인근의 모습은 사뭇 인상적이었지만 그런 만큼 끔찍한 것이기도 하였었다. 멍에처럼 구부러진 금강이 도시 북변을 방비하는 형국이라면 그 안에 옴팍 들어앉은 공주를 남으로부터 지켜내는 것은 부내를 에워싼 산자락이었다. 높지 않되 미로를 만들 듯 첩첩 띠를 두른 산들은 하나같이 경사가 가팔라 넘보기 어려운 형승이었다. 그 겹겹의 띠들 사이로 거미줄 풀리듯 흘러내린 골짜기가 곰티와 우금티였다. 그곳에서 일본군과 관군이 냉정하게 조준 사격을 할 판에 바늘구멍 같은 틈새를 뚫는 일이 어찌 끔찍하지 않으랴.

역참 하나를 두고 톱질하듯 뺏고 빼앗기기를 되풀이한 끝에 이인을 점령한 농군은 이튿날 무너미를 넘어 효포로 밀려들었다. 효포를 지키던 관군은 농군의 기세를 감당하지 못하여 총 몇 발을 발사하고 밤나무와 상수리나무 숲으로 줄행랑을 놓았다. 효포를 점령한 농군은 어둠이 내리자 대오별로 능암산과 봉화대, 곰티 아래로 나아가 나뭇잎을 헤치고 몸을 부비며 하룻밤을 떨었다. 그중 이철래가 소속된 오는 장팔이라는 중년 사내의 인솔 아래 곰티 서쪽 능선에서 밤을 보낸 참이었다. 그들에게 주어진 총이라곤 화승총 한 자루가 고작이었다.

— 잘들 주무셨소?

밤새 앓는 소리를 내며 이를 부득부득 갈던 사람들이 새벽녘부터는 그 소리마저 내지 않게 되자 장팔은 문득 대원들의 생사를 확인하고 싶었던 모양이다. 전라도 태인 자락에서 왔다는 그는 이상하게도 말을 할 때면 영남 억양을 썼다.

— 다들 얼어서 뒈진 게로구먼.

— 기력이 없으니 말이라도 아껴야지 않겠소. 젠장, 마누라 생각에 한숨도 못 잤네.

전라도 임피에서 왔다는 사내였다. 자기 땅은 없고 소작을 붙이다가 집강소가 설치되면서부터 일에 참여하게 되었다는 자였다. 간밤을 추위로 뒤척일 제 이런저런 말 끝에 그것도 무슨 자랑이라고 중전의 아비가 살아생전 현감으로 내려왔었다며 제 사는 고장을 소개하던 이였다. 또 다른 자의 목소리가 들렸다.

— 금슬이 좋았던 게로구먼.

—그게 아니라 집강소에 들 때부텀 마누라와는 벌써 싸움이 잦았소. 무슨 증뿔 났다고 그런 델 참여하느냐구, 이러다 소작도 떨어진다구 난리 난리 그런 난리가 없습디다. 네미릴, 증뿔도 없으니 이런 일에 나서지 아니면 미쳤다고 나서겠수? 어쨌거나 집강소 들어가서 잡세는 어떻게 허며 결세는 어떻게 헐 것인지 상의도 허고 큰 소리도 내고 그랬는디 아, 그것이 시상 없이 재밌는 일이드란 말여. 우리 일을 우리가 결정하고 득 되는 일을 허는디 신이 안 나? 그렇게 이놈들이 지금까지 지들만 해먹었등개벼.

이야기를 듣던 사람 하나가 타박을 했다.

—앗따, 거 집강소 말고 마누라 얘길 허란 말여.

—어 참, 그렇지. 글씨 집강소를 나간 그날부터 멋이 쏘가지가 났는지 작것이 몸 한 번을 안 열어주더란 말여. 떠나는 날도 동구에 애새끼들까지 끼고 나와서 울고대고…… 내 원 남부끄러워서.

—그러면 뭐 한다고 예까지 와서 생각을 하고 그러오? 저 북관으로 올라가 계집 하나 새로 얻든지 하지. 간도에 가면 노는 땅도 천지라는데.

말들이 점점 가관이었다. 오가는 농지거리가 처음에는 낯설었지만 언제부턴가 이철래는 그들의 사연을 듣는 일에 슬그머니 재미가 들렸다. 추위를 견디려고 간밤에 한 자락씩 이야기를 펼칠 때 보니 세상에는 우습고도 슬픈 것들이 천지였다. 그에게도 이야기 한바탕을 꺼내라고 성화를 부려 처음에는 호정의 발에 관한 이야기를 할까 하다가 비웃음이나 사고 말 일이라 그는 아내가 죽었다는 말로 대신하고 말았던 것이다.

—근디 말여, 이인에서부터 죽을지 살지 총탄을 피해 댕길 때 본게 이상스레 마누라가 생각나더란 말요. 그간 쥐어 팬 일도 후회스럽고, 돌아

가거든 오지게 가죽침을 놓을 작정이오. 인자는 때리지도 않을 것이여.

　사람들이 키득거리는데 누군가,

　—쉿!

　바람 새는 소리를 냈고, 낙엽 밟는 소리가 들렸다. 소리가 차츰 가까워진 후에야 저편 대오에서 두런거리는 소리가 건너왔다. 밑에서 만든 주먹밥을 농군 일부가 채반에 얹어 배분하는 중이었다. 사람들은 구덩이를 나와 낙엽을 털고 몸을 움직여 마디마디 오그라든 관절을 풀었다. 상대의 체온으로 서리와 북풍을 이겨낸 셈이라 생김새와 상관없이 사람들은 다들 형제 같았다.

　—곧 공격이 시작될 게요. 준비들 단단히 하시오.

　주먹밥 한 덩이씩을 쥐여준 농군이 나직이 속삭이고는 다음 오를 향해 멀어졌다. 참기름을 둘렀는지 고소한 냄새가 풍기는 주먹밥을 이철래는 꼭꼭 씹었다. 과연 버틸 수 있을까. 풋개며 이인에서는 울을 만들어 바람을 막고 민가에서 내준 이불을 무릅쓴 채 온기를 나눴지만 지난밤은 오롯이 한둔이었다. 이 선택을 후회하지 말자 수만 번을 뇌었지만 추위에 찢기는 몸은 의식을 허물어뜨리며 온갖 비겁한 생각을 말발굽처럼 몰아왔다. 임금과 사대부까지 나서라고 호소하던 농군의 성숙한 고시문(告示文)을 밤새 떠올렸으나 몸으로 당하는 고난은 그런 감동 따위 대수롭잖게 치워버렸다. 정녕 얼마나 버티게 될까.

　어둠이 물러가자 산의 윤곽이며 나무의 생김새들이 차츰 또렷해진다. 나뭇잎이 두텁게 켜를 이뤄 부엽토가 되면서 내뿜는 냄새가 새벽안개에 실려 코에 스민다. 대장소가 있는 윗말 끝자락에서 뿔나팔 소리가 길게 끌리고, 꽹매기 깨지는 소리와 북소리가 골짜기를 째며 올라온다. 능암산과 곰티 방면에서 군사의 고함이 터졌다. 식사를 마친 사람들은 바가지에 담긴 물을 마지막으로 돌려가며 마셨다.

─병기를 챙기시오. 명이 떨어질 때까지 자리를 사수하시오.

손에 침을 뱉으며 창대를 그러쥐는 장팔의 명에 무명을 둘둘 감은 손으로 이철래는 죽창을 들었다. 함성이 계속 이어지면서 협곡에서 풀려나온 조도를 따라 재를 기어오르는 희끗한 것들이 보였다. 곰티를 오르는 차치구와 송희옥, 송대화 부대의 군사들이었다. 장팔이 지휘하는 오를 포함하여 인근의 대오들은 그들의 옆구리가 뚫리지 않게 대기하다가 중앙의 군사가 전진할 때 보조를 맞추는 게 임무였다. 능암산을 타고 오르는 군사의 함성도 어렴풋하게 들려왔으나 봉수대 쪽은 멀어 그런지 소식이 없었다.

─자, 우리도 움직입시다. 천천히!

장팔이 먼저 일어서며 사람들을 독려하였다. 돌부리를 딛고 나뭇가지를 붙잡으며 길 아닌 곳을 기어오르기 시작할 무렵 곰티 방면에서 총성이 울렸다. 그 소리에 겁을 먹은 사람들이 약속이나 한 것처럼 자리에 엎드렸다. 곰티를 공략하는 본진을 뺀 나머지 부대는 초짜들로 이루어진 셈이라 새 한 마리 푸덕거리는 소리에도 민감해지게 마련이었다.

─조금 더 나갑시다.

장팔이 먼저 몸을 일으키자 나머지도 따라 일어났다. 인근에서 함께 움직이던 다른 오에서도 사람들이 일어섰다. 곰티와 능암산에서는 들들대는 기관총 소리까지 들려왔다.

─적이다!

앞서가던 오에서 다급한 외침이 터져 군사들은 다시 배를 붙이고 옆드렸다. 총성과 쉭쉭거리던 총탄이 허공을 찢는 소리가 이어진 후 좌우의 낙엽이 풀썩거렸다. 바닥에 머리를 묻은 이철래는 바삐 손으로 낙엽을 그러모았다. 그깟 낙엽이 총알을 막아줄까마는 손질을 멈추는 순간 모든 게 암흑 속에 잠길 것 같았다. 다행히 곰티의 농군을 막는 데 적의 화력이 집중된 탓인지 이쪽의 총성은 별반 독살스럽지 않았다. 관군은 주력 대오의 옆이 찢기지 않게 간수만 할 요량인 듯하였다. 그러나 총알이 보이지 않는 마당에 숫자를 믿고 나댈 일은 아니었다.

─밤을 새운 대오는 내려가시오. 교대요.

한 시진 가까이나 그렇게 오도 가도 못 하고 엎드려 있자 뒤에서 다른 대오가 올라왔다.

─한 일도 없이 무슨 교대란 말요?

뒤를 돌아보며 외치는 장팔의 입을 이철래는 어쩐지 틀어막고 싶었다.

─밤새 적이 내려오지 못하게 지켰으니 됐소. 교대합시다.

눈치 살필 것 없이 이철래는 낙엽에 몸을 맡기고 미끄럼을 탔다.

─아이쿠머니!

옆에서 들리는 비명에 고개를 돌렸다. 교대를 하기 위해 올라오던 사람이 밑으로 주르륵 흘러내렸다. 군사들이 달려가 몸을 뒤집고보니 벌써 가슴이 질척하였다. 숨을 쉬고 싶은 눈치였으나 피가 기도로 역류하는 바람에 사내는 그륵거리기를 고통스럽게 반복하고서야 눈에서 정기를 덜어냈다. 사람들은 말없이 그를 눕힌 다음 올라갈 자는 올라가고 내려갈 자는 내려갔다. 저만큼 나무 사이에 고라니 한 마리가 눈에 띄었다. 위에서는 밀려 내려오고 아래에서는 밀고 올라가므로 어디로 움칠지 모른 채 겁에 질려 떨고 있었다. 이철래는 공포가 담긴 고라니의 순한 눈을 멍청히 쳐다보았다.

3

점심나절을 넘겨 해가 기울 때까지 관군은 흔들림 없이 자리를 사수했다. 물러서지도 나서지도 않으면서 희끗한 것이 나타나기를 기다려 따북따북 사격에 임하였다. 총탄이 발사되는 지점으로 보아 관군의 숫자는 많은 게 아니었으나 길목을 점한 그들의 저지선은 여간 견고한 게 아니었다. 본격적인 싸움에 앞서 일본군 소위 스즈키가 군사의 수비와 사격을 공들여 조련한 덕이었다. 모리오 대위의 인솔 아래 일본군 백여 명도 이날은 결합되어 있었다.

효포에서 밀고 들어오는 농군의 입장에서는 적의 포탄을 뚫는 일이 급선무였다. 구라파에 유학하여 훈련을 받고 돌아온 일본군의 포격은 매우 정교한 데가 있어서 평지를 질러오는 농군을 적절하게 살상하고 대오를 흩어놓았다. 그런 포격을 뚫고 비탈에 달라붙으면 매복한 관군의 스나이더와 일본군의 무라타 소총이 그들을 맞았다. 반면 농군의 포격은 정확하지도 않을뿐더러 포탄과 화약마저 부족해 소리와 소리 사이가 가뜩이나 마디었다. 오늘 곰티를 꿰겠다고 선봉에 선 것은 고부의 송대화와 정읍의 차치구 부대였다. 그러나 재를 절반쯤 오른 후부터 군사들은 나아가지 못하고 계속 자리에 머물렀다.

앞서 진격한 오의 대원들은 대부분 부상을 입고 업혀 가거나 죽어 어느덧 더팔이가 인솔하는 대오가 선두에 서 있었다. 잠시 총성이 뜸해진 것은 농군이 나무와 바위를 방패 삼아 몸을 숨기고 있었기 때문이었다.

이인에서 농군에게 당한 뒤로 관군과 일본군은 진지전을 벌이기로 작심한 듯 좀처럼 구덩이에서 나오지 않았다. 그러나마 더팔이는 몸을 웅크린 사람들과 아까부터 눈짓을 주고받으며 고개도 주억거리면서 전진할 틈을 엿보고 있었다. 휘파람 불듯 두어 차례 심호흡을 하던 그가 드디어 자리에서 솟구쳤다. 그것을 신호로 사람들이 일시에 일어서며,

— 와아아!

함성을 지르자 기다렸다는 듯 소총과 기관총이 울었다. 발밑에서는 낙엽이 풀썩거리고 위에서는 나뭇가지가 쏟아져 몇 발자국 전진하였으나 더는 발을 떼기도 곤란하였다. 흙더미 뒤에 숨어 총성이 잦아들기를 기다려서야 더팔이는 다시 사람들과 눈짓을 교환했다. 그러나 호흡을 고른 후 총대에 의지해 일어서던 그는 다리가 꼬여 힘없이 주저앉았다. 살이 척척해 내려다보자 배에서부터 붉은 것이 내려와 적시고 있었다.

— 염병할, 맞았다! 피 좀 봐!

그의 비명에 사람들이 기어와 흥건해진 옷과 손을 번갈아 보았다.

— 걱정할 거 없어. 배를 꾹 누르고 있어.

사람들은 두터이 깔린 낙엽에 미끄럼을 태워 더팔이를 끌어내렸다. 나무나 바위에 걸려 충격받는 일이 없도록 동무들은 그를 앞뒤에서 옹위하여 농군 사이를 헤집고 나왔다. 두령들 입장에서도 승산이 없어 보였던지 대장소가 차려진 마을 쪽에서 퇴각을 알리는 세마치장단이 울렸다. 마음이 급해진 누군가가 더팔이를 일으켜 업었고, 뒤따르는 사람들은 늘어지는 그의 엉덩이를 손으로 받쳤다. 무게를 감당하지 못해 돌아가며 품을 파는 사이 사람들의 등짝이 선지피로 붉어졌다.

— 내리게. 죽었네.

일행이 들로 접어들 무렵 같은 오의 사람이 번들거리는 얼굴로 일렀다.

— 내버려둬. 우리가 수습해야지.

업은 사람이 고집을 부렸다. 그들 오는 대부분 고부의 초군들로 이루어져 있었다.

— 적이다! 적이 쫓아온다!

뒤에서 소리가 들리고 사람들이 우르르 그들을 질러갔다.

— 다 죽어! 어서 내려놔!

누군가 겨드랑이에 손을 넣어 더팔이를 앞사람 등에서 떼어냈다. 자지러지는 총성과 함께 앞서 달리던 사람이 손을 치켜들며 주저앉았다. 그 와중에도 떼놓고 온 더팔이가 눈에 밟혀 사람들은 연신 돌아보며 들을 질러 달렸다. 마을 어귀에 이르자 모슬총을 든 농군 부대가 엄폐물 뒤에 숨어 있는 게 보였다.

— 시야산으로 가시오. 우리가 막을 테니 대오를 지키시오.

그 말을 따라 능암산과 곰티를 내려온 사람들은 들을 건너 시야산을 바라고 달렸다. 짧은 겨울 해가 떨어지면서 그나마 총성은 잦아드는 듯하였다. 시야산에 무사히 도착한 사람도 있었으나 전투에 참여한 사람 태반이 어디론가 흩어져 시작할 때에 비하면 대오가 소금가마처럼 헤싱헤싱하였다. 몇몇 부대를 주요 거점에 배치한 농군은 조용히 남쪽으로 퇴각하였다. 해가 떨어지자 추위에다 기갈까지 겹쳐 부상자 중에는 죽는 자가 속출하였다. 적들도 퇴각을 하였는지 더는 총소리도 따라오지 않았다. 며칠 전에 넘은 무너미를 허망하게 내주고 내려올 때 무슨 소리를 들었는지 을개가 인파를 거슬러 뛰어왔다.

―더팔이가 어쨌다구?

어둠 속에서 그의 눈이 퍼렇게 일렁였다. 마지막에 더팔이를 업었던 사내가 기어드는 소리로 말하였다.

―옹동네가 끓여주는 된장국이 먹고 잡다등만, 작것이.

그제야 더팔이의 죽음이 실감나 사내들은 소리 내지 않고 울었다. 그런데도 을개가 뚝뚝한 눈으로 노려보자 입꼬리에 버캐를 매단 자가 외쳤다.

―늬가 뭔데 노려봐? 넌 싸움에 나서지도 않았잖어?

그 말에 을개가 짐승 같은 소리를 내며 동무의 멱살을 잡았다. 상대도 지지 않고 소매를 그러쥐는데 사람들이 아무리 말려도 떨어지지 않았다. 몇 사람이 더 달라붙어서야 간신히 떼어놓았지만 분이 풀리지 않은 두 사람은 여전히 상대를 노려보며 씩씩거렸다. 전령이 달려와 전봉준이 을개를 찾더라고 일러 그제야 솟구치는 눈물을 손등으로 훔치며 그는 전령을 따라나섰다. 한참 군사들을 헤쳐나가자 전봉준의 카랑한 목소리가 들렸다.

―전령!

―말씀하소서.

―김개남은 어디에 있는가?

화가 난 듯한 목소리였다.

―사흘 전에는 삼례에 있었습니다.

―빨리 북상하라고 전하라.

전령이 군례를 올리고 떠났다. 이윽고 을개와 눈을 마주친 그가 근심 어린 낯으로 물었다.

— 더팔이는 어찌 되었더냐?

묵묵히 땅을 보고 걷던 을개가 불쑥 내질렀다.

— 뒈졌답니다요.

전봉준의 눈동자가 흔들리면서 눈썹이 꿈틀거렸다. 군사들에 떠밀려 그들은 다시 남쪽으로 움직였다.

— 담부터는 저도 선봉에 설랍니다요.

결기가 돋친 목소리였다.

— 봄에는 앞장선 나를 타박하지 않았더냐?

— 선생님은 분하지도 않으세요?

— 분하다, 이눔아. 터지도록 분하다. 하나 아직 싸움은 끝나지 않았다. 지난봄부터 죽어간 사람들은 죄다 누군가의 동무였다. 누군가의 아들이 며 지아비요, 아비였다.

그가 말끝을 떨었다.

— 대체 그 사람들은 누가 알아준답니까요?

— 아무도 기억하지 못한다.

을개는 그 말이 야속하여 대꾸도 못 하고 눈두덩만 훔쳤다. 바람이 찢 듯 옷섶을 헤쳤다. 전봉준의 목소리가 바람에 흩어졌다.

— 후세가 기억할 것이다. 다음 세상의 사람들은 반드시 알아줄 것이 다. 더팔이를 기억하고 서럽게 살아갈 옹동네를 잊지 않을 것이다.

4

풋개에 열흘 남짓 머무는 사이 흩어졌던 농군이 다시 찾아와 합류하고, 사방에서 사람들이 몰려들어 군세가 어느 정도 회복되었다. 그러나 모슬총의 탄환은 바닥을 드러냈으며 화승총에 사용할 화약도 변변치 않아 각처를 돌며 긁어모으고, 경험자들을 모아 제조도 하였으나 여전히 충분한 양은 아니었다. 그렇더라도 마냥 풋개에 머물 노릇은 아니어서 두령들은 밥만 먹으면 공주를 떨어뜨리고자 숙의에 숙의를 거듭하였다.

지난번과 달리 곰티와 우금티를 바꾸어 공격하기로 호남과 호서의 수뇌 간에는 약조가 되었다. 곰티가 좁고 가팔라 공격이 여의치 않자 실전 경험이 풍부한 호남의 군사가 그나마 완만한 우금티를 맡고, 호서의 손병희 부대는 곰티에서 보조를 맞추면서 적을 분산시키자는 전술이었다. 그러나 뒤통수를 편히 하는 것은 병가에서도 손에 꼽히는 일이라 공주를 공략하기 전에 이인과 무너미에 흘러든 관군을 먼저 타격할 필요가 있었다.

회합을 마친 후 송대화는 자신의 군사 가운데 정예를 뽑아 밥을 든든히 먹이고 인가에 들어 잠을 자게 하였다. 새벽에 이인을 우회하여 취병산을 차단한 뒤 농군 본진이 정면과 측면에서 밀어붙여 관군을 흩어버릴 계획이었다. 방어선을 구축한 적들과 싸우는 일은 언제나 실패를 거듭하였지만 산야에서 맞붙어 패전이라 할 만한 것을 농군은 아직 겪은 일이 없었다. 그러니 저들 관군이 거점을 버리고 내려온 이상 이것은 그간의 핍박을 설욕하고 군사의 사기를 드높일 절호의 기회였다. 전봉준은 호서와 호남의 접경에 머물러 있는 김개남에게 북상할 것을 호소하는 전령을 다시 띄웠다.

─김개남 접장께 너무 서운한 마음 갖지 마오.

전령이 떠난 뒤 장막에 둘만 남게 되자 김덕명이 조심스레 말을 꺼냈다.

　― 한때는 그러하였으나 이제는 서운하지 않습니다. 그와 한마을에 살았기로 좀 압니다. 누구 휘하에 들어 명을 받을 사람이 아니지요. 그가 청주로 가는 것은 적병을 분산하게 되니 득이요, 공주와 청주 가운데 하나라도 떨어뜨릴 수 있으면 그 또한 득입니다. 다만 이곳과 보조를 맞추지 못하므로 그 점이 아쉽지요. 지나는 곳마다 이속과 양반을 징치하는 바람에 시일은 시일대로 늦어지고 고립을 자초하므로 염려가 될 뿐입니다.

　― 보시오. 그렇게 호소했건만 의군에 참여한 유림은 손에 꼽을 지경이오. 김개남이 십분 이해가 갑니다.

　전봉준은 든든한 버팀목으로 곁을 지켜온 이 오랜 동무를 신뢰에 찬 눈으로 바라보았다. 작년 이맘때에 비하여 김덕명의 머리에는 부쩍 흰 것이 많았다.

　― 김개남에게는 김개남의 길이 있습니다. 그리하여 외려 우리는 다양한 길을 걷게 되었달까요, 모자람을 메웠달까요. 뭐 그런 것이겠지요.

　― 그보다 천안과 홍주며 대교의 농군이 잇달아 패한 것이 마음에 걸리는구려. 왜군과 관군이 공주성에 집결할 터인즉…….

　그 이야기에 이르러 김덕명의 낯빛이 어두워졌다. 전봉준은 그를 외면하며,

　― 눈 좀 붙이시지요. 내일부터 시작입니다.

　그렇게 대꾸하고는 을개와 함께 들판에서 노숙하는 병사들을 둘러본 후 사람들이 떠나버린 빈집에 들어 눈을 붙였다. 새벽에 송대화의 별동대가 길을 떠난 후에야 그는 을개의 모습이 보이지 않는 것을 깨달았다.

5

구름이 두터워 사방이 컴컴한데 무너미 쪽의 포성과 총성이 점점 시끄러워졌다. 낮게 깔린 구름을 타고 소리는 먼 데서 울리는 천둥처럼 불길한 느낌을 타전해왔다. 이인에 진을 친 성하영의 대원들은 무너미를 향해 촉각을 곤두세웠다. 남쪽의 척후로부터 아직 들어온 소식은 없었으며, 눈앞 체봉산에도 수상쩍은 낌새라곤 느껴지지 않았다. 농군의 공세가 무너미에 집중된 모양이라고 다들 생각하였다.

무너미 쪽의 소리가 점점 가열되는가 하더니 어느 순간 체봉산 옆길로 척후병들이 내달아왔다. 손을 저으며 소리소리 지르는 품이 밤길에 도깨비라도 만난 듯한 형상이었다. 한눈에도 되우 다급해 보였는데 잠시 후 돌팔매 두어 바탕 거리로 어마어마한 농군의 무리가 백중사리의 갯물처럼 산을 돌아 나왔다. 어쩌면 저리도 소리 소문 없이 턱밑에 이르렀는지 어안이 벙벙할 정도였다. 그들이 질러대는 함성이 체봉산이며 운암산과 무수산을 때린 후 회오리칠 때는 뼈라도 썰면서 들어오는 소리인가 싶어 모골마저 송연하였다. 땅속에서 울리는 것도 같고, 범 수백 마리가 떼 지어 우짖는 듯한 굉음이 산에 갇혀 다른 소리를 불러들이자 숙취를 앓을 때처럼 골이 울렸다. 중저음의 그 소리는 고립무원의 처지를 가뜩이나 실감 나게 하여 실탄 상자를 끌고 오던 병사 하나는 눈물을 줄줄 쏟았다. 그 무시무시한 괴성 사이로 총성이 터지면서 척후 중 하나가 빙글 돌아 널브러졌다. 그제야 관군은 토담이며 나무 뒤에 숨어 응사를 하는 것이었지만 무게중심은 벌써들 엉덩이에 두고 있었다. 그들 경리청군의 사격에 몇몇 적도가 쓰러지자 잠시 주춤거리던 농군이 논밭에

쫙 흩어지므로 이는 마치 쌀자루를 뒤집어놓은 듯하였다.

칼을 빼 든 성하영은 군사들을 독려하여 퇴각을 지휘하였다. 병사들이 일견 엄폐물을 찾아 사격하는 사이 나머지가 퇴각하여 자리를 잡으면 뒤에서 다시 엄호하면서 앞의 대오를 물러나게 하였다. 병사들이 성하영의 지휘를 차분하게 따른 덕분에 농군의 피해가 시나브로 커지게 되어 경군은 자연 그들과 거리를 벌렸다. 그렇지만 걸음만은 멈출 수 없어 이십 리를 한달음에 내달려온 길이었다. 취병산을 우회할 적에는 그곳에 진을 친 백낙완 소대에 퇴각 명령을 전해야 한다고 생각했지만 성하영은 도무지 그러고 자시고 할 겨를이 없었다.

취병산에 주둔한 경리청 영관 백낙완은 성하영의 군대가 자신들을 돌보지 않은 채 꽁무니 빠지게 도망치는 것을 두 눈으로 목격하였다. 비록 먼 거리였지만 농군의 기세는 머리털을 쭈뼛거리게 할 만큼 어마어마하였다. 곰티에서도 겪었거니와 비류(匪類)들은 앞에서 소리 지르다 옆으로 달아나고, 동쪽에서 번쩍 하다가 서쪽에서 튀어나와 북을 치며 앞을 다투는데 무슨 의리가 있으며 담력이 있는지 가늠할 길이 없었다. 한낱 농군과 천출의 무리로 죽음도 아랑곳하지 않는 사연을 그로서는 헤아릴 재간이 없었다. 도대체 어떤 절박함이 저들을 부추겼단 말인가. 비록 적도를 소탕하더라도 예전 세상으로는 돌아가지 못하리란 예감에 백낙완은 전율했다. 관성에 따라 신선놀음하듯 그날이 그날인 양 느릿하게 살아가는 동안 세상은 홀연 정점에 이르러 있었다.

성하영의 행태가 괘씸하여 이를 빠드득 갈면서도 계속 자리를 지키다가는 몰사를 면치 못할 것 같아 백낙완은 군사를 재촉하여 서둘러 산을 내려왔다. 무사히 산에서 나와 대오는 성하영이 빠져나간 북쪽 길로 오와 열을 맞추어 뛰었다. 길이 꼬부라지자 숲 너머가 보이지 않아 어째 으스스하다 하였는데 아닌 게 아니라 모퉁이를 돌자마자 우박처럼 총탄이 날아왔다. 몇몇 병사가 고꾸라졌지만 그렇다고 왔던 길로 돌아갈 수는 없는 노릇이라 어디라도 숨을 곳을 찾아 병사들은 땅을 기었다. 가진 탄환을 모조리 퍼부을 양 피차에 양보 없는 공방이 이어지자 사방이 연기로 메워져 눈을 뜨기도 어려웠다. 먼 들판에서 까마귀 떼가 오르고 숲에 들었던 새들도 위험을 피해 분주히 날아갔다. 해는 떨어지지 않았지만 어느 순간 하늘이 컴컴해져 백낙완에게는 이것이 행인지 불행인지 헤아려지지 않더니 앞산에 번개가 떨어지며 천둥이 울었다. 이윽고 얼굴에 찬 것이 닿았다 할 즈음 천금 같은 비가 쏟아져 숯불에 오줌 끼얹듯 농군의 화승총이 무디어졌다. 다시 병사들을 일으켜 길을 뚫으려 할제 적도들이 눈사태처럼 고개를 내려왔다.

─착검!

백낙완의 명에 검을 총에 꽂은 병사들이 먼저 내려오는 자들부터 불을 놓아 넘어뜨렸다. 그러나 아랑곳하지 않고 밀려 내려온 적도와 그들 간의 거리가 금방 댓 발자국 상간으로 좁혀졌다. 백낙완은 제일 먼저 내밀어지는 창대를 왜검으로 걷어내며 발로 상대의 가슴을 질렀다. 뒤따르는 병사의 배를 가르고 뒤이어 들어오는 농군의 머리는 표두의 자세로 쪼겠다. 그러며 도끼 두 자루로 무자비하게 경군을 찍어 내리는 저만큼의 떠꺼머리 사내를 곁눈질로 가늠하였다. 이편을 흘끔거리는 것으로 보아 상대가 노리는 사람이 자신임을 단번에 알 수 있었다. 곁가지 치듯 눈에 띄는 관군을 차례차례 걷어내며 녀석은 한 걸음씩 다가왔다. 무예를 따로 익히지 않은 듯 도끼질은 거칠고 순서 또한 검법을 따르지 않았으나 워낙 완력이 탁월하고 가늠한 것은 한 치의 오차도 없이 찍어내리니 장작깨나 패던 놈이 분명하였다. 눈앞으로 달려드는 농군의 어깻죽지를 베자 녀석도 옆에 선 관군을 찍고 들어와 마침내 두 사람은 눈을 맞추며 서게 되었다. 손잡이를 두 손에 모아 쥔 백낙완은 왜검을 녀석의 가슴 높이로 맞추어 들었고, 녀석은 손에 든 도끼를 아래로 향하게 늘어뜨렸다. 무예를 익히지 않은 자를 상대할 때는 숨 돌릴 새 없이 밀고 들어가 현란한 동작으로 혼을 빼고 호흡과 가락을 끊는 일이 으뜸인지라 오른 다리를 밀면서 칼날을 단전 위로 두어 부드럽게 내리그었다. 진전살적세(進展殺賊勢)는 가장 흔하면서도 치명적인 자세여서 그만큼 무섭되 쌍수의 법을 취하므로 상대가 방어하면 약점 또한 드러내게 된다. 그러나 원체 순식간에 이루어진 동작 탓에 떠꺼머리 녀석은 물러설지 주저앉을지 결정을 못하다가 급한 김에 왼발을 굽혀 왼손의 도끼로 매복세(埋伏勢)를 이루었다. 천행으로 녀석의 도낏자루가 칼날을 퉁겨냈지만 방어에 급급해 비어 있는 백낙완의 반대편은 노리지도 못하였다.

— 운이 좋은 놈이로구나.

싸움은 본래 마음으로 하는 것이니만큼 충분이 약이 오를 만한 말이었다.

— 입 열지 말어. 왜놈의 개답게 짖든지.

왜놈의 개라는 말에 백낙완은 속눈썹을 떨었다. 일본군에게 지휘권을 넘기라는 명이 내려올 때 순무선봉장 이규태처럼 작은 저항 한번 못 했던 일이 그의 명치에는 아스라이 남아 있었다. 관군 뒤에 숨어 지휘권을 장악한 채 군사를 조련하고 명령을 내리면서도 일선에는 나서지 않던 일본군에게 눈도 제대로 흘기지 못한 그였다. 개화당에 포섭된 우선봉장 이두황은 말할 것도 없고 심지어 충청감사 박제순에 이르기까지 조선의 지휘자 중에는 투덜거림 한 마디 꺼내놓는 자가 없었다.

— 건방진 놈이로구나.

— 대가리 쪼개지고도 입을 여는지 보자.

백낙완은 비비어 치는 찬격세(鑽擊勢)에 이어 오리걸음과 거위 형용으로 내달아 지르는 백원출동세(白猿出洞勢)로 연결 동작을 취한 후 뒷발을 끌면서 녀석의 허리를 베었다. 상대는 그의 첫 동작을 다시 거꾸로 쥔 도낏자루로 막고 연이어진 공격은 멀찍이 물러나는 것으로 모면하였다. 녀석의 임기응변에 내심 놀라면서도 뒤를 밟아온 농군 본진에게 대오의 후미가 뭉개질까봐 백낙완은 검에 집중하는 데 애를 먹었다. 참지 못하고 고개를 돌려 후방을 살폈지만 이상 징후는 없었다. 하지만 짝짓기에 정신이 팔린 곤충을 쪼듯 시선이 다른 데로 옮겨진 그 짧은 짬을 뚫고서 사내가 오른 도끼로 새의 부리처럼 찍어 누르며 왼편으로는 허리를 가르고 들어왔다. 그 또한 검법을 따른 것은 아니었으나 결과적으로는 쌍검의 장검수광세(藏劍收光勢)처럼 되었으니 무서운 본능이었다.

북쪽 골짜기에서 총성이 울리고 뒤엉킨 군사 가운데 농군 두엇이 쓰러졌다. 회색 군복에 각반으로 바짓단을 동인 걸로 보아 응원 나온 일본군이 분명하였다. 이인을 후미에서 지원하는 모리오 대위의 군사인 듯하였다. 그 덕에 농군 본진에 대한 우려를 거두어들인 백낙완은 오른발을 미는 보법에 맞춰 상대의 허리를 베는 탄복세(坦腹勢)와 용이 물을 차는 동작을 연이어 펼쳐나갔다. 뒤로 밀리던 녀석이 얼떨결에 무릎을 구부려 등패의 매복세 모양으로 칼을 막는 찰나 죽창 하나가 그자의 뒤에서 불쑥 솟아올랐다. 알고 행한 것은 아니나 등패와 낭선(狼筅)이 한

쌍으로 펼치는 무예에 통하여 매우 치명적이었다. 뜨끔하던 옆구리가 축축해지자 초조해진 백낙완은 새로 나타난 녀석까지를 겨냥해 들어가는 척 검을 내두른 후 틈새를 비집고 빠져나왔다.

　— 농군 퇴각! 농군 퇴각!

일본군과 거리가 가까워지자 농군 하나가 외쳤다.

　— 을개 너두 빠져! 얼른!

재촉하는 소리가 들렸다.

　— 네놈 이름이 을개로구나. 다음에 만나자.

백낙완은 다리를 저는 부하의 옆구리를 끼면서 외쳤다. 비는 그새 진눈깨비로 바뀌어 있었다. 녀석의 도끼가 등 뒤에서 날아올 것 같아 고드름에 찍힌 자리처럼 목덜미가 써늘해졌다. 그러나 충분히 시도할 만한 거리인데도 사내는 한 마디를 날리는 것으로 대신하였다.

　— 늬는 왜놈의 개여!

도끼보다 곱절이나 아프고 치욕스럽게 박히는 소리였다. 백이십 명 가운데 이날 살아 돌아간 백낙완의 부하는 절반에 불과하였다.

6

눈은 멎었으나 산골과 소나무 가지에는 그새 내린 하얀 것이 두터웠다. 밤은 깊고 무거웠다. 을개는 전봉준을 따라 지막곡산을 눈길에 미끄러지며 올랐다. 대장소는 산 아래 양달마을에 있었지만 전봉준이 기어이 군사들의 동정을 확인하자 해서 따라나선 길이었다. 이인역 전투에서 피범벅으로 돌아온 을개는 집 나갔다 면구스러워져 돌아온 사람처럼 다소곳해져 곁을 지켰지만 집 나간 일조차 모르는 사람처럼 전봉준은 꾸중을 하지 않았다. 그렇지만 을개는 그 침묵이 도리어 무서우면서도 조금은 쓸쓸하게 느껴졌다. 작은 틈 하나라도 집요하게 뚫고 들어가 균열을 일으키려는 일종의 열기 같은 게 빠져나간 게 아닌가 싶어 두려웠다. 군데군데 밝혀진 모닥불을 쬐다가 조금 몸이 녹으면 군사들은 나무 밑으로 들어가 민가에서 가져온 이불을 뒤집어쓴 채 동무의 체온을 빌려 잠을 청했다.

─장군!

산 정상에 이르러 모닥불 곁으로 다가가자 누군가 반기며 알은체를 하였다.

─저를 기억하십니까?

솜을 누빈 옷에 남바위를 썼는데 형상은 낯이 익지만 알 수 없는 사람이었다. 그가 쓰고 있던 남바위를 벗었다.

─황토재에서 살아나온 박만두올시다.

전봉준이 반갑게 그의 손을 잡았다. 말이 더 필요하지 않았고, 사내 또한 눈물이 그렁해져 잡은 손을 오래도록 흔들 뿐이었다. 전봉준은 박만두를 포함하여 불을 쬐는 사람들에게 수고한다는 말을 남기고 자리를 옮겼다. 그렇게 불이 밝혀진 곳들을 찾아다니며 일일이 치하하고 나무 밑에 이불을 쓴 채 떠는 사람들까지 하나하나 둘러보았다.

병사들도 없는 벼랑 끝에 이르자 잎을 떨군 상수리나무 사이로 불빛들이 보였다. 우금티 외곽의 와우산, 시야산, 성황산, 철마산, 지막곡산, 건지산, 태수산, 열미산, 방아달산을 모두 농군이 차지한 채 불안한 밤이 깊어갔다. 각 산의 정상과 능선에는 수만 개의 깃발이 펄럭이고, 군데군데 밝혀진 모닥불은 항하(恒河)의 모래에 필적할 만하였다. 그러나 병석에 누운 환자의 마지막 총기 같아 을개에게는 방을 밝히는 기름불보다 왠지 따뜻하거나 아늑해 보이지가 않았다. 할머니가 손주에게 옛이야기를 하고, 어머니는 머리에 바늘 끝을 문질러가며 옷을 깁고, 아버지는 드르렁 코를 고는 모습은 언제나 손에 잡히던 것들이라 감동이 없었지만 지금 가장 그리운 것은 그런 것들이었다. 힘을 주체하지 못해 씨름판을 벌이고, 잘못을 저질러 마을 어른에게 몽둥이찜질을 당하면서도 억울하기는커녕 제 잘못에 눈물 흘리던 산골의 인심들, 소금 장수를 따라 바람난 처자는 밤 봇짐을 싼다. 통발로 걸은 송사리를 안주 삼아 마시던 막걸리며 상여를 동무들끼리 둘러메고 간다는 둥 못 간다는 둥 실랑이를 벌이고, 수를 물러주지 않는다고 뒤집어엎은 장기판과 튀어오른 말들 하며 저런 호로자슥 어쩌구 하는 욕설과 멱살잡이, 겪지도 않고서 신나 주절거리던 음담패설이며 일 잘하는 동네 처자를 한꺼번에 좋아하더니 산 너머로 시집가는 모양을 벌건 눈으로 쳐다보던 사내들, 봄이면 먹는 냉이국과 개떡, 갑례가 숨겨두었다 몰래 건네던 누룽지…… 을개는 먼 불빛을 응시하는 전봉준의 얼굴을 보았다.

— 내일은 큰 싸움이 날 텐데…… 선생님은 안 무서우세요?

전봉준이 희미하게 웃었다.

— 너는 무서우냐?

— 무섭습니다. 무섭고말고요.

바람에 바닥의 눈이 송진 가루처럼 쓸려 다녔다. 어디선가 눈의 무게를 견디지 못한 소나무가 와지끈 부러지는 소리도 들렸고, 추위를 참지 못해 지르는 군사들의 신음이 꼭뒤에 닿았다.

— 받아먹지 못한 환곡을 갚고, 노상 부역에다 군포는 군포대로 내는 세상으로 다시 가겠느냐? 양반의 족보를 만드는 데 베를 바치고 수령들 처첩까지 수발을 들면서 철마다 끌려가 곤장을 맞을 테냐?

을개의 목소리가 퉁명해졌다.

— 이제는 그렇게 못 살지요.

— 나도 그렇게는 못 산다. 우리는 이미 다른 세상을 살았는데 어찌 돌아간단 말이냐? 목숨은 소중하지만 한 번은 죽는 법이다. 조금 당길 때가 오거든 그리하는 것이 사내의 일이다.

다시 바람이 불고 눈가루가 날렸다. 전봉준이 물었다.

— 지금도 무서우냐?

을개는 취병산 전투를 끝내고 돌아올 때 나란히 서서 걷던 막동이를 떠올렸다. 적장의 칼을 가까스로 막아낸 순간 뒤에서 죽창을 내밀어 도와준 자의 이름이 막동이였다. 그는 어찌 잡을 수 있는 적장을 놓아 보냈느냐고 물었다. 을개는 대답 대신 씩 웃었다. 적이지만 궁량이 아까웠다고, 뒷전에 숨지 않고 앞서 싸우고 부하를 독려하던 그가 인상 깊었다고 말할 수 없었다. 그런 자들이 요소요소에 박혀 이루어진 하나의 세상을 부수는 일이 얼마나 어려운 일인지 그는 깨달았던 것이다. 전봉준을 향해 을개는 뒤늦은 답변을 하였다.

— 괜찮습니다. 하나도 안 무섭습니다.

그들은 돌아서서 왔던 길을 되짚었다. 나무 아래 이불 속에서 얼굴을 내민 한 사내가 조용히 눈물을 흘리고 있었다. 무심코 지나쳤던 전봉준이 돌아와서 사내 앞에 앉았다.

— 왜 우는 게요? 무서워 그러오?

―아니올시다.

사내가 눈물을 훔치며 말하였다.

―복받쳐서 그럽니다. 동무들과 나서서 싸운 일이 벅차고 뜨거워져서 그럽니다. 이 겨울에 나는 장군과 함께 싸웠습니다.

전봉준이 사내의 손을 잡았다.

―나도 우리 동무들 때문에 행복하였소. 내일 전투에서 설령 지더라도 우린 진 게 아니오. 싸움에 진다고 우리가 이룩한 일들이 없어지는 건 아닙니다. 저승길도 함께 가니 얼마나 좋소. 갈 제는 잔이라도 나눕시다.

그들의 대화를 듣는 인근의 군사들이 울었다. 어쩐지 을개의 가슴에서는 거짓말처럼 두려움이 사라져버렸다.

7

다시 군사들이 우금티를 향해 돌격하였다. 고갯길 양편에 하얗게 널브러진 사람들은 모두 죽은 것인지, 혹은 부상 때문에 움직이지 못하는지, 그도 아니면 총탄을 피하기 위해 그러고 있는지 알 수가 없었다. 밑에서 올라가던 수백 명의 대오를 향해 고갯길 양편의 견준봉과 주미산 산록에서 총성이 터졌다. 지금껏 관군 뒤에 숨어 웬만해서는 모습을 드러내지 않던 일본군도 이날은 우금티 고갯마루에 모습을 드러냈다. 일렬횡대로 나타난 일본군이 총을 쏘고 사라지면 기다리던 다음 열이 나타나 또 총을 쏘고 사라졌다. 우금티 초입의 농군들도 간헐적으로 총을 쏘는 것이었지만 양총은 총탄이 바닥나 화승총과 천보총뿐이라 소리가 공허하였다.

오전에는 일만에 달하던 군사가 점심나절이 되어 점고할 때 보니 삼천 명이었다. 싸우다 죽은 사람도 죽은 사람이지만 부상을 당하여 전투력을 상실하거나 겁에 질려 도망친 자가 더 많았다. 전투의 패배란 어느 한쪽의 피해에 의해서도 결정되지만 실상은 사람들의 마음으로부터 정해지는 것 같았다. 체계를 잃고 군사가 오에서 이탈하는 순간이 전투의 패배라면 그것을 회복하지 못하는 순간 전쟁의 패배는 찾아오는 것이다.

— 전령!

전봉준이 외쳤다.

— 주봉 쪽의 전황을 확인하고 오라!

전령이 군례를 올리고 사라졌다. 농군 본진이 우금티를 공략하는 동안 금구와 진안, 이곳 지리에 익숙한 충청도의 모병은 감영을 배후에서 치기 위해 새재 방면을 공략하고 있었다. 김덕명과 대원군의 노선을 지지하여 참여한 유림 이유상도 거기 있었다. 그러나 우금티의 적세가 점차 강해지기만 하니 그쪽의 농군이 견디지 못하고 퇴각한 것은 아닌지 염려가 되었다.

— 전령!

또 다른 전령이 달려와 섰다.

— 곰티 방면은 어찌 되는지 확인하고 오라!

사실 우금티보다 먼저 싸움을 시작한 것은 곰티의 손병희 부대였다. 우금티의 적들을 그쪽으로 유인하기 위한 전술이었지만 일본군과 관군은 미동 없이 방어진지를 고수했다. 점심 전에 확인한 바로는 그쪽도 매우 치열하다는 것이었지만 지칠 때가 되었다는 뜻이기도 하였다.

— 전령!

다른 전령에게 전봉준이 명을 내렸다.

— 전주의 최대봉과 서영두에게 흩어진 군사를 모아 오라고 이르라!

그러는 사이 새로 나간 대오 또한 고개 중턱에서 오도 가도 못하는 형국이 되었다. 길 양편으로는 눈에 섞여 쓰러진 군사가 오전보다 훨씬 많아졌다. 오전에 뿌려진 피는 선지처럼 변색되었고, 오후에 뿌려진 피는 아직도 눈 속에 붉었다. 아래에서 고함을 지르며 새로운 대오가 달려 나갔다. 도끼를 쥔 을개의 손이 축축했다.

— 새재의 군사는 버티지 못하고 퇴각하였다 합니다.

신시 무렵이 되어 사위가 어둑해지자 맨 먼저 내보낸 전령이 나타났다. 잠시 후에는 곰티 쪽의 전령이 나타나 그쪽 또한 별반 다르지 않다고 보고하였다. 후방으로 군사를 모으러 간 최대봉과 서영두는 흩어진 군사를 조금 모았다 하나 전투에 나설 기세가 아니라고 경위를 설명하였다. 그사이에도 고개 위 적군 진영에서는 기관총과 소총이 멈추지 않고 울었다.

— 적들이 내려온다!

오전부터 오십여 차례나 돌격전을 감행하였지만 능선을 지킬 뿐이더니 농군의 세가 약해진 것을 파악한 적들이 마침내 움직이기 시작했다. 두리봉과 견준봉을 미끄러지듯 내려오는 경리영병의 모습이 보였다. 전봉준과 그를 호위하는 농군 본진을 왼쪽에서 꿰려는 시도 같았다. 우금티 정상에서도 기세를 탄 일본군이 드디어 출행에 나서는 중이었다. 전봉준은 하늘을 보며,

— 이것이 천시인가!

가까운 사람에게나 들릴 법한 목소리로 중얼거렸다. 그가 명을 내렸다.

— 퇴각 명령을 내려라.

명을 받은 사물패에서 꽹과리와 북을 울려 퇴각 신호를 보냈다. 이날의 퇴각 군호인 자진모리가 골짜기를 파고드는데도 몸을 일으켜 물러나는 우금티의 군사는 얼마 되지 않았다. 그나마 목숨을 부지하여 내려오던 사람들도 총을 맞아 속속 쓰러졌다. 천신만고 끝에 무사히 살아남은 사람이 대오에 합류하기를 기다려 전봉준을 호위하던 부대도 남은 총알을 퍼부으며 물러섰다. 그래봐야 오백 명 남짓이었다.

검상천을 따라 내려오던 대오는 얼어붙은 오곡천을 건너 남쪽으로 이동하였다. 그러나 관군과 일본군도 포기하지 않고 총을 쏘며 따라붙었다. 사위가 완전히 어두워져 이인가도 양편에 솟아난 산들이 짐승인 양 거무스름한 모습으로 엎드려 있었다. 패주하는 농군 본진을 따라잡을 생각인지 뒤편의 총성이 조금씩 가까워졌다. 군사들 사이에 섞여 달리던 을개는 그때그때 나타나는 지형지물을 꼼꼼히 살폈다. 하도 많은 군사가 디디고 다녀 낮에 녹은 눈과 흙이 범벅으로 얼어붙어 길은 울퉁불퉁하였고, 퇴각하던 부상병이 죽자 어쩌지 못하고 방치한 시신이 길가에 즐비하였다. 전날 성하영의 경군이 뺑소니를 치던 발티고개를 곁에 둔 채 숨이 턱에 걸리도록 오르막을 걸었다. 오르막에 이어 내리막이 끝나자 왼편으로 좁다란 논이 펼쳐지고 오른편으로 산이 시작되는데 밑에는 얼어붙은 내가 있고 야트막한 둑이 나타났다. 뒤편 어디에서 울리는 발작 같은 총성에 을개가 돌아섰다.

— 군사 오십 명은 나와 남는다.

그의 말을 알아들은 군사 일부가 대오를 빠져나왔다. 그들을 둘러본 을개가 말하였다.

— 흰옷이 아닌 자는 다시 대열로 들어간다. 총을 쥔 자는 창과 칼로
바꿔 든다.

군사들은 지체 없이 을개의 지시를 따랐다. 누가 무슨 말을 붙이기도
전에 그들은 왔던 길을 되짚어 시냇가 둑에 몸을 기대고 섰다. 솜을 넣
어 누빈 웃옷을 저마다 벗어 머리에 뒤집어쓰자 눈과 사람이 구분되지
않았다. 가쁜 숨이 가라앉았다. 체온에 녹은 물이 옷에 스미자 송곳 같
은 추위가 쑤시고 들어온다. 군사들은 최대한 호흡을 낮추고 북쪽의 소
리에 집중했다. 을개는 두 손에 도끼를 쥐고 단숨에 뛰어오르도록 바닥
의 눈을 발로 다졌다. 그렇게 얼마를 기다리자 차츰 군사들의 구보 소리
가 들려오더니 두런거리는 음성이 가까워졌다. 이편과 비슷하거나 조금
많은 숫자였지만 을개가 주목한 것은 간혹 들려오는 딱따구리 쪼듯 하
는 왜말이었다. 쥐새끼들처럼 숨어 있더니 어디 낯짝이나 보자는 심사
가 되었다.

뒤쫓아온 무리의 선두를 그대로 흘려보낸 을개는 자리에서 솟구쳐
적진 가운데로 뛰어들었다. 오른 도끼로 관군의 머리 하나를 부수고 가
장 가까이 있는 자의 목덜미는 가지를 칠 때처럼 왼 도끼로 비껴 찍었
다. 그자의 목덜미에서 뻗지르는 피가 얼굴에 뜨뜻하게 끼얹혔다. 그가
소매로 얼굴을 훑는데 숨어 있던 농군이 뛰쳐나와 닥치는 대로 찌르고
베었다. 비명과 신음이 터지고 누군가를 부르며 흐느끼는 소리, 병장기
부딪는 소리가 들과 숲에 퍼져 나갔다. 을개는 검은 복장의 관군을 두
자루의 도끼로 걷어내며 대오의 앞으로 나갔다. 겨울이라 위장을 하기
위해선지 회색 군복을 입은 일본 병사들이 그곳에 있었다. 그는 다짜고

짜 일본군의 등짝 하나를 찍어 무너뜨리며 농군을 베어 넘기는 왜군 장교 앞으로 성큼 다가섰다. 일본군 장교가 비스듬하게 내두르는 검을 허리를 틀어 피하면서 바닥을 한 바퀴 굴러 그의 옆구리를 찍었다. 갈비뼈 부서지는 소리와 함께 알지 못할 말로 저주를 퍼붓던 왜군 장교가 다시 휘두른 을개의 도끼에 대가리를 맞고 쓰러졌다. 을개는 일어서던 길로 곁에 있던 일본군의 발목을 쳐 부러뜨린 뒤 넘어가는 그의 어깨를 장작 패듯 내리찍었다.

대오의 뒤편에서는 농군이 앞뒤 가릴 것 없이 검은 옷이라면 머리든 가슴이든 상관하지 않고 찍었다. 관군 가운데서 몇 발의 총성이 터졌으나 농군뿐 아니라 일본군과 관군까지 넘어가므로 더는 발사하는 자가 없었다. 을개가 도끼를 한 번씩 휘두를 때마다 일본군의 머리에서는 뇌수가 튀고 가슴이 쪼개지며 뼈가 드러났다. 목을 맞은 자 하나는 목이 반쯤 잘려 덜렁거린 채 넘어가고, 피가 줄줄 흐르는 팔목을 남은 손으로 잡고 왜말로 부르짖는 자도 있었다. 농군 중에도 상대의 완력을 당하지 못해 죽는 자가 나타났지만 착검도 못 한 채 급습을 당한 일본군과 관군은 정신을 수습하기 전에 창칼에 찔리거나 도끼에 맞아 차례차례 도륙되었다. 그리하여 장교 한 명을 포함해 일본군 이십여 명이 모조리 살상된 채 간신히 몸을 빼내 북으로 도망친 것은 그나마 대열 후미에 있던 관군 십여 명이 고작이었다.

도망치는 관군을 쫓지 않고 부상당한 사람을 부축하여 농군은 다시 남쪽으로 이동하였다. 눈을 뭉쳐 깨물고 얼굴에 묻은 피를 씻으며 오 리 남짓 내려와 주봉 모퉁이를 돌아서자 본대가 나타났다. 그들이 흑암천을 건널 즈음 흩어졌던 군사들이 하나씩 찾아와 대오는 천여 명을 헤아렸다.

─장군!

괴암앞들 머리에 도착할 무렵 전봉준을 찾는 날카로운 소리가 들렸다. 대오가 멈추자 군사 하나가 뒤편에서 달려왔다.

─길 옆에 군사 하나가 쓰러져 있습니다. 죽기 전에 장군을 뵙겠답니다.

전봉준이 군말 없이 군사를 따라나섰다. 방금 지나쳐온 길가 짚더미 위에 부상당한 군사가 반듯이 누워 있었다. 누군가 잘 뭉쳐 받쳐준 짚단을 벤 채 몸에도 짚단을 덮은 사내가 숨을 몰아쉬었다. 전봉준이 다가가 피로 범벅된 사내의 손을 잡았다. 얼굴이 희고 고왔다.

─왜 혼자 누워 있소?

─동무들에게 두고 가라 하였습니다. 난 틀렸습니다.

─그런 소리 할 거 없소. 우리랑 갑시다.

─장군!

사내가 피로 미끄덩거리는 손에 힘을 주었다. 통증 때문인지 인상을 찡그리며 물었다.

─이 길이 가장 옳았다고 확신하십니까?

세상을 빨아들이려는 갈망이 눈에서 번득였다. 전봉준이 또박또박 말하였다.

─그대가 목숨 걸고 나선 길이오. 의심하지 마오.

사내가 밭은기침을 하더니 안심하는 소리로 일렀다.

─백성들은 장하였소. 그들을 배신하지 마시오. 변절하지 마시오.

─그 말을 따르겠소.

사내가 피 묻은 손으로 전봉준의 둥구니신을 틀어쥐었다.

—발이…… 하얀 발이……!

정기가 빠져나간 그의 눈동자가 한곳에서 멈추었다. 사내의 눈을 감긴 전봉준이 그의 손에서 발을 빼냈다. 저 먼 뒤편 수십 처에서 민가를 태우는 불길이 올랐다. 대오는 남쪽으로 움직였다.

8

성문 밖 애오개에서 삼개나루로 가는 길목에 공덕리가 있었다. 앞으로는 한강이 보이고 뒤로는 고갯마루에 숲이 울창하였다. 그곳 공덕리의 아소정(我笑亭)에서 대원군은 기다릴 것도 없는 것을 기다리며 난을 치는 것으로 소일하였다. 아소정은 도성에서도 떨어진 곳이라 백성의 악다구니가 담을 넘을망정 궁궐의 소리는 들려오지 않았다. 그곳은 대원군이 실각을 하고도 가장 비참한 지경에 이를 때 갇혀 지내던 자리였다. 전에는 아들 내외가 가두었으나 이번에는 일본과 그에 붙은 자들이 원흉이었다.

묵향은 번지는데 화선지는 드러낸 것도 없이 붓만 벼루에 눕혀져 있다. 언제부터 그러고 있었는지 연당(硯堂)에서 물이 말라간다. 막동이가 떠난 후로 마음을 헤아려주는 사람이 없고, 불러서 간단하게 이야기나마 나눌 사람도 없어 하루가 길었다. 대원군은 아까부터 구부정한 모습으로 까치 소리에 귀를 기울였다. 가까운 곳이 아니라 제법 먼 데서 울리므로 소리의 진원지는 삼개나루 근처가 아닌가 싶었다. 생각해보니 좋은 소식이 들리는 것보다야 나쁜 소식이 들리지 않는 것이 좋겠구나 싶다. 밖이 조금씩 어두워가면서 떨던 문풍지가 사납게 운다. 촉을 밝혀야 할 만큼 어둠이 깊어질 무렵까지 별다른 소식이 없더니 준용이 문안을 와서 일렀다.

─공주의 농군이 패하였다 합니다.

그 소리에 대원군은 고개를 홱 돌리고 말았다. 머리를 떨군 채 꿇어앉아 있던 이준용이 노성으로 후퇴한 농군의 고시문을 꺼내놓았다.

양차의 교전은 후회막급이라. 당초의 거의는 사악함과 아첨을 버리고 멀리하자는 것이다. 경군이 사(邪)를 돕고 영병이 그릇됨을 부추기는 것이 어찌 본심이겠는가. 필경은 천리(天理)로 돌아갈 뿐이니 이후로는 쟁투하지 말고 인명을 살해하지 말며 인가를 불태우지 말고 함께 대의(大義)를 도와 위로는 보국(輔國)하고 아래로는 안민(安民)할 뿐이라. 우리가 만약 기만하면 반드시 천죄(天罪)가 있을 것이고 임금이 마음을 속이면 반드시 자멸할 것이니 원컨대 하늘을 가리키고 해에 맹세하여 다시는 상해가 없기를 바라노라. 며칠 전의 쟁진은 길을 빌리려 한 것뿐이다.

─내가 오래 살았다.

준용이 머리를 조아렸다.

─어이 그런 말씀을 하시나이까?

─세상 한살이가 욕스럽구나. 전봉준이란 자는 어찌 되었더냐?

─논산에서 군사를 모아 다시 싸웠으나 당치 못하여 전주로 갔다가 남쪽으로 이동했다 하옵니다. 청주에서도 패하였다 합니다.

한동안 먼 어디에 시선을 두고 있던 대원군은,

— 각별히 근신하라.

그렇게 이르며 손을 저었다. 이준용이 예를 갖추고 물러나오자 손바닥으로 문갑을 치는 소리가 안에서 들렸다. 어디선가 까치가 울었다.

9

김교진은 퇴청하는 길에 제중원에 들러 치료 중인 스기무라를 문안한 뒤 집으로 돌아왔다. 스기무라는 칼에 몸을 두 군데나 찔렸지만 찌른 사람이 남자가 아니므로 상처가 얕아 목숨을 건졌다고 하였다. 그를 찌른 사람은 명동 그의 집에서 시중을 들던 여인으로 몸을 탐하자 이불 밑에 숨겨둔 칼로 찌른 것이었다. 여인이 도망친 후 스기무라는 벌거벗은 몸에 유카타를 뒤집어쓴 채 피를 철철 흘리며 제중원으로 뛰어갔지만 나체나 다름없는 몰골이라 한양 성내에서는 조롱거리로 소문이 파다하였다.

스기무라를 병문안하느라 조금 늦게 돌아오긴 하였으나 그렇더라도 어쩐지 집 안이 너무 교교하였다. 문을 열어준 행랑아범 말로는 마님이 앓아누웠다는 것이지만 어디가 어떻게 상한 것이냐 물어도 대답을 하지 않았다. 박씨 부인은 벽을 보고 누운 채 김교진을 쳐다보지도 않았다. 다른 날 같으면 호정이 머리맡을 지키련만 그 모습도 눈에 띄지 않는다. 이불 귀퉁이에 주저앉으며 그가 물었다.

— 어디가 편찮으신 게요?

머리를 무명으로 동인 부인이 이불을 차고 앉으며 머리맡에 놓인 서간을 내밀었다. 불길한 생각에 펼쳐보니 호정의 글씨인데 이철래를 찾아갈 것이니 없는 자식 셈치고 잊으라는 내용이었다. 김교진은 서간을 손아귀에서 와락 구겼다.

— 나는 대감께서 하시는 일을 잘 모릅니다. 그러나 한 번은 자객이 들고, 한 번은 군사가 대문간을 지키더니 과년한 딸이 혼인도 하지 않은 자를 쫓아 집을 나섰으매 대체 하시는 일이 무엇입니까? 아무리 수신이 어렵기로 남들이 당하지 않는 일을 이리도 당한단 말입니까? 영감께서 하시는 일이 무엇인지 돌아보셔야 할 것 같습니다.

박씨 부인은 다시 벽을 보고 누웠다. 잠시 자리를 지키던 김교진은 촛불을 불어 끄고 밖으로 나왔다. 마당을 질러 사랑에 들 무렵엔 발이 후들거렸다. 불도 밝히지 못한 채 그는 오래도록 자리를 지켰다. 반편이나마 권력에 접근하여 뜻을 펴는 듯하였으나 도처로부터 포위돼버린 형국이었다. 탄식 같은 한 마디가 튀어나왔다.

— 맹랑하구나.

손바닥으로 서안을 두드렸다. 서안에 난 흠집이 만져졌다.

10

코를 들이켤 때마다 콧물이 얼어붙어 무엇으로 잡아매듯 콧속이 팽팽해진다. 산록에서 내려온 바람이 눈을 몰아 얼굴을 때린다. 눈송이가 얼굴에 닿을 때마다 튼 자리처럼 시리고 아프다가 체온에 녹아 흘러내렸다. 눈썹과 수염에 맺힌 물방울이 다른 방울을 만나 그대로 얼면 바람에 실린 눈이 내려앉아 다시 얼었다. 소매 끝을 파고든 한파가 몸 곳곳에 번져 바늘에 찔리듯 아프다가 매양 그 상태가 되자 찔리는지 뜯기는

지 감각이 없다. 바람에 밀린 산록의 눈가루가 앞선 사람의 발자국에 머물다 일부는 흩어지고 일부는 따라오는 눈을 만나 문양을 지웠다. 바람이 불면 활처럼 휘어지던 몸이 반동으로 엎어져 그가 뒷사람을 밀어내므로 애써 없앤 길이 다시 생겼다. 손이 곱아 나뭇가지를 잡을 수 없어 날이 새기 전에 정상에 오르게 될지 장담도 할 노릇이 아니었다. 아무리 싸움에 패하였기로 자비마저 베풀지 않는 날씨가 야속하다.

군사를 모아 논산에서 일본군 중대와 장위영이니 통위영병과 싸우고, 원평에서 초모를 하자 일전을 겨룰 만하기로 구미란에서 육박전을 벌인 후 태인에서도 스즈키가 이끄는 일본군과 관군에 패해 군사를 해산한 끝이었다. 그날 정읍 두령 차치구의 집에서 밤을 묵은 일행은 천원역 인근까지 일본군이 내려온다는 소식에 서둘러 밤길을 나섰다. 발 빠른 군사 하나를 입암산성에 올려 보냈으나 그가 다른 마음 없이 곱다시 산성에 들었을지야 알 수 없었다. 그러나 골짜기에서 죽어간 그 많은 군사는 아무것도 모른 채 개죽음을 당한 게 아니라 저마다 이유를 알았던 것이니 믿지 않을 수 없었다. 살아남은 것은 이제 희열이나 천행이 아니므로 값을 해야 할 것이나 본능을 따르는 일 외에 남은 것은 무엇인지.

가파른 오르막이 끝나고 갓바위와 남창골, 만화동이며 새재로 갈리는 길에서는 좌우가 트여 바람이 더욱 거칠었다. 전봉준을 따라 일행 십여 명은 능선을 밟고 갓바위 쪽으로 이동하였다. 죽창을 든 자는 죽창으로, 화승총을 든 자는 개머리판으로 눈밭을 찍으며 군사들은 일렬로 움직였다. 앞사람이 만든 구덩이에 제 발을 넣어 묵묵히 길을 줄이면 폭설이 구덩이를 메웠다. 모두 기진하여 눕고 싶을 따름이지만 아까부터 희미한 빛이 나타나서 숨기를 반복하므로 마지막 힘들을 그러모았다.

입암산성 별장 이춘선이 직접 나와 일행을 기다리는 것으로 보아 앞서 올려보낸 군사가 무사히 말을 전한 모양이었다. 비록 전봉준과 오래 사귀었다 하나 나라의 녹을 먹는 종구품 별장으로 쫓겨온 일행을 수직사에 안내하는 이춘선은 목을 내놓은 것과 진배없었다. 수직사에는 상세 개에 백숙 한 마리씩과 밥에다 술까지 차려져 있었다. 쇠를 녹일 듯 절절 끓는 구들에 엉덩이를 붙이기 무섭게 터럭에 맺혔던 고드름이 녹아내렸다. 음식에는 손도 대지 못하고 눈만 번득이던 군사들은 전봉준이 술병을 들자 그제야 잔을 내밀었다. 술 한 잔씩을 넘긴 후 그들은 게 눈 감추듯 음식을 먹어치웠다.

전봉준은 눈보라를 무릅쓴 채 혼자 남문루 밖 산정에 서 있었다. 눈보라에 맞서 밤이라도 밝히려는 사람처럼 맞바람을 견디는 모습이 한없이 모질어 보였다. 배를 채운 군사들이 자리에 쓰러져 코를 골기 시작할 무렵 혼자 슬그머니 빠져나가므로 따라나선 을개였다. 배를 채우고 구들 덕을 보았다 하나 눈보라 앞에 서자 살갗과 뼛속 할 것 없이 고통은 다시금 새로웠다. 벌써 전봉준의 어깨와 머리엔 눈이 수북하였다.

— 이젠 어디로 가죠?

을개의 물음에 전봉준이 돌아보았다. 혼자서 눈물바람이라도 한 것인가. 그의 눈동자가 선지처럼 붉고, 그 아래로 얼어붙은 물기가 보이는 듯하였다.

— 둥지를 흩어버린 지 오래다.

— 그때 거기…… 새장터마을의…….

전봉준은 말이 없다. 눈보라가 거셌다. 그 와중에 장끼가 울었다.

— 내게도 피멍 같은 그리움이 있다만 일신의 행복을 말하기엔 죄가

너무 크구나. 김개남을 만나 한잔 나누고 한양으로 가련다. 아직은 남은
일이 있을 것이다. 그렇지만 네 일은 끝났으니 돌아가라.

　을개가 전봉준을 보며 피식 웃었다.

　─ 참 내, 선생님을 두고 가긴 어딜 가요. 집도 싸질렀는데…….

　눈보라가 몰려와 전봉준의 옷자락에서 고름이 날렸다. 병석을 나와
한번 꺼내 입고서 아직까지는 걷어낸 적이 없던 옷이었다. 을개가 고개
를 틀어 눈보라를 피하고 났을 때,

　─ 동곡리로 가거라. 살아남아 새집을 지어야지.

　전봉준은 그렇게 말하고 돌아섰다.

11

　강추위가 밀려와 산협으로 뚫린 길에는 토끼 새끼 한 마리 얼씬거리
지 않았고 날새마저 끊겨 적막하였다. 제일 무서운 것은 역시 사람인데
그들이 눈에 띄지 않아 안심이 되었다. 입암산성을 나와 백양사에서 하
루를 묵었으나 일본군과 관군이 곧 닥칠 터이니 어서 피하라는 이춘선
의 전갈에 차려진 밥상을 물리고 빠져나왔던 것이다. 백양사를 내려오
는 도중 전봉준은 병사 대부분을 돌려보내고 단 두 명만을 곁에 두었다.
그렇게 세 사람은 담양 방면으로 빠졌다가 영산강 갈대밭을 거슬러 들
판의 짚둥우리 속에서 밤을 보낸 참이었다. 을개는 동곡리에 무사히 도
착했을까. 세 사람은 얼음 위에 쌓인 눈을 딛고 상류에서 강을 건넜다.
이런 산골에 무슨 주막이 있으랴 싶었지만 전봉준은 가서 요기를 하자
고 하였다.

담양과 순창을 경계 짓는 연봉 사이로 실뱀 같은 길 하나가 돌아나가다 문득 세 갈래가 되는데 동으로는 순창에 이르고 북은 태인이요, 아래로 내려가면 담양에 닿는 곳이다. 좁고 가파르지만 지리를 아는 사람에게는 요긴한 길이었으며 그곳은 오래전부터 밤재로 불렸다. 인근에는 산을 개간하여 밭을 부처 먹는 작은 마을이 있었고, 약초꾼과 사냥꾼들이 주로 드나들었다. 그곳 밤재 북쪽에 주막 표식도 없는 초가가 있었는데 언제부턴가 내왕객들은 할매의 국밥 맛을 잊지 못하였다. 부엌과 방을 터서 멍석에 밥상 서너 개를 놓아 밖에서 볼 때는 여느 초가와 다를 게 없는 집이었다. 전봉준이 담양이며 옥과, 창평이나 장성 방면으로 사람을 만들고 다닐 적에 가끔씩 드나들던 곳으로 그곳에서는 노인네 셋이서 막걸리 잔을 두고 담론이 한창이었다.

— 전녹두가 말여 축지법을 쓰는디 한 발을 띠면 남들 열 발짝이라등만.

오른편 눈썹 옆에 검은 사마귀가 난 사람인데 흰 털이 몇 개 박혀 있었다.

— 축지법은 몰라도 키만 헌 칼을 들고 댕기는 건 확실허네.

맞은편 늙은이의 말에 흰 수염으로 덮인 노인이 물었다.

— 봤구먼?

— 봤잖구. 그이가 담양에 안 들렀간디? 지난여름 일이구만.

— 칼이 아니라 총이랴. 한번 놓으면 백발백중이라든디그려.

사마귀 영감의 말에 전봉준을 봤다는 늙은이가 탁자를 쳤다.

— 내가 봤다는디 먼 신소리여? 손도 잡고 말도 섞었웅게 지금이라도 보문 떡허니 알겄구만.

십여 호 남짓이지만 산골 마을에서도 젊은이는 거개가 밖으로 나가고 노인들만 남아 호기를 부렸다.

─총이거나 칼이거나 간에 무탈만 허문 되지 뭘 그랴. 조선 사람을 사람 맹근 사람이여, 그이가. 전녹두 아녔더면 우리가 어디 잔을 돌려.

─암먼, 앓어누운 사람 일으켰제.

─축지법이 있는디 뭔 걱정여.

중노미도 없이 혼자 되작되작 손님 치다꺼리를 하던 주모 할멈은 들어가 누웠는지 코빼기도 보이지 않는데 세 사람은 막걸리 두 되를 놓고 종일 그럴 양이었다. 그럴 참에 토방에서 눈 터는 소리가 탕탕 털썩털썩 들린 후에 부엌문을 밀치고 작달막한 중년 사내와 젊은이 둘이 구석으로 파고들었다. 처음 들어서서 잠깐 실내를 훑어볼 때 벌써 찬바람이 씽 나돌아 늙은이들은 하던 말도 잊고 그새 얼어붙은 모양새였다. 좀체 보이지 않던 주모가 잠결에도 부엌문 찌그렁대는 소리를 듣고 어디선가 나타나 아궁이에 불을 넣었다.

─임병, 어디를 싸돌아댕기다 인자 나타났디야.

주모 할멈의 구시렁대는 소리에,

─평안하셨소? 국밥 세 그릇 주오.

중년 사내가 대꾸를 하는데 서로 오래 알아온 처지 같았다. 주모 할멈이 솥단지를 데워 국밥을 말 제,

─지금이라도 보문 떡허니 알어본담서?

사마귀 영감이 맞은편 영감에게 기어드는 소리로 핀잔을 놓았다.

─금매 그것이 영 긴가민가 험시로. 인자는 눈이 아조 베렷구먼.

그렇게 옥신각신을 하더니 흰 수염 난 영감이 할멈을 불러 탁주 한 사

발을 퍼주라고 귀엣말로 일렀다. 주모가 탁주 세 사발을 내놓자 기갈에
시달린 사람들처럼 돌아보는 법도 없이 장정들은 잔을 들어 벌컥거렸
다. 그 모습에 짠해진 노인이 할멈에게 눈짓하여 탁주 한 사발씩이 따로
놓였다. 이번에는 몇 차례 나누어 술을 비우던 그들이 주모가 내온 국밥
을 뜨거운 것도 모르고 퍼먹었다. 그런 그들의 모습을 보지 않는 척하면
서도 먼저 와 있던 영감 셋은 연신 흘끔거리며 시나브로 말을 잃어갔다.
그들이 국밥 한 그릇을 뚝딱 해치울 때까지 적막강산에는 메마른 바람
이 휘파람 소리를 내며 몰려다녔고, 쉴 새 없이 덜컹대는 부엌문 사이로
눈가루가 침범하였다. 마침내 젊은이 둘은 밖으로 나서고 중년 사내가
다가와 허리를 숙였다.

　─달게 마셨습니다. 그만 가겠습니다.

　수염 많은 늙은이가 그를 올려보며 말하였다.

　─어저끄 징개남이가 잽혔다 합디다. 시절이 하 수상하니 몸조심하오.

　─그렇게 하겠습니다.

　사내가 다시 허리를 숙여 보인 후 바람 속으로 나섰다. 세 늙은이는
문 뒤에 붙어 북쪽으로 멀어지는 사람들을 문틈으로 내다보았다.

　─허허, 백성의 장수를 오늘 보았네. 인자는 죽어도 여한이 없겠네.

　수염 많은 영감이었고, 다른 영감이 말을 보탰다.

　─거 젊은이 중 큰 놈 말여, 게가 쌍도치여.

　─뭔 소리여? 도치도 안 들었등만.

　사마귀 영감이었다.

　─내가 봤당게. 쌍도치여.

　세 늙은이가 이번에는 쌍도치인지 아닌지로 시끄러웠다.

12

백양사에서 내려와 전봉준이 군사 둘과 담양 방면으로 내려간 후 남은 사람들은 내장산 줄기를 탔다. 적은 입암산성 쪽에서 나타날 것이므로 순창 방면으로 내려와 옥정을 지나 추령을 넘었다. 그곳에서 다시 대오를 갈라 무주와 용담에서 왔다는 사람들은 순창 쪽으로 넘어갔으며, 을개를 포함해 남은 세 사람은 산길을 골라 송곳바위를 우회하여 비룡재를 넘었다. 눈을 뭉쳐 씹으며 그들은 사람 눈에 띄지 않게 먼 길을 돌아 고당산을 넘었다. 그곳은 순창과 태인을 경계 짓는 곳이라 벌써 동곡리에 이른 듯 을개에게는 모든 게 눈에 익었다. 내처 북으로 올라온 그들은 해가 떨어지자 독골재 아래 보장사까지 내려가 대웅전에 모셔진 부처님 등 뒤에서 하룻밤을 났다.

새벽에 십 리를 거슬러 강폭이 좁아진 동진강을 건넜다. 거기서부터 을개는 눈을 감고도 동곡리를 찾아갈 수 있었다. 일행은 강변의 갈대숲에 들어 기다시피 북으로 오르다 마을이 나타나기 전에 뒷산에 달라붙었다. 배고개를 넘고 산 하나를 우회하여 빗재에 올랐을 때는 점심나절이나 된 것 같았다. 빗재는 동곡리의 뒤통수에 해당하는 곳이었다. 그곳에서 조금 더 북쪽으로 진행한 뒤 을개는 남고 상두산을 넘기 위해 두 사람은 지금실 닿는 길로 빠져나갔다.

소나무 둥치에 숨어 마을을 살폈다. 많은 사람이 싸움에 나가 동곡리는 그만큼 관의 주목을 받게 되어 있었으나 그렇더라도 역병이 쓸고 지나간 마을처럼 개미 새끼 한 마리도 얼씬거림 없이 정적에 잠겨 괴괴하였다. 밥때가 되어 모두 안에 든 것인지, 피난을 떠났는지 알 수가 없었

지만 가만 보니 그래도 몇 집에서는 굴뚝 연기가 오르고 있었다. 밤이
되기를 기다릴까 하다가 그새 무슨 일이 벌어질지 모르는 난리통이라
슬그머니 갑례가 머무는 집 뒤란으로 내려와 문을 잡아당겼다. 문고리
가 걸린 것 같아 힘을 주자 문짝이 힘없이 떨어져나갔다.

　―에그머니나!

　컴컴한 방 벽에 찰싹 붙은 모양으로 갑례는 부엌칼을 빼 들고 있었다.

　―나여, 을개.

　그제야 갑례가 앞으로 나서며 을개의 가슴을 부여잡았다.

　―이런 곰탱이, 부르면 되지 문은 왜 부숴?

　갑례를 끌어안자 을개의 얼굴 위로 뜨거운 것이 흘러내렸다. 헝클어
진 머리칼에 손가락을 넣어 쓰다듬으며 갑례는 그의 울음이 멈추기를
기다렸다. 피난을 떠날 생각이었던지 보퉁이 두 개가 꾸려져 있었다.

　―떠나고 없을까봐 걱정했어.

　갑례가 칼을 보퉁이에 찔러 넣었다.

　―난 안 가. 늬가 올 줄 알았으니까.

　―배고파.

　보퉁이를 풀어 찐 고구마 몇 개를 꺼내놓은 그녀가 사발에 물을 떠왔
다.

　―개똥이 아저씨는 잡혔다는데…… 아버지는?

　―글쎄, 한양으로 가신댔어. 근데 개똥이가 뉘여?

　―기범이 아저씨.

　을개는 다시 고구마 하나를 껍질째 입에 넣다가,

　―김개남 장군이 잡혔다고?

고구마 때문에 볼멘소리로 물었다. 전봉준이 한양으로 가기 전에 김개남을 만나겠다고 했던 말이 떠올랐던 것이다. 갑례가 대답하였다.

—어제.

—어디서?

—저 아래 너되마을에서.

담양 방면으로 향한 전봉준이 아무리 빨리 잡아도 남의 이목을 피해 눈 덮인 산길로 하루 만에 김개남을 찾아가지는 못하였을 것이다. 찾아갔다면 같이 붙잡혔을 터이나 갑례가 김개남만을 언급한 것으로 보아 역시 너되마을에는 들지 않은 채 사단이 난 게 분명하였다. 어디선가 김개남에 관한 소식을 들었거나 설령 듣지 못하였더라도 무작정 마을에 들이닥칠 만큼 신경이 무딘 사람은 아니었다. 그렇다면 어디 있을까. 어쨌거나 담양 쪽에서 거슬러 올랐다면 분명 가까운 곳에 있었다.

—일어나. 언제 닥칠지 몰라. 다른 사람은 다 떠났어.

보퉁이를 안은 갑례가 을개의 소매를 잡았다. 바로 그 순간 벼락 맞듯 을개는 한 사내를 떠올렸다. 잔주름 가득한 얼굴에 몇 가닥 안 되는 수염을 날리던 사내, 시종 웃음을 흘리며 고개를 주억거리던 사람. 그곳은 김개남이 붙잡혔다는 너되마을에서 채 이십 리가 되지 않는 곳이었다.

—잠깐 다녀올 데가 있어.

을개는 갑례의 어깨에 얹은 손에 힘을 주었다. 갑례가 주먹으로 그의 가슴을 두드렸다.

—이 나쁜 놈, 날 두고 또 어딜 가려고?

—반드시 돌아올게.

명민한 갑례는 벌써 모든 것을 알아버리고 체념 어린 눈빛으로 그를 올려보았다. 한 사람은 아버지였고 한 사람은 을개였다. 갑례가 주저앉으며 차분해진 소리로 말하였다.

─꿈쩍 않고 있을 테야. 늬가 안 오면 나도 여기서 죽어.

을개는 문을 차고 남쪽으로 달렸다. 해가 떨어지기 전에 닿고 싶었다. 그에게 전봉준은 스승이자 아버지였다.

13

든든히 배를 채웠겠다 봉놋방이 절절 끓으니 절로 고개가 내려앉는다. 수행하는 두 군사는 앉은 채로 코를 곤다. 세상을 떠 얹은 듯 속눈썹이 무거웠으나 전봉준은 정신줄을 놓을 수 없었다. 김경천은 은거할 곳을 알아보겠다며 눈을 붙이라는 것이었지만 안전한 은신처에 들기 전에는 몸을 누일 수가 없다. 을개가 곁에 있으면 한잠 붙여도 되련만 저렇듯 곯아떨어진 사람들을 깨워 번을 세울 수야 없다. 무사히 동곡리에 도착하였을까.

싸움에 나선 사람도 아닌 김경천을 믿어도 될지 확신이 서지 않았다. 그러나 고부에 살 때 그는 누구보다 근실하였으며 이웃에 해를 끼친 적도 없었다. 많은 것을 탐하며 얌심이 있는 사람이었던가. 특별하게 각인된 기억은 없다. 자신의 목에 수령 한 자리가 걸려 있다는데 그건 친우를 팔 만한 유혹일까. 알 수 없었지만 수가 부족해 흘러든 이상 믿는 일 외에 방법은 없었다. 입암산성에 먼저 군사를 보낼 때도 믿으려고 노력하지 않았던가. 입으로 바람을 불어 등을 껐다.

깜빡 졸았다 했는데 시각을 알 수 없었다. 그러나 분명 발에 밟혀 뽀

드득거리는 소리였다. 김경천이라면 규칙적으로 이어지다가 가까워지면서 토방쯤에서 헛기침 소리를 냈을 테지만 방금 전의 그건 지그시 눈을 밟을 때나 나옴직한 소리였다. 손가락에 침을 발라 미닫이 창호지에 구멍을 내고 눈동자를 가져갔다. 그믐을 갓 지나 달빛이 있을 리 만무하건만 산골 천지가 눈에 덮여 주위를 가늠하기란 어렵지 않았다. 행여 무슨 소리라도 날세라 자세를 바꾸지도 못한 채 긴장하여 구부리고 있자니 여기저기 결리고 물기가 말라 눈도 서걱거린다. 그렇지만 오래도록 별반 이상한 점이 보이지 않으므로 그만 물러서려는 참인데 울타리 너머로 몽둥이 대가리가 불쑥 오르다 사라졌다. 구멍에서 눈을 뗀 전봉준은 급히 자고 있는 군사의 다리를 흔들며 방에 들여놓은 신을 내밀었다. 위험을 감지하는 일에 이골이 난 사람들이라 숨소리마저 흘리지 않고 눈을 살쾡이처럼 빛내면서 그들은 침착하게 신을 꿰고 감발까지 쳤다. 행장을 다 차린 전봉준이 뒤란으로 통하는 문을 걷어찼고, 두 사람이 바짝 따라붙었다. 뒤란을 질러 울타리 아래 쌓인 땔감을 디디며 셋은 한꺼번에 솟구쳤다. 너무도 갑작스러운 일이라 저편에서는 아무런 대응도 못 하고 손에 든 고기를 떨칠 판인데 담장 밖의 누군가가 얼결에 저은 몽둥이에 전봉준의 다리가 걸렸다. 나동그라진 전봉준은 땅을 짚으며 일어서려 하였으나 복숭아뼈가 부서졌는지 힘을 쓸 수 없었다.

— 칼을 다오, 칼!

앉은 채로 외치자 군사 하나가 들고 있던 칼을 내밀었다. 주막을 앞뒤로 포위하고 있던 민보군(民堡軍)이 우르르 달려들어 그들을 에워쌌다. 김경천에게 소식을 듣고 전주 감영의 퇴교 한신현이 급히 불러들인 자들로 보부상 패와 주인의 명을 받고 나선 양반 댁의 노복들, 동학당도

패전을 하였으니 이참에 돈이라도 벌어보려는 자들이었다. 칼을 내준 군사가 전봉준의 옆에 서고, 창대를 잡은 군사는 돌아서서 뒤를 경계하였다. 군데군데 횃불이 밝혀졌다.

─나를 잡아 누구는 군수 한 자리를 맡겠고나. 하나 나는 백성을 믿고 일어선 사람이니 어찌 발을 뻗고 자겠느냐? 산 채로 잡히지 않겠다. 공을 세우려는 자, 들어오라!

말이 하도 서늘하여 누구 하나 나서는 자가 없었다. 그러다 한 놈이 용기를 내 슬그머니 발을 내밀자 둘러싼 사람들이 제각각 한 발씩을 밀고 들어왔다. 그러는 참에,

─안 된다 이놈들아, 그이는 안 된다아!

뒤에서 소리가 들려오더니 웅성거리는 틈을 뚫고 수염 허연 노인네가 뛰어들었다. 지난 추석 때 전봉준에게 술을 따라주던 노인이었다.

─물러서라 이놈들, 천벌받는다!

갑작스러운 상황에 몽둥이를 든 장정들의 모습에서 흔들리는 기색이 나타났다. 그 모습을 보고 한신현이 소리쳤다.

─떠메어 모셔라.

멈칫거리던 와중에 장정 두엇이 노인을 떠메어 뒤로 사라졌다.

─하늘이 벼락을 내린다! 김경천이 한신현이 네놈들…….

소리가 끊어졌다. 흐트러진 대오가 미처 수습도 되기 전에 한 놈이 봉을 들고 뛰쳐나왔다. 노인의 일로 정신을 차리기 전이라 방어 자세를 갖추기도 전에 전봉준의 머리에는 매가 떨어질 판이었다. 그러나 갑자기 눈을 홉뜨며 동작을 멈춘 녀석이 천천히 넘어갈 때 보니 뒷덜미 깊숙한 곳에 도끼가 박혀 있었다. 원진 밖에서 벽력같은 소리가 들렸다.

―아직 한 자루 남았다. 누구든 먼저 움직이는 놈은 여기서 죽는다.

　사람들이 돌아보는데 도끼를 든 채 눈을 부릅뜬 을개가 야차 같은 얼굴로 서 있었다. 십여 보쯤의 거리를 사이로 몸이 얼어붙은 민보군은 꿈쩍도 못한 채 걸음을 떼는 그를 다만 지켜보는 게 일이었다. 이윽고 그가 다섯 걸음 째를 뗄 제,

　탕!

　총성이 터졌다. 걸음을 떼다 말고 을개가 멈칫거리자 민보군 사이에 숨어 있던 자 하나가 어디서 났는지 모슬총을 들고 나와 신중히 겨냥해 한 방을 더 놓았다. 이어 을개의 손을 떠난 도끼가 어둠을 가르고 총을 든 자의 이마를 갈랐다. 마침내 을개는 무릎을 꿇더니 시선을 전봉준에게 둔 채로 천천히 엎어졌다.

　―이놈 을개야!

　주변에 밝혀진 횃불이 비쳐 전봉준의 눈이 번들거렸다. 을개가 전봉준의 눈에서 눈물을 본 것은 이때가 처음이었다. 세상이 꺼졌다.

14

　밤을 꼬박 밝힌 채 방을 지켰으나 기다리던 사람 대신 마을 아낙이 뛰어들었다. 고샅에 벙거지들이 나타났다며 어디서 들었는지 지난밤에 아버지가 붙잡혔으니 어서 도망치라는 것이었다. 잠깐이나마 갑례는 죽을지 살지 궁리하였다. 그러는 사이 아낙은 재차 도망가라 이르며 정신없이 집을 나섰고, 벌써 내달려오는 벙거지가 싸리 울타리 너머로 나타났다. 갑례는 옷가지와 찐 고구마가 든 보따리를 낚아채 뒷문을 나와 산줄

기에 달라붙었다. 패잔병을 쫓아 남쪽으로 내려간 일본군이나 관군과 달리 북쪽으로 가야 한다는 생각뿐이었다. 죽을 둥 살 둥 재를 올라 한 곳에 이르자 눈을 뒤집어쓴 숯막 같은 게 나타났다. 아낙 하나가 부엌에서 나오는 것으로 보아 사람 사는 데였던 모양이다.

─처자 혼자 어델 그렇게 가오?

머리에 듬성듬성 흰머리가 섞인 아낙이 걱정된 낯으로 묻는다.

─관군을 피하는 길입니다. 어서 피하셔요. 여기도 닥칠 겝니다.

여인은 조용히 웃었다.

─나는 기다리는 사람이 있습니다.

그 말에 갑례의 눈에서 왈칵 눈물이 터졌다. 그녀에게는 기다릴 사람이 없어져버린 탓이었다. 마을 아낙이 와서 어서 도망가라며 했던 말, 간밤에 피노리에서 아버지 전봉준은 붙잡혔다는 것이 아닌가. 아버지가 피체되었다면 필시 을개도 그렇게 되었거나 죽었을 것이다. 그러니 누구를 기다리는 설렘으로 여인처럼 잔잔하게 웃음 지을 일이 이제는 없어져버린 것이었다. 자신을 봐주는 별이 아니라 자신이 바라볼 별이 없어진 셈이니 기다림을 빼앗겼다는 건 살아가야 할 모든 것을 잃었다는 뜻이었다.

─저는 가야 합니다.

살며시 다가와 안아주는 아낙의 품을 갑례는 빠져나왔다. 생각해보니 지금재를 똑바로 넘어 원평으로 들어가는 것은 무모하기 짝이 없었다. 그곳 또한 동학당의 소굴이요, 김덕명이 터줏대감으로 활동하던 곳이라 관군이 집뒤짐이라도 하고 있을 게 뻔했다. 지금재 넘어 옹동 방면으로 내려와 수류면으로 건너가는 산길을 탔다. 밤티재를 넘어 국사봉 아래로 난 소로를 따라 안덕마을을 우회하자 첩첩 쌓인 산자락으로 길이 숨어들었다.

장파고개를 오르기 시작할 즈음 저편 너머에서 총성이 메아리를 끌었다. 소리로 보아 그닥 가까운 거리는 아닌 듯하여 조금 더 올라보기로 하였다. 고갯마루가 가까워졌을 무렵 훨씬 큰 총성이 터져 그녀는 비탈을 기어 나무둥치에 숨었다. 얼마를 숨어 있자 농군인 듯한 사람 십여 명이 허겁지겁 고개를 내려왔다. 부상을 입은 사람 하나는 동료의 부축을 받아 한쪽 다리를 끌면서 매달려 가고 고갯마루에서부터 점점이 핏방울은 뿌려지고 있었다. 이윽고 구부러진 길을 돌아 그들이 사라지자 총과 몽둥이를 든 무리가 고개를 넘어오는데 제복 차림이 아닌 여염의 입성인 점으로 보아 민보군인 듯하였다. 그들이 주위를 둘러보며 핏자국을 따라 사라진 곳에서 여러 발의 총성이 울렸다.

옥녀봉에서 뻗은 길로 갈미봉 아래를 돌아 긴고개에 이르자 해가 넘어갔다. 빨리 하룻밤 날 곳을 찾아야 했지만 사람 사는 곳은 피하고 싶어 무턱대고 고개를 올랐다. 그런 지 얼마 안 돼 천행으로 상엿집을 찾아낸 그녀는 남은 고구마로 끼니를 대신하였다. 보따리를 풀어 옷이란 옷을 모조리 끼어 입고 상여를 만들던 판자 등속으로 허술하게나마 바람구멍을 막았다. 입을 헤벌쭉 벌리고 불현듯 사립을 밀고 들어와 배고프다고 말할 놈이 영영 사라졌다는 생각에 그녀는 다시 잠깐 울었다. 한 달이고 두 달이고 손님처럼 찾아와 무심히 살핀 후 길을 나서던 아비도 이제는 없었다.

해가 뜨기 전에 상엿집을 나와 사람이 드문 길을 따라 임실 관내를 벗어났다. 대두산 밑에 이르자 한결 안심이 되어 남의 눈을 염두에 두지 않고 섬진강 상류를 따라 걸었다. 햇빛이 산자락이며 길가의 눈에 반사되어 눈이 어지러운 가운데 종일토록 넘긴 것도 없이 눈을 삼킨 게 전부여서 점심나절이 지나고부터는 다리가 후들거렸다. 산자락에서 내려와 비탈에 달라붙은 논길로 들어섰을 때 봉우리 두 개가 말 귀처럼 쫑긋 세운 모습이 보였다.

어지럼증이 심해져 마이산 중턱에서 잠시 길가에 앉아 다리쉼을 하였다. 간밤에 상엿집에서 다시는 울지 않겠다고 다짐했는데도 눈두덩이 뜨거워졌다. 자리에서 일어나 뛰듯이 산길을 올랐다. 흙으로 다져진 길이 끝나자 바위투성이가 나타나면서 험로가 시작되었다. 그런 길을 한참이나 올라 어느 모퉁이를 돌아서자 불명암이라는 현판이 눈에 띄었다. 일주문 안으로 들어가 대웅전이 보이는 마당에서 그녀는 어지러움을 느꼈다. 마침 예불을 마치고 대웅전을 나서던 늙은 스님이 쓰러진 그녀에게 달려왔다. 스님의 몸에서 향내를 맡은 갑례는 간신히 입을 떼어 중얼거렸다.

―살려주세요. 배 속에 아이가 있어요.

15

젊은 처자가 보퉁이를 들고 나타났다가 급히 사라진 날에도 손네는 고구마를 쪄 문 앞에 놓았다. 문고리를 걸었나 손으로 만져보았지만 걸려 있지 않았다. 거칠게 불어대는 바람 소리와 부엉이 우는 소리를 들으며 깜박 졸다가 바람이 파고드는 통에 그녀는 눈을 떴다. 자기 집인 양 한 사내가 성큼 들어서자 곧 두 사람이 따라와 소쿠리의 고구마를 하나씩 집어 들었다. 머리는 산발하여 귀신 형용이고 씻지 못한 몰골들이라 부러 위장한 것처럼 얼굴은 검댕 한가지였다. 그때쯤에는 손네도 자리에서 일어나,

―밖에 더 있으니 가져오겠습니다.

부엌으로 나와 남은 고구마와 물바가지를 들여갔다. 사내들은 고맙다는 인사도 없이 고구마를 집어 바가지의 물을 돌려가며 꿀떡꿀떡 삼켰다. 그들이 들어온 뒤부터 땀내며 엉겨 붙은 피 냄새까지 마치 두엄을 끼얹은 듯 악취가 진동하여 손네는 무엇보다 숨을 쉬는 일이 고역이었다. 그러거나 말거나 사내들은 후루룩거리고 쩝쩝거리며 먹는 일에만 정신이 팔려 사람이 있는 것도 모르는 눈치였다. 이윽고 껍질 하나 남길 것 없이 고구마를 해치운 사내들은 남은 물로 돌려가며 입을 헹군 후에야 누가 없는지 방을 살피고 이불도 들춰보았다. 소쿠리와 바가지를 윗목에 밀어놓던 손네는 허기를 껐다지만 삶 한가지로 번득거리는 사내들의 눈초리가 사정없이 감기는 것 같아 가슴이 조마조마하였다. 그러나마 태연한 척 돌아앉고 보니 아닌 게 아니라 사내들의 눈이 배고픔과는 다른 절박함으로 사나워진 지경이었다. 눈앞이 아뜩하여 무슨 말이라도 주워섬기지 않을 수 없었다.

―정히 원하신다면 몸을 드리겠으나 제 주인께서도 전쟁에 나가셨답니다.

그 말에 언제 그랬냐 싶게 사내들의 눈빛이 공순해지면서 눈에 물기가 차올랐다. 소리 내지 않고 앉은 자리에서 그들은 고개를 끄덕여대며 울었다. 정이 묻어나오는 음성으로,

―춥고 어두우니 예서 묵고 새벽에 떠나시지요.

손네는 달래듯이 일렀다. 멀뚱히 앉아 있던 사람들은 물 한 바가지 데울 참도 못 되어 벽에 기대 곯아떨어졌다. 그러나 끝내 잠을 이룰 수 없었던 손네는 새벽같이 조밥을 지어 먹이고, 노중에 먹을 고구마 보따리까지 들려 그들을 배웅하였다. 여차하면 비도로 돌변하여 먹을 것을 빼앗고 험한 짓마저 마다하지 않을 사람들이지만 막상 그들이 떠나자 몸을 가득 채웠던 남근이 빠져나간 것처럼 하루 내내 허전하여 일이 손에 잡히지 않았다. 다른 날과 마찬가지로 고구마를 쪄 소쿠리에 담아 문 앞에 놓고 문고리를 풀자 추운 밤을 어이 보낼까 절로 한숨이 나왔다.

발자국 소리가 들린 것 같아 손네는 급히 일어나 앉았다. 지난밤처럼 문이 열리며 꿈인 듯 생시인 듯 장팔이 들어섰다. 나중 일이지만 난리판의 수괴가 된 사람이 찾아왔을 때나 봄에 세상이 시끄러울 적에도 그럭저럭 견뎌내더니 가을에 난리를 치르러 사람들이 몰려갈 제 불현듯 다녀오겠다며 떠난 사람이었다. 그런 그가 무간나락을 겪은 몰골로 돌아온 것이었다. 고구마에는 눈길도 주지 않은 채 장팔은 말없이 손네의 무릎을 베고 누웠다. 전날 다녀간 사람들과 다르지 않은 입성과 냄새였다. 손네가 흐트러진 머리카락에 손가락을 넣어 빗질을 하자 그의 눈꼬리에서 말간 눈물이 흘러내렸다. 손으로 눈물을 훔쳐주니 그제야 말이 터졌다.

—이노무 세상…… 더 깊이 들어가자구.

손네는 어디든 가겠다며 머리를 주억거렸다. 그가 잠든 것을 확인한 뒤에야 데운 물에 적신 수건으로 얼굴을 닦아주고 다시 머리를 무릎에 놓아주었다. 문밖이 훤해질 때까지 이마를 찡그린 장팔은 골병 든 사람처럼 앓는 소리를 내며 곯아떨어져 있었다. 손네는 배도 고프지 않고 무릎이 결리는 것도 알지 못한 채 전날 허전하던 자리가 채워진 후듯함으로 아침을 맞았다. 그런데도 어느 순간 한숨이 목에 걸리니 이십 년을 애달아온 사람과 초막 하나를 지었다지만 아이도 없이 그늘을 골라 사는 일이 더할 나위 없는 보람은 아니었다.

두런거리는 소리에 이어 여럿의 발자국 소리가 조금씩 가까워졌다. 그 소리마저 듣지 못한 채 잠에 떨어져 꿍꿍대는 장팔의 머리에서 손네는 무릎을 빼낼 수 없었다. 안에 사람이 있는지 부르는 소리가 들려 손만 뻗어 문을 밀쳤다. 병장기를 든 사람 십여 명이 방문 앞까지 몰려와 그렇지 않아도 좁은 마당이 석류 속처럼 빽빽하였다. 밖에서는 찬바람이 들어오고 잠결이지만 이상한 분위기를 감지한 장팔이 어리둥절한 얼굴로 일어나 앉았다. 짐승 가죽으로 만든 배자 차림에 칼을 든 사내가 의심스러운 눈초리로 쳐다보며 물었다.

— 동학당이 출몰하기로 소탕하는 길이오. 별일 없소?

아마도 두령에 해당하는 자인 듯하였다. 장팔이 나서기 전에 손네가 먼저 입을 열었다.

— 우리는 별일 없습니다.

— 혹시 누구 들었던 사람은 없소?

이번에는 장팔이 답하였다.

— 없습니다. 그냥 덫이나 놓고 감자 갈아 삽니다.

그러자 목화솜 달린 패랭이 차림이 물었다.

— 난리에 나갔다 온 건 아니구?

— 난리에 갔다 왔으면 이렇게 깨끗한 낯일 리 없지요.

손네의 발명에,

— 게야 씻으면 그런 게구.

처음 말을 걸었던 자가 장팔을 아래위로 훑고서 마지막 말을 얹었다.

─수상한 자를 보면 잘 살폈다 김진사 댁에 일러주오.

─여부가 있습니까.

이윽고 배자를 입은 자가 돌아서자 사람들이 따라 돌아섰고 방문이 닫혔다. 사립을 나와 두령 노릇을 하던 자가 사람들에게 일렀다.

─불을 질러라. 음험한 것들이다.

─어찌 그러십니까?

─얼굴은 깨끗할지 몰라도 옷을 보지 못하였느냐? 동학당이 아니라도 같은 부류들이다. 질러라.

사람들이 횃불을 만들어 집 안 곳곳에 던져 넣었다. 분명 부시 치는 소리를 들었을 터인데 안에서는 아무런 기척도 일어나지 않았다. 연기만 날 뿐 불은 쉬 붙지 않다가 땔감 하려고 모아둔 솔가리에서 툭탁거리는 소리와 함께 불꽃이 일어났다. 안에서 남자와 여자의 콜록대는 소리가 들렸다. 나오면 찔러버릴 양으로 창대를 겨누고 멀찍이들 서 있었으나 집이 다 탈 때까지 안에서는 아무도 나오지 않았다.

16

일본군과 통위영의 관군 부대가 얼어붙은 탐진강을 건너와 둑에 배를 붙이고 고봉과 주봉의 농군에게 총을 쏘았다. 그간 장흥과 강진 전투에서 노획한 양총과 화승총, 천보총 등을 쏘며 농군도 맞불을 놓았다. 열흘 넘게 강진과 장흥 일대를 휩쓸던 전력이 고스란히 남아 있는 데다 광주와 나주의 손화중이며 최경선 부대가 일부 합류하고, 공주와 청주에서 쫓겨온 군사까지 결합되어 농군의 수는 실로 어마어마하였다. 각종 총에서 발사하는 총탄이 어찌나 많은지 차츰 버티지 못한 관군이 슬슬 제방 아래로 물러섰다. 태평소나 사물이 일제히 울어대며 산록의 농군이 쏟아지자 이는 마치 해일이 밀려가는 것 같았다.

후방에서 밥을 짓고 부상병을 수발하던 호정은 싸움은 어떻게 하는지 이날따라 장흥 남쪽까지 한껏 접근하였다. 자울재를 넘어 들이 내다보이는 산록에 이르렀을 때 관군을 쫓아 농군이 하얗게 탐진강을 건너가는 게 보였다. 마침내 농군 선봉이 성에 접근하고, 마지막 꼬리가 강둑을 넘을 무렵 어디선가 총성이 터졌다. 그 바람에 들을 질러가던 농군이 뭐에 걸린 듯 고꾸라지기 시작했다. 그 위에 다시 사람이 뒤엉켜 전쟁이라기보다 이것은 한데 몰아넣은 짐승을 잔인하게 사냥하는 놀음 같았다. 나무로 칸살을 훑는 소리가 들릴 때 특히 농군의 피해는 자심하였다.

모든 것을 넋 놓고 쳐다보는 호정의 눈에 어느 순간 강을 건너온 군사들이 자울재 방면으로 밀려가는 게 보였다. 그제야 정신이 들어 그녀 또한 무리에 뛰어들었지만 남장을 했더라도 아녀인 데다 달음질이라곤 해본 적이 없어 금방 숨이 턱에 걸렸다. 걸음이 더딘 그녀를 군사들은 지나치면서 등을 떠밀고 옆구리도 지르는 바람에 걷는 일마저 곤란하였다.

집에서 돈 될 것을 좀 들고 나왔다 하나 처자 몸으로 길을 나서매 여간 고생스럽지가 않았다. 그러면서도 사람을 만나면 동학당이 모인 곳을 수소문한 끝에 바닷가까지 떠밀려온 셈이었다. 내려오면서 보니 세상은 위아래가 뒤집어져 반이니 상이니 하는 것이 도무지 부질없어 보였다. 길에서 양반을 만나면 눈도 마주치지 못하던 자들이 금방이라도 잡아먹을 듯 딱딱거렸다. 농군이 쫓겨간 후에야 민보군이란 것을 만들어 양반들은 복수를 하는 눈치였으나 세상은 어느덧 돌이켜질 일로 보이지 않았다. 동학당을 찾아 장흥까지 내려와 밥을 하고 바느질을 하면서도 공주에서 싸웠다는 농군을 만나면 호정은 이철래의 생김새며 말버릇 등을 소상히 설명하였지만 알겠다는 사람은 나타나지 않았다. 그런데도 차라리 그것은 그가 아직 살아 있다는 뜻도 되므로 그녀는 주저앉을 생각이 전혀 없었다.

어느 순간 사람들에게 밀려 발을 접질린 그녀가 길바닥에 나동그라졌다. 따라오는 사람들은 조심한다고 사람을 건너뛰다가 뒤에서는 보이지 않으므로 밟고 지나가더니 차츰 몸에 걸려 쏟아졌다. 몸이 짓눌리고 숨이 막혀 총탄이 아니라 이렇게 죽는 것이 전쟁이구나 싶어 허망한 생각이 들었다. 그러다 옆에서 일으키고 거들어 사람들이 벗겨지자 숨구멍은 트였으나 다리가 끊어지는 것 같아 움직일 수가 없었다. 앉은뱅이가 되어 허둥거리는 그녀의 옆구리에 어느 순간 손을 넣어 일으켜 세우는 사람이 있었다. 하지만 제 몸도 건사하기 힘든 판이라 그마저 힘에 부치는 기색이 역력할 즈음 장삼을 걸친 스님이 나타나 이번에는 반대편 옆구리를 끼었다.

십 리가 넘도록 내달려 자울재를 넘어가자 해가 기울면서 총성이 잦아들었다. 부모형제도 팽개칠 듯 내달리던 사람들이 그제야 함께 나선 사람의 이름을 부르며 찾아다녔다. 그러나 걸음을 늦추고도 호정은 발목이 시려 누가 거들어주지 않으면 서지도 못할 정도였다. 안되겠다 싶었던지 그녀를 맞춤한 바위에 앉힌 스님이 대뜸 신발을 벗겨냈다. 그러나 호정이 버선을 내주지 않으려고 한사코 발을 빼자 뚫어지게 보고 섰던 사내가 퉁명스레 쏘아붙였다.

— 계집인 거 다 아우. 예가 지금 내외를 따질 데요?

나이로는 아래로 보였으나 전장에서 잔뼈가 굵어 그런지 오라비처럼 굴면서 사내는 행전을 거두고 무작스레 버선을 뽑아냈다. 이철래에게 보여주던 바로 그 발이었다. 퉁퉁 부운 그녀의 발목을 스님은 느닷없이 잡아 비틀고는 주워온 나무를 대어 감아주었다. 저도 모르게 호정의 눈에서 눈물이 쏙 빠져나왔지만 통증 때문이 아니라 자신의 발에 스스로가 사무친 탓이었다. 눈물을 거두고,

— 어째 그리 뚫어지게 보십니까?

호정은 처음 부축을 해준 사내에게 물었다.

— 혹시 한양에서 오셨소?

호정이 놀라며 되물었다.

— 그걸 어떻게 아셨습니까?

— 처자 혼자서 그 먼 길을 오셨단 말이오? 미쳤군. 이 싸움은 영 글렀소. 마냥 내려가다간 바다에 빠져 죽고 말 거요. 어떻게든 숨어들어야지. 갑시다.

그가 일어서며 호정의 옆구리를 끼었다. 버려진 죽창을 주워 지팡이를 삼고 두 사람의 부축을 받으며 호정은 길을 나섰다. 이런 허망한 싸움터에서 그는 죽기라도 한 것일까. 해가 떨어져 어둑어둑한 길을 그들은 정처 없이 걸어갔다.

17

동학군 괴수를 실은 함거가 줄줄이 감영을 출발하였다. 제일 앞의 함

거에는 전봉준이 실렸고, 모악산에서 피체된 김덕명과 무장에서 잡힌 손화중, 광주 인근의 동복에서 붙잡힌 최경선 등을 실은 함거가 뒤를 따랐다. 나주에서부터 일본군과 경군이 함거를 호위하였지만 신임 전라감사 이도재는 행여 동학당의 괴수를 구출하려는 시도가 있을까 하여 호남을 벗어날 때까지 무남영의 군사를 덧붙여 각별히 유의하도록 조치하였다.

감영에서 공북문에 이르기까지 전주 부중의 백성이 죄 쏟아져 나와 가도에는 젓가락 하나 세울 자리도 없었다. 이미 한 달쯤 전에 초록바위 아래에서 김개남이 참수당하는 걸 목격한 부중의 사람들은 정기가 빠져나간 눈으로 지나가는 함거를 멍하니 바라보았다. 고개를 세우고 연도의 백성을 쳐다보는 전봉준은 눈이 형형하고 굽힘이 없었지만 그를 지켜주지 못한 백성들이 외려 미안한 마음에 눈물을 흘렸다. 함거가 공북문 가까이 이르렀을 때,

― 장군님! 녹두장군님!

어린 목소리 하나가 백성들 틈을 빠져나왔다. 전봉준의 눈이 그쪽을 향하는데 소년 하나가 대오에서 뛰쳐나오다 병사들이 가로막는 창대에 길이 막혔다.

― 멈추어라!

쩌렁한 전봉준의 목소리에 고삐를 잡은 사람이 얼결에 함거를 세웠다.

― 내 저 아이를 보겠다!

그러자 장교 하나가 함거를 향해 달려왔다.

― 아니 됩니다.

― 네 그렇게 겪고도 누구 눈치를 볼지 모르는 것이냐? 세상이 변하였

다. 네가 두려워할 것은 백성이니라. 책임자를 불러오라.

— 그는 일본인입니다.

— 일본은 반기고 조선은 배척하는가? 당장 불러오라!

군사가 난처한 얼굴로 서 있을 때 일을 알아보려고 일본군 장교가 스스로 나타났다.

— 역관은 전하라. 너희 나라에서는 적장을 붙잡거든 능멸하라 가르치는가?

역관이 일본어로 말하자 일본군 장교가 뭐라 말하였다.

— 요구 사항을 말씀하시랍니다.

— 나는 백성을 위하여 일어선 장수다. 백성들의 눈초리가 보이지 않는가? 저 아이를 보겠다.

통역관이 말을 전하였다. 그의 말을 신중하게 듣던 일본군 장교가 아이 쪽을 힐끗 보고는 군사를 향해 고개를 끄덕였다. 열 살 남짓한 아이가 아낙으로부터 건네받은 호리병을 들고 와 넙죽 큰절을 올렸다. 얼굴과 입성은 때에 절고 땋지 못한 더벅머리에는 까치집이 앉아 있었다.

— 황토재에서 살려주신 아비의 아들이올시다. 장군을 잊지 말라 하셨습니다.

— 아비 이름이 박만두더냐?

— 그렇습니다.

— 아비는 돌아왔더냐?

— 아직 돌아오지 않았습니다. 제 이름은 박판수입니다.

— 판수로구나. 내 너의 이름을 잊지 않겠다.

— 저도 장군을 기억하겠습니다.

자기도 모르는 탄식이 전봉준의 입에서 나왔다.

─허허, 너무 숙성하구나.

난리를 겪은 데다 아비로부터 이야기를 전해 들었을 아이가 나이에 비해 너무 성숙해져버려 울컥 서글펐던 것이다. 딸의 모습이라도 떠올랐을까. 연도의 부민들이 그들의 모습에 퀭한 눈을 번뜩이며 울었다. 왜 아닐까. 온갖 시고 쓴 일을 겪으며 가족 간에는 우애가 생기는 것이니 전쟁에 나선 사람은 말할 것도 없고 이것은 모두가 함께 겪은 난리인 것을.

─그 술 한 모금 다오.

아이가 술병을 들고 다가오자 군사가 다시 말렸다.

─두어라! 백성이 주는 술이다.

전봉준의 말에 일본군 장교가 다시 고개를 끄덕였다. 포승에 묶인 전봉준의 입에 아이가 호리병을 대주었다. 탁주였고, 어쩌면 이승에서 마실 마지막 술이었다.

─어미를 잘 모셔라.

함거가 다시 움직였다. 함거를 따라 사람들도 천천히 움직였다. 마침내 공북문을 나선 함거는 성문 밖 마을을 지나 까마귀 떼 가득한 벌판으로 접어들었다. 날아오른 새들로 하늘이 까맣게 뒤덮였다. 입을 여는 자 아무도 없었다.

에필로그

1

— 네 이놈! 예가 어디라고 찾아왔더냐? 생쥐 드나드는 풀방구리가
도량이더냐?

노장스님의 저녁 공양도 끝났겠다, 몸도 나른하여 구들을 지고 눕자
밖에서 큰 소리가 났다. 문틈으로 보니 젊은 스님이 대웅전 마당에 꿇어
앉고, 곁에는 보퉁이를 든 도포짜리가 서 있었다. 비록 도포에 갓을 쓴
차림이지만 보퉁이를 든 사람이 계집이란 걸 갑례는 단박에 알아보았
다. 수염도 나지 않은 외모에 키도 그렇고 무엇보다 보따리를 든 품이
사내의 그것과 영판 달랐다.

— 여기는 네 있을 곳이 아니니 당장 내려가거라!

노장스님은 힘주어 이르고 대웅전에 들었다. 그러나 젊은 스님은 무
릎을 꿇은 그대로였고, 남장을 한 여인도 마찬가지였다. 어느덧 배가 불

룩해진 갑례는 문틈으로 그렇게 본대서 일이 달라질 것 같지도 않고, 무엇보다 졸음이 밀려와 더는 내다볼 수가 없었다. 문에서 눈을 떼고 깜박 졸고 났는데 그때까지도 마당의 남녀는 그대로였다. 대웅전에도 불이 꺼진 것으로 보아 저녁 예불을 마친 노장스님은 그예 자리에 든 모양이었다. 갑례는 소리 나지 않게 문을 열고 나와 선비 복장의 손을 살며시 잡았다.

― 노장스님 고집은 못 꺾어요. 일단 들어와 주무세요.

― 아닙니다. 저도 같이 서겠습니다.

틀림없는 계집의 목소리였다. 은근히 부아가 나 갑례는 그럴 테면 그래라 하는 심정으로 냉큼 들어와 누워버렸다. 그랬는데 새벽녘이 되어 목탁 소리에 눈을 떴을 때도 바깥의 남녀는 초저녁 그대로였다. 저것들 고집도 늙은이 못지않으니 하면서 혼자 구시렁대고는 다시금 깜박 졸았다. 채비를 차리고 아침 공양을 위해 밖으로 나왔을 때 두 사람은 싸리비를 찾아 대웅전 앞마당을 쓰는 중이었다. 암만 그래봐라 저놈의 늙은이 꿈쩍이나 하나, 그렇게 생각하는데 비질하던 스님 몸에서 무언가가 툭 떨어졌다. 그것을 본 갑례는,

― 그것은…… 그것은……!

미처 뒷말을 잇지도 못하고 눈을 뒤집어 까며 쓰러졌다. 그 모습을 본 두 사람이 허둥지둥 달려와 갑례를 떠메어 방에 눕혔다. 노장스님을 부르러 탄묵이 뛰쳐나간 사이 호정은 갑례의 사지를 정신없이 주물렀다. 이윽고 침통을 들고 달려온 노장스님이 몸에 침을 놓고, 데운 물에 우황청심환을 풀어 입에 몇 차례 떠 넣어주자 갑례의 눈꼬리에서 눈물방울이 미끄러졌다. 안심이 되는 얼굴로 노장스님과 탄묵이 방을 나가자 호

정이만 남아 갑례를 주물렀다. 노장스님이 기거하는 곳에서 탄묵을 나무라는 소리가 건너온 후에야 의논이 되었는지 문 열리는 소리가 들렸다. 이윽고 갑례가 누워 있는 방 문이 천천히 열리고 탄묵이 들어섰다.

　—순창 어름을 지나다 먼저 떠난 이들을 위해 경을 드렸지요. 그중 한 사람의 몸에서 나온 것이라 무심코 지니고 다녔습니다.

　탄묵은 푸른 수술이 달린 목도장을 바닥에 놓았다. 눈이 퉁퉁 부은 갑례가 손을 뻗어 그것을 쥐었다. '乙'이라는 글자는 선명한데 얼마나 쥐고 다녔던지 수술에는 손때가 앉고, 도장 표면은 얼굴이 비치게 반질반질하였다. 다시 갑례의 눈꼬리에서 눈물이 미끄러졌다.

　—그만 울어요. 아이가 있잖아요.

　위로를 한다고 그렇게 말하면서 호정 또한 어떤 말 못 할 슬픔으로 갑례의 손을 잡고 울었다.

　일주문을 나서서 오른편 해우소를 돌아 바위들이 층층 쌓인 곳에 올라서면 편편한 반석이 드러난다. 반석은 널찍하여 시회라도 벌일 정도가 되었으나 끝은 천 길 낭떠러지여서 거기 서면 현기증이 일어났다. 그곳에서는 골짜기를 따라 굽이굽이 스며드는 길이 시원스레 드러나므로 갑례는 혼자 나오기를 좋아하였다. 그러다 노장스님의 허락을 받아 호정이 머물게 된 뒤로는 둘이 함께 나오는 일이 번다해졌다. 두 사람은 의좋은 자매처럼 의지하는 사이가 되었다.

　—배 속에 아이가 있으니 나는 부러워요.

　호정의 말에 갑례는 빙그레 웃으며 남산만 한 배를 쓰다듬었다.

　—아이 아빠는…… 도장과 무슨 관련이라도……?

갑례는 호정의 시선을 피해 고개를 돌렸다. 그러다 이내 얼굴을 찡그리며 배를 부여잡았다.

─나오려나봐.

─이를 어째?

호정은 갑례를 부축하여 방에 눕히고 노장스님에게 일을 알렸다. 노장스님이 탄묵에게 마을에 내려가 경험 많은 산파를 불러오라고 지시하였다. 그러기는 하였으나 이런 일은 처음이어서 노장스님은 어쩌지 못하고 마당을 서성거렸다. 호정 역시 이 일에는 숙맥이지만 가마솥에 물을 채우고 아궁이에 불부터 넣었다. 물을 데워놓고 방에 들어갔더니 입을 앙다문 갑례의 이마에 땀이 송골송골하였다. 무명을 찾아 이마를 닦아주며 말하였다.

─참지 말고 아프면 소리 질러요.

─이까짓 거…… 끄떡없어.

호정이 손을 쥐자 갑례의 악력이 어찌나 사나운지 손가락이 모두 바스러지는 듯하였다. 그렇게 갑례가 이를 물고 한나절을 버티는 동안 얼굴이 얽은 산파와 탄묵이 들어섰다. 산파는 갑례의 치마끈을 풀다가,

─스님 빨리 안 나가?

버럭 소리를 질렀다. 탄묵이 머리를 긁적이며 나간 뒤 갑례의 속곳을 벗겨낸 산파가 머리를 구부려 들여다보고는,

─독한 것도 다 있다. 문이 다 열렸는디 저 앙다문 것 좀 봐.

그러더니 어서 물을 데우라고 일렀다. 아까 데운 물이 식어 아궁이에 불을 넣는데 산모의 소리는 들리지 않았으나 힘을 주라는 산파의 목소리는 고래고래 터져나왔다. 호정은 이것이 제 일인 양 가슴이 떨리고

몸에 힘이 들어가 괜히 엉치뼈가 뻐근하였다. 혼자 아이를 어떻게 키울
까 싶다가도 어떤 때 이철래를 생각하면 한없이 갑례가 부러웠다. 탄묵
이 도반이 있는 곳이라 하여 막동이라는 사내와 셋이서 강진 인근의 절
에 숨어들어 위험한 지경을 벗어났을 때만 해도 그녀는 어디로 갈지 궁
리가 서지 않았었다. 막동이라는 사내는 한양으로 간다고 떠나고, 탄묵
을 따라오긴 했지만 오래 있을 생각은 아니었는데 갑례를 만나 눌러앉
게 된 셈이었다. 겨울이 끝나갈 무렵엔 대둔산에서 마지막까지 항거하
던 농군이 아이 하나를 두고 몰사했다는 소리가 들려 아래에도 가보았
으나 끝내 이철래의 흔적은 찾을 수 없었다.

　ㅡ힘 줘 이것아!

안에서 산파의 목소리가 커지더니 다시 소리가 들렸다.

　ㅡ야 이년아, 그만 떼고 물 들여와라. 아들 나온다, 아들!

호정은 함지에 물을 담아 손으로 온도를 재고는 밖으로 나섰다. 함지
를 마루에 놓자 벌써 우렁찬 아이의 울음이 들렸다. 바람이 들지 않게
잽싸게 물을 들였을 때 산파는 아이를 강보에 싸고 태반을 정리하는 중
이었다. 호정이 아이의 쭈그러진 얼굴을 힐끗거리자 갑례가 소매를 당
겼다.

　ㅡ눈이 커요?

호정이 머리를 주억거렸다.

　ㅡ입도 크고 코도 커요?

다시 머리를 끄덕였다.

　ㅡ이제 됐어요.

갑례의 얼굴에서 눈물 한 줄기가 흘러 베개를 적셨다. 호정이 따라 울

며,

　─ 애 아빠 보고 싶어요?

하고 묻자 갑례가 입을 열었다.

　─ 그이는 마지막까지 동학당의 두령을 지킨 사람…….

힘든 것도 모르고 그 순간 갑례의 얼굴은 자부심으로 눈부셨다.

　─ 이놈! 또 어딜 가겠다는 것이냐?

엎어진 채 고개를 뻣뻣이 들고 팔을 젓는 도치를 갑례와 호정이 웃는 낯으로 보고 있을 때 밖에서 고함이 들렸다. 문틈으로 보니 바랑을 짊어진 탄묵이 처음 나타난 그날처럼 꿇어앉아 있었다. 의병이 났다는 소리가 민간에서 들려오더니 그예 길을 나설 셈인 듯하였다. 갑례가 강보에 싼 도치를 안고 나서자 호정이 따라 나왔고, 그때쯤 탄묵은 노장스님에게 큰절을 올리고 있었다. 이윽고 탄묵이 다가와 손가락으로 도치의 뺨을 쓸더니 큰 입을 벌쭉 벌려 웃고는 일주문을 나섰다. 그의 모습이 모퉁이를 막 돌아설 때,

　─ 스님, 저도 같이 가요.

호정이 외치면서 안으로 들어갔다. 혹여 이철래의 소식이라도 알게 될까 호정은 생각하였고, 그게 아니더라도 암자에 마냥 머물 수는 없었다. 암자에 있던 몇 달 동안 신열 같던 열기가 가라앉자 무언가 모색해 보자는 생각에 잠 못 이루는 날이 많았던 것이다. 집을 나온 순간 세상과 곧장 대면하였으나 두려움은 차차 잦아드는 반면 알 수 없는 용기가 그녀를 북돋웠다. 이러다 시간이 더 흐르면 이철래마저 마음으로부터 비워질까 두려웠지만 그가 떠나면서 했던 말이 실은 그것이려니 하였

다. 이윽고 처음 왔던 날처럼 남장을 하고 나온 그녀는 탄묵처럼 노장스님에게 절을 올리고 갑례로부터 도치를 받아 한참을 안은 채 서 있었다. 가락지 하나를 갑례의 손에 쥐여주고 호정은 탄묵을 따라 내려갔다. 그들의 모습이 보이지 않게 되자 갑례는 해우소 옆을 돌아 반석으로 올라갔다. 구부러진 길을 따라 탄묵과 호정이 밤톨만 하게 멀어지다 깨알처럼 변해갔다.

곁에서 향내가 나 쳐다보자 언제 왔는지 노장스님이 계곡 아래로 멀어지는 두 사람을 보고 있었다. 이제 암자에는 다시 노장스님과 갑례만 남게 된 것이었다. 아니 도치도 있었다. 바람이 불어왔고, 잠시 그렇게 서 있던 노장스님이 왔던 것처럼 소리 없이 사라졌다. 도치가 뭐라고 옹알이를 하는데 갑례는 자신 또한 언젠가는 저 길로 내려가게 되리라 생각하였다. 언제가 될지 모르지만 새로운 세상에 나서게 될 날을 그녀는 차분하게 기다렸다. 어떤 세상이든 헤쳐나갈 자신이 있었고, 도치를 번듯하게 키워 세상에 내놓을 자신도 있었다. 떠난 사람들의 깨알 같던 모습이 문득 보이지 않게 되었다.

2

─선생님, 저 재를 넘으면 무엇이 있습니까?

─몰라서 묻는 게냐? 우리는 이미 재를 넘었느니라. 게서 보고 겪은 모든 것이 재 너머에 있던 것들이다.

─그럼 이제 끝난 것입니까?

─아니다. 재는 또 있다.

— 그럼 그건 어쩝니까요?

— 그냥 두어도 좋다. 뒷날의 사람들이 다시 넘을 것이다. 우린 우리의
재를 넘었을 뿐. 길이 멀다. 가자꾸나.

소설이 역사를 불러오는 몇 가지 방법

올해로 다섯 해째를 맞는 제5회 혼불문학상 본심 무대는 여느 해보다 뜨거웠다. 까탈스러운 여러 눈을 거치고 올라온 작품들인지 각 후보작들이 뿜어내는 열도가 만만치 않았고 후보작들끼리의 우열을 가리기도 힘들었다. 특히 올해는 급격하게 퇴행하고 있는 정치적 상황 탓인지 우여곡절의 역사에 대한 관심이 남달랐다. 『혼불』이 궁극적으로 도달하고자 한 지점이 온갖 시대적 질곡을 넘어선 꿈의 세계의 구현이라고 한다면, 올해의 혼불문학상은 그야말로 '혼불문학상'다웠다.

본심의 무대에 오른 작품은 모두 다섯 편이었다. 그중 『레드의 그늘』은 한 개인의 성장사와 가족사를 '레드 콤플렉스'라는 키워드로 재구성한 소설로 어느 소설에서도 볼 수 없었던 독특하고도 신선한 디테일과 성장 과정이 읽는 이의 눈을 사로잡는 바가 많았으나 전체 구조가 기존의 성장소설과 너무 근사(近似)해서 기시감이 강했고 특히 아버지의 수

수께끼가 풀리는 후반부부터 소설의 긴장감이 한순간에 풀려버리는 아쉬움을 남기고 말았다.

『저, 것들과 이, 것들』은 여러 시대에 걸친 여성 수난사로 우여곡절의 한국현대사를 재구성한 소설이었다. 끈끈하면서도 활달한 입말이 단연 돋올했고 혼란스럽게 느껴질 정도로 다양한 신성한 디테일들을 하나의 이야기로 엮어가는 끈기도 높이 살 만했다. 하지만 아쉽게도 정작 소설의 중핵에 해당하는 여성 수난사가 이 소설을 밀도를 떨어뜨리고 말았다. 이미 앞선 시대의 소설에서 본 장면들을 다시 본다는 느낌이 들 정도로 정형화된 장면들이 많았고 특히 한국 역사의 질곡을 오로지 여성의 몸의 훼손 과정으로 설명하려는 시각은 여성에 대한 인식에 문제가 있어 보일 정도였다.

『마지막 메이크업』은 '신부 화장'과 '시신 메이크업'을 동시에 하는 여성 주인공을 통해 삶과 죽음, 본래성과 비본래성, 인간의 무한성과 유한성 등 결코 간단치 않은 주제를 자연스럽게 형상화한 작품이었다. 치밀한 장면 묘사와 세밀한 심리 묘사가 단연 빛났고 이 묵직한 주제를 끝까지 밀고나가는 힘도 경탄할 만했다. 하지만 '인간에게 죽음이란 무엇인가'에 대한 성찰이 근원적이고 근본적이지 않다는 점이 문제였다. 이 소설에서는 이 소설이 선택한 소재 때문에 수많은 죽음이 전시되는바, 작중화자를 비롯한 산 자들은 그 죽음 혹은 주검들이 마지막 선물처럼 전해주는 '진리의 빛'을 전혀 발견하지 못하거나 자기화하지 않는다. 죽음이 인간에게 던져주는 인식론적 계기에 대해 무심하다는 증거일 터였다.

본심에 오른 다섯 작품 중 끝까지 심사위원들을 망설이게 한 작품은 두 작품이었다. 먼저 『코뿔소를 보여주마!』는 추리적 기법을 통해 80년대의 예외상태적 상황을 귀환시킨 소설이었다. 흡인력이 대단한 소설이었다. 이 흡인력은 물론 일차적으로 부모의 원수를 갚기 위한 연쇄살인이라는 충격적 소재와 그 범인을 추적하는 추리적 기법에 크게 기대고 있는 것처럼 보였다. 하지만 이 추리적 기법이 힘을 발할 수 있도록 각 장면을 효과적으로 배치하고 그 사이를 긴장과 이완의 변증법으로 누벼내는 솜씨는 경탄할 만한 것이었다. 결국 이 소설은 사건이 실체에 가까워졌다 멀어지고 멀어졌다 가까워지는 과정 끝에 죄 없는 죄인을 양산하는 것으로 절대 권력을 유지했던 80년대의 공포 정치적 상황을 충격적으로 제시하는바, 이를 통해 80년대의 카프카적 공포 정치가 당시 사회구성원들의 삶을 얼마나 근원적으로 훼손했으며 그것은 그 후대에까지 얼마나 큰 상처로 유전되고 있는가를 강렬하게 재현한다. 그러나 아쉬운 점도 많았다. 무엇보다 지나치게 영화적인 감이 없지 않았다. 소설 전체가 오로지 사건 중심으로, 운동의 총체성에 의해 진행되다 보니 80년대의 카프카적 공포 정치가 그 시대 사람들의 내면을 얼마나 근원적으로 억압하고 파괴했는지 그 과정에 대한 묘사를 보기 힘들었다. 마찬가지로 조작된 죄를 뒤집어쓰고 죽은 피해자들의 아들과 딸들이 무슨 이유 때문에 급기야 복수심에 불타게 되었는지에 대한 심리묘사가 거의 보이지 않았다. 소설을 소설답게 하는 '과정의 총체성'이 유기적으로 작동하지 않았다고나 할까. 여기에 '복수는 나의 것'이라는 선택이 지니는 이율배반성에 대한 천착이 철저하지 않아 어떤 면에서는 복수 그 행위를 단순 긍정하는 듯한 결말이 마음에 걸렸다.

마지막으로 올해 제5회 혼불문학상의 영예를 안은 이광재씨의 『나라 없는 나라』는 시대를 더 거슬러올라가 동학농민혁명을 소환한 소설이었다. 『나라 없는 나라』는 아주 단호하게 120년 전의 동학농민혁명을 오늘날 우리 현실에 비추어볼 때 가장 현재적 의미가 충만한 사건으로 확정하고는 동학농민혁명의 사건성을 기존과는 또 다른 역사지리지로 재구성하고 맥락화한다. 그런데, 하, 이거, 참, 흥미롭다. 다른 것은 몰라도 이 사건에 관해서라면 이미 많은 대작들이 씌어져 더 이상 덧붙여질 것조차 없어 보였던 동학농민혁명이 기존의 소설과는 전혀 다른 역사상으로 환생(?)하여 오늘날의 우리에게 가장 현재적인 사건으로 육박해온다.

『나라 없는 나라』는 기존의 동학농민혁명 소설에서는 볼 수 없었던 몇 개의 역사적 실제 혹은 실재를 덧씌우고 그것을 누빔점으로 동학농민혁명을 재구성하는데, 그중 흥미로운 것은 전봉준과 대원군의 긴밀한 관계와 당시의 민주적이고도 민중적인 젊은 관리들의 형상이다. 이를 통해 『나라 없는 나라』는 동학농민혁명이 단순히 몇몇 탐관오리를 징치하기 위한 농민들의 전쟁이 아니라 이 땅을 민중 중심의 민주적 세상으로 만들기 위한 위대한 전쟁이었음을 감동적이면서도 밀도 있게 환기시킨다. 특히 그 당시의 박물지나 지도를 모두 뒤진 듯 당시 산천의 풍경이나 장소에 대한 능수능란한 묘사로 동학농민혁명 시기의 실감을 한껏 고조시키는 대목도 이 소설의 득의의 영역이다. 물론 중간자적 존재가 아니라 영웅적 인물들을 초점 인물로 내세운 까닭에 당시 민중들의 다양한 삶들이 충분히 포괄되지 못하고 또한 각 인물들이 매 순간마다 겪었을 심리적 갈등이 핍진하게 묘사되지 않은 아쉬움이 없는 것은 아니다. 그러나 그동안 이 사건에 대한 여러 소설들은 물론 역사서에서도 크게 주목되지 않은 새로운 역사적 상황이나 역사적 존재들을 재발견하고 그것을 통해 전혀 새로운 역사상을 제시했다는 것만은 『나라 없는 나라』의 단연 주목할 만한 성과라 할 만하며, 이는 앞으로 쓰일 역사소설의 소중한 길잡이 역할을 할 것으로 기대된다.

심사위원: 현기영(심사위원장)

류보선, 성석제, 이병천, 하성란

(대표집필: 류보선)

작가의 말

이 소설은 위험하게 사는 자들에 관한 이야기다.

세상이 안전하지 않은데 개인이 안전하기를 바라는 것은 포탄이 날아다니는 전장에서 나만 안전하기를 바라는 일과 같다. 많은 사람들이 개인의 안락을 꿈꾸지만 당장은 안전해 보여도 제도화된 위태로움으로부터 조만간에는 포위될 게 뻔하다. 단언컨대, 세상은 지금 안전하지 않다. 사람, 산과 강, 저녁거리, 지역, 국가 모두가 위태롭다.

그러니 어떻게 할까?

이 소설은 이 질문과 무관하지 않다. 위험을 감수한 자들이 이룩한 공적 가치가 안전을 추구한 사람들의 그것보다 큰 게 아닐까, 나의 안전을 위해서라도 서양의 어떤 철학자의 말처럼 지금보다 위험하게 살아보는 건 어떨까, 하는.

2012년에 동학농민혁명의 지도자에 관한 평전을 낸 일이 있는데 다시 그 무렵의 일을 소설로 쓴 것은 갑오년에 쏜 총알이 지금도 날아다니기 때문이다. 알다시피 그 시절 자주적 근대의 가능성은 부정되고, 조선은 식민지로 전락하여 타의에 의해 세계의 화염 속에 던져졌다. 그리고 책임을 져야 할 국가는 멀쩡한데 엉뚱하게도 이 나라가 반 토막 나는 것으로 사태는 끝나버렸다. 그러니 그 시절은 오늘의 첫 번째 단추가 분명하다.

　근대적 문물을 재빠르게 수용했어야 한다는 잣대로 과거를 평가할 수는 없다. 그것은 몇 가지 가능성을 놓고 뽑기를 제대로 했어야 한다는 말과 같다. 서구적 근대가 반드시 우월하다고 볼 수도 없지만 그나마 조선이 접한 건 일본에 의해 굴절된 근대의 변종이 아닌가. 따라서 그를 추종하던 세력과 기득권 세력이 친일파가 된 것은 당연한 수순이다. 바로 그들과 그 후손들이 지금 우리의 '갑'이다. 그 '갑'들이 한국사를 국정교과서로 만들겠다고 말하는 세상이다. 역시 그곳이 첫 단추다.

　중국은 세계를 향해 전승절이라는 이름으로 군사 퍼레이드를 벌였다. 말이야 어떻게 붙이든 일본에서는 침략도 하고 전쟁도 하도록 법안을 통과시켰다. 이게 우리가 당면한 동아시아의 모습이다. 120여 년 전에 해양과 대륙이 힘을 겨뤄 폭압적으로 세력교체를 하는 바람에 조선이 크게 뒤틀렸는데 그 양대 세력이 지금 심상치가 않다는 뜻이다. 그나마 전에는 하나의 조선으로 대응할 수 있었지만 지금은 한반도가 두 쪽이다. 어째 우리만 난처한 지경에 빠진 것 같다. 어쨌든 이것도 왠지 첫 단추를 연상케 한다.

　이런 이유로 실타래처럼 꼬인 난국을 그 시절에는 어떻게 이해했으며, 어떤 경로로 헤쳐가려고 했는지 살핌으로써 이 고장 난 근대에 관한 지혜를 얻고 싶었다. 최근에는 드라마와 영화를 역사교과서로 삼는 경향까지 있어 이 소설도 그렇게 여길까 몰라 혹세무민하지 않으려는 마음으로 공을 들였다. 역사가는 훌륭한 작가가 될 수 없지만 작가는 훌륭한 역사가가 될 수 있다는 말을 곱씹었다.

그런 마음을 격려하여 상을 주신 것 같아 책임감이 느껴진다. 혼불문학상을 제정한 전주문화방송과 현기영 선생님을 비롯한 심사위원께 어찌 감사를 드리지 않으랴.

현대사를 몸으로 쓰신 어머니의 주름살이 조금 펴지면 좋겠다.
소설을 쓰겠다고 가출하듯 뛰쳐나온 자를 묵묵히 견뎌준 가족이 든든하다.
술 사 먹이며 등 두드려주고 첫 독자 노릇까지 해준 벗들과 웃으며 술잔을 나누게 돼 기쁘다.

청년시절에 잠깐 써본 이래로 늘 소설을 쓰고 싶었다. 발라드와 래퍼의 중얼거림 사이로 들려오는 록의 쿵쾅거림 같은 소설.
이 소설은 내 문학의 프롤로그다.

2015년 가을
이 광 재

참고문헌

역사적 사건을 다룬 만큼 이 소설은 많은 선학들에게 빚지고 있습니다.
그중 중요하게 참고한 도서는 다음과 같습니다.

박종근, 『청일전쟁과 조선』, 박영재 옮김, 일조각, 1989

오지영, 『동학사』, 대광문화사, 1984

유영익, 『갑오경장연구』, 일조각, 1998

이광재, 『봉준이, 온다』, 모시는사람들, 2012

이규태, 『동학농민혁명 국역총서 1』, 동학농민혁명참여자명예회복심의위원회, 2007

황현, 『오하기문』, 김종익 옮김, 역사비평사, 1995

나라 없는 나라

초판 1쇄 인쇄 2015년 10월 1일
초판 9쇄 발행 2022년 11월 14일

지은이 이광재
펴낸이 김선식

경영총괄 김은영
콘텐츠사업6팀장 임경섭 **콘텐츠사업6팀** 박수연, 한나래, 정다움, 임고운
편집관리팀 조세현, 백설희 **저작권팀** 한승빈, 김재원, 이슬
마케팅본부장 권장규 **마케팅3팀** 권오권, 배한진
미디어홍보본부장 정명찬 **홍보팀** 안지혜, 김민정, 오수미, 송현석
뉴미디어팀 허지호, 박지수, 임유나, 홍수경, 김화정 **디자인파트** 김은지, 이소영
재무관리팀 하미선, 윤이경, 김재경, 안혜선, 이보람 **인사총무팀** 강미숙, 김혜진
제작관리팀 박상민, 최완규, 이지우, 김소영, 김진경, 양지환
물류관리팀 김형기, 김선진, 한유현, 민주홍, 전태환, 전태연, 양문현, 최창우

펴낸곳 다산북스 **출판등록** 2005년 12월 23일 제313-2005-00277호
주소 경기도 파주시 회동길 490
대표전화 02-704-1724 **팩스** 02-703-2219 **이메일** dasanbooks@dasanbooks.com
홈페이지 www.dasanbooks.com **블로그** blog.naver.com/dasan_books

ISBN 979-11-306-0624-8 (03810)

다산북스(DASANBOOKS)는 독자 여러분의 책에 관한 아이디어와 원고 투고를 기쁜 마음으로 기다리고 있습니다.
책 출간을 원하는 아이디어가 있으신 분은 다산콘텐츠그룹 홈페이지 '원고투고'란으로 간단한 개요와 취지, 연락처 등을
보내주세요. 머뭇거리지 말고 문을 두드리세요.